William Gaddis

DIE ERLÖSER

Roman

Aus dem Amerikanischen
von Klaus Modick und
Martin Hielscher

Rowohlt

Die Originalausgabe erschien 1985 unter dem Titel
«Carpenter's Gothic» bei Viking Penguin Inc., New York
Umschlagillustration Jan Rieckhoff
Umschlagtypographie Walter Hellmann

1. Auflage September 1988
Copyright © 1988 by Rowohlt Verlag GmbH,
Reinbek bei Hamburg
«Carpenter's Gothic» Copyright © 1985 by William Gaddis
Alle deutschen Rechte vorbehalten
Satz Sabon (Linotron 202)
Gesamtherstellung Clausen & Bosse, Leck
Printed in Germany
ISBN 3 498 02451 5

William Gaddis
Die Erlöser

Der Vogel, ein Gimpel war's? oder eine Taube (sie hatte herausgefunden, daß es hier Tauben gab), flog durch die Luft, seine Farben verblaßt im verbliebenen Licht. Er hätte das Lumpenbündel sein können, für das sie ihn auf den ersten Blick gehalten hatte, dem kleinsten der Jungen da draußen zugeworfen, der sich Dreck von der Wange wischte, wo der Vogel ihn getroffen hatte, als er ihn an einem Flügel auffing, um ihn zurückzuwerfen, dorthin, wo ihn jetzt einer von ihnen mit einem abgebrochenen Ast als Schläger hoch über einen Zweig schlug, ihn fing und erneut hochschleuderte und wieder in einen Blätterwirbel, in eine Regenpfütze von gestern nacht schlug, eine Art ausgedroschener Federball, der wie in einer Windböe bei jedem Schlag Federn verlor und schließlich gegen das gelbe Sackgassen-Schild an der Straßenecke dem Haus gegenüber prallte, wo sie sich um diese Tageszeit immer herumtrieben.

Als das Telefon klingelte, hatte sie sich schon nach Atem ringend abgewandt, und während sie in die Küche ging, sah sie zur Uhr hoch: noch nicht fünf. War sie stehengeblieben? Der Tag war mit der Sonne hinter dem Berg verschwunden, oder hinter dem, was hier, vom Fluß her ansteigend, als Berg galt. –Hallo? sagte sie, –wer...? Oh ja nein, nein er ist... nicht hier, er ist... Nein ich bin nicht, nein. Nein ich bin... Also ich bin nicht seine Frau nein, ich sag's Ihnen doch. Mein Name ist Booth, ich kenne ihn überhaupt nicht. Wir sind gerade... Nun lassen Sie mich doch mal ausreden! Wir haben sein Haus hier gerade erst gemietet, ich weiß nicht, wo Mister McCandless ist, ich kenne ich nicht einmal. Wir haben eine Karte aus Argentinien von ihm bekommen, das ist alles, Rio? Ist das nicht Argentinien? Nein es war nur eine Karte, nur irgendwas über den Heizkessel hier, es war nur eine Postkarte. Tut mir leid, daß ich Ihnen nicht helfen kann, da ist jemand an der... Nein ich muß gehen, Wiederhören, da ist jemand an der Tür...

Jemand bückte sich und spähte dorthin, wo sie eine Minute zuvor gestanden und geradewegs aus der Küche am Treppenpfosten vorbei zur Haustür mit den Glaseinsätzen hinausgestarrt hatte, die jetzt erbebend aufging. –Halt! Sie sprang auf, –halt stop, wer...

–Bibb?

–Oh. Du hast mich erschreckt.

Er war jetzt drinnen, drückte die Tür mit seinem Gewicht hinter sich zu, ließ sich ihre Umarmung gefallen, ohne sie zu erwidern. –Tut mir leid, ich...

–Ich wußte nicht, wer du warst da draußen. Als du die Tür aufgestoßen hast, sahst du so groß aus, daß ich nicht, wie bist du hierhergekommen?

–Die 9 W runter in 'nem...

–Nein aber wie hast du's gefunden?

–Adolph. Adolph sagte, daß ihr...

–Adolph hat dich geschickt? Stimmt etwas nicht?

–Nein ganz ruhig Bibb, ganz ruhig. Was ist denn überhaupt los?

–Ich bin nur, ich war nur nervös. Ich war nur sehr nervös, das ist alles, und als ich dich da draußen sah, ich, wenn du sagst, Adolph hat dich geschickt, ich dachte, etwas stimmt nicht. Weil eigentlich immer irgendwas nicht stimmt.

–Bibbs das hab' ich doch gar nicht gesagt, ich hab' nicht gesagt, daß Adolph mich geschickt hat... Er streckte, auf dem Sessel sitzend, die Beine zur Kaminplatte aus, jenseits deren sie sich auf der Kante des abgewetzten Zweiersofas niedergelassen hatte, die Knie eng beieinander und die Hände am Kinn gefal-

8

tet, zusammengepreßt. –Als ich ihn letzte Woche gesehen hab',
hat er mir gesagt, wohin ihr gezogen seid, ich wußte nicht, was
du...

–Also wie hättest du das auch wissen können, wie hätten wir
dir das mitteilen können! Wie hättest du auch wissen können,
wohin wir gezogen sind, du bist ja nie, wir wissen nie, wo du
bist, keiner weiß es. Du tauchst einfach auf wie jetzt mit deinen, deine Stiefel, guck dir mal deine Stiefel an, sie fallen auseinander, guck dir mal deine, das Loch an deinem Knie, du hast
nicht mal eine Jacke, du...

–Oh Bibb, Bibbs...

–Dabei ist es kalt!

–Mein Gott Bibbs, glaubst du etwa, ich weiß nicht, daß es
kalt ist? Ich bin seit sechzehn Stunden unterwegs. Ich fahr' diesen Umzugslaster von Plattsburgh runter ohne Heizung, ich
mußte sie abstellen, als das Kühlsystem streikte. Zweimal, das
Scheißding ist zweimal kaputtgegangen, und gerade ist es wieder kaputtgegangen, genau hier oben, oben an der 9W. Ich sah
das Schild, und mir fiel ein, das ist doch da, wo Adolph gesagt
hat, daß ihr hingezogen seid, also bin ich hier runtermar-
schiert. Das ist alles.

–Du siehst müde aus Billy, sagte sie fast flüsternd. –Du siehst
so müde aus... und auch ihre Hände fielen herab.

–Spinnst du? Müde, ich mein' der Scheißlaster, du kannst dir
gar nicht...

–Mir wär's lieb, wenn du nicht rauchtest.

Er warf Streichholz und Zigarette in Richtung des kalten
Rosts, beugte sich vor auf ein zerschlissenes Knie, um sie da
aufzuheben, wo sie, vom Kaminschirm abprallend, gelandet
waren. –Hast du ein Bier da?

–Ich schau mal, ich glaube nicht, Paul mag kein...

–Wo ist er? Ich hab' den Wagen gesehen, ich dachte, er wär'
hier.

–Es ist kaputt, er mußte heute morgen den Bus reinnehmen.
Er findet das schrecklich, Billy...? Sie war aufgestanden, rief

aus der Küche –Billy? Sie sah zur Uhr hoch, –er muß jede Minute hiersein, ich möchte nur nicht…

–Ich weiß, was du nicht möchtest! Er war aufgestanden und wandte sich vernehmlich an die Wände, an die vom Treppenpfosten bei der Tür emporsteigende Balustrade, –Bibb?

–Es gibt kein Bier, ich mache Tee, wenn du…

–Du willst ja bloß, daß ich weg bin, bevor Paul auftaucht, stimmt's? Und schon war er durchs Zimmer, zog unter der Treppe eine Tür zum dunklen Keller dort unten auf, schlug sie zu, öffnete eine andere und trat ohne Licht ein, stand dort über dem Becken. –Bibb? Durch die offene Tür, –kannst du mir 'nen Zwanziger leihen?

Im Vorbeigehen klapperte die Tasse auf der Untertasse. –Oh, ich hätte dir das sagen sollen. Das hier ist verstopft, ich hätte dir sagen sollen, daß du das obere benutzen…

–Zu spät jetzt… er kam heraus und zerrte an seinem Reißverschluß, –kannst du mir einen Zwanziger leihen Bibb? Ich sollte eigentlich bezahlt werden, wenn ich den Laster da unten übergebe, aber…

–Aber was ist damit, mit dem Laster? Du hast ihn einfach stehengelassen?

–Zum Teufel mit ihm.

–Aber du kannst ihn doch nicht einfach da stehenlassen, da oben mitten auf der…

–Spinnst du? Die Lichtmaschine ist hinüber, glaubst du etwa, ich würd' die ganze Nacht da oben rumsitzen? Schicken so 'n Schrotthaufen auf die Straße, sollen sie doch selber kommen und ihn abholen.

–Wer denn? Wem gehört er denn, was machst du eigentlich, fährst irgend jemandes Umzugslaster runter von…

–Was glaubst du wohl, was ich gemacht hab' Bibb? Ich hab' versucht, fünfundsiebzig Eier zu verdienen, was glaubst du wohl, was ich gemacht hab'?

–Aber du hast doch gesagt, du hättest gerade Adolph gesehen, ich dachte, du…

–Ach hör doch auf Bibb, Adolph...? Er saß wieder im Sessel, und eine Hand ließ an der geballten anderen die Knöchel knakken. –Adolph würde mir nicht mal 'nen feuchten...

–Mir wär's lieb, wenn du das nicht tätest.

–Was, das mit Adolph? Er...

–Mit deinen Knöcheln, du weißt, es macht mich nervös.

Achselzuckend und mit verschränkten Händen rutschte er tiefer in den Sessel. –Sitzt da in seinem getäfelten Büro, ich muß mir jeden Scheißcent vorrechnen lassen, für den er dem Trust und der Nachlaßverwaltung gegenüber rechenschaftspflichtig ist, die Gerichtsverfahren die Pflegeheimrechnungen seine Verpflichtung, das Vermögen zusammenzuhalten, ich mein' Scheiße, Bibbs. Kein Wunder, daß der Alte Adolph zu seinem Testamentsvollstrecker gemacht hat. Er sitzt da, hütet mit der einen Hand das Vermögen und läßt mit der anderen diesem lausigen Trust was zukommen, er und die Bank, Sneddiger da unten in der Bank. Bitte einen von denen um 'nen Cent und er sagt dir, der andere könne diese Ausgabe nicht gutheißen, ich mein' genau so hat der Alte das ausgeheckt. Nur um uns...

–Oh ich weiß ja, ich weiß.

–Nur um...

–Naja, es ist fast geschafft, nicht wahr? Es ist fast geschafft, ab dem nächsten Frühjahr wirst du...

–Das ist der Trust Bibb, das ist bloß der Trust, das mein' ich doch. So hat er das ausgeheckt, nur um uns von dem Vermögen fernzuhalten, wenn wir erst rankommen, gibt's sowieso keins mehr. Dreiundzwanzig Prozesse, sagt Adolph, es laufen dreiundzwanzig Prozesse von Aktionären gegen die Firma und die Vermögensverwaltung, um zurückzukriegen, was der Alte an Schmiergeldern ausgezahlt hat. Die Vermögensverwaltung nutzt bei der Abwicklung dieser Verfahren jeden Kniff, der ihr zur Verfügung steht, sagt Adolph, jeden Kniff, das ist typisch Adolph. So sind der und Grimes und alle miteinander, glaubst du etwa, die wollen das in Ordnung bringen? Jeder Kniff, glaubst du etwa, das kratzt die, ob sie Gewinne oder Verluste machen, die wollen die Sache einfach nur laufen lassen, Vertagungen, Einsprüche, sie kassieren von der Vermögensverwaltung, sobald sie auch nur den Scheißtelefonhörer abnehmen, sie sprechen sich untereinander ab, als säßen sie sich alle gegenseitig auf dem Schoß und bohrten dem anderen in der Nase, zweihundert Dollar pro Stunde jeder von ihnen Bibb, die sprechen sich untereinander ab.

—Aber was für einen Unter...

—Ich mein' jedesmal, wenn ich da hingeh', muß Adolph mich daran erinnern, wie sie dem Alten den Weg in den Ruhestand geebnet haben, wo er genausogut auch in den Knast hätte wandern können. Ich mein' warum denn eigentlich nicht? Er hätte ruhig reingehen sollen und Paul auch, und auch...

—Billy bitte, ich will das nicht schon wieder durchkauen, wieder und wieder, Paul hat nur gemacht, was man ihm gesagt hat, es war ohnehin alles schon in Gang, bevor er dazukam. Was hätte Paul denn machen sollen, sie haben doch sogar gesagt, es verstieße nicht gegen das Gesetz oder? Sogar die Zeitungen, als sie...

—Und warum laufen dann diese ganzen Prozesse? Wenn es nicht gegen das Gesetz verstieß, warum laufen dann dreiundzwanzig Prozesse, wenn der Alte nicht so schlau wie Onkel William gewesen wär', dann säße er jetzt im Gefängnis, aber er hält sich 'n Hintertürchen offen, wie er's immer gemacht hat, wie er's immer gemacht hat Bibb. Er schiß auf den Fußboden, und jemand anderes hat es wegputzen müssen, das ist alles, was er je gemacht hat, und da war immer jemand, der geputzt hat. Da war immer Adolph zum Wegputzen, und das tut er jetzt ja auch, das ist das einzige, wovon er Ahnung hat. Für zweihundert Dollar die Stunde wird er auch weiterhin aufputzen, bis von dem Scheißvermögen nichts mehr da ist, weißt du, was er gerade gemacht hat? Adolph? Er hat Yale gerade zehntausend Dollar gestiftet, wußtest du das? Aus dem Vermögen, zehntausend Dollar für Yale, während du hier in diesem Dreckloch lebst und ich da draußen einen kaputten Laster...

—Ist es doch gar nicht! Es ist ein schönes altes Haus, es ist genau das, was ich immer...

—Hör doch auf Bibb, es ist 'ne Bruchbude, guck's dir doch an. Da drüben in dem Erker, guck nur mal an die Decke und schon fällt sie runter, weißt du, was Adolph gerade für diese Kupferdächer in Longview ausgegeben hat? Er ist eben zurückgekommen, er und Grimes und Landsteiner, alle miteinander, die waren alle da unten. Weißt du warum? Um sich einen Überblick über die Aktiva des Nachlasses zu verschaffen, erzählt mir Adolph, und weißt du auch warum? Gerade jetzt? Es ist Entenjagd-Saison. Fahren da runter und pusten jede Ente vom Himmel, die sie zu Gesicht kriegen, und die Vermögensverwaltung steht für jeden Cent gerade. Adolph kann doch nicht mal einen Sechsender von einem Sechskantschlüssel unterscheiden, aber er ist da unten und ballert auf alles, was sich bewegt. Das nennen sie dann das Vermögen zusammenhalten, und also beschließen sie, siebenunddreißigtausend Dollar für Dächer auszugeben, ich meine siebenunddreißigtausend. Diese Kupferdächer, die sollen angeblich grün anlaufen, dann passen sie zu all dem Scheißmoos an den Bäumen, Longview heißt es, Longview, dabei sieht man keine drei Meter weit durch den...

—Oh ich weiß ich weiß...! Die Untertasse brachte die Tasse zum Klappern, und sie setzte sie ab, —bitte laß uns das nicht weiter durchkauen bitte!

—Schon gut Bibb, aber ich finde, er hätte es uns hinterlassen können oder? Oder Bedford, sogar Bedford, ich hab' Lily getroffen...

—Dir Bedford hinterlassen? Du glaubst, er würde dir Bedford hinterlassen nach der letzten Party, die du da gefeiert hast? Diese Party, als er in Washington war, Zigaretten auf den Teppichen ausgedrückt und all das zerbrochene Glas, und Squeekie wurde in seiner Badewanne ohnmächtig? Und dann hat jemand mit Leuchtfarbe einen Hut auf sein Porträt in der Bibliothek gemalt, und du dachtest, er würde dir nach sowas das Haus hinterlassen?

–Er hätte es wenigstens dir hinterlassen können.

–Ich mochte es nie. Paul würde verrückt werden in Bedford.

–Paul wird hier genauso verrückt werden. Laß Lily in Bedford verrückt werden, ich hab' sie aus Adolphs Büro kommen sehen. Sie war da, um sich etwas Geld zu holen, damit sie diesen Winter das Haus heizen kann, sie hat Angst, daß alle Leitungen platzen. Kein Cent, nicht von Adolph. Er konnte sie noch nie ausstehen.

–Er hatte nichts gegen sie, er konnte sich bloß nicht mit der Vorstellung anfreunden, daß ein so großes Landhaus an eine Sekretärin geht, die...

–Die der Alte zwanzig Jahre lang gevögelt hat? Also hinterläßt er ihr ein mieses Haus ohne einen Cent, um es zu unterhalten, und Adolph platzt da einfach rein und holt alle Möbel raus? Wo sind die übrigens, diese beiden großen Intarsienschränke und diese Sessel aus dem...

–In New York. Alles ist in New York, da eingelagert. Wir mußten das hier möbliert mieten, zumindest eine Zeitlang, bis sie seine Sachen ausräumen, oder ihre Sachen, ich glaube, es gehört alles ihr, es ist alles etwas durcheinander...

–Aber ich mein' was machst du überhaupt hier Bibbs, dieses gottverlassene kleine Nest, wie bist du...

–Wir mußten einfach aus New York raus, das ist alles, wir haben dies hier über eine Maklerin gefunden und zugegriffen. Du hast mich doch da gesehen letztes Mal, ich konnte nicht mal atmen, es ist dreckig, alles, die Luft die Straßen alles, und dann der Lärm. Sie haben die Straße aufgerissen, es hörte sich an wie Maschinengewehre, und dann fingen sie genau an der Ecke zu sprengen an. Sie bauten genau an der Ecke ein neues Gebäude, und immer wenn es anfing, ging Paul regelrecht die Wände hoch, er wacht nachts immer noch auf mit...

–Mann der ist doch sowieso schon durchgedreht, der ist doch so, seit er zurück ist, wessen Schuld ist das denn?

–Also seine nicht! Wenn du alt genug gewesen wärst, um...

–Nein hör auf damit Bibb, ich meine seine Südstaaten-Offi-

14

ziers-Macke? Dieser Ausgehsäbel mit seinem auf der Klinge
eingravierten Namen von dieser halbgaren Militärakademie,
auf die er gegangen ist? Und ich meine was hat er dir erzählt,
was sein Vater gesagt hat? Sein eigener beschissener Vater? Es
sei verdammt gut, daß er als Offizier dahin ginge, weil...
   –Ich hab's dir schon mal gesagt! Es geht, ich hätte dir das
niemals erzählen dürfen, es geht dich nichts...
   –Ich meine wie konnte er dir das erzählen! Wie kann man
überhaupt sowas erzählen, er ist wirklich durchgedreht, er
kriegt keinen Job, er kann sich nicht mal einen suchen, also tut
er so, als würde er sein eigenes Geschäft aufbauen! Ich meine er
geht los und erzählt Adolph, daß er...
   –Tut er auch.
   –Was tut er denn, baut sein eigenes Geschäft auf, wo denn,
hier? Also was hat er denn vor, eine Wäscherei aufzumachen?
Dir ein Waschbrett zu kaufen und dann...
   –Billy hör auf, ehrlich. Es ist 'ne Beratungs..., so 'ne Art
Public Relations, ich meine es ist das, was er auch früher schon
gemacht hat, bevor er...
   –Paul der Drahtzieher.
   –Bitte! Fang nicht schon wieder an... Sie war aufgestanden,
auf dem Sprung in die Küche. –Zwanzig? Reicht das?
   –Bibb...? Er kam hinterher, –ich meine du weißt, was er...
   –Bitte, ich möchte nicht darüber sprechen... Sie hatte eine
Schublade geöffnet, kramte unter Leinenservietten, unter
Tisch-Sets, –nur zwanzig? Bist du sicher, daß das reicht?
   –Ist mehr als genug... und als sie sich bückte, um die Servie-
ten zurückzustopfen, fuhr er mit einer Hand über ihren bis zur
Schulter entblößten Arm, über den blauen Fleck dort. –Ist das
Pauls Werk?
   –Ich hab' gesagt, ich will nicht darüber sprechen! Sie entzog
sich ihm, –hier! Ich, ich bin bloß...
   –Gegen ein Bücherregal gestoßen, großartig... er schob den
Schein in eine Hemdtasche. –Ich meine du weißt, warum er
dich geheiratet hat, wir alle...

15

–Schon gut! Ich, ich... sie folgte ihm zur Haustür, –ich möchte nur, daß...

–Das möchte ich auch Bibb... er zog die Tür auf, streifte den Treppenpfosten und war draußen, zog fröstelnd die Schultern hoch. –Fühlst du dich ein bißchen besser hier oben? Dein Asthma?

–Ich weiß noch nicht, ich, ich glaube ja. Kommst du auch zurecht, Billy?

–Spinnst du?

–Aber wo, wo wohnst du, wir wissen nie...

–Sheila. Wo denn sonst.

–Ich dachte, das wär' vorbei. Ich dachte, sie sei nach Indien gegangen.

–Sie ist zurückgekommen.

–Rufst du mal an? Kannst du, warte, kannst du mir die Post geben? Ich möchte nicht rausgehen... Sie streckte einen nackten Arm aus, er schlug den Briefkasten zu, und dann blieb er an dem Wagen stehen, der in der Einfahrt liegengeblieben war, und schaukelte ihn mit einer Hand.

–Was ist denn kaputt?

–Ich weiß nicht, er läuft einfach nicht. Wirst du, das Telefon klingelt, Billy? Bitte ruf mich an...! Sie lief hinein und sah zur Uhr hoch, setzte sich fröstelnd. –Ja hallo...? Nein, nein aber ich erwarte ihn jede Minute. Kann er Sie zurückrufen, wenn er... Ja jederzeit, heute abend, ja jederzeit heute abend, ich werd' es ihm ausrichten ja... Sie legte auf, ließ ihre Hände darauf liegen und die Stirn sinken, so daß sie auf einem Handrükken ruhte, holte Atem, holte Atem, bis sie die Tür hörte.

–Liz...?

–Oh. Da war ein Anruf für dich. Gerade eben, ein Mister...

–Was zum Teufel macht der denn da draußen!

–Da, wer...

–Billy, dein verdammter Bruder Billy, er liegt da draußen unter dem Auto, was zum Teufel macht er hier?

–Also er war nur, ich dachte, er wäre...

–Das Übliche? Kam, um Geld zu pumpen? Wie ist er hierhergekommen?

–Also er, er ist einfach aufgetaucht, er...

–Er taucht immer einfach so auf. Hast du ihm was geliehen?

–Wie könnte ich Paul, ich hatte bloß noch neun Dollar von...

–Gut, egal. Irgendwelche Anrufe?

–Ja eben gerade, ein Mister Ude? Er sagte, er riefe wieder an.

–Ist das alles?

–Ja. Nein, ich meine da war ein Anruf für Mister McCandless, es war jemand vom Finanzamt, Paul wann können wir diese Sache mit dem Telefon klären, ich mach' nichts anderes als diese Anrufe zu beantworten für...

–Schau mal Liz, ich kann's nicht ändern. Ich versuche, einen Firmenanschluß hier reinzukriegen, sobald das...

–Aber als sie das in New York abgestellt haben, belief sich die Rechnung auf über siebenhun...

–Deshalb laß ich es ja unter einem Firmennamen laufen! Jetzt verdammt Liz, hör auf, mich im Moment, wo ich zur Tür reinkomme, so zu drängen, du mußt dich damit abfinden. Leg doch einfach auf, was ist jetzt also mit deinem Bruder? Guckst du bitte mal, was zum Teufel er da draußen macht?

–Vielleicht versucht er, ihn zu reparieren, den Wagen meine ich, er...

–Der kann doch nicht mal einen Rollschuh reparieren. Ich muß das Ding reparieren lassen, dieser verdammte Bus, was hab' ich mich, halbe Stunde zu spät jetzt? Verkehrsstau die ganze 9W runter bis zur Brücke.

–Auf der 9W? War da, war alles in Ordnung? Ich meine...

–Was meinst du mit in Ordnung, ich hab' dir doch gerade gesagt, drei Meilen langer Stau, Polizeiwagen Abschleppwagen einfach alles... Er hatte sich vom Küchenflur zu der offenstehenden Tür unter die Treppe gewandt. Drinnen knipste er das Licht an, –Liz? Schau, laß ihn nicht mehr ins Haus, laß ihn einfach nicht rein. Er weiß nicht, wie man ein Haus bewohnt, er weiß nicht mal, daß man die Toilette abzieht, wenn man...

–Nein warte Paul, warte! Ich hab' ihm gesagt, er soll nicht, daß sie wieder verstopft ist, laß...

–Mein Gott...

–Aber ich hab' dir doch gesagt, du sollst nicht...

–Zu spät, der ganze Fußboden ist voll verdammt.

–Paul warte, Billy...? Sie war unterwegs zur Tür, –Paul? Ich mach das gleich sauber, Billy was...

–Kommste mal 'ne Sekunde raus hier Paul? Vielleicht kriegen wir diese Kiste in Gang... Er ließ die Tür los, ohne zu warten, lag rücklings auf den zerbröckelnden Ziegeln in der Einfahrt. –Starter klemmt. Paul?

–Warte mal...

–Lang rein und dreh den Schlüssel, wenn ich hier drunter bin.

–Warte mal Billy, warte! Das ganze Scheißding kippt gleich, nur so 'n kleiner Holzkeil, auf dem du's aufgebockt hast, du kannst doch nicht...

–Kann nicht warten, sonst seh' ich überhaupt nichts mehr... er war schon halb drunter, scharrte mit den Absätzen in Blättern, auf den Ziegeln, –fertig?

–Warte... Der Wagen schwankte, er hielt Abstand von ihm, während er hineinlangte, leckte sich die Lippen und sah auf die idiotische Neigung des Holzkeils hinab, sah in blaue Baumwolle gekleidete Rippen anschwellen und sich unter dem Bodenblech winden.

–Los, laß ihn an!

Er hielt sich so weit entfernt, wie es seine Reichweite zuließ, drehte den Schlüssel und trat zurück. –Mein Gott, er springt an.

–Stell ihn ab!

Seine Hand schoß zum Anlasser, er stolperte rückwärts über Stiefel, über hochkommende Knie. –Wahrscheinlich ein paar Zähne von deinem Schwungrad abgebrochen, das Starterritzel trifft auf den toten Punkt und dreht durch.

–Also das, jedenfalls springt das verdammte Ding an.

–Wahrscheinlich hat's dein Starterritzel auch abgeschliffen, besorg dir 'n neues, bau es ein, sonst kann es wieder passieren, jederzeit… Ein Windstoß vom Fluß drückte ihre Kragen hoch, wehte einen Schauer halb vergilbter Blätter von dem Ahorn an der Ecke herunter. –Danke Paul.

–Was soll das heißen, danke?

–Mann also ich bedank' mich für das gute Karma, das du mir grad' gegeben hast, das ist alles, ich mein' du gibst einem die Gelegenheit, dir einen Gefallen zu tun, und das bessert das Karma auf für die nächste Runde, stimmt's? Also ist man dir zu Dank verpflichtet, stimmt's?

–Paß auf Billy, versuch nicht, mich zu, ich hab' dich nicht darum gebeten oder? Kriechst da im Dunkeln drunter, das bißchen Holz als Stütze, die verdammte Karre hätte…

–Etwa so…? Und der jähe Stoß eines Stiefels brachte das Holz ins Wanken, der Wagen krachte herunter, daß Ziegelbrocken unter dem Bodenblech hochspritzten. –Warum hast du's nicht getan, Paul?

–Billy verdammt nochmal, laß…

–Hätte deine letzte Chance sein können, solange es dir überhaupt noch was nützt. Hier… er hatte hineingelangt, um die Schlüssel vom Zündschloß abzuziehen, warf sie ihm zu –Kinder sehen die Schlüssel stecken, nehmen ihn für 'ne Spritztour und lassen ihn im Graben liegen. So 'ne Schrottlaube Paul, das käme nicht mal als Einbruchdiebstahl vor Gericht.

–Du hättest oder? Wenn ich da drunter gewesen wär' oder? Er bückte sich auf ein Knie und fegte auf der Suche nach den Schlüsseln Blätter zur Seite, –gutes Karma, eines Tages Billy verdammt nochmal bring' ich dir gutes Karma bei! Aber der vom Fluß hochwehende Wind warf ihm die Worte zurück, wehte die Blätter, wo seine Finger sie zur Seite harkten, in Wirbeln davon, zerschmetterter Flügel, verdrecktes Gefieder, kaum wahrnehmbar in der Tarnfarbe des Todes, er erhob sich mit den Schlüsseln und sah den Hügel hinab, wo die Gestalt sich im Wind duckte, und dann bückte er sich, um den Vogel an einem Bein aufzuheben, und hielt ihn von sich weg, während er sich zur Tür wandte.

—Paul? Ich dachte, ich hätte den Wagen anspringen hören. Geht er wieder?

—Bis zum nächstenmal.

—Was ist das, was oh!

Er trug ihn an ihr vorbei, um ihn in den Müll zu werfen. —Wo ist der Whisky?

—Im Kühlschrank, du...

—Was zum Teufel soll er denn im Kühlschrank?

—Du hast ihn gestern abend reingestellt.

—Und warum hast du ihn nicht rausgenommen...? Die Kühlschranktür schlug gegen die Anrichte. —Er ist verrückt Liz. Dein verdammter Bruder, verrückt ist er.

—Paul bitte, er, ich weiß, daß er manchmal...

—Manchmal! Weißt du, was er da draußen gerade gemacht hat?

—Ich dachte, er repariert das Auto, du hast gesagt...

—Der gehört eingesperrt Liz. Er ist gefährlich. Ist das Glas hier sauber? Er gehört nach Payne Whitney zu deinem Onkel, der da im Cutaway herumstolziert, Onkel William, der in Payne Whitney ohne Hosen herumstolziert.

—So wie in der Nacht, als du deine ganzen Klamotten zusammengelegt und in den Kühl...

—Liz das ist nie geschehen! Es ist nie geschehen, das mußt du irgendwo gelesen haben.

—Ich fand es komisch.

—Daran ist nichts komisch. Wann wollte Ude nochmal anrufen?

–Er sagte nur später. Wer ist denn Mr. Ude?

–Reverend Ude. Er ist ein Kunde. Hast du die Post reingeholt?

–Sie ist, ja sie ist irgendwo, ich glaube, ich hab' sie...

–Sieh mal Liz, wir müssen uns ein System zulegen. Wenigstens hast du sie reingeholt, gut. Jetzt muß es einen Platz für sie geben. Wenn ich hier irgendwas in Gang bringen soll, müssen wir ein System haben, wenn ich reinkomme, muß ich wissen, wo die Post ist, du mußt einen Notizblock da neben das Telefon legen, damit ich sehen kann, wer...

–Nein sie ist da, da hinter der Tüte mit den Zwiebeln, als ich reinkam, hab'...

–Siehst du, das mein' ich doch. Also wenn ich von hier aus irgendwas in Gang bringen soll, kann ich doch nicht unter einer Tüte Zwiebeln nach der Post suchen. Ist mein Scheck gekommen?

–Ich habe nicht nachgesehen, ich habe nicht...

–Verdammte Scheißbank, da hat irgendwer ein Pfändungsrecht, die stornieren vermutlich alles, ich... Papier zerriß, –hör dir das an. Sehr geehrter Kunde...

–Paul?

–Klingen zehn Prozent Rabatt auf jeden Erstkauf beim besten Möbelspezialisten Amerikas nicht verlockend für Sie? Wenn ja, wird es Sie freuen zu erfahren, daß...

–Paul was war eben da draußen los? Mit Billy, du hast gesagt...

–Nichts. Nichts Liz, er ist verrückt, das ist alles, er gehört eingesperrt zu seinem eigenen Wohl, wozu zum Teufel brauchen wir Möbel? Diese verdammte Scheißbank, sieh dir das an, drei Raten Rückstand auf den Kredit, jetzt drohen sie mich zu ruinieren, sie versuchen, mir Möbel zu verkaufen. Wir haben doch nichts als Möbel!

–Wenn es doch so wäre. Wenn ich mich doch nur umsehen könnte und dann etwas sähe, was mir gehört, diese beiden Intarsienschränke würden genau in...

–Sieh mal, die kommen nirgendwo hin, solange nicht die verdammte Lagergebühr bezahlt ist, kriegen das ganze Zeugs hier rein, wo zum Teufel sollen wir es denn hinstellen?

–Wir könnten, eines Tages, wenn wir die Wand zwischen Wohnzimmer und Terrasse rausnehmen könnten? Einfach alles aufmachen und einen Stützbogen bis zur Terrasse hinaus einziehen und dann alles verglasen, die ganze Terrasse, und das alte Klavier aus Longview, wir könnten...

–Reiß die Wand raus und das ganze verdammte Haus bricht zusammen Liz, wovon redest du eigentlich, mietest von jemandem ein Haus und willst anfangen, Wände rauszureißen? Papier zerriß.

–Ich hab' doch nur gesagt, eines Tages...

–Dr. Gustav Schak, zweihundertsechzig Dollar. Wer zum Teufel ist Gustav Schak?

–Der, bei dem ich letzte Woche war, der, zu dem Jack Orsini mich geschickt hat, und ich hatte diese schreckliche...

–Eine Behandlung? Zweihundertsechzig Dollar für eine Behandlung?

–Naja, sie haben diese Tests gemacht, hab' ich dir doch erzählt, wie schrecklich diese Sprechstundenhilfe mich angeschnauzt hat, ich konnte kaum atmen, so ein Spirometrietest, ich war gerade mitten in einem Krampf, und sie schnauzte mich an wegen...

–Spirometrie achtzig Dollar. *AU* einhundert Dollar, was zum Teufel ist *AU*? Allgemeine Untersuchung, was zum...

–Also ich weiß nicht, Paul! Es war alles so durcheinander, ich fühlte mich so fürchterlich, und diese Sprechstundenhilfe war so ruppig, und er hatte es so eilig, er fuhr gerade zum Golfen nach Palm Springs, ich hab' ihn kaum zehn Minuten gesehen. Er hat mich nur drangenommen, um Orsini einen Gefallen zu tun, weil sie ja wissen müssen, was diese Tests ergeben, wenn ich nächste Woche zu diesem Spezialisten gehe, diesem Dr. Kissinger, zu dem ich nächste Woche gehe, und Dr. Schak schickt ihm die...

22

—Ja schon gut Liz, aber mein Gott. Zweihundertundsech…
—Ich kann's nicht ändern! Ich, ich weiß nicht, was ich sonst…
—Schon gut, sieh mal. Schick ihm einfach fünfundzwanzig Dollar und schreib auf den Scheck, Gesamtsumme. Kannst du Orsini anrufen?
—Hab' ich schon. Er ist in Genf. Bei irgendeinem großen Neurologenkongreß oder sowas in Genf.
—Der fährt also dahin, hält 'nen Vortrag, läuft ein bißchen Ski in Kitzbühel, hält kurz in Deauville an, um sich seine Pferde anzusehen, setzt den ganzen Scheiß von der Steuer ab und ist rechtzeitig wieder zu Hause zur nächsten riesigen Verlagsparty, ein weiterer Riesen-Taschenbucherfolg…
—Aber er war nett zu mir Paul, er war immer großzügig…
—Großzügig? Nachdem dein Vater ihn derart geschmiert hat? Sieh mal, ich will mit ihm reden Liz, wenn du das nächste Mal von Orsini hörst, will ich mit ihm reden.
—Würd' ich lieber nicht, Paul, würd' ich wirklich nicht, wenn er denkt, daß du dich in diese Forschungssache einmischst, die Papa ihm zugeschanzt hat, wird er wütend werden, das weiß ich genau, er wird…
—Ich misch' mich verdammt nochmal in gar nichts ein, darüber will ich mit ihm überhaupt nicht reden, Scheiße Liz, erzähl mir jetzt nicht, was ich tun soll! Er neigte die Flasche über sein Glas, —was ist das denn?
—Das? Sie gab ihn ihm, —ich kann nicht mal sagen, aus welchem Land das kommt.
—Zaire. Wen zum Teufel kennen wir in, warte. Hier, er ist für McCandless, steck ihn hinter die Tür da zu seinen anderen, wo zum Teufel ist der Scheck mit meiner Veteranenrente… Papier zerriß, —von diesen Versicherungsärschen. Um ihre Unterlagen in diesem Fall zu vervollständigen, schwebendes Verfahren, bitten sie dich, einen Termin für eine medizinische Untersuchung im Zusammenhang mit deinen Ansprüchen gegen diese beschissene Fluggesellschaft anzuberaumen, was zum Teufel wollen die…

–Ich weiß es nicht! Ich habe schon sieben, zehn, ich weiß nicht wie viele hinter mir, die Sache ist vier Jahre her, ich weiß nicht mal mehr, was ich ihnen erzählt hab', wo es weh tut, ich kann nicht mal...

–Aber ich kann... das Papier wurde in seiner Hand zum Knäuel –die Ärsche. Ich kann es ihnen sagen, Schwindel, Kopfschmerzen... er glättete es auf dem Tisch. –Sollten Sie diese Untersuchung nicht vornehmen, gefährden Sie Ihre Ansprüche auf Schmerzensgeld wegen, ich kann es ihnen sagen.

Ihr Kopf war in ihre Hand gesunken, die ihn stützte, sie rang schwer nach Atem, war plötzlich mit einem Schritt am Spülbecken, wo sie sich, wieder mit sinnloser Inbrunst, mit einem Stück Küchenkrepp die Nase putzte und hinaussah. Das Licht der Straßenlaterne geleitete ein oder zwei Blätter bei ihrem Fall auf die Terrasse. –Wann willst du essen, sagte sie schließlich.

–Gib mir mal etwas Eis, wo du grad' stehst, ja?

Sie stand da und sah hinaus. –Paul?

–Wen kennst du denn in Eleuthera?

–Niemand, sagte sie, den Küchenkrepp fest in ihre Hand geknüllt, und wandte sich dem grellen Farbdruck von Booten auf grünem Wasser zu. –Oh das ist Edie, eine Karte von Edie.

–Schleppt sie immer noch diesen Inder mit sich rum?

–Ich weiß nicht. Ich würde sie nur so gern mal wiedersehen.

–Also ich kann ohne sie leben, das sag' ich dir.

–Es wäre mir lieb, wenn du das nicht immer wieder sagen müßtest, sie ist die einzige, Edie ist immer meine beste Freundin gewesen, immer, sie war immer...

–Sieh mal, nachdem Grimes mich derartig fertiggemacht hat, was erwartest du da von mir...

–Das war doch nicht Edie! Glaubst du etwa, daß sie ihrem Vater sagt, was er tun soll? Daß sie überhaupt weiß, was er tut? Das warst doch du, und Mister Grimes und die Firma, nachdem Papa, hab' ich etwa Papa je gesagt, was er tun soll? Hat mir je jemand Vorwürfe wegen Papa gemacht?

–Schon gut Liz, aber verdammt nochmal, Edie hat doch gesehen, was passierte? Als dein Vater weg war und Grimes zum Vorsitzenden aufstieg? Grimes hat doch bekommen, was er wollte oder? Mußte er auch noch mich rausschmeißen? Hätte Edie, deine beste Freundin Edie, hätte die nicht wenigstens ein gutes Wort für mich einlegen können? Könnte sie es nicht jetzt tun? Ein Wort von Grimes an Adolph, ein Wort, ganz egal wo, ein Wort von Grimes an diese beschissene Fluggesellschaft, er sitzt doch da im Aufsichtsrat, er sitzt auch im Aufsichtsrat ihrer verdammten Versicherungsgesellschaft, diese, genau diese hier, die dir diesen Brief geschrieben hat, Grimes hat sowas doch früher schon eingefädelt? Diese Taktik, die VCR deinem Vater gegenüber eingeschlagen hat? Paar Fragen, wie dein Vater zu Tode kam, und sie stellen sich quer, da setzt Grimes seinen VCR-Hut ab und setzt den der Versicherungsgesellschaft auf, sie zahlen die zwanzig Millionen aus, ohne mit der Wimper zu zucken, die Liquidität von VCR erhöht sich, ihre Aktien steigen um ein paar Punkte, und schon sitzt Grimes wieder am Ruder, die ganze Sache war doch verdammt merkwürdig. Diese zwanzig Millionen, die genau dann kamen, als man sie brauchte, hast du mir Eis geholt?

Sie stützte eine Hand auf den Stuhl, setzte sich und sagte fast flüsternd, –nein.

–Also es gehört dir, es wird dir gehören, ein Wort an Adolph, um ein paar Tausender lockerzumachen, und wir wären aus dem Schneider, es geht doch nur darum, etwas von unserem Anteil ein bißchen früher rauszunehmen, Teil von dem, was im Trust angehäuft ist, wir würden's nicht mal vermissen, wenn erst die volle Summe frei wird, es ist nichts, ein paar Tausend, ein Wort an Adolph, und wir wären...

–Er macht es aber nicht. Billy hat gerade mit Adolph geredet, und er hat ihm nicht mal...

–Billy, dieser gottverdammte Billy! Was zum Teufel macht er damit, er kriegt jeden Monat genausoviel aus dem Trust, was macht er eigentlich damit? Schau dir doch an, wie er wieder

aussah! Er geht in dem Aufzug zu Adolph, und was wird
Adolph wohl tun, für dich in den Trust langen, und da steht
Billy mit seinen ausgestreckten Schmutzfingern? Was zum Teu-
fel macht er damit? Liz?

–Was?

–Ich sagte, er kriegt genauso viel wie...

–Und was machen wir denn damit? Der Küchenkrepp zerriß
in ihren Händen –was machen wir damit, wir kriegen genauso
viel wie er Paul, was machen wir damit?

–Nein warte mal Liz, das ist, warte. Wir versuchen was zu
tun, versuchen was zu tun Liz, versuchen wie zivilisierte Menschen zu leben, aus diesem beschissenen Loch hier herauszu-
kommen, wie zivilisierte Menschen zu leben Liz, ich versuche
hier was aufzubauen, will mal was vorweisen können, aber er
will bloß seine Verachtung zeigen, für alles, je schlechter der
Gebrauch ist, den er davon machen kann, desto besser, das
macht er damit. Rock-Gruppen, Schwule, mit Drogen han-
delnde Bimbos und dieser ganze buddhistische Mist, weißt du,
er hat da draußen gerade wieder versucht, mir damit zu kommen! Dieser Karma-Mist von diesen tibetanischen Arschkrie-
chern, die er im Schlepptau hatte? Immer dasselbe Liz verdammt nochmal, immer dasselbe, dieser kleine schmierige
Niggermönch in seiner roten Decke, der ihm einen Gefallen
tut, wenn er sein Geld annimmt, immer dasselbe verdammt,
das gibt ihm Gelegenheit, seine Verachtung für das Geld zu
zeigen und für die Leute, denen er es zukommen läßt, und für
das System, aus dem es kommt, wie all diese verdammten Knaben, die mit ihren Gitarren angeben und mit rosa gefärbten
Haaren rumlaufen, sie lügen betrügen feilschen, je mieser der
Betrug, mit dem sie ein paar Dollar einstreichen können, desto
besser, das einzige, was sie verdammt nochmal nicht wollen, ist
dafür arbeiten, hat er denn je einen Pfennig verdient? Einen
einzigen Tag in seinem verdammten Leben gearbeitet?

–Also hat er schon Paul, hat er, deshalb war er ja gerade eben
hier, er fuhr einen...

–Bißchen Geld pumpen, deshalb war er gerade eben hier oder? Hat versucht, ein bißchen Geld zu pumpen?

–Naja, aber das ist nicht der...

–Sag' ich dir doch Liz, versuch' ich dir doch klarzumachen. Für Geld arbeiten heißt, daß du ein wenig Respekt davor hast, er dagegen will es nur, um jedem seine Verachtung zu zeigen, der dafür arbeitet, jedem, der was zu tun versucht, Sachen in den Griff zu kriegen versucht, was aufzubauen versucht, wie es dein Vater getan hat, wir wissen doch beide, was da los ist Liz, worum's verdammt nochmal geht bei all dem. Ich hab' da angefangen, dein Vater konnte sehen, ich pack' richtig zu und erledige die Arbeit, daß ich mich reinknien konnte und die Dinge richtig einschätzen, mir ein Bild vom Ganzen machen und ein paar Risiken in Kauf nehmen, um Erfolg zu haben, all das, was dein Scheißbruder nie tun wird, nicht mal versuchen würde er es, deshalb rechnet er immer noch mit mir ab, rechnet mit deinem Vater ab, rechnet mit jedem ab, der zu arbeiten versucht, bloß raus aus diesem Loch hier. Diese Unterhaltslast muß ich loswerden, sie haben die Anhörung angesetzt, die kann jetzt bald sein, bloß immer diese Rechnungen, all diese verdammten Rechnungen... Er hob das Glas und setzte es wieder ab, fuhr sich mit der Hand über den Mund, –sag mir mal, warum ich immer dieses Glas mit dem Sprung am Rand kriege? Liz?

–Was?

–Ich hab' dich bloß gefragt warum, das Problem ist, ich glaub', du hörst mir manchmal nicht richtig zu, läßt dich nicht richtig auf mich ein und greifst mir nicht unter die Arme, ich versuch' dir zu erzählen, was ich hier zu machen versuche, versuch' die Dinge zusammenzukriegen, dein verdammter Bruder reißt sie wieder auseinander, ich leiere Dinge an Liz, drei oder vier, ich hab' 'nen Bimbo hier aus Guinea, der sagt, er sei da im Parlament, Polomantel an, vorn überall Fettflecken drauf, das Ministerium schickt ihn rum, um Gefängnisse und Hühnerfarmen zu besichtigen, wollen ihr Gefängnissystem aus dem zehnten Jahrhundert loswerden und 'ne Geflügelproduktion aufbauen, muß ihn vielleicht mal zu den Hühnerfarmen in Terre Haute mitnehmen und dem großen Bundesgefängnis weiter unten an der Straße, gleich verbinden mit diesem anderen großen Kunden, großer Arzneimittelhersteller, hat Tierfutterproduzenten aus Europa an der Hand, wollen Schweine sehen, in Terre Haute muß es doch Schweine geben, sie da hinführen und ihnen die Schweine zeigen, und dieser Ude, dieser Reverend Ude sagst du hat angerufen? Nullachtfünfzehn-Radiosender mit Anschluß ans nationale Fernsehnetz, Berichte aus aller Welt, er hat sich schon an diese Missionen in Afrika rangemacht, verkünde die Frohe Botschaft, leier was an, er hat schon so einen Stimme-der-Erlösung-Sender da unten Liz, alte Jagdgründe, steig' da ein, riskier' ein bißchen was und sahn' ordentlich ab, bloß raus aus dem Loch hier, all die Scheißrechnungen hier, schau sie dir an, Kredite Lagergebühr Kreditkarten Diners Club American Express Anwälte Ärzte, fragst dich, was wir mit dem Geld machen, das machen wir damit, eine Behandlung, zweihundertsechzig Dollar für eine Behandlung, das ist es, was du...

–Ich kann es nicht ändern Paul! Wenn du, glaubst du denn, ich geh' gern zu Ärzten? Wie in, wie du in Restaurants gehst? Flugkarten Autovermietung Motelrechnungen Hotels, darum geht's doch, glaubst du denn, ich...

–Sieh mal, nur ein einziges Mal. Laß uns das nur ein einziges Mal klarstellen Liz. Ich versuche was anzuleiern. Aber das kann man nicht bei Butterbrot und Bier. Man fährt nicht mit dem Greyhound und übernachtet in der Jugendherberge, wenn man neue Einnahmequellen erschließen will. Man darf kein Pfennigfuchser sein, es sei denn man ist bloß hinter Pfennigen und Groschen her, und nicht mal die kriegt man dann, nun schau mal, ich hab' 'ne Reihe von...

–Mach sie aus, Paul.

–Was?

–Die Zigarette. Mach sie aus.

Statt dessen leerte er sein Glas und wandte sich abrupt in Richtung Flur, um vor dem leeren Kamin stehenzubleiben, sog

Rauch ein, stieß ihn aus, starrte zurück auf den nassen Lappen auf dem nassen Fußboden unter der Treppe. –Liz…? Er warf die noch qualmende Zigarette auf den Kaminrost –mußt was unternehmen wegen dieser beschissenen Toilette. Liz?

–Was?

–Ich hab' gesagt, so können wir nicht leben. Versuchen wie zivilisierte Menschen zu leben, und dein Bruder kommt hier rein, bepißt den ganzen Fußboden, wir können nicht mal…

–Schon gut! Laß es einfach so, ich wische es dann auf, laß es so.

–Wo immer er hingeht, putzt jemand hinter ihm her, wo immer er hingeht verdammt. Du putzt, Adolph putzt, Adolph hat nie was anderes getan als hinter ihm herputzen. Der Autounfall in Encino? Und Yale? Er fliegt aus jeder Schule, der er auch nur nahe kommt, also kaufen sie ihm den Weg nach Yale frei, weißt du, was er mir mal erzählt hat? Daß sie ihn in der achten Klasse behalten haben, weil er so ein toller Hockeyspieler war? Du weißt verdammt genau, warum sie…

–Paul was soll das? Du schreist mich an, Billy schreit mich an, als ob ich irgendwas tun könnte, als ob ich schuld wäre, was soll das? Es ist doch fast vorbei, ein paar Monate noch, dann ist er fünfundzwanzig, was soll das also…

–Der Punkt Liz, der Punkt ist, daß er eingesperrt gehört, er gehört eingesperrt, bis er fünfundzwanzig ist, sonst wird er nie fünfundzwanzig. Der Punkt ist, dieser Trust wirft ungefähr fünf Prozent ab, Adolph sagt, er kann nicht auf Ertrag investieren, was ist mit Grimes? Der sitzt im Aufsichtsrat der Bank, die Mittreuhänder ist oder? Ein Wort von Grimes, glaubst du etwa, der würde auch nur ein gutes Wort für irgendeinen von uns einlegen? Solange Billy dabei ist? Diese Party, als sie Squeekie ohnmächtig und nackt in der Badewanne deines Vaters fanden, und sie war fünfzehn, glaubst du denn, daß ihr Vater einen Finger…

–Oh Paul, das war eine Geschichte, es ist nie geschehen, es war nur eine Geschichte, die sich jemand…

–Diese Edie, sie ist doch Edies Schwester? Haben wir es nicht von ihr erfahren, von Edie? Nachdem dein Vater Grimes angerufen hat? Glaubst du etwa, Grimes würde nach all dem für irgendeinen von uns noch einen Finger krumm machen? Adolph kann nicht auf Ertrag investieren, er muß auf lange Laufzeit investieren, ein Wort von Grimes an seine Scheißbank, und die Sache könnte zwölf, fünfzehn Prozent abwerfen, glaubst du, er sagt was? Mit Adolph, der sofort was rausrückt, um hinter Billy herzuputzen, diese Indianerin Mexikanerin oder sonstwas, Adolph hat sie ausbezahlt und diese Sheila auch, kauft eine Flugkarte, um sie samt Gitarre, Drogen und Mantras und ihrem ganzen anderen buddhistischen Müll in ein Flugzeug nach Indien zu setzen, lange Laufzeit, ja wie lange denn? Für irgendeine nächste Generation, die aussehen wird wie frisch aus dem Zoo verdammt? Billy, der rumrennt und sein Ding in alles reinsteckt, was Beine hat, und Adolph gleich hinterher, zieht die Röcke wieder runter und zahlt sie aus, damit sie der Familie kein Kuckucksei unterschieben, und wir können nicht mal das, wir können nicht mal...

–Paul das ist nicht meine Schuld! Das ist, das ist nicht meine...

–Das hab' ich ja nicht gesagt. Ich habe das nicht gesagt Liz. Ich wollte dich nicht...

–Hast du wohl und tust du wohl! Das tust du immer du, ich geh' zum Arzt, jedesmal, wenn ich zum Arzt gehe, beklagst du dich über die Rechnungen, sogar der Flugzeugabsturz, du machst mir sogar deshalb Vorwürfe, du...

–Liz hör auf...! Er setzte sein geleertes Glas ab, kam um den Tisch herum. –Wie könnte ich dir den Flugzeugabsturz vorwerfen?

–Tust du aber. Immer wenn wir ins Bett gehen, dieser Prozeß, den du gegen sie angestrengt hast wegen meiner, jedesmal wenn...

–Liz nicht, sieh mal. Tut mir leid. Ich wollte dich nicht...

–Es tut dir immer leid, jedesmal, nein laß. Laß das, gib mir nur die Serviette, nicht, du bringst mein Haar durcheinander...

Aber er beugte sich hinab, näher, sein Atem brachte es in Bewegung, –Liz? Weißt du noch, das erste Mal? Nach dieser Beerdigung? Als ich mich im Auto rübergelehnt und dir gesagt hab', daß dein Nacken mir's schon immer angetan hat...

–Nein bitte... sie zog sich zurück, duckte sich mit seiner Hand auf ihrer entblößten Schulter –du tust mir...

–Warum zum Teufel trägst du dieses Ding? Er war wieder außer Reichweite, hatte eine Hand nach seinem Glas ausgestreckt, –du hast es seit dem Sommer nicht mehr getragen.

–Aber was, ich wollte nur...

–Mit deinem blauen Fleck angeben? Ärmelloses Ding, um mit deiner verdammten Nahkampfmedaille anzugeben bei den Nachbarn und jedem, der...

–Ich kenne hier überhaupt keine Nachbarn!

–Und dein Bruder, was ist mit deinem Bruder, deinem...

–Ich hab' gesagt, ich sei gegen ein Bücherregal gestoßen. Wann willst du zu Abend essen?

–Ein Bücherregal... Er hielt die Flasche übers Glas, hielt sie so, wie er Getränke einzugießen pflegte, mit beiden Händen, eine unten an der Flasche stemmte sie hoch und gegen die andere, die sie hinabdrückte, den Flaschenhals über das Glas zwang, und –ein Bücherregal, murmelte er, wieder am Spülbecken, holte sich einen Schluck Wasser und ging an ihr vorbei durch den Flur. –Wo? Welches Bücherregal? Kannst du mir ein einziges Bücherregal zeigen verdammt? Hier gibt's doch alles, nur kein Bücherregal, wie im Museum, als würde man im Museum wohnen. Liz...? Er war an die Tür gelangt und schaltete dort eine Lampe an, irgendetwas Japanisches unter einem Seidenschirm, das den Schemen seines Gesichts auf die glasgerahmte Stickerei darüber warf. –Hat die Maklerin dir gesagt, wann sie das Zeug hier abholen? Liz?

–Sie sagte nur, daß seine Frau deswegen kommen würde.

–Das heißt also, daß wir uns mit jedem Blumentopf abfinden

müssen, wie sie ihn hinterlassen hat? Bilder Spiegel Blumen, diese beschissenen Blumen im Wohnzimmer, diese ganzen Blumen gießen? Er hob sein Glas, setzte es halbgeleert ab, kam quer durch das Zimmer, um es auf dem Kaminsims abzustellen, eine Handbreit neben einem Porzellanhund, nicht näher. –Sieht aus, als würde sie gleich wiederkommen, das ganze Haus sieht aus, als wäre sie nur zum Mittagessen weggegangen und hätte vor, zum Abendessen wieder dazusein... Er fuhr mit einem Finger über den Porzellanhund, hielt ihn hoch, und die Figur zerbrach in seinen Händen. –Liz? Hier muß jemand her zum Putzen... er fügte die Hälften zusammen, stellte sie zurück und beugte sich darüber, pustete sie an, preßte sie zusammen, pustete wieder, wedelte mit der Hand darüber und griff nach seinem Glas, –diese Liste, die er dagelassen hat? Klempner Elektriker Kaminholz, steht da 'ne Frau drauf, die zum Putzen kommt? Er war an den Erker getreten, wo er sein Glas hob und leerte, er stand da und sah über den schwarzen Scheitel der Straße hinunter, und dann fuhr er mit einem Finger über das Fensterbrett und begutachtete ihn. –Hol' sie her, damit sie die Fenster putzt, so verräuchert, daß man nicht rausschauen kann... Er drehte sich mit dem leeren Glas um, –weißt du, wo die Liste ist? Bestell' sie her, damit sie aufräumt, sieh zu, ob sie kann, aua...!

–Paul?

–Muß dieser Kaffeetisch denn mitten im Zimmer stehen verdammt? Hau' mir jedesmal das Bein an, wenn ich vorbeigehe.

–Wo soll er denn sonst hin? Wir haben keinen Platz, um...

–Und diese Toilette muß repariert werden.

–Aber was soll ich machen? Ich hab' dir doch gesagt, daß ich den Klempner angerufen habe, und sie müssen in dieses Zimmer rein, um an ein verstopftes Abflußrohr ranzukommen.

–Sag' ihnen, sie sollen das Schloß aufbrechen. Sag' ihnen einfach, sie sollen das verdammte Vorhängeschloß aufbrechen. Dieser McCandless, Argentinien Zaire ganz egal wo er steckt zum Teufel, sieh dir diese verräucherten Fenster an, er liegt wahrscheinlich irgendwo auf 'ner Krebsstation, was sollen wir machen? Er vermietet uns das Haus mit dem abgeschlossenen Zimmer und einem Mietvertrag, in dem steht, daß er sich den Zugang zu seinen Papieren darin vorbehält, was machen wir also? Hier sitzen und warten, bis er herkommt, um nach 'ner alten Wäschereiquittung zu suchen, während dein Bruder hier rumhängt und den ganzen Fußboden vollpißt? Weißt du, wo diese Liste ist? Ruf einfach an und sag' ihnen, sie sollen das Vorhängeschloß aufbrechen und reingehen und den beschissenen Abfluß reparieren... Er stand wieder über die Flasche gebeugt, –sie können ja ein neues Schloß einsetzen und der Maklerin den Schlüssel geben, falls McCandless je auftaucht, kann sie ihn ihm ja aushändigen.

–Du mußt mir Geld dalassen.

–Die sollen der Maklerin die Rechnung schicken.

–Für die Putzfrau, sie...

–Bist du sicher, daß das die ganze Post ist? Er setzte sich wieder, zog sie zu sich heran, –mein Scheck mit der Veteranenrente, wo zum Teufel ist der... Statt dessen fand er die Zeitung... –Was ist mit Abendessen?

–Es gibt noch Schinken, was davon übrig ist.

–Hast du das in der Zeitung gelesen? Diese Schlitzaugen besorgen sich Hunde und essen sie?

–Bitte mach sie aus Paul. Es fällt mir schwer zu atmen.

–Wir geben hier pro Woche fünf Dollar aus, um die Katze von irgendwem zu füttern, und diese Gauner marschieren ins Tierheim, gehen nach Haus und machen Dackel-Barbecue. Schau dir mal dieses Schlitzauge an, der tätschelt einem Bernhardiner den...

–Paul mach sie aus.

–Schon gut! Er zerdrückte die Zigarette in ihrer Teetasse –bringt ihn den Kleinen zu Hause mit, die ganze verdammte Familie frißt 'ne Woche lang davon, die können nicht mal...

–Sie können nichts dafür! Sie stand plötzlich, war an ihm vorbei und im Wohnzimmer, wo sie einfach stehenblieb.

—Was? Was meinst du damit, sie können nichts...

—Ich wünschte mir nur, du würdest sie nicht auch noch immer Gauner und Schlitzaugen nennen, das ist doch alles so lange her, und du kannst sie so nicht nennen, alles Schlitzaugen... Sie bückte sich nach dem Lappen auf dem nassen Fußboden, —die, die unsere Freunde waren, die, die...

—Liz verdammt nochmal, ich kenne sie! Das sind alles Schlitzaugen, allesamt, jeder einzelne von denen verdammt, ich kenne sie Liz...! Und seine Hand stieß das Glas um, als sie jäh zitternd nach dem Telefon griff. —Das wird Ude sein.

Sie ging zum Mülleimer, rang nach Atem, ließ den nassen Lappen einen Moment baumeln, bevor sie ihn dorthin fallen ließ, wo das Gefieder, gesprenkelt? oder nur verdreckt, an der Kehle immer noch in einem bräunlichen Rosa schimmerte. Es war eine Taube.

Sie stieg vom Fluß her den Hügel hinauf, blieb stehen, um
Atem zu holen, und als sie wieder bergan zu gehen begann,
gesellte sich ihr ein alter Hund zu, und ihre ganze Anstrengung spiegelte sich in seinem Trott wider, gesenkter, an Maul
und Lefzen ergrauender Kopf, Läufe und Fesseln haarlos geworden und verschorft, das trockene schwarze Fell zum
Schwanz hin ausgedünnt. Kurz vor dem Gipfel blieb sie wieder stehen, eine Hand auf einen Zaunpfahl gestützt, während
sie sich mit der anderen über die Stirn fuhr und bemerkte,
daß die Krallen des Hundes auffallend rubinrot lackiert waren. Sie überquerten Seite an Seite die Straße, als hätten sie
sie schon oft Seite an Seite überquert, geradewegs über das
zerbröckelnde Ziegelpflaster bis zur Haustür, wo der Hund
sich gegen ihr Knie drängte und stieren Blicks draußen stehengelassen wurde, indes sie die Tür hinter sich schloß. Irgendwo erstarb das Dröhnen eines Staubsaugers in einem
Wimmern. –Hallo? rief sie, –hallo? Madame Socrate…? An
ihrem Ellbogen zierte eine Bluse aus blaßgrünen Batistfetzen
mit Perlmutt-Knöpfen den Treppenpfosten. Ein Wassereimer
versperrte die Küchentür. –Madame Socrate? Und sie streckte
eine Hand nach dem grellen Blumenmuster im Treppenhaus
aus, während sich unter Geklapper von Staubsaugerzubehör
nackte Fußsohlen näherten. –Ich bin, ich bin Mrs. Booth,
Eliz…
   –Madame.

–Ja also... ihre Hand sank herab, –bonjour... sie trat zur Seite. –Ich bin froh, daß Sie kommen konnten, ist alles, ça va?

–On a besoin d'un nouvel aspirateur, Madame.

–Ja ein, ein was, quoi?

–On a besoin d'un nouvel aspirateur, Madame.

–Oh ja. Oui.

–Celui-ci est foutu.

–Natürlich ja der, der Staubsauger oui, ja der ist schon ziemlich alt nicht wahr, mais, mais c'est très important de, qu'on nettoyer tous les, le Staub vous savez le, le Staub? Parce que mon asthma...

–Madame?

–Ja also ich meine nur, ich meine vous faites du bon travail quand même... sie zog sich zurück, –ich meine heute ist ein schrecklich warmer Tag, und Sie haben das ganz wunderbar gemacht, quand même...

–Oui Madame.

Das Zubehör schepperte an ihr vorbei, und sie bückte sich, um an ihre Wade zu fassen, die sie sich am Kaffeetisch gestoßen hatte, sank auf die Kante des abgewetzten Zweiersofas. Vom Kamin verstreut, lag Asche in einer feinen grauen Schicht auf dem Herd. Auf der anderen Seite des Zimmers verband ein feiner Spinnwebfaden die Vorhänge im Erker und fing den Sonnenstrahl ein, der durchs Eßzimmer hereinfiel. –Madame Socrate? Vous avez fini ici? Hier zu putzen meine ich?

–Madame? aus der Küche.

–Ici? Cette salle, c'est tout...

–C'est pas sale Madame!

–Nein ich meinte nicht, nicht sale, nicht dreckig nein, salle meine ich, ich meine chambre, cette chambre? C'est fini?

–Oui Madame.

Als das Telefon klingelte, stand sie am Kaminsims und setzte den Porzellanhund zusammen. Aus dem Eßzimmer kommend, fiel sie beinahe hin, als sie durch die nasse Küche lief, wo die Frau den grünen Batist auf Händen und Knien in weiten

Schwüngen in den Eimer tauchte. –Tut mir leid... sie ging vorbei und dann –hallo...? Nein, ich... Er ist nicht hier nein, ich weiß nicht, wie man ihn erreichen... hallo? Hallo? Sie legte auf und stellte ihre Füße auf die Stuhlsprosse, als der Eimer näherschwappte, –ehrlich! Warum sind die Leute nur so grob!

–Madame? vom Fußboden her.

–Diese Leute, die, qui cherchent Monsieur McCandless. Est-ce que, est-ce qu'il y avait des, des téléphones, ich meine irgendwelche Anrufe heute morgen? Ce matin?

–Oui Madame, beaucoup.

–Aber ich meine, Sie meinen, da waren viele Anrufe? Sie starrte auf den leeren Notizblock neben dem Telefon, –aber wer. Wer war es denn?

–Je sais pas Madame.

–Aber ich meine, für wen waren sie denn? Ich meine, pour Monsieur McCandless meinen Sie? Ce matin?

–Il était fâché, oui.

–Was?

–Ce matin, oui. Il était fâché.

–Wer? Qui?

–Ce monsieur, oui, le même qui est venu ce matin.

–Was, auf der Suche nach ihm? Jemand kam hierher auf der Suche nach ihm meinen Sie? Nach Monsieur McCandless?

–Monsieur McCandless, oui. Il était fâché.

–Ja also das sagten Sie schon, er war wütend, das sagten Sie schon, aber ich meine wer? Qui?

–Monsieur McCandless, oui... Der feuchte Streifen kam näher, war unter ihren Füßen, –cette pièce là, il ne pouvait pas entrer. Il dit qu'on a changé la serrure. Il était fâch...

–Nein halt jetzt, halt, attendez. Er war, Sie meinen, Monsieur McCandless était ici? Hier? Er war hier?

–Ce matin, oui Madame.

–Aber er, ich meine warum haben Sie mir das nicht gesagt! Was hat er...

–La pièce là... mit einem feuchten Schwung in Richtung der

Tür hinter ihr, –il se fâchait parce-qu'il ne pouvait pas entrer quand il est venu ce mat…

–Ja also das sagten Sie schon, und er war fâché, weil er nicht reinkonnte, ich meine warum hat er nicht angerufen? Letzte Woche haben sie ein neues Schloß angebracht, als sie ein Rohr da drinnen repariert haben, warum hat er nicht angerufen, die Maklerin hat den Schlüssel, er hätte doch zu der Immobilien-Maklerin gehen können? Hat er irgendeine Nachricht oder sonstwas hinterlassen? Wo wir ihn, où on peut lui téléphoner?

–Non Madame.

–Also ich weiß nicht, was er von uns erwartet… Der Eimer kam drohend näher, und sie stand auf, ging daran vorbei, –er hat nichts gesagt? Rien? Ich meine wo man ihn, où on peut lui trouver? In der Tür drehte sie sich um, –wo diese Leute ihn erreichen können? Ich meine ich bin auch ein bißchen fâché… Auf einen Stuhl im Eßzimmer gestützt, streifte sie ihre Schuhe ab, und ihre Schritte trugen sie ohne jede Absicht ins Wohnzimmer zurück, zum Kaminsims. –Madame? Madame Socrate…? Sie preßte den zerbrochenen Hund zusammen, –ce chien? Qu'est-ce que arrive avec ce chien que, que c'est cassé?

–Madame?

–Nein nichts, ist egal. Rien… Sie wandte sich ab und ging unentschlossenen Schrittes umher, als ihr Blick jäh auf Worte fiel und ausdruckslos die eigene Not fixierte, die hier ganz unwillkürlich Gestalt annahm,

GENERAL MOTORS GIBT
412 MILLIONEN $
REKORD-VERLUST BEKANNT

die Schlagzeile von gestern oder vorgestern, die in ihrer plumpen Forderung, gelesen zu werden, gestern nicht wichtiger war als heute, aber Verwirrung stiftete, ihre innere Leere vergrößerte, sie anderswo hintrieb, irgendwohin, in die stille Umarmung des Sessels jenseits des Kamins, und sogar vor der floh sie zur Symmetrie der Glaseinsätze in der Haustür.

–Madame?

–Oh! Ich, Sie haben mich erschreckt...

–Vous parliez du chien, Madame? Draußen auf dem Ziegelweg kauerte sich der alte Hund hin, um sich einen verschorften Lauf mit diesen roten Krallen zu kratzen. –Je ne connais pas ce chien Madame.

–Das ist nicht, egal, ça ne fait rien, er ist nur, er tut nur so, als würde er hier hingehören, nein halt, halt ich wollte Sie etwas fragen. Ces meubles? All diese Möbel? Ich meine on dit que c'est le, les meubles du Madame?

–Madame?

–Du Madame McCandless oui, qu'elle vient pour le, das alles fortzuschaffen meine ich? Pour le retrouver?

–Sais pas Madame.

–Weil es alles, ich meine einiges davon ist ganz hübsch nicht wahr, es ist, c'est comme un petit musée nicht wahr? Ich meine ces chaises? Sie sind aus Rosenholz oder nicht, ich würde Mietern, die man nicht mal kennt, solche Stühle nicht überlassen, und diese Vase? Das ist Sèvres nicht wahr? N'est-ce pas? Weil alles so wunderbar zusammenpaßt, ich habe das nie gekonnt, ein Haus so aussehen zu lassen, so perfekt. Sogar diese... sie bückte sich, um Blütenblätter anzupusten, Alpenveilchen vielleicht, die in rosa Seide vor sich hin nickten, und trat vor dem Staubwölkchen zurück. –Madame? Madame Socrate...? Aus der Küche das Rauschen eines Wasserstrahls, das Scheppern des Eimers im Ausguß. –Sie muß plötzlich gegangen sein oder? Ganz plötzlich? Sonst hätte sie nicht alles so hinterlassen wie diese... Und wieder in der Tür zur Küche, –Madame? C'est combien du temps que elle, que Madame McCandless, ich meine wie lange ist sie schon fort?

–Madame? Der Eimer landete auf dem Fußboden.

–Wie lange ist sie, quand elle est partie?

39

—Sais pas Madame.

—Nein, aber wenn Sie für sie gearbeitet haben, ich meine Sie müssen doch eine Ahnung haben, wann sie, quelque idée...

—Sais pas Madame.

—Aber... sie stand da und schwieg angesichts des ihr zugewandten Rückens und der trägen Lässigkeit, mit der der Arm den Herd, das Spülbecken, das Fensterbrett abwischte, weiße Oberflächen, und dahinter entfärbte Blätter, die im Sonnenlicht, das sich im verworrenen Wuchs der Zweige eines Maulbeerbaumes brach, die Terrasse bedeckten, und dann plötzlich —elle est jolie?

—Madame?

—Ist sie, ce Madame McCandless, est-ce qu'elle est jolie?

—Sais pas Madame.

—Nein aber ich meine, Sie müssen doch wissen, ob sie hübsch ist, belle? Ist sie, ob sie jung ist? Ich meine vous connaissez ce Madame puis...

—Connais pas Madame.

—Aber sie, Sie kennen sie nicht? Vous ne connaissez, ich meine Sie kennen sie nicht mal? Aber das ist, ich meine das ist merkwürdig oder nicht, n'est-ce pas?

—Oui Madame.

Wieder im Wohnzimmer, hob sie die Zeitung auf, legte sie weg und nahm das Vogelbestimmungsbuch zur Hand, in dem sie den gezackten Kamm und das geduckte Balzgehabe des Rotbrüstigen Gänsesägers studierte. Sie hatte noch nie einen gesehen.

—Madame? nun in der Küchentür, in ausgetretene Pumps schlüpfend.

—Oh, oh Sie sind jetzt fertig ja, un moment... Aus dem Eßzimmer tretend, zog sie die Küchenschublade auf, kramte unter Servietten, unter Tisch-Sets, —das macht, c'est vingt cinq Dollars?

—Trente Dollars Madame.

—Oh...? Sie förderte weitere fünf zutage.

—Et la monnaie pour l'autobus Madame.

—Oh das, Ihr Fahrgeld ja, ja combien...

—Un Dollar Madame, deux fois cinquante.

—Oui... sie holte ihre Handtasche, —et merci...

—Le mardi prochain Madame?

—Nächsten Dienstag ja also, also nein. Nein ich meine darüber wollte ich mit Ihnen reden, ich meine qu'il ne serait pas nécessaire que, daß es vielleicht, daß es besser ist, mal abzuwarten, und ich rufe Sie wieder an, wenn ich, que je vous téléphoner...

—Vous ne voulez pas que je revienne.

—Ja doch, ich meine aber nicht nächsten Dienstag, ich meine ich rufe Sie wieder an, ich hoffe Sie verstehen, Madame Socrate, es ist nur, daß ich, que votre travail est très bon, alles sieht wunderbar aus, aber...

—J'comprends Madame... die Tür ging auf, —et la clef.

—Oh der Schlüssel ja, ja danke merci, ich hoffe Sie, oh aber warten Sie, warten Sie, könnten Sie, est-ce que vous pouvez trouver le, les cartes... mit einer jähen Geste zum Briefkasten, —là, dans le, des cartes...? Und die Post an sich gepreßt, stand sie noch immer da, sah das Blumenmuster stetig hügelabwärts kurven, sah den lippenstiftroten Spritzer Hibiskus vor den Blätterhaufen entlang des schwarzen Stroms der Straße, die ihr vom Fluß her entgegenstieg, und im Bestreben, zu Atem zu kommen, ließ sie das Kinn sinken. Als sie es wieder hob, hatte das Telefon aufgehört zu klingeln. Sie schloß die Tür, trat angesichts wirrer Rottöne in der dort aufgehängten glasgerahmten Stickerei zurück, warf ihr Haar nach hinten und starrte durch ihr mattes Abbild auf das hinter dem Glas in Form einer behäbigen Stickerei ausgestellte Alphabet, auf die Mißbilligung der weihevollen Muße und das irdische Elend, die der darunter prangende Sinnspruch kundtat: Während wir auf die Serviette warten, wird die Suppe kalt...

Sie kam mit den Hälften des Porzellanhundes vom Kaminsims in die Küche, fand Klebstoff, stand am Becken und preßte die Teile zusammen. Ein Ohr sprang ab, und sie machte sich gemächlich auf den Weg zum Mülleimer, ihren Daumen mit einem Blutfleck daran an den Lippen. Da auf dem Abfall lagen der grelle Schimmer der Boote vor Eleuthera und, als sie sich heruntergebeugt und den Kaffeesatz davon abgewischt hatte, ein abgerissenes Stück von einem Brief in einer großzügigen, ihr nicht vertrauten Handschrift, den sie in zerrissenen Fragmenten herausfischte, irgend jemandes Schuld, das letzte, was ich, damit du mir glaubst, was soll man sonst machen. Weiter unten, unter dem feuchten Batist, an dem die Knöpfe fehlten, fand sie eine abgerissene Hälfte des Umschlags mit der Briefmarke aus Zaire, PER EILBOTEN, und drehte ihn um und um, bis das Telefon sie mit dem Daumen an den Lippen hochfahren ließ, und sie schmeckte Blut. –Mrs. wer...? Nein ich fürchte nicht, ich bin nicht... Also es ist eine sehr kleine Straße, und ich meine ich weiß nicht mal, wer da wohnt... Nein hören Sie mal zu, ich kann bei Ihrer Demonstration gegen Krebs nicht mitmachen, ich habe was gegen Krebs, ich mag nicht einmal darüber nachdenken, das wär's, jetzt... ja bitte sehr, Wiederhören.

Eine Bewegung veranlaßte sie, den Blick zu heben, bei der Uhr innezuhalten; es bewegte sich nichts als das Gesprenkel des vom Laub gefilterten Sonnenlichts auf der weißen Küchenwand, ruhig wie Atem, bis sie sich zum Radio wandte, das sie prompt davon in Kenntnis setzte, daß Milwaukee die Indians vier zu eins besiegt hatte, aber nicht davon, was für eine Sportart es war, und sie schaltete ab, goß sich ein Glas Milch ein und trug es die Treppe hoch, wo sie den Fernseher anstellte und ihre Bluse abstreifte, in Kissen sank.

Wo kann ich Dollar wechseln?
Dónde puedo cambiar dolares?

Sie bewegte ihrerseits die Lippen.

Kann ich im Hotel Dollar wechseln?
Puedo cambiar dolares en el hotel?

Ihre Lippen ahmten die auf dem Bildschirm nach.

Um wieviel Uhr öffnet die Bank?
A qué hora...

—A qué hora... Auch jetzt noch, während das vom Laub gedämpfte Sonnenlicht von der entblößten Schulter über ihre geöffneten Lippen kletterte, bewegten sich diese bei geschlosse-
nen Augendeckeln weiter, und die Bewegung durchdrang ein
diffuses Halbdunkel, machte die Stille erst manifest, und sie
selbst war wie in einem Kokon, während die Zeit verstrich und
die Sonne weiter vordrang, bis das Telefon sie hochscheuchte.
Als sie danach griff, stieß sie die Milch um.
    —Wer, Vermittlung...? Ja hier ist, am Apparat ja, ich bin am
Apparat, ich meine vom wem kommt der Anruf, wer... Oh! Ja
stellen Sie durch Vermittlung, ja Edie? Wie wunderbar, ja wo
bist du, bist du wieder da? Ich hab' deine Karte aus Eleuth...
Oh. Nein ich hab' so sehr gehofft, dich zu sehen... Du meinst,
du bist da jetzt mit Jack? Ich dachte, er wäre in Genf, in seiner
Praxis sagte man mir, er... Oh nein Edie, hast du...? Haben dir
denn nicht alle gesagt, daß das geschehen würde? Genau wie
dieser gräßliche kleine Burmese, der abgehauen ist mit deinem
ganzen... Oh ich hoffe nicht nein, warte, ich kann dich nicht
verstehen...
    Sie zog das Kabel vom Fußende des Bettes weg, wo eine
Maus gerade eine Katze mit einem Vorschlaghammer platt-
machte, und schaltete ab. —Was? Nein das, das war bloß irgendein Geräusch auf der Straße, Edie wann bist du wieder
da...? Oh wenn ich doch nur könnte, ich sehe nicht wie, wir
richten uns hier gerade erst ein, und Paul ist so beschäftigt mit
all seinen... Nein es ist ein Haus, es ist ein schönes altes vikto-
rianisches Haus direkt am Hudson mit einem Türmchen, es hat

43

ein Türmchen an einer Ecke mit lauter Fenstern, da bin ich
jetzt, man schaut genau auf den Fluß und die Bäume, die ganzen Blätter sind... Nein noch nicht, wir haben es nur gemietet,
nicht von jemandem, ich meine niemand, den wir kennen, aber
es würde dir gefallen, wie es möbliert ist, es ist alles, Rosen-
holzstühle und Sideboards und die Vorhänge in den Erkern,
alles schwere Seide, bordiert und golden, und ganz hübsche
Lampen und Seidenblumen, ich kann's kaum erwarten, bis
du's siehst, es ist einfach, c'est comme un petit musée, tout...
Oh Edie, findest du? Wirklich? Nein also gerade in Übung
wohl, ja, ich meine die Frau, die zum, heute, die heute zum
Lunch da war, ja eine Dame, ich habe sie eben erst hier kennengelernt, sie hat lange auf Haiti gelebt und kam zum Lunch vorbei, und wir haben nur Französisch gesprochen, ich habe wirklich nicht... Nein ich weiß, es gibt massenhaft interessante
Leute, wir sind einfach noch nicht so lange hier, aber Paul,
weißt du, Paul lernt sie alle kennen, er ist so beschäftigt mit all
seinen neuen Kunden, heute war ein langer Artikel über einen
von ihnen in der Zeitung, und Paul meint, der nächste... was?
Nein ehrlich? Das hat er mir gegenüber nicht erwähnt, aber ich
meine, was hat denn dein Vater gesagt...? Oh Edie wirklich...
Ja also Paul wirkt halt wie ein Südstaatler, ich meine wenn er
wirklich will, aber er hat Longview noch nie zu Gesicht bekommen, und er weiß ja, wie dein Vater über ihn denkt, ich
kann mir nicht vorstellen, was er sich dabei gedacht hat, Moment mal...

Die Schachtel mit den Papiertüchern war außer Reichweite,
und sie stand auf, war wieder zurück –Edie...? und wischte die
verschüttete Milch auf, –nein es ist, alles ist prima Edie, richtig
prima, es ist eigentlich nicht Pauls Schuld, er ist nur, er ist
manchmal leicht reizbar, und seit der Sache mit Papa ist es bei
ihm nicht so gut gelaufen, aber er gibt sich wirklich alle
Mühe... Nein nein, es ist einfach so viel besser mit der sauberen Luft nach New York, und danke Jack auch für den reizenden Mann, zu dem er mich geschickt hat, diesen Doktor...

wer? Du meinst das Mädchen, das wir in Saint Tim kannten? Oh wie furchtbar... ja und nach dem schrecklichen Jungen mit dem Motorrad, wie furchtbar, wirklich... Nein ich weiß, Papa hat das immer gesagt, er hat immer gesagt, ihr Vater sei der beste Senator, den man sich für Geld kaufen könne, aber als wir in Washington waren, hat er immer... Nein, gegen ihren Vater? Er kandidiert gegen Cetties Vater...? Oh ich weiß, ja du hast ihn da unten kennengelernt? Aber ich meine, ist er nicht schwarz? Oh Edie, du darfst nicht... Nein natürlich nicht, ich werde es niemandem verraten, aber dein Vater wird tot umfallen, wenn er je... Oh Edie ehrlich... Nein ich weiß, es macht keinen, aber... Wo, mit Squeekie? Ich dachte, sie wäre in Hawaii mit diesem Bassisten, den sie da aufgegabelt hat in... oh wie furchtbar, wirklich...? Nein ich weiß, es geht nur um Geld, aber es ist doch ziemlich furchtbar, sie glaubt einfach alles, was immer sie... Nein den gibt's noch, er war letzte Woche hier, tauchte auf, fuhr einen Umzugslaster irgendwohin, aber du weißt ja, er und Paul können sich nicht aus... Nein es liegt nicht nur daran, es liegt daran und an der Vermögensverwaltung und all den Prozessen und dem Trust, Adolph und der Trust, ich kann es kaum abwarten, daß alles vorüber ist, er ist einfach so wütend auf alle, und dann hat er dieses Mädchen, Sheila, die ist perlenbehängt, und ihr Haar ist streichholzkurz, und alles dreht sich um Buddhismus und Drogen und ihre Freunde, ich meine ich dachte, Buddhismus hieße, sich von der Begierde und der Selbstsucht und all diesen Egotrips freizumachen, da ist dieser eine Freund mit zwei Meter langen verfilzten Haaren, die er hoch auf seinem Kopf auftürmt wie einen Kuhfladen, und so nennen sie ihn auch, Kuhfladen, er kommt aus Akron, ich meine ich hab' noch nie soviel Stunk und Egoismus gesehen, es ist alles einfach so deprimierend, es ist alles so traurig Edie, alles dreht sich wirklich bloß ums Geld, und es ist einfach so traurig. Ich meine sogar der Vater von diesem Mädchen, Sheilas Vater, der hat eine chemische Reinigung unten an der East Side und zahlt ihre Miete, wo Billy wohnt, er dachte,

Billy wäre reich, und schiebt ihm jetzt für alles die Schuld in die Schuhe, als sie nach Indien ging, hat er versucht... was? Oh Edie tut mir leid, ich wollte nicht so daherplappern, mir wird nur alles... Ich weiß ja, ich weiß, aber... Nein sie ist immer noch in diesem Pflegeheim, das Jack für sie aufgetan hat, keiner sieht sie, keiner besucht sie, und wenn man's mal tut, erkennt sie einen nicht, sie scheint nur zu schlafen, und Adolph beschwert sich über die Rechnungen, und keiner... Nein mir geht's prima Edie, ehrlich prima, ich sag dir's doch, nichts ist los, ich bin... Hab' ich nicht, nein ich meine es sollte so eine Art Roman werden, aber ich hab' nicht mehr daran gearbeitet, seit wir hier sind, ich habe kein Wort geschrieben, ich habe es mir nicht einmal angesehen, ich bin, ich bin so beschäftigt mit, mit Leuten hier, mit der Krebshilfe, und ich bin, ich meine ich habe sogar mit Spanisch angefangen, ich habe gerade angefangen, gerade eben, als du anriefst, ich war gerade zurückgekommen, als du anriefst...

Sie schob den milchdurchtränkten Haufen beiseite und hielt sich ein frisches Papiertuch vors Gesicht, –Edie? Ich möchte dich so gerne sehen, wenn du bloß vorbeikommen könntest, es ist alles so, es ist so ein wunderschöner Tag, es ist so mild und warm für den Herbst, und die Blätter werden ganz gelb, ganz grün und gelb, wenn die Sonne auf sie fällt, und da ist einer, einer direkt unten am Fluß mit ein bißchen Rot darin, es ist, es ist einfach... Oh ich hoffe es Edie, ich hoffe es, lieb, daß du angerufen hast, aber das kostet dich ein Vermögen, wir sollten lieber... Edie? Wiederhören...

Sie saß da und untersuchte den Blutfleck an ihrem Daumen, bis Schreie von der Straße sie ans Fenster lockten, Jungen (aus irgendeinem Grund immer ausnahmslos Jungen) trotteten den Hügel unter ihr hinauf, beflügelt von einem Schwall plumper Schimpfwörter, so daß sie sich zum Flur zurückwandte, zur Treppe und hinunter, wo sie an einem Erkerfenster Atem schöpfte. An der gegenüberliegenden Ecke bückte sich der alte Mann aus dem Haus weiter oben, fegte Blätter auf ein Kehrblech, richtete sich auf und trug das Ding geradewegs vor sich

46

her wie eine Opfergabe, jede Bewegung, jeder schlurfende Schritt ängstlich auf einen offenen Mülleimer hin berechnet, wo er es mit zeremonieller Sorgfalt leerte und dann den Besen aufrecht balancierte wie einen Bischofsstab, während er nach Halt suchte, sich die trockene Stirn rieb, die Brille hochschob und seinen leeren Blick emporhob zu gelbumwehten Ästen voller Segnungen, die da noch herabkommen sollten. Sie floh in die Küche. Das Telefon in einer Hand, blätterte sie mit der anderen hastig im Branchenbuch, bis sie innehielt und wählte. –Ja hallo? Ich rufe an wegen, haben Sie Flüge nach Montego Bay...? Ja also ich weiß nicht genau, welcher Tag, aber, ich meine ich möchte nur den Preis wissen... Was? Oh, hin und zurück, denke ich, ja. Ich meine es müßte wohl hin und zurück sein, nicht wahr...

Von der Terrasse aus, auf die sie Minuten später hinaustrat, sah sie die Sonne noch die gelblichen Höhen des Ahorns auf dem unteren Teil des Rasens verteidigen, der zu einem Gatterzaun hin abfiel, und dieser brach fast zusammen unter einem sommerlichen Überfluß wilden Weins, der schon schwammiggelb war, braungefleckt und in den Blattansätzen ganz grün geädert wie Hände, die er der fruchtlosen Qual einer Wildkirsche entgegenstreckte, und deren Äste wiederum, wie auch die schuppige Rinde des Stammes selbst, waren gekrümmt, verdreht, tot, und einer trieb Geschwulste so groß wie ein Menschenkopf, Verdickungen so groß wie eine Faust, ein Laokoon von Baum ohne jegliche Anmut, dessen Blätter, wo er noch welche zur Schau stellte, weder gelb noch nicht-gelb gesprenkelt waren, und dessen Äste dem schon gelblich verfärbten Baumwürger und der Jungfernrebe in ihrer scharlachroten Kurzlebigkeit den Aufstieg ermöglichten. Sie schaute auf, weil sie einen Eichelhäher schreien hörte, sah ihn in einem blauen Bogen die gesamte Länge des Zauns hinabstreichen und schaute dann ihrerseits hinab auf die Spornammer, den Roten Kreuzschnabel, den Kanadawürger und den Kleinen Gelbschenkel, die auf den Seiten des Vogelbuches vorbeiflatterten, das aufgeschlagen auf ihrem Schoß lag, während sich hier, in den Ästen des Maulbeerbaumes über ihr, nichts tat außer daß ein Eichhörnchen unbekümmert auf das Dach des Hauses sprang, und sie lehnte sich zurück und bot ihr fleckiges Gesicht erhoben der Sonne dar, die inzwischen allerdings selbst aus der Krone des Ahorns und ganz plötzlich hinter dem Berg verschwunden war, während nicht einmal ein Wölkchen an dem bißchen Himmel, das die Bäume offenließen, von ihrem Verschwinden zeugte, sondern bloß ein kühler Hauch, der sie am ganzen Körper erzittern ließ und nach drinnen zurückscheuchte, dorthin, wo sie hergekommen war.

Draußen vor der Haustür, hart am Treppenpfosten vorbei, stand eine Gestalt, ein Klopfen schien immer noch nachzuhallen, etwas Schärferes, Beharrlicheres, so energisch wie der kurzgeschorene Kopf, der hochfuhr, als sie sich näherte.

–Ja...? Sie öffnete die Tür, stand vor braungepunktetem Tweed, –was...

–McCandless? Er stand da in ockerfarbenen Hosen, kaum so groß wie sie.

–Oh, oh kommen Sie rein, ja ich bin so froh, daß Sie wieder da sind, wir...

–Ist er da?

–Wer? Ich meine ich dachte, Sie...

–McCandless, ich sag's Ihnen doch. Ist dies das Haus?

–Nun ja, das ist sein Haus, aber...

–Wer sind Sie denn, seine Neueste?

–Seine, seine neueste was, ich bin nicht...

–Meines Wissens das erste Mal, daß er 'ne Rothaarige hat. Ist er da?

–Ich weiß nicht, wo er ist nein, und ich bin nicht, ich weiß nicht, wer Sie sind, aber ich bin nicht seine erste Rothaarige seine, seine neueste Was-auch-immer, wir haben bloß sein Haus gemietet...

–Immer mit der Ruhe, so genau wollt' ich's nicht wissen. Wann war er zuletzt hier?

—Er war heute morgen hier, aber...

—Wo ist er denn hin?

—Ich weiß es nicht! Ich weiß nicht, wo er hin ist, ich habe ihn nicht gesehen, ich kenne ihn nicht einmal! Und jetzt, halt nein, Sie kommen nicht rein... sie drückte die Tür gegen seine Stiefelspitze.

—Warten Sie doch mal, warten Sie... die Blicke aus runden Augen gingen an ihr vorbei, dann vorn an der Bluse hinunter, die sie übergestreift hatte, trafen dann wieder ihre, —mir doch egal, wo er derzeit sein Dingsda reinsteckt, ich bin bloß vorbeigekommen, um mit ihm zu reden. Richten Sie ihm nur was aus, wenn Sie ihn sehen ja? Sagen Sie ihm, Lester sei zum Plausch vorbeigekommen?

—Aber ich sehe ihn gar nicht, und wer, Lester was...?

—Sagen Sie ihm nur Lester... die Stiefelspitze zog sich zurück, —er weiß dann Bescheid... und sie bekam die Tür zu, verfolgte den energischen Schritt spindeldürrer, ockerfarbener Beine über den schwarzen Scheitel der Straße und stand noch da, als da oben an der Hecke ein schwarzer Wagen in einem Blätterwirbel startete und beim Wenden das Kehrblech plättete. Wieder in der Küche, warnte das Radio sie, daß fünfunddreißig Millionen Amerikaner praktisch Analphabeten seien und weitere fünfundzwanzig Millionen überhaupt nicht lesen könnten, und sie schaltete es ab, füllte einen Krug, um die Blumen zu gießen und verschüttete ihn, als sie zum Telefon stürzte, nach einem Stift, nach etwas Griffbereitem zum Schreiben suchte, —ja Sekunde mal... sie schlug das Vogelbuch auf und notierte die Nummer unter dem Rotbrüstigen Gänsesäger. Als unten die Toilettenspülung rauschte, war sie wieder oben im Schlafzimmer und knöpfte sich eine saubere Bluse zu.

—Paul...?

—Wer ist da?

—Paul bist du das?

—Sehen Sie mal Mr. Mullins, ich kann Ihnen nicht helfen... er hatte den Hörer schon in der Hand. —Er ist nicht da, er wohnt hier nicht, ich weiß nicht, wo er ist, und ich will's auch gar nicht wissen, wenn Sie... Also warum zum Teufel ist sie dann nicht einfach in Indien geblieben! Es gibt verdammt nochmal nichts, was wir... ja tut mir auch leid, Wiederhören!

–Paul sei nicht so gemein zu ihm, der arme Mann ist bloß...

–Liz der arme Mann hängt mir zum Hals raus! Wir können für den armen Mann und seine verrückte Tochter überhaupt nichts tun verdammt nochmal, je eher er sich das einbimst, desto besser. Er sagte, sie wollte vor zwei Wochen in irgendeinen Ashram gehen, und seitdem hat er nichts mehr von ihr gehört, ist da draußen in den Wäldern mit deinem verdammten Bruder, die Erleuchtung suchen, und tut nichts als sich bumsen zu lassen, wenn sie rumgammeln wollen, Mantras tragen und Glöckchen läuten, was zum Teufel sollen wir denn da machen? Weiter herputzen hinter deinem verdammten...

–Ja aber, ich meine wenn du dich nur... sie war hinter ihm vorbeigegangen, um das Licht anzuschalten –um einen etwas beruhigenden Tonfall bemühen könntest...

–Wegen was zum Teufel soll ich ihn denn beruhigen! Die sind da in den Wäldern, fixen, hämmern auf ihren Gitarren herum, wie an dem Abend, den wir hinter uns bringen mußten, als sie da unten in diesem leerstehenden Laden spielten, sie hängten ein paar gelbe Lappen auf und nannten das Tempel! Klang wie bei 'nem Brand in 'ner Kleintierhandlung, was zum Teufel gibt's da zu beruhigen... Er stand mit einem leeren Glas in der Hand auf, –kaum komm' ich zur Tür rein, geht die verdammte Leier los, hinter deinem Bruder herputzen, kaum daß ich den Hörer abnehme...

–Paul! Was, diese Schmiere auf deinem Gesicht und deinem Hemd, was ist passiert...?

–Hinter deinem verdammten Bruder herputzen, ich sag's dir doch! Der Wagen, mitten auf dem West-Side-Highway, der verdammte Wagen sprang nicht an, ich hätte umkommen können da draußen beim Versuch, ihn anzulassen, ich hab' dir doch gesagt, der kann nicht mal einen Rollschuh reparieren oder? 'n Haufen Bimbos in 'nem Abschleppwagen tauchten schließlich auf, holten ihn ab und erleichterten mich um meinen letzten Cent, hing da rum und versuchte 'ne Stunde lang, dich anzurufen, was zum Teufel war denn los? Besetzt besetzt besetzt, was zum Teufel war denn los?

–Ich bin nicht... sie setzte sich, den Blick auf seine Hand gesenkt, die die Flasche über den Rand des Glases hielt, –ich weiß nicht, ich...

–Eine Stunde Liz, ich hab' eine Stunde lang versucht, dich anzurufen. Was zum Teufel war denn los!

–Also es, Edie hat angerufen.

–Eine Stunde lang? Du hast eine Stunde lang mit Edie telefoniert?

–Also sie, ich meine das kann doch nicht 'ne ganze Stunde gewesen sein, sie wollte nur...

–Liz es war eine Stunde, eine ganze Stunde verdammt, ich konnte dich nicht erreichen, keiner konnte, diese Liste, die ich dir gegeben habe? Diese Anrufe, auf die ich warte? Das State Department wegen diesem Bimbo mit seinen Gefängnissen und Geflügelfarmen, haben die angerufen? Und diese Schweine? Der Pharmakonzern, der diese Futterhersteller herholt, damit sie sich die Schweine ansehen können, haben die angerufen?

–Nein sie, ich meine niemand hat angerufen wegen...

–Woher willst du das wissen? Sieh mal. Du telefonierst eine Stunde mit Edie, jemand ruft an, und es ist besetzt, wie willst du wissen, ob sie angerufen haben Liz, ich versuche hier was auf die Beine zu stellen, Kunden aufzulisten, bitte sie, sich an mein Büro zu Hause zu wenden, und du redest mit Edie? Bloß ein bißchen Rückhalt Liz, stärk' mir bloß ein bißchen den Rücken, bis ich die Dinge in Gang kriege, mehr verlange ich doch gar nicht. Du sitzt hier im Haus rum und hast verdammt nochmal den ganzen Tag lang nichts zu tun, und kannst nicht mal das? Nimm mal diesen Reverend Ude, das ist ein Südstaaten-Provinzler, der muß jemanden haben, der hier für ihn einsprin-

gen kann und die Arbeit macht, landesweites Fernsehen ein
Mediencenter sein Sender in Afrika, Stimme der Erlösung, hat
schon die Teile beisammen, jetzt ist ein bißchen tiefes, klarsichtiges Nachdenken vonnöten, um sie zusammenzusetzen, hab'
ihn heute in die Zeitung lanciert, deswegen wird er mich wohl
anrufen, wenn er merkt, daß er sich mit einem zusammentut,
der von einem Wohnküchenbüro aus operiert, Akten unter 'ner
Tüte mit Zwiebeln, glaubst du, der ruft je wieder an?

–Hat er aber Paul, ich meine das wollte ich...

–Wolltest was? Er hat angerufen, und du telefonierst mit
Edie? Größte Chance, die ich im Moment hab', er ruft an und
kommt nicht durch, weil du mit Edie redest, was wollte sie
denn?

–Sie, ich sagte doch, sie hat bloß so angerufen, sie ist auf
einem Trip nach...

–Ihr ganzes verdammtes Leben ist ein einziger Trip. Er setzte
sein Glas leer ab, –warum kauft sie Eleuthera nicht einfach auf
und bleibt, wo der Pfeffer wächst!

–Sie ist gar nicht da, sie ist in Montego Bay. Sie hat zufällig
Jack Orsini getroffen, der aus Genf zurückkam, und der hat sie
nach Montego Bay mitgenommen.

–Hab' ich's dir nicht gesagt? Hält 'nen Zehn-Minuten-Vor-
trag in Genf, macht 'nen Stop in Eleuthera, um deine dümmliche Blondine aufzulesen, sie jetten rüber nach Montego Bay,
sitzen am Pool, und er setzt die ganze Sache als Ärzte-Kongreß
ab, hab' ich dir das nicht gleich gesagt? Hast du ihr gesagt, daß
ich ihn sprechen will?

–Also sie, es war eigentlich nicht der...

–Letzte Woche hab' ich dir gesagt, das nächste Mal, wenn du
von ihm hörst, will ich ihn sprechen, hast du ihr das gesagt?

–Also nein, ja ich hab's ihr gesagt ja, ja sie sagte, er würde
dich anrufen. Sie sagte, er würde dich anrufen, wenn er zurück-
kommt, sie...

–Ich meine das ist wichtig Liz, ich meine genau das meine ich
mit diesen Anrufen, diesen wichtigen Anrufen, die wir bekom-

men, wenn wir den Laden hier erstmal in Gang bringen. Adolph hat mir erzählt, daß Orsini versucht, die Vermögensverwaltung um weitere Hunderttausend anzuhauen, hab' ich dir das erzählt? Adolph sagt...

—Oh Paul ehrlich, Adolph sagt... Sie schwang die Kühlschranktür weit auf, —ich habe dich doch gebeten, nicht darin rumzubohren, es macht alles nur noch schlimmer...

—Sieh mal, versuch nicht schlauer zu sein als ich Liz! Du versuchst immer schlauer zu sein als ich, tu' hier mal Eis rein bitte. Orsini sitzt auf seiner Acht-Millionen-Stiftung, die dein Vater ihm eingerichtet hat, jetzt kommt er an wegen weiterer Hunderttausend für Verwaltungskosten, erzählt Adolph, er wolle die Dinge am Laufen halten, um die Wünsche deines Vaters zu erfüllen, und was ist mit den acht Millionen? Schnallt 'n paar Leute fest und schläfert sie ein, untersucht ihre Augenbewegungen, um was über ihre Träume zu erfahren, jetzt braucht er Hunderttausend, um die Ergebnisse zu publizieren, ich meine was zum Teufel ist mit den acht Millionen? Sieh mal, vielleicht sieht Orsini sich bloß nach 'ner Kapitalanlage um, und das ist alles. Ungenutztes Geld sucht ein ruhiges Plätzchen, um sich zu verstecken, sauberes Geschäft, das ist alles, wenn er seine Zeit damit verbringen will, am Pool herumzuliegen mit so 'ner abgefahrenen...

—Schon gut! Hör, hör auf, Edie eine dümmliche Blondine zu nennen. Wann willst du essen, es gibt was mit Huhn.

—Ach komm Liz. Was macht sie denn schon, spielt im Whirlpool Schwänzchen-in-die-Höh' mit Jack Orsini, tu' da mal 'n bißchen Wasser rein bitte. Ich dachte, sie wär' verheiratet, dieser indische Arsch letzten Winter, nannte sich Medizinstudent, der mit den langen dreckigen Windeln, ich dachte, sie wär' Mrs. Jheejheeboy, wo zum Teufel ist Mister Jheejheeboy?

—Also sie ist nicht Mrs. Jheejheeboy, ich weiß nicht, wo er ist, sie haben sich getrennt. Willst du jetzt essen?

—Hätte doch zu gern das Gesicht ihres Vaters gesehen, als er den auszahlte, den Mister Jheejhee...

—Er weiß überhaupt nichts davon.

—Weiß nichts davon? Grimes? Er blecht jedesmal, wenn sie sich von einem die Dose öffnen läßt, das einzige Mal, daß er umsonst davonkam, war, als der Burmese mit all ihren Reiseschecks durchbrannte. So wie er auch deinen Bruder Billy ausgezahlt hat, damit der seine Hände von Squeek ließ, jedesmal...

—Hat er aber nicht. Edie hat ihr eigenes Geld, sie hat ihr eigenes Geld, und sie kann's gar nicht abwarten, es loszuwerden.

—Hätte mich mal selber an Edie ranmachen sollen.

—Warum hast du nicht?

—Ich mache Witze Liz, sieh mal, ich habe nur...

—Hast du?

—Sieh mal, ich kannte sie doch gar nicht. Ich kannte sie überhaupt nicht, bis ich dich traf.

—Also gut, dann danach. Was ist mit danach?

—Liz komm schon... er stolperte gegen das Tischbein, —was hätte ich...

—Nein bitte Paul, hör auf bitte... sie duckte sich in Richtung Herd. —Willst du diesen Broccoli dazu? Von gestern abend?

—Was meinst du damit, sie hat Geld, das sie loswerden will! Er war wieder am Tisch, knallte sein geleertes Glas darauf. —Hol Grimes ran, der richtet 'nen Trust ein, wo sie als Mehrheitsbeteiligte einsteigen kann, wann immer sie...

—Paul du hörst nicht zu. Ich hab's dir erzählt, als es passiert ist, du hörst einfach nie zu, als diese schreckliche alte Tante von ihr in St. Louis starb, Tante Lea, keiner konnte sie ausstehen, sie wurde sechsundneunzig, einfach nur aus Gehässigkeit, nur aus Trotz. Sie rückte nie auch nur einen Penny raus, sie wollte nicht sterben, solange das noch jemandem genutzt hätte, Edie hat sie immer gehaßt, sie mußte manchmal hinfahren und bei ihr bleiben, als sie klein war, und als sie Edie zwei oder drei Millionen hinterließ, ich weiß nicht wieviel, war Edie so wütend, daß sie das Geld seitdem bloß durchzubringen versucht, um sich zu rächen. Willst du Broccoli dazu oder nicht?

–Also gut, sieh mal, jetzt sag mir mal eins. Liz? Der Flaschenhals zitterte auf dem Rand des Glases, und er hielt ihn ruhiger,
zwang ihn herab, –nur eins. Da ist deine Busenfreundin Edie,
deine beste Freundin Edie, und versucht ein paar Millionen
loszuwerden, richtig? Und hier sitzen wir so tief in der Scheiße,
daß wir nicht mehr rausgucken können, nun erklär mir mal
bitte, warum zum Teufel du noch nie darauf gekommen bist,
sie anzuhauen, um ein paar...
    –Weil es Dinge gibt, die man einfach nicht tut Paul! Beson-
ders bei guten Freunden, es gibt Dinge, um die man gute
Freunde einfach nicht bittet, darum. Weil ich sie nicht glauben
machen will, daß du nicht schaffst, was du, ich möchte, daß sie
glaubt, du würdest all diese wundervollen Dinge durchsetzen,
die du tust, von denen ich ihr erzähle, daß du sie tust, daß wir
keine Hilfe brauchen, ihre nicht und auch sonst keine, darum!
Weil sie glaubt, daß du einfach wunderbar bist, daß du brillant
bist, wenn du diese Investitionen machst und so, weil sie, weil
ich keinen Mister Jheejheeboy geheiratet habe, darum!
    –Schon gut, hör zu. Hör einfach zu. Ich hab' dir gerade ge-
sagt, daß wir Investoren suchen. Sie hat Geld übrig, sie glaubt,
ich weiß, was ich tue, schön, dann kann sie doch eine halbe
Million anlegen, sauberes Geschäft, keine beste Freundin kein
nichts, guter Steuersatz, ihr Geld ist sicher, also was ist verkehrt
daran...
    –Oh alles Paul alles, jetzt ist mir wegen dir der Broccoli ange-
brannt! Sie will keine Steuersätze, sie will es nicht absichern, sie
will bloß dieser alten Frau eins auswischen, sie...
    –Liz die alte Frau ist tot!
    –Darum geht es nicht! Wenn sie es durchbringen will, wenn
sie es Leuten wie diesem Victor Sweet geben will, den sie da
unten kennengelernt hat, warum denn nicht? Willst du eigentlich noch diesen Broccoli?
    –Wie dein Bruder und seine schmierigen Buddhisten, der
gleiche Mist, warum zum Teufel sollte sie Victor Sweet Geld
geben?

—Weil er es für seine Politik braucht, er will in den Senat, und
er braucht es, damit er gewählt wird, genau wie jeder andere
auch, darum!

—Nein nun komm Liz. Victor Sweet? Der sollte als Hunde-
fänger kandidieren. Der reicht doch nicht mal einer...

—Also Edie sagt, er sei charmant, sie sagt, er wolle Frieden
und Abrüstung, er habe viel gelesen und meine es ernst und
wolle seinen Leuten wirklich helfen, sie hat ihn auf einer Party
da unten getroffen, und sie sagt, er sei charmant.

—Liz er ist sentimental und ein idealistischer Spinner, die
schwarzen Stimmen werden ihm nichts bringen, der kann doch
nicht mal Ameisen aus 'ner Papiertüte führen, der bringt es
nicht mal fertig, sich nominieren zu lassen, wenn er seinen Leuten helfen will, was macht er dann auf Parties in Montego Bay?

—Er versucht, Geld aufzutreiben für die Nominierung, ich
weiß nicht wofür, ist mir auch egal. Hier. Den Broccoli mußt du
nicht essen.

—Schön wo ist das Eis, hast du, Liz? Wo gehst du hin?

—Nirgends. Nur hier rein.

—Aber was...

—Es ist der Rauch Paul, es ist deine Zigarette, es ist nur der
Rauch.

—Ja schon gut aber, Liz? Er wedelte den Rauch mit einer
Hand weg, garnierte dabei den Broccoli mit Asche, drückte das
Ding mit der anderen am Tellerrand aus, —Liz? Willst du nichts
essen?

—Ich weiß nicht. Vielleicht später, ich weiß nicht.

—Warum hast du dann, also ich hab' auch nicht gesagt, daß
ich jetzt essen will... Beide Ellbogen auf dem Tisch, machte er
quer über den Teller Jagd auf einen Rest Huhn, —Liz? Du sagst,
Victor Sweet will als Senator kandidieren? Du meinst, in Washington gegen Teakell...? Er spießte ihn auf, bestäubt mit
Asche —ist wie gegen eine Steinmauer anzurennen, Teakell hält
sich da seit dreißig Jahren, er hat alle hinter sich, von der Regierung bis zu Leuten wie Grimes, Edies Vater, dieser alte Bastard

Grimes, glaubst du, sie macht das darum? Um ihm noch ein
Magengeschwür zu verpassen? Einmal in Teakells Nähe, und
ich wäre aus dem Schneider... Er stocherte ein weiteres Stück
unter dem Broccoli hervor, –glaubst du, sie weiß überhaupt,
wer Teakell ist? Liz? Hab' das Gefühl, ich führe hier Selbstge-
spräche.

–Tust du auch.

–Was? Ich sagte, glaubst du, daß Edie überhaupt...

–Davon versteh' ich überhaupt nichts Paul. Wir haben nur
über Cettie gesprochen, sie erzählte mir, daß Cettie einen
schrecklichen Unfall hatte, Verbrennungen und so, einfach
dermaßen schrecklich...

–Wer, Cettie wer?

–Seine Tochter! Die Tochter von Senator Teakell, sie war...

–Du meinst, du kennst sie? Du kennst seine Tochter?

–Ich hab' dir doch erzählt, wir waren alle gute Freundinnen
in Saint Tim, sie...

–Nein warte mal, warte... er kam rüber, schwang die Gabel, von der es kleckerte, –hör zu. Einmal in Teakells Nähe,
sind wir aus dem Schneider, könnte sie nicht ein gutes Wort
einlegen?

–Könnte, was stellst du...

–Teakell Liz, Teakell, ein Wort von ihm, und wir sind aus
dem Schneider... er schnappte den Bissen von der Gabel und
kaute –wovon ich seit einer Woche rede, diese Klemme, in die
Ude sich da bei den Sendeanstalten gebracht hat, kann seine
Rechnungen nicht bezahlen, und sie versuchen ihn aus dem
Äther zu drängen, wovon ich rede, Investoren auftreiben, er
versucht sein eigenes Satelliten-Fernsehen zu installieren, und
da ist Teakell, der diese Hearings zum Thema Sendelizenzen
abhält, sein eigener handverlesener Mann leitet die Medienzentrale Liz, meinst du, sie könnte mit ihm reden?

–Reden, wer könnte...

–Diese Tochter, du hast doch gerade gesagt, du kennst
seine...

–Ich sagte, sie liegt im Krankenhaus, den ganzen Körper voller Verbrennungen! Man hat sie in so eine Spezialklinik für Verbrennungen nach Texas runtergeflogen, man weiß nicht einmal, ob sie überleben wird!

–Also du, dann wird er sie wahrscheinlich da besuchen, vielleicht kann sie ein, Liz? Er verfolgte sie und fuhrwerkte mit der Gabel herum, –wohin gehst...

–Ich weiß nicht, wo ich hingehe! Sie stand mit dem Rücken zum Spülbecken, –sie liegt da im Todeskampf, und du kannst an nichts anderes denken als daran, ein gutes Wort einzulegen, du denkst gar nicht an sie, du weißt nicht, wie es sein muß, da zu liegen in einem Kranken...

–Warte mal Liz. Warte... Sein Glas landete, erneut geleert, hart auf dem Tisch, –weißt du, wie lange ich da gelegen hab'? Wie viele Wochen ich da gelegen hab', mitten in die Eingeweide getroffen, und zugesehen hab', wie die Plasmaflasche leerlief, überall Kanülen in mir, wo sie nur welche reinkriegen konnten? Konnte meine Beine nicht bewegen, ich wußte nicht mal, ob ich noch welche hatte, ein verdammter Sani bricht die Nadel genau in meinem Arm ab, festgeschnallt, so daß ich ihn nicht bewegen nicht runterreichen kann, wage nicht runterzulangen und nachzusehen, ob meine Eier weggepustet sind, meine Eier Liz! Ich war zweiundzwanzig!

–Nein ich will darüber nicht sprechen... Immer noch gegen das Spülbecken gelehnt, riß sie ein Stück Küchenkrepp ab, schaffte aber nur, es in den Händen hin und her zu drehen –ich, ich bin müde Paul, ich gehe nach oben, tut mir leid, daß der Broccoli...

–Nein der ist prima, warte... Er spießte eine verwelkte Rose auf. –Irgendwelche Anrufe für mich?

–Hast du mich schon gefragt Paul, ich hab' dir doch gesagt, daß Reverend Ude angerufen hat, er...

–Warum hast du mir das nicht gesagt, hab' versucht, ihn wegen dieser Geschichte in der Zeitung zu erreichen, hat er sie gesehen?

–Deshalb hat er angerufen, um zu fragen, ob du sie gesehen hast, er...

–Sagte dir doch Liz, ich hab' sie da reingebracht.

–Du? Hast sie da reingebracht?

–Ich hab' das lanciert, darum dreht sich diese ganze Sache, ich steig' als Medienberater ein, mach' ihn landesweit bekannt, davon rede ich doch, pack' zu und erledige die Arbeit, wo ist sie, hast du sie?

–Sie ist hier irgendwo, ich hab' sie mitgebracht, aber warum willst du ihn landesweit bekanntmachen mit einer Geschichte über...

–Siehst du das nicht Liz? Verstehst du das nicht? Die Sendeanstalten versuchen ihn aus dem Äther zu drängen, ich verschaff' ihm die Aufmerksamkeit der Print-Medien, das zeigt solchen Politikern wie Teakell, was für einen Rückhalt Ude da unten in der Provinz hat, dreißig, vierzig Millionen Liz, die wählen. Wiedergeborene, Kreatianisten, Zwei-Samen-in-der-Schale-Baptisten, die mit diesen Juden-für-Jesus an 'ner Verbindung nach Israel arbeiten, er hat sogar 'n paar Bauernsekten aus West Virginia, die alle zählen als Wähler, glaubst du, Teakell weiß das nicht? Das Wahljahr sitzt denen im Nacken, glaubst du nicht auch, daß alle Politiker weit und breit das wissen verdammt? Gibt kein politisches Süppchen, an dem Teakell nicht mitkocht, Geheimdienst Landwirtschaft Streitkräfte, er ist länger im Geschäft als Rip Van Winkle, hat immer seinen Namen auf den Titelseiten, bekämpft mit seinem Brot-für-Afrika-Programm den Marxismus an vorderster Front, und hier kommt Ude mit seinen Missionen in Afrika und seiner Stimme der Erlösung, die die Botschaft verbreitet, genau der gleiche Mist, Teakell weiß, wo man Stimmen holt. Ein Wort von ihm, und Udes Satellitenkanal steht, wo ist die Zeitung, ich brauch' diesen Zeitungsartikel, dachte, ich geb' ihn Adolph, mal sehen, ob er Grimes übergehen kann, wo ist sie, wo ist die Zeitung?

–Sie ist, ich finde sie schon, aber ich kann mir nicht vorstellen, was du dir dabei denkst, Mr. Grimes zu übergehen ehrlich, warum hast du ihn angerufen, Edie sagte, du hättest ihn angerufen, sie sagte, du hättest ihn wegen Longview angerufen, wegen der Übernahme von Long...

–Davon rede ich doch Liz verdammt nochmal, hab' ich dir doch schon erzählt! Von Investitionen hab' ich geredet oder? Davon, Investoren aufzutreiben? Adolph, die Banken, alle versuchen das Vermögen zu ordnen? Und da unten steht Longview, verschlingt Geld, sechshundertfünfzig Hektar, das Hauptgebäude mit vierundzwanzig Zimmern, fünf Außengebäude, zwölf, wenn man die Sklavenquartiere mitzählt, wenn man die in Gästehäuser umwandelte, könnte man hundert Besucher unterbringen, Konferenzen abhalten, den Kutschenstall zum Mediencenter machen, ein Kino einbauen, ihm seine Sendelizenz verschaffen, sein weltweites Verbundsystem aufbauen, darum dreht sich doch alles Liz! Diese Bibelschule, die er da unten am Pee Dee laufen hat, paar alte Nissenhütten und 'ne Reihe gebrauchter Schulbusse, er hat mit 'nem Fünfzig-Watt-Dampfradio-Sender angefangen, dann kamen Briefe von überall aus dem verdammten Südwesten, jeder mit 'nem bißchen Kleingeld drin! Wenn er sich mit den großen Sendern einläßt, kann er seine Rechnungen nicht bezahlen, weil das Geld in seine Afrika-Missionen geht, also benutzen die Anstalten das als Vorwand, um ihn aus dem Äther zu drängen. Ein Wort von Teakell an die Medienzentrale, und er kann seinen eigenen Sender aufbauen, ein Wort von Teakell an Grimes, und wir können das Investitionskapital aufbringen, in Longview aufräumen und das Investitionskapital aufbringen, glaubst du, Grimes würde das einsehen? Nerviger alter Bastard, belehrt mich über das Gesetz des klugen Mannes, als Teilhaber müssen wir uns fragen, ob dies eine Investition ist, die der kluge Mann tätigen würde, hat nicht das geringste mit Klugheit zu tun, er glaubt immer noch, ich wäre derjenige, der diese Schmiergeldzahlungen ausgeplaudert hat, weißt du, was er mit mir versucht hat? In der Presse sickert was durch über VCR und irgendeinem Schweigegeldhandel in

60

Brüssel, in dem er drinhängt, und er hat versucht, mich nach
seiner Pfeife tanzen zu lassen und rauszukriegen, was ich
wußte, hat mich festzunageln versucht mit...
—Also warum hast du ihn denn überhaupt angerufen? Du
weißt doch, was er von dir hält, hier, hier ist die Zeitung ehrlich, warum willst du deinen Reverend Ude landesweit bekanntmachen, wo doch ein Junge ertrunken ist, das ist mehr
als...
—Liz du hörst mir gar nicht zu, ich rede nicht von einem ertrunkenen Jungen, ich rede von meiner Pressemeldung über
Udes großes Ding in Afrika, was für ein ertrunkener Junge?
—Auf der dritten oder vierten Seite ist ein Bild von ihm, er hat
gerade einen neunjährigen Jungen im Pee Dee getauft, und
der...
—Nein jetzt, jetzt warte was... die Broccolirose zitterte auf
der Gabel, —Gott... aufgeregtes Gestöber durch Zeitungssei-
ten, —Herrgott. Warum hast du mir das nicht gesagt! Sieh dir
das an, das gleiche verdammte Bild von ihm, ich hab' es ihnen
selbst besorgt, sieh dir das an! Verdammt nochmal Liz, warum
hast du mir das nicht gesagt!
—Paul ich habe dir gesagt, er...
—Und du hast mir auch nicht gesagt, daß es gleich zwei waren! Wayne Fickert, ein Junge namens Wayne Fickert und ein
alter Mann, er hielt gerade die Köpfe der beiden unter Wasser,
als die Strömung, Gott, gleich zwei? Du hast nicht...
—Ich hab' es nicht ganz gelesen, ich sagte bloß, daß er...
—Er hat angerufen, sagtest du, er hat angerufen, wo ist die
Nummer, hat er eine Nummer hinterlassen?
—Ja hat er, ich habe sie aufgeschrieben, aber...
—Wo denn! Der verdammte Notizblock lag hier neben dem
Telefon, deshalb lag der Block doch genau hier neben dem Te-
lefon.
—Ja ich weiß, ich habe Wasser darüber gegossen, als ich, des-
halb habe ich sie irgendwo anders aufgeschrieben, aber ich
kann mich nicht...

–Dann denk nach Liz! Denk nach! Er stand auf, griff nach dem Telefonbuch, einem Papiertaschentuch, dem Küchenkrepp, den sie zerknüllt hatte, nach allem, worauf eine Nummer hätte gekritzelt sein können, nach Rückseiten von Umschlägen, –die Post, ist das die Post? Du hast mir nicht gesagt, daß du die Post reingeholt hast.

–Also da ist sie doch Paul, liegt genau vor dir, sind ohnehin bloß Rechnungen, Rechnungen und irgendwas von der Christlichen Wiedererweckung für, oh warte, warte da ist einer für Mister McCandless nicht wahr? Mit der schönen Briefmarke, das ist alles, was mir aufgefallen ist, aus Thailand, es muß...

–Ich kümmer' mich drum, murmelte er, schob Umschläge hierhin und dorthin und drehte sie um.

–Da ist er, ich leg' ihn nur mal...

–Ich sagte ich kümmer' mich drum! Und er drehte ihn mit der Anschrift nach unten, pflanzte einen Ellbogen darauf –suchst du jetzt gefälligst diese verdammte Telefonnummer? Wo du sie aufgeschrieben hast? Papier zerriß, –Dan Ray, Berater, diese Bastarde, sieh mal an. Teilen wir Ihnen mit, daß wir Ihren Teilzahlungsscheck an diesen verdammten Doktor Schak nicht einlösen, teilen wir Ihnen mit, daß wir seinen Anwalt beauftragen werden, gegen Sie vorzugehen, betreff: Gesamtsumme plus Gerichtskosten, Zinsen und sieh mal Liz, jemand hier namens Stumpp, der sagt, sie verklagen dich wegen, Liz?

–Was? murmelte sie undeutlich, zum Schweigen gebracht von dem blauen Filzstift, den sie an die Lippen gepreßt hielt, den leeren Blick auf das zerzauste, von Schlagzeilen JUNGE ERTRINKT IM umdrängte Profil Reverend Elton Udes gerichtet, setzte sie dem Gedrängel Grenzen, und der Stift sank herab –ich versuche zu überlegen, wo ich...

–Hörst du mir jetzt mal zu? Ich versuch' dir zu erklären, daß man dich hier vorlädt, wenn jemand an die Tür kommt, mach nicht auf. Stumpp hat 'ne Vorladung für dich, irgendein schäbiger Gerichtsbote kommt an die Tür, denen siehst du es schon von weitem an, irgend so 'n heruntergekommener und hoffnungslos aussehender Bastard, sie kriegen sieben Dollar pro Vorladung, er muß sie dir aushändigen, muß dich damit berühren, wenn du irgend so 'n abgebrannten Typen hier drau- ßen auf der Treppe siehst, du machst auf, und er sagt nur, Mrs. Booth? berührt dich mit dem Papier, und das war's, mach die Tür nicht auf. Hast du diese Nummer gefunden? Papier zerriß in seinen Händen, –da, endlich angekommen, hast du's nicht gesehen? Erzählst mir, da seien nur Rechnungen, warte seit 'ner Woche auf meine Versehrtenrente, ich dachte schon, ihr Com- puter hätte mich vergessen Liz, ich dachte, du hättest ein Auge darauf, wenigstens eine verdammte Sache, auf die wir uns ver- lassen können, ich dachte, du wüßtest das, ich dachte, du wüß- test das Liz… Papier zerriß, –Doktor Yount. OV fünfzig Dol- lar, wer zum Teufel ist Doktor Yount?

–Das war, nichts nein, ich versuche nur…

–Denk nach Liz! Denk nach! Wo zum Teufel ist diese Num- mer, du sagtest, du hättest sie irgendwo aufgeschrieben… er hatte die verschmierte Ansicht kleiner Boote vor Eleuthera in der Hand und wedelte damit herum, –etwas hier in Gang brin- gen, mein Gott Liz, wie zum Teufel soll ich hier irgendwas in Gang bringen, wenn du Nummern aufschreibst und sie dann verlegst, den Rest des Tages am Telefon mit Edie verbringst? Laß den Block genau da am Telefon, dann kannst du, wer hat sonst noch angerufen? Weitere Anrufe? Liz?

–Eine Menge.

–Was?

Sie hielt den Blick gesenkt auf die zitternde Stiftspitze, die blau auf der Zeitung herumflatterte, der Leere Raum schuf, –Madame Socrate hat gesagt, heute morgen waren eine Menge Anrufe.

–Aber der, wer? Wer zum…

–Madame Socrate ist die Frau, die zum Putzen gekommen ist Paul, die Frau, die ich zum Putzen bestellen sollte. Sie sagte, da waren eine Menge Anrufe heute morgen, aber sie ist aus Haiti und spricht überhaupt kein Englisch und hat nicht abgenommen.

–Aber sie, aber warum hast du dann nicht abgenommen! Was...

–Weil ich in New York war Paul... der Stift zitterte auf der Zeitung, –ich bin heute morgen mit dir nach New York reingefahren, weißt du noch? Um Doktor Kissinger aufzusuchen? Als ich hinkam, hatte er meine Unterlagen von Doktor Schak noch nicht erhalten, also ging ich rüber zu Doktor Schaks Praxis, und Doktor Schak war noch in Urlaub, und seine Sprechstundenhilfe, seine zickige Sprechstundenhilfe schrie mich an und sagte, sie hätten die Unterlagen rübergeschickt, und sie rief in Doktor Kissingers Praxis an, und dann sagte sie, sie hätten sie doch nicht rübergeschickt, aber sie würden, und sie könne sie mir nicht ohne Doktor Schaks Einwilligung aushändigen, also ging ich zurück zu...

–Sieh mal Liz, das hat nichts zu tun mit...

–Es hat mit mir zu tun! Ich ging zurück, um Doktor Kissinger aufzusuchen, aber man sagte mir, er wolle in Kürze nach Europa fliegen, und ich konnte kaum atmen und habe einen neuen Termin gemacht, und ich, ich bin nach Hause gefahren, ich, ich habe die U-Bahn bis zum Bus genommen und bin mit dem Bus nach Hause gefahren.

–Also gut, sieh mal Liz, ich wollte nicht...

–Du wolltest nicht, du willst nie, die ganze schreckliche Rennerei für die Katz, diese U-Bahn, ich konnte kaum atmen, du willst nie du, Cettie liegt da halbtot, verbrannt, und du kannst nicht mal, nicht mal...

–Oh Liz, Liz...

Sie ließ den Stift fallen, rang nach Atem, starrte blicklos auf das Zeitungsfoto, plötzlich schrammte ihr Stuhl zurück, stieß gegen die Wand. –Wo ist das Vogelbuch, da ist sie, ja wo ist es, hier... auf der Zuckerdose, wo sie es hingeschoben hatte, als sie ihm seinen Teller hingestellt hatte, und sie blätterte es

durch, –hier... sie schlug es beim Rotbrüstigen Gänsesäger
auf, –hier ist die Nummer, dein Reverend Ude hier, ich wußte
doch, daß ich sie irgendwo aufgeschrieben hatte.

–Warte... er wählte bereits, –Liz?

–Ich gehe nach oben.

Den Treppenpfosten umrundend, –Hey Elton? bist du's, alter Junge...? verfolgte er sie die Treppe hinauf und den Flur
entlang –unergründliche Wege, soviel ist schon mal klar... Sie
schob die Tür mit einem Schwung ihrer Hüfte hinter sich zu,
als einzige Beleuchtung die bläuliche Aura des Fernsehschirms,
auf dem durch ihre Berührung eine verhüllte, in Nebelschwa-
den hinabsteigende Gestalt zum Leben erwacht war. Auf der
Hügelspitze dort oben ruhte der aufgehende Mond; fahl noch
wie eine Wolke, doch von Sekunde zu Sekunde heller werdend,
und sie löste ihren Rock, öffnete ihre Bluse und war mit einem
feuchten Waschlappen zurück auf der Bettkante. Ein Pferd
kam heran. Es war nun sehr nahe, aber noch nicht in Sicht; zu
seinem Hufegetrappel gesellte sich ein Rauschen in der Hecke,
und durch die Haselstauden brach ein großer, schwarz-weiß
gefleckter Hund, der sich gegen die Bäume deutlich abhob.
Ihm auf dem Fuße folgte ein großes Pferd mit einem Reiter, und
als sie ihre Bluse abstreifte, waren Pferd und Reiter gestürzt; sie
waren auf der Eisdecke ausgeglitten, die den Hohlweg über-
zog. Der Hund kam in großen Sätzen zurückgerannt, und als er
seinen Herrn in Bedrängnis sah und das Pferd ächzen hörte,
bellte er, bis die abendlichen Hügel den Ton zurückwarfen, der
so tief war wie der Hund groß.

–So muß man mit denen reden Elton, drang es durch den
Flur zu ihr hinauf, –liberale Judenpresse... und sie stand auf,
um die Tür zu schließen, war zurück und verbarg ihre entblößte Brust vor dem plötzlichen Blick von Orson Welles, der
in einen Reitmantel mit Pelzkragen und Stahlschnallen gehüllt
war, dazu scharfgeschnittene Gesichtszüge und eine gewaltige
Stirn; und unter den gerunzelten Brauen funkelten die Augen
zornig und entschlossen, als er jetzt zu erfahren verlangte, wo

sie hergekommen sei, von da unten? Sie meinen das Haus mit den Zinnen? Er deutete auf Thornfield, auf das der Mond einen weißlichen Schimmer warf, es deutlich und hell von den Wäldern abhob, die, im Kontrast zum westlichen Himmel, nun ein Schattenmassiv zu sein schienen, und er fragte: Wem gehört das Haus? Mister Rochester. Kennen Sie ihn? Nein, ich habe ihn nie gesehen. Können Sie mir sagen, wo er sich aufhält? Nein...

–Liz? Sie hatte das Laken hochgezogen, verstrich eine Fingerspitze voll aus der Cremedose, die geöffnet auf dem Tisch stand, auf der Kante ihres Wangenknochens, während die Musik anschwoll und ihn in den Sattel hob, von wo er die Hand ausstreckte und nach seiner Peitsche verlangte. Die Tür sprang auf, –Liz! Was zum Teufel jetzt! Die Berührung einer gespornten Hacke ließ das Pferd scheuen und sich aufbäumen, und dann galoppierte er davon; der Hund rannte ihm nach, und alle drei verschwanden. Er hatte den Ton leiser gedreht, wedelte dort in dem grauen Licht mit der Zeitung herum, –sieh dir das an! Wie konntest... er setzte sich auf das Bett, –hast du das vorhin gemacht? Während wir da saßen?

Sie sah hin, doch das half nicht mehr als die Laute, die sie von sich gab.

–Das ist, das ist, wir brauchen gar kein Kind im Haus, es ist, als hätten wir längst eines! Als hätten wir, hast da gesessen, du hast da genau vor mir gesessen mit diesem verdammten blauen Stift, sieh dir an, was du gemacht hast!

–Oh Paul, ich wollte nicht...

–Wie zum Teufel konntest du das tun! Ich muß diese Sachen abheften, Liz, ich muß eine Kopie an Ude schicken! Wie zum Teufel soll ich ihm 'ne, sieh dir das an, zerzauste blaue Federn und diese kleinen Punkte auf seinem Hemd, so sieht er verdammt nochmal aus wie ein Vogel!

–Ich habe nur versucht...

–Was, verleihst ihm das Aussehen eines, bloß weil er nur einsvierzig groß ist, mußtest du diese zerzausten Federn aus seinem kahlen Hinterkopf sprießen lassen, ihm das Aussehen einer fetten Ente verleihen?

–Paul ich habe nur, ich meine das hat mich daran erinnert, wo ich diese Telefonnummer aufgeschrieben hatte, weil er aussah wie der, weil er mich an das Bild eines...

–Was, woran erinnerte, an eine Ente? Verdammt gutes Bild von ihm Liz, ich hab's ihnen selbst besorgt, hab' es den Zeitungen selbst besorgt, jetzt sieh dir das an, hast 'ne Karikatur daraus gemacht, sieh dir das an! Wollte ihm ein bißchen Ansehen verschaffen, der einzige Grund, ihn in die Zeitung zu bringen verdammt, hier geht's um was Liz! Dreißig, vierzig Millionen da draußen mit Geld in der Tasche, hier geht's um was, kannst du das nicht kapieren? Versuche ihn in die Zeitung zu bringen, ihm ein bißchen Ansehen zu verschaffen? Da ertrinken Leute, gute ehrliche gläubige Leute, und du machst 'ne Karikatur daraus?

Sie zog das Laken fester um sich. Er hatte sich abgewandt, saß zusammengekauert, mit hängenden Schultern am Fußende des Betts, in sich versunken bis zum wohlgefälligen Ausklang der Pantomime einer markenkundigen Frau, die dem angeschlagenen Opfer eines Bandscheibenschadens gute Ratschläge erteilte, bevor er wieder aufstand und Reverend Udes beschmutztes Profil zu einem Knäuel zerknüllte, –verdammt nochmal Liz! Ich versuche hier was in Gang zu bringen und weiß nicht mal, wer mich anzurufen versucht, ein Anruf, ich krieg' einen Anruf, und du schreibst das in einem Vogelbuch auf, kannst das nicht finden, kannst die Post nicht finden, wenigstens bringst du sie rein, das kannst du also schon oder? Hast dir gesagt, einen Briefkasten kann ich schon aufmachen, und schließlich hast du's geschafft, kannst du das nicht auch mit dem Rest so machen? Dir mal darüber klarwerden, daß wir hier keinen Kinderkram machen? Er warf das Papierknäuel in den Schatten des Papierkorbs, –ich wollte das abheften, bevor ich draufgesehen habe, aber ich konnte nicht mal den verdammten Ordner finden! Liz?

–Oh...?

–Als ich ihn zuletzt hatte... er bückte sich und schnürte einen Schuh auf, –das letzte, was ich reingetan hab', war dieser McCandless-Ausschnitt, wann war das, die Sonntagsausgabe? Finde nicht einen verdammten, warte, ich geh' ran, könnte... er war am Telefon, –wer...? Nie von ihr gehört nein, falsch verbunden... Er straffte sich, streifte seine Schuhe ab, stützte sich mit einer Hand auf die Ecke der Kommode und schlüpfte aus seiner Hose, schließlich kämpfte er barfuß, breitbeinig hingepflanzt, mit einem Hemdknopf, eine Hand unten zum Kratzen, sie baumelte dort als Silhouette in aufgedunsener Größe vor dem zunehmenden Mond in seiner erhabenen Bahn; seine Scheibe schien aufzublicken, während er die Hügel, hinter denen er hervorgekommen war, tief und tiefer unter sich ließ und zum mitternächtlich schwarzen Zenit mit seiner bodenlosen Tiefe und unermeßlichen Weite aufstieg: wie jene zitternden Sterne, die seinem Lauf folgten.

–Paul?

Er war wieder am Telefon. –Was...? Hören Sie, ich sagte Ihnen doch, hier gibt's keine Irene, Sie haben sich verwählt verdammt! Er fiel schwer neben sie.

–Das könnte seine Frau sein, es hätte für seine...

–Wessen Frau?

–Mister McCandless', vielleicht heißt sie Irene Mc...

–Da kann sie lange warten.

–Oh ich wollte dir noch sagen... sie stützte sich auf einen Ellbogen, –heute mor...

–Nichtanzeige von Landesverrat, dafür kann er zwanzig Jahre kriegen.

–Paul?

–Wollte dir noch sagen, daß ich heut' morgen mit Grissom gesprochen hab', meine Berufung ist für Montag angesetzt... sein Arm war unter ihren Schultern, –muß aufhören, daß meine ganze verdammte Versehrtenrente jeden Monat für den Unterhalt draufgeht, dann sehen wir etwas Land.

–Paul glaubst du, ich könnte, könnte ich vielleicht für ein paar Tage wegfahren?

Seine Hand schloß sich um ihre Brüste. –Wohin?

–Bloß, irgendwohin ich...

–Zuviel los hier Liz, das weißt du doch... seine Hand bearbeitete ihre Brüste, –die Dinge bloß erstmal in Gang bekommen, dann können wir uns für 'ne Woche irgendwo freinehmen.

–Nein ich meinte, ich meinte, ich allein.

–Aber, aber was heißt hier du allein, sieh mal, was hier alles los ist, du mußt hiersein. Muß bloß dieses Geschäft mit Ude in Gang bekommen, und dann werden da morgen drei oder vier Anrufe kommen, du mußt hiersein wegen des Telefons... Er zog sie zurück, lenkte ihren Blick weg von der Narbe, die von den Rippen bis zu den Lenden bläulich anlief, als er seine Beine dem Bildschirm entgegenstreckte, wo ein warmer Schein auf die unteren Stufen einer Eichentreppe fiel; er drang aus dem großen Speisezimmer, dessen Flügeltüren offenstanden und den Blick auf ein gemütliches Feuer im Kamin freigaben, und erstrahlte auf Marmorherd und kupfernen Feuereisen, während Wandteppiche und polierte Möbel im Glanz angenehmsten Wohlseins aufleuchteten, das durch die wachsende Schwellung in seiner Hand gestört wurde, –hast du diesen Arzt angerufen Liz? Dieser Termin wegen deinem Versicherungsanspruch? Seine Hand fuhr hinab, um sanft ihre Knie auseinanderzudrücken, und sein Bein glitt darüber. –Liz?

–Ja ich, morgen rufe ich da an...

–Sieh mal, du mußt ihn anrufen, du mußt hingehen zu dieser Untersuchung, damit ich meine Nebenklage anstrengen kann... Seine Finger zogen zusammen, trennten, bewegten sich in systematischer Suche und Beschlagnahme, während ihr Knie zur Seite fiel, –laß uns dieses Schmerzensgeld kriegen, dann hab ich 'n bißchen Bargeld, Grissom will tausend Dollar Vorschuß plus Veranschlagung auf sechzig Prozent des Streitwertes, bevor er loslegt... er schob sich auf sie, übte da, wo seine Hand dazwischenging, Druck aus, –verlang 'ne halbe

Million, alles hängt von deinem Prozeß gegen die Fluggesellschaft ab... seine Hand zog sich zurück, schloß sich um ihr Knie, —zeig deine, zeig ihnen, in was für einem Zustand du seit dem Absturz bist, ich bin, wie sehr ich um meine ehelichen Rechte, tut das weh?

—Nein nein mein Knie, nicht so... sie atmete heftig, —wie es, Prellungen... sein Kopf sank herab, worauf ihr Gesicht über seiner Schulter aschfahl wurde im Licht, das vom Bildschirm her über den glitzernden Spannungsbogen seines Rückens spielte, wo leise, unterdrückt und tief ein dämonisches Gelächter ertönte, scheinbar direkt vor der Kammertür. Als sie aufschaute, wiederholte sich das unnatürliche Geräusch, und sie wußte, es kam hinter der Vertäfelung hervor. Indes ihre erste Regung war, aufzustehen, und ihre zweite, aufzuschreien, gurgelte und stöhnte etwas, und Schritte entfernten sich die Galerie entlang zur Treppe in den dritten Stock. Die Tür öffnete sich unter ihrer zitternden Hand, und direkt vor ihr stand eine brennende Kerze, stehengelassen auf dem Läufer in der Galerie, wo die Luft ganz stickig geworden war, wie voller Rauch. Etwas knarrte: es war eine halboffene Tür, und der Rauch drang in einer Wolke daraus hervor. In der Kammer züngelten um das Bett herum Flammen hoch: die Vorhänge brannten; sogar die Laken kokelten. Mitten in Feuer und Rauch lag Orson Welles bewegungslos ausgestreckt, in tiefem Schlaf.

—Ich, ich muß Luft holen, flüsterte sie, befreite einen Arm, um nach der Schachtel mit den Papiertaschentüchern zu greifen, und er stand auf, stieß gegen Möbel, stolperte über einen Schuh, ging den dunklen Flur entlang, und sie lauschte auf irgendein Geräusch, hörte aber nichts. Es schien, als wäre sehr viel Zeit verstrichen, und dann hörte sie seine nackten Füße auf dem Läufer, und ein Griff von ihm ließ es auf dem Bildschirm dunkel werden.

—Oh also bitte, ich habe dich doch gebeten, im Schlafzimmer nicht zu rauchen!

—Nur, na schön, such' nur was zum Ausdrücken... Er fand

eine Untertasse, inhalierte tief dort am Fenster, wo vom anschwellenden Wind gepackte Äste den Schein der Straßenlaterne draußen in Mustern auf die Fensterbank vor ihm warfen. Er fuhr mit dem Daumen darüber. –Liz? Als könnte er seinen beschmutzten Daumen klar sehen, –hat sie die Fenster geputzt? Die Frau, die zum Putzen gekommen ist, hast du ihr gesagt...

–Dafür war keine Zeit. Würdest du sie jetzt bitte ausmachen!

–Was hat sie denn den ganzen Tag gemacht? Er inhalierte noch einmal schnell, bevor er sie auf der Untertasse zerquetschte, –fünfundzwanzig Dollar, was hat sie...

–Es waren dreißig Dollar, und sie war den halben Tag hier. Sie hat geputzt.

–Dachte, sie hätte fünfundzwanzig gesagt, sieh mal, wenn sie nächste Woche kommt, sag ihr, sie soll die Fenster machen, sie soll gleich mit den Fenstern anfangen... Er ließ sich schwer fallen, außer Reichweite, –dreißig Dollar, müssen anfangen, jemanden zu suchen, der Englisch spricht und an das verdammte Telefon gehen kann, Haitianer, da weiß man nicht, woran zum Teufel man ist. Wir haben da drüben deren Blut gekriegt, die Sanitätstruppe bekam's billig, sie waren so verdammt arm, daß sie ihr Blut verkauften, wußte nie, was man bekam. Verdammter Sani, ich sag' noch zu ihm, du bist jetzt gefälligst mal ganz brav und findest raus, woher diese Plasmaflasche an dem Haken da kommt, bevor du mir mit dieser Scheißnadel auf den Leib rückst.

Sie richtete sich halb auf, spannte das Laken straff und zog die Decke hoch. –Du darfst nicht vergessen, mir dreißig Dollar für nächste Woche dazulassen.

–Meistens war's ohnehin scheißegal... er drehte sich um, zog Decke und Laken mit sich. –Die Verwundeten, die aus der Kampfzone reinkamen, waren meistens ohnehin nur Bimbos.

–Und einen Dollar Fahrgeld... sie zerrte einen Teil der Decke zurück. –Macht fünfzig Cents pro Strecke.

Daß sie angesichts der gleißenden Lichtflecke von der Straßenlaterne, die auf die Wand, auf den leeren Spiegel fielen, die Lider schloß, nützte kaum etwas: Die Jagd überdauerte, was ihr wie Schlaf vorkam, und ließ verstreichen, was ihr wie Zeit vorkam, bis sie sich schließlich, die Augen wieder weit geöffnet und bedrängt von einer Bewegung so ruhig wie der Atem neben ihr, von der Bettkante erhob und das Zimmer wie ihr Gesicht wieder zu aschfahlem Leben erweckte: einen gewundenen, lorbeergesäumten Pfad hinab, der auf eine riesige, von einer Bank umzogene Roßkastanie zuführte und unten am Zaun endete. Angesichts eines jähen Regenschauers am Fenster, der das Licht von der Straßenlaterne da draußen über die Fensterbänke sprühte, zog sie die Decke fest um sich, und die Augen fielen ihr zu, um sich bei strömendem Regen wieder zu öffnen: Was war der Nacht widerfahren? Alles lag im Dunkel; und was fehlte der Kastanie? Sie wand sich und ächzte, während der Wind auf dem Lorbeerpfad heulte, nahebei und mächtig der Donner rollte und wild und unentwegt der Blitz zuckte, der dann in die große Roßkastanie am unteren Ende des Gartens fuhr und sie in zwei Hälften spaltete.

Der Fluß lag im Nebel, der seit dem Morgen schwer lastete und den langsamen Aufstieg des Briefträgers auf dem schwarzen Nebenfluß der Straße wie das Treiben einer Gestalt erscheinen ließ, die auf dem Wasser heranstakt, von einer beständigen Strömung an der mit durchweichtem Laub gesäumten Böschung entlanggezogen, der Schwelle entgegen, die dort wie ein Steg herausragte, von dem sie zeitig und wie zufällig herabgesprungen war, um ihn abzufangen, bevor er den Briefkasten erreichte; und nun, während sie sich wieder daranmachte, mit feuchten Knäueln aus Küchenkrepp das Glas im Erker zu bearbeiten, reduzierte ihr Stirnrunzeln die klapprigen Umrisse des alten Mannes da draußen an der Ecke mit seinem plattgefahrenen Kehrblech zu einem fernen Schemen. Regen, zwei Tage Regen hatten überall Blätter heruntergefegt, sogar ein abgebrochener Ast trieb auf der schwarzen Strömung, die unter ihrem Fenster anschwoll, wo sie nun mitten in der Bewegung erstarrte, ihr Stirnrunzeln wie weggefegt angesichts der regenmantelumschlotterten Gestalt, die so dicht vor ihr aufragte, daß sie ihr genau ins Gesicht sah. Sie rang nach Atem und um ihr Gleichgewicht und war kaum vom Hocker herunter, als es an der Tür klopfte. Durch eine handbreite Öffnung sah sie die abgewetzten Aufschläge des Regenmantels, stellte einen Fuß in die Tür. –Ja? Was...

–Mrs. Booth?

–Ist, sind Sie Mister Stumpp?

Er sah sie bloß an. Sein Gesicht wirkte ausgezehrt, wie auch der Hand, die er ihr entgegenstreckte, eine Tönung entzogen schien, die einmal eine tiefe Bräune gewesen sein mochte. –Mein Name ist McCandless, sagte er, sein Tonfall so teilnahmslos wie sein auf sie gerichteter Blick, –Sie sind Mrs. Booth?

–Oh! Oh ja, kommen Sie herein... aber ihr Fuß blockierte so lange die Tür, bis diese sanft gegen sie stieß, –ich habe nicht...

–Ich möchte nicht stören, er kam herein, sah an ihr vorbei, besah sich das Zimmer und die Dinge darin, so wie er vorher sie angesehen hatte, mit einem abschätzenden Blick, um sie und die Dinge einzuordnen. –Ich bin nur wegen einiger Unterlagen vorbeigekommen, ich möchte Sie nicht stören.

–Nein ich bin froh, daß Sie, Sie endlich kennenzulernen, wir haben uns schon gefragt...

–Bin letzte Woche vorbeigekommen, kam aber nicht rein, er ging an ihr vorbei zur Küche, –neues Schloß an der Tür, ich konnte nicht rein.

–Ja ich weiß ja, wir mußten den Klempner reinlassen wegen...

–Ich hab' davon gehört.

–Ich meine wenn wir gewußt hätten, wo wir Sie erreichen können, wenn Sie doch nur angerufen hätten, bevor Sie...

–Macht nichts, war nur verdammt lästig.

–Ja also, es ist, ich meine es ist für uns auch ziemlich lästig gewesen Mister McCandless, wenn Sie eine Adresse hinterlassen hätten eine Telefonnummer irgendwas, damit man Sie erreichen kann, sie kam hinter ihm her. –Diese Karte, die Sie wegen des Heizkessels geschickt haben, wir wußten ja nicht mal, in welchem Land Sie da waren, wie hätten wir Ihnen einen neuen Schlüssel schicken können. Ich kann Sie nicht mal jetzt reinlassen, der Klempner...

–Ich hab' einen... er hatte tatsächlich einen hervorgeholt und rüttelte am Vorhängeschloß.

–Ja also, also gut, Sie haben wohl die Maklerin angerufen, wenn wir gewußt hätten, wo Sie zu erreichen sind, solche Sa-

chen passieren halt, Leute rufen für Sie an, und wir wissen
nicht, wo sie...
–Wer?
–Für sie angerufen? Ich weiß nicht. Das Finanzamt. Ich weiß
nicht, wer sonst. Sie rufen an und legen wieder auf. Ich will
ihnen gerade sagen, daß sie eine Nachricht für Sie hinterlassen
können, wenn wir von Ihnen hören, und schon legen sie auf.
Sie haben ein paar schrecklich rüde Freunde.
–Das sind womöglich nicht alles Freunde, Mrs. Booth... er
hatte die Tür aufgeschoben, hielt nun inne und sah hinein. –Sie
können gern das Telefon abstellen, wissen Sie, kam es über
seine Schulter, –die Maklerin sagte, Sie wollten es behalten, bis
Sie Ihre eigenen Arrangements getroffen haben, mir ist das
ziemlich egal. Ich kann gleich anrufen und es abstell...
–Oh nein, so war das nicht, ich meine Sie können es gern so
lassen ja, es macht mir wirklich nichts aus, immer dranzuge-
hen, wenn wir nur wüßten, wo Sie zu erreichen sind, daß man
den Leuten sagen kann, wo Sie zu erreichen sind, diese rüden
Anrufe, und Leute an der Tür so grob, daß ich nicht... sie verstummte, denn sie hatte auf seinen Rücken eingeredet, den er
beim Anzünden einer Zigarette dort in der Tür gleichsam
schützend wie gegen einen Windstoß gebeugt hatte, sich weg-
duckend wie auf einem kahlen Vorgebirge oder auf dem Deck
eines Schiffes. Was für Leute an der Tür? wollte er wissen.
–Nur, also da war nur einer, aber der war weiß Gott nicht
nett, er wollte mir nicht mal seinen vollen Namen nennen, ich
meine bloß seinen Vornamen, er fällt mir nicht mehr ein. Nur
diese stechenden kleinen runden Augen, er hatte eine gespren-
kelte Jacke an und irgendwelche gelben...
–Was wollte er? kam es durch die geöffnete Tür zurück.
–Mit Ihnen reden, er sagte bloß, er wolle mit Ihnen reden,
sagte sie in den Raum hinein, in dem Bücher auf dem Fußboden
aufgetürmt und an einer kannelierten Säule bis hoch zu einem
Gewinde aus Walnußholz gestapelt waren, der Fuß von irgendetwas, von einem Buffet oder Sideboard, sie stand still und

sah sich um, wie auf der Suche nach einer Tätigkeit, die ihre
Anwesenheit hier in der Küche, ihrer eigenen Küche, ihrem ei-
genen Haus hätte rechtfertigen können, stand dort mit leeren
Händen und sah das Telefon an, bis es klingelte.

–Ja? Ja es ist... Oh... Sie senkte die Stimme und drehte der
leeren Türöffnung den Rücken zu, –wegen eines Termins bei
Doktor Terranova ja... Nein das hat zu tun mit, mit meinem...
sie war am Tischende vorbei, war so weit, wie das Kabel
reichte –mit dem Flugzeugabsturz ja, aber nicht, ich meine
nicht meinen Prozeß, mein Mann ist... ihre Stimme wurde
noch leiser, –seine Nebenklage wegen Verlust der, wegen meiner Pflichten nach meiner Verletz... was? Nein, nein wegen
meiner, meiner ehelichen Pflichten, wegen... Was, jetzt? Oder
als es passiert ist...? und fast flüsternd –ich bin jetzt, ich bin
dreiunddreißig, ich... nein ich sagte drei... Nein ich kann jetzt
nicht, ich kann Ihnen jetzt nicht den ganzen Hergang erzählen,
Sie müssen... nein Sie müssen später wieder anrufen.

In ruhigen Schwaden herabsinkender Rauch versperrte die
Türöffnung. Dort drinnen war eine Lampe angegangen, auch
das Geräusch einer Bewegung, eines Sessels oder einer Schublade, die aufgezogen wurde, war zu vernehmen. Sie fand ihre
Kaffeetasse vom Morgen und spülte sie im Becken aus. Draußen über der Terrasse lag der Nebel, gestaltlos wie der Tag
selbst, der eben angebrochen und seinem Treiben überlassen
war, und dessen Verstreichen durch nichts als die Uhr gewähr-
leistet wurde, der sich ihr Blick ebenso abrupt zuwandte wie sie
selbst sich dann wieder der Haustür, auf deren Glaseinsätzen
sie mit ihren feuchten Küchenkreppknäueln Streifen über den
Schatten draußen zog, der, mit seinem Besen herumstakend,
bei jedem dritten Schritt innehielt und bei jedem zweiten nach
vorn sah, um sich zu orientieren.

Als sie es schließlich wieder klingeln hörte, erschrak sie über
die Lautstärke ihrer eigenen Stimme, –Hallo...? gewann mit
jedem Wort an Sicherheit, –nein tut mir schrecklich leid Herr
Senator, Paul ist nicht da... sprach in die Muschel und doch an

ihr vorbei in den Flur hinein, –ich glaube, er hat vor, sehr bald in Washington zu sein, er mußte in den Süden, irgendetwas hat sich plötzlich ergeben im Zusammenhang mit, wie bitte...? mit gesteigertem Selbstbewußtsein und gar in herzlicher Leutseligkeit, –das ist schrecklich nett, aber ich kann das beim besten Willen nicht sagen, wir wollen für ein paar Tage mit Freunden runter nach Montego Bay, falls Paul sich freimachen kann, aber Sie wissen ja, wie beschäftigt er war mit... und unversehens war die Türöffnung geschlossen, die Tür zugeschoben, ja zugeknallt, –es ist nichts nein, ich kann jetzt nicht mehr weitersprechen, ich werde... mit gesenkter Stimme, –gut dann rufen Sie später an, später...

Nun da sie schwieg, trat der Kummer in ihrer Stimme an ihren Händen zutage, die wieder Streifen zogen, auf dem Glas der Stickerei jetzt über Ein schöner Hut macht noch kein schönes Antlitz, und dann die morgendliche Post sortierten: Doktor Yount, Doktor Kissinger, Dan-Ray, Berater, Inc., zerknüllt und weggeworfen; B & G Lagerhaltung, Amerikanische Krebshilfe und Landes-Schützenverein ungeöffnet zur Seite; eine Flut von Hochglanzseiten von der Christlichen Wiedererweckung für die Menschen Amerikas, Wurfsendungen des Gemeinde-Colleges, die sich als Angebote für Schnellkurse in Stress-Management entpuppten, Erfolg durch selbstbewußtes Auftreten, Reflexiologie, Shiatsu, Hypnokybernetik und Das kreative Du; Gold Coast, Blumenhandlung, aufgerissen: Blumengebinde 260 Dollar? Als der Kummer in ihre Augen emporgestiegen war, ergriff er alles, wohin sie sich auch wandte, bis sie dann ihrerseits ergriffen war angesichts der standhaften Miene des Masai-Kriegers auf dem Titelbild der Zeitschrift auf dem Kaffeetisch neben *Town & Country* und einem *National Geographic,* und sie suchte Zuflucht bei dem Vogelbuch unter Pfuhlschnepfen und Brachvögeln, Flußuferläufern und Sumpfschnepfen, doch der Trost, den sie gewährten, war so schnell dahin wie eine Seite umgeblättert, und sie stand auf und war durch die Küche, klopfte an die weiße Tür –Mister McCandless?

Die Tür wurde umgehend aufgeschoben, als hätte er dort gewartet. –Mir fiel gerade ein... sie stand da und umklammerte das Buch, einen ihre Hast verratenden Finger zwischen die Seiten gesteckt, –der Mann, von dem ich sagte, er sei für Sie hiergewesen? Lester. Er hieß Lester... Ihr wurde ein knappes Nicken, eine gemurmelte Verabschiedung zuteil, aber sie blieb hartnäckig im Türrahmen stehen und sah an ihm vorbei durch die Schwaden von Tabakrauch auf vom Boden bis an die Decke vollgestopfte Bücherregale, auf Papiere in Stapeln und Rollen, auf schirmlose Lampen, Ledermappen und geöffnete Aktenschränke, –sind Sie Schriftsteller? platzte sie heraus.

–Ich bin Geologe, Mrs. Booth.

–Oh. Weil da so viele Bücher sind nicht wahr, und Papiere und, und sehen Sie mal! Sie haben ein Klavier! Oder ist das keins? Unter all diesen Sachen, ich habe es vorspitzen sehen, ich dachte, es wäre ein Buffet oder so, ein herrliches altes Sideboard, wir hatten eins, die Schubladen, in denen wir das Silber aufbewahrten, alle mit Samt ausgelegt, aber es ist ein Spinett nicht wahr, könnte man es nicht in den Erker stellen...? Es müsse überholt werden, sagte er ihr, der Resonanzboden sei verzogen. –Oh. Es wäre nämlich so hübsch da im Erker, vielleicht könnten wir es reparieren lassen oder...? Warum, ob sie spiele? –Doch ja aber, ich meine noch nicht lange, diese kleinen Haydn-Stücke und dergleichen, aber nicht, ich meine nichts Modernes, ich meine ich bin nie bis zu Debussy vorgedrungen oder auch nur...

Er würde sich das Ding mal ansehen, sagte er und wandte sich ab, –nun ich weiß, Sie haben zu tun, lassen Sie sich von mir nicht abhalten.

–Nein schon gut. Ich meine ich habe gerade die Fenster da drinnen geputzt, sie sind so schmierig vom Rauch. Sie rauchen viel oder...? Zuviel, gab er zu und schüttelte Tabak aus einem satinierten Päckchen auf ein Papier. –Wie das Fenster genau über Ihrem Tisch dort, sie wies mit dem Kopf hinter ihn, –man kann kaum durchsehen.

–Ich möchte gar nicht unbedingt durchsehen, Mrs. Booth.
Nun lassen Sie sich bitte nicht...

–Warten Sie, ich hole Ihnen einen Aschenbecher... und im
Handumdrehen war sie mit einer Untertasse wieder da, –wenn
Sie noch irgendetwas brauchen... Er stand reglos über dem
friedlichen Durcheinander aus Papieren, die da auf dem Tisch
verstreut lagen, bis er nach dem Aschenbecher griff, den er
schon vorher benutzt hatte. –Ich meinte bloß, falls Sie eine
Tasse Tee möchten oder irgendwas...? Und als sie sich zur Tür
wandte, stolperte sie und stieß die am Klavier aufgestapelten
Bücher um, –oh tut mir leid, ich werde...

–Schon gut, Mrs. Booth bitte! Lassen Sie nur!

–Also gut, aber... sie richtete sich auf, –wenn Sie irgendwas
brauchen... und sie war aus der Tür, hielt in der Küche und
noch einmal im Wohnzimmer inne, und dann war sie die
Treppe hinauf und ließ ein Bad einlaufen, drehte es so abrupt
ab, wie sie es angedreht hatte, und an leeren Schlafzimmern
vorbei durch den Flur, ihre Bluse lösend, erweckte sie auf der
Mattscheibe eine Trickdarstellung von Darmbeschwerden
zum Leben. Sie schaltete ab. Unter Halstüchern, Blusen, Des-
sous in der oberen Schublade kramend, holte sie einen Manila-Ordner hervor, ging die rund zwanzig handgeschriebenen
Seiten durch, Ausgestrichenes, Randbemerkungen, penible
Einschübe, mutige Pfeile, die ganze Absätze versauerter Inspi-
ration wegstrichen, bis hin zum letzten, bei der Beschreibung
liegengelassenen Blatt, wie alles gekommen wäre, hätten ihr
Vater und ihre Mutter sich nie kennengelernt, hätte ihr Vater
eine Lehrerin geheiratet oder eine Tänzerin statt der Tochter
einer gestandenen Familie aus Grosse Pointe, oder hätte ihre
Mutter, die noch immer in der teilnahmslosen Umarmung
eines weit entfernten Pflegeheims schweigend dalag, einen
jungen Schriftsteller getroffen, der...

Sie stand so lange auf, wie es dauerte, einen Stift zu finden,
mit kräftigem Strich das: jungen Schriftsteller getroffen, der,
durchzustreichen und eilig fortzufahren mit: älteren Mann ge-

troffen, der schon auf ein Leben, eine andere Frau irgendwo, ja
sogar eine Ehefrau zurückblicken konnte... seine ruhigen, sehnigen Hände und seine... harten, unregelmäßigen Züge, in denen die Erinnerung an ferne Sonnen eingegraben war, die
kühle, desinteressierte Ruhe seiner Augen wiedersprach...
wiedersprach? Sie fand das Lexikon unter dem Telefonbuch,
suchte nach wiedersprechen und konnte es nicht finden.

–Mrs. Booth?

Sie stand wieder auf, –ja? Seine Stimme drang über die
Treppe zu ihr hinauf, täte ihm leid wegen der Störung, aber ob
er mal das Telefon benutzen könne? –Ja, ja bitte! Und im Spiegel fing sie den Blick ihrer vom Lauschen geweiteten und nun
von einem Stirnrunzeln gerahmten Augen auf, weil sie nichts
als Geschrei von der Straße vernahm, wo die Jungen, als sie
hinging, um hinabzusehen, den Hügel hinaufstreunten und
einander etwas zuwarfen, einen Schuh des kleinsten von ihnen,
der weit zurückhing, dort wo der Nebel den Tag noch im selben
Zustand aufhielt, in dem sie ihn verlassen hatte. Als würde sie
ihrerseits belauscht, griff sie nach dem Telefon und nahm leise
ab, nur das Freizeichen war zu hören, und sie legte genauso
behutsam wieder auf, wechselte einen Blick mit dem Spiegel,
den sie umrahmt von verzerrten Details des Flurs zurücker-
hielt, beugte sich so dicht über das Waschbecken, daß die
dunklen Ringe unter ihren Augen sich noch vertieften, bis sie
unter den Klecksen einer Aufhellungscreme verborgen und die
Augenlider mit dem zartesten Grün nachgezogen waren, bis
die Fülle einer Lippe gemildert und das Haar geschunden, ge-
zerrt, wieder freigeschüttelt war, bevor sie die Treppe herunterkam. Er stand über den Küchentisch gebeugt, blätterte das Vogelbuch durch, das sie dort liegengelassen hatte, und begann
von neuem mit seinen Entschuldigungen, ohne aufzusehen, er
müsse warten, bis er mit seinem Anruf durchkäme, sagte er,
etwas stimme mit der Verbindung nicht.

–Oh. Wenn das passiert, wähle ich einfach nochmal, sie...

–Hier geht's um ein Auslandsgespräch.

–Oh. Oh dann setzen Sie sich doch, ins Wohnzimmer? Ich
meine ich wollte gerade Tee machen... Ob es einen Drink
gäbe? und ja, ein Scotch wäre schön, und er schlug Regenpfei-
fer auf, Entenschnepfen, den Großen und Kleinen Gelbschenkel, ob jemand in dem Zimmer gewesen wäre? fragte er unvermittelt, außer dem Klempner? –Also nein, nein. Ich meine es ist
doch abgeschlossen, wie könnten wir... Nicht sie nein, er
meine nicht sie, aber irgend jemand anderes? Der Mann, der an
der Tür gewesen ist, ist er hereingekommen? –Nein, nur bis an
die Tür. Er hat seinen Fuß in die Tür gestellt.
   –Sie sagten, er wollte mich bloß sprechen? Hat keine Fragen
gestellt?
   Sie drehte sich mit einem leeren Glas um, strich ihr Haar zur
Seite, –er hat mich gefragt, ob ich Ihre erste Rothaarige wäre...
aber ihr Lächeln ging ins Leere hinter seinem Rücken, der sich
schon dem Eßzimmer zugewandt hatte. Als sie hereinkam, in
der einen Hand das Glas mit klirrendem Eis, in der anderen
eine Untertasse, auf der ihre Tasse klapperte, stand er da im
Erker und sagte ihr, sie habe die Fenster gut hingekriegt, und
etwas über den Efeu, daß er zurückgeschnitten werden müsse,
und als er nach dem Glas griff, stieß er es ihr fast aus der Hand.
Sie hielt ihre Tasse fest und setzte sich mit zusammengepreßten
Knien auf das abgewetzte Zweiersofa, –und Sie haben Ihre
Post gefunden? Sie steckte da in der Tür, einer kam aus Thailand. Es waren so schöne Briefmarken darauf, deshalb ist er
mir aufgefallen.
   Thailand? Er kannte niemanden in Thailand, –bin nie dagewesen... und er lehnte sich wie aus alter Gewohnheit im Sessel
zurück.
   Oh. Oh und warten Sie, ja ich wollte fragen, heißt sie Irene?
Ihre Frau meine ich...? Sein Nicken drückte weniger Zustim-
mung aus als Unfähigkeit zu leugnen. –Da waren nämlich
einige Anrufe, jemand hat sich nach Irene erkundigt. Und all
diese Möbel, danach wollte ich Sie fragen, die Maklerin sagte,
sie würde deswegen kommen, daß alles ihr gehöre, aber sie

wüßte nicht, wann. Ich meine wir haben Sachen gelagert, wir würden's nur gern in voraus wissen, all diese hübschen Sachen, es sieht aus, als wäre sie nur für einen Tag fort, ich möchte nicht, daß etwas kaputtgeht. Dieser kleine Porzellanhund, der auf dem Kaminsims stand, der ist schon kaputt, Madame Socrate hat ihn beim Putzen entzweigebrochen, ich habe versucht, ihn zu kleben... Er sah auf, fort vom leeren Kamin, den er angestarrt hatte, das sei seiner, sagte er ihr und hob sein Glas, macht nichts. –Oh! Aber natürlich werden wir dafür aufkommen, aber ich meinte, Ihre Frau, ich meine wissen Sie, wann sie vielleicht wegen ihrer Sachen kommt? Oder wo wir sie erreichen können, um sie zu fragen? Wenn wir Sie nämlich nicht erreichen können, wenn Sie irgendwo sind, wo wir Sie nicht erreichen können, vielleicht bleiben Sie ja jahrelang da, Sie könnten zwanzig Jahre weg sein und, ich meine...

Er hatte einen Fuß über ein Knie gelegt und stellte einen feinen oder einstmals feinen Schuh zur Schau, abgetragen nun und voller Risse auf dem Spann. –Zwanzig Jahre, Mrs. Booth?

–Ja also nein, nein ich meinte nur... Er sah sie direkt an, und sie bemerkte den Anflug von etwas, was beinahe ein Lächeln geworden wäre, brachte die Tasse auf der Untertasse zum Klappern und hob sie, schluckte, –ich meine Sie reisen viel, Ihre Arbeit meine ich, Sie müssen viel reisen, es muß eine sehr interessante Arbeit sein und, und aufregend, warten Sie, Entschuldigung, ich hole Ihnen einen Aschenbecher... Er hatte Asche auf die Kaminplatte geschnippt, und sie war zurück, stellte eine saubere Untertasse vor ihn, neben die Zeitschriften. –Gegen den wie diese, sagte sie.

–Das ist ein sehr altes Heft oder...? Er beugte sich vor, um seine Zigarette auszudrücken. Dieser Artikel über die Masai, ob sie ihn gelesen habe?

–Ja er ist, ich bin gerade damit fertig, er ist faszinierend, ich meine wir haben sie abonniert, aber ich komme nicht hinterher... Auf das Läuten des Telefons hin war er halb aus dem Sessel, aber sie war bereits wieder aufgestanden, –Nein, ich gehe... und dann, aus der Küche –Mister, Mister McCandless? Hatten Sie Acapulco verlangt? Was? Hallo...? Oh nein, das ist Edie, ja nein, aber nicht jetzt, Vermittlung. Ich meine, könnte sie später wieder anrufen?

Als sie wieder hereinkam, hatte er seinen Drink verschüttet, stand da über den nassen Zeitschriften und hatte Schwierigkeiten, die Sache in Ordnung zu bringen, ja Schwierigkeiten, so schien es, auch nur das Glas richtig in die Hand zu nehmen. –Oh, kann ich Ihnen helfen? Was...

–Nein! Ist, ist schon gut.

–Tut mir leid, warten Sie... sie kam mit einem Knäuel Küchenkrepp von den Fenstern an –das macht nichts, sind lauter alte... und strich damit das rotgefärbte Haar, die gefletschten Zähne und die entblößte Brust des Kriegers hinab. –Er ist ziemlich furchterregend oder? Ich meine, so wie er aussieht.

–Wenn Sie ein Bantu sind.

–Wenn ich was?

–Sie stehlen Vieh. Ich dachte, Sie sagten, Sie hätten das gelesen... Er war in den Erker geschritten, kehrte nun ins Eßzimmer zurück, wo er stehenblieb, in einen leeren Eckschrank hineinsah und sein Glas umklammerte.

–Oh. Ja es ist, ich meine manchmal lese ich nicht so sorgfältig... und, dorthin sehend, wo auch er hinsah, –wir haben schönes Porzellan gelagert, altes Quimper, ich meine es ist kein echtes Porzellan, es würde hübsch aussehen dort, aber ich weiß nicht, wann sie deswegen kommen wollte, Irene meine ich? Ihre Frau? Ich finde, sie hat so einen wundervollen Geschmack, alles, man erkennt ihren Stil überall.

–Möchte diese Terrasse draußen streichen lassen, sagte er unvermittelt, während er auf die von den Säulen blätternde Farbe hinaussah.

–Ja schon, wir nutzen sie nie, aber, ich meine wenn Sie das für uns tun wollen, wären wir...

–Ich würde es nicht für Sie tun, Mrs. Booth, sondern für das Haus... Er hob sein Glas, leerte es bis zur Neige, –sie wollte diese ganze Wand rausreißen, hier einen Stützbogen einsetzen und die ganze Terrasse verglasen mit all den Blumen da draußen, eine Art Wintergarten.

—Oh! Was für ein, ich meine ich habe...

—Wir sind nie dazu gekommen, sagte er, bevor er sich abwandte.

—Aber sie machen sich doch großartig nicht wahr, die Blumen meine ich, ich versuche sie regelmäßig zu gießen und...

—Die da, da oben? Ich hab' sie drei Monate lang gegossen, nachdem sie weg war, bis ich merkte, daß sie aus Plastik ist.

—Aber sie, drei Monate lang? Aber ich dachte, sie wäre erst seit...

—Sie ist seit zwei Jahren fort, Mrs. Booth.

Der Anruf war für ihn. —Ihr Gespräch nach, nach Maracaibo oder? Der Hörer lag unsicher in ihrer Hand, dann legte sie ihn fort und kam ins Wohnzimmer zurück, an die Erkerfenster, so weit entfernt, wie diese Zimmer es ihr gestatteten, so weit, daß sie nichts mithören konnte außer —zu spät... bevor er mit einem verschmutzten Manila-Umschlag in der Hand hereinkam, sich den Regenmantel anzog, ihr sagte, der Anruf würde ihr nicht berechnet, und die Tür öffnete. —Aber Sie haben gar nicht gesagt, wo man Sie erreichen kann, wenn irgendetwas...

Er würde versuchen, vorher anzurufen, wenn er noch einmal kommen müsse, und er zog die Tür hinter sich zu, täte ihm leid, sie gestört zu haben, und sie ging gemächlich zum Erker zurück, trat nicht zu nahe heran. Das bißchen Licht, dem der Nebel Stofflichkeit verliehen hatte, wurde schnell schwächer auf dem Weg die dunkle Straße hinab, wo der alte Hund auftauchte und sich ihm anschloß, als er sie zur durchweichten Böschung auf der anderen Seite querte, deren Umrisse ebenso verschwammen wie die Farbe der Blätter dort, und sie sah sie gemeinsam hinunterlaufen, als wären sie dieser dunklen Strömung schon oft zuvor zusammen gefolgt.

Als Aschenbecher, sein Glas, Küchenkrepp und Yount, Kissinger beiseite geräumt waren, begann sie Lampen anzuschal-

ten, bückte sich über den Abfall, um die Ärzte tief unter Brot-
papier zu begraben, unter vertrocknetem Sellerie, verbranntem
Toast und einem zerfledderten Adreßbuch, von dem sie feuchte
Teeblätter abschüttelte, bevor sie tiefer wühlte nach ein paar
zerknüllten Umschlägen, alle mit den faden Briefmarken ihres
eigenen Landes frankiert, und im Stehen das Adreßbuch
durchblätterte. Der weiße Verschluß der Dewar's Whisky-Fla-
sche war ins Spülbecken gerollt, wo sie ihn fand, und wo sie
dann mit der Flasche zögerte, bevor sie sie unter den Hahn
hielt, ein, zwei Schluck Wasser hineinlaufen ließ und schließlich den Verschluß daraufschraubte, sie sogar ein wenig schüttelte, um sie schließlich hinter die Tüte Zwiebeln zurückzustellen.

Sie war die Treppe hoch, wo sie innehielt, um ein Bad einlaufen zu lassen, dann den Flur entlang, während sie ihre Bluse
auszog, das zerfledderte Adreßbuch immer noch fest in der
Hand, und sie hatte kaum im Schlafzimmer Licht angemacht
und ihre Schuhe abgestreift, war kaum auf dem Bett inmitten
der Seiten und mit stummen Lippenbewegungen... die kühle,
desinteressierte Ruhe seiner Augen wiedersprach... über die
letzte gebeugt, als unten die Toilettenspülung gezogen wurde.

–Liz? Er war schon auf der Treppe. Unbeeindruckt vom Läuten des Telefons schob sie Papiere und Mappe zusammen, ein
Griff noch nach dem zerfledderten Adreßbuch, und schon
stand sie da und wählte eine frische Bluse aus der oberen
Schublade der Kommode. –Du hast das Badewasser laufen lassen, er kam herein und zog seine Krawatte aus, und –warum
nimmst du das verdammte Telefon nicht ab, hallo...? Vermittlung, von wo...? Nein, R-Gespräch nehm' ich nicht an nein,
kenne niemand in Acapulco, verdammt nochmal... er legte ge-
räuschvoll auf. –Irgendwelche Anrufe, während ich weg war?

–Chick... sie stand da und holte langsam Luft, –gestern
abend. Jemand namens Chick.

–Hat er 'ne Nummer hinterlassen?

–Er sagte, er hätte keine. Er sagte, ich solle dir ausrichten, er sei gerade rausgekommen, er würde dich irgendwann wieder anrufen.

—Nichts von Teakells Büro? Er hatte das Jackett ausgezogen und knöpfte sein Hemd auf, —hab' 'n Wagen zum Flugplatz bestellt, ich muß da heute abend noch runter, bin vor drei Stunden genau drüber weggeflogen, jetzt alles retour und zurück, hast du meine Schlüssel gesehen? Liz?

—Was?

—Ich sagte, hast du meine Schlüssel gesehen, sieh mal, ich hab's eilig, acht Uhr morgens Termin in Washington, die haben diese verdammte Vorladung vorgezogen, hab' ich eben erst erfahren, bin ohne meine Schlüssel von hier los, wenn du nicht hier wärst, hätte ich draußen gestanden... Er befreite einen Fuß aus seiner Hose, —bin gerade eben reingekommen, die Haustür war offen, hier oben allein, ich hab' dir doch gesagt, du sollst sie immer abschließen, du weißt nie, wer zum Teufel reinkommt, hast du meine Schlüssel gesehen?

—Sie sind weg Paul. Meine auch.

—Was soll das heißen, meine auch, wo sind sie denn hin?

—Ich hab' sie auf dem Bord über dem Waschbecken gefunden und in meine Handtasche gesteckt, als ich wegging, damit sie nicht verlorengehen, und meine Handtasche wurde gestohlen.

—Deine, nein nun komm Liz, gestohlen? Er stand über ihr, bekleidet von der Zehe bis zum Schienbein, während sie auf die Bettkante gesunken war, —wie zum Teufel konnte sie gestohlen werden, ich hab' dir doch gesagt, du sollst immer die Türen abschließen oder? Bin gerade reingekommen, die Haustür sperrangelweit offen, sieh nach, die ist bestimmt hier irgendwo, dusche mal schnell, während du suchst, wo hattest du sie zuletzt, denk nach Liz! Denk nach!

—Ich brauche gar nicht nachzudenken Paul, ich weiß schon. Ich hatte sie zuletzt in der Damentoilette bei Saks. Ich hab' sie an einen Haken gehängt, während ich auf dem Klo war, und dann sah ich hoch und sah eine Hand über den Kabinenrand greifen, und weg war sie. Als ich rauskam, war niemand...

–Nein aber, was zum Teufel hast du denn bei Saks gemacht, wie konntest...

–Ich war auf dem Klo! Ich hab' da nichts gekauft, wie sich das eigentlich für eine Frau beim Einkaufsbummel gehört, sie haben das Konto vor sechs Monaten gesperrt, ich hatte nach dem Arzt noch etwas Zeit, er ist in der Nähe von Saks, also bin ich zu Saks gegangen. Ich hab' mir all die Sachen angesehen, die ich bei Saks nicht kaufen kann, und bin dann aufs Klo gegangen, interessiert es dich überhaupt, wie ich nach Hause gekommen bin, kümmert dich das überhaupt? Sie knallte die Kommodenschublade zu und lief daran vorbei zur Tür, –keine Handtasche kein Geld kein Schlüssel nichts, wie ich nach Hause gekommen bin? Wie ich überhaupt reingekommen bin?

–Nein aber Liz, sieh mal...

Sie tat es und schlug die Augen nieder. Er stand da in einer braunen Socke und wedelte mit gestreiften Shorts herum, die er krampfhaft zusammenknüllte. –Die Dusche läuft, wann kommt dein Wagen?

–Halbe Stunde, sieh mal, muß mir noch ein paar Sachen ansehen, die eingegangen sind, während ich...

–Ich bin unten.

Vom Tisch aus, wo er sie hingelegt hatte, überfiel die Zeitung sie in schwarzen Lettern von der Größe ihrer Faust

MUTTER UNTER TRÄNEN:
«BETET FÜR DEN KLEINEN WAYNE»

Sie starrte immer noch darauf, als er die Treppe herabgestürzt kam und dabei sein Hemd in die Hose stopfte. –Hast du das gesehen? Die *Post* bringt es, die bringt es wirklich, hast du das gelesen?

–Was gelesen, Mutter unter Tränen...?

–Die Story, die Story, den Aufmacher, die *Post* bringt es voll rüber, die bringt es wirklich! Liz...? aus der Küche. Die Kühlschranktür schlug gegen die Anrichte. –Die Post?

—Liegt doch da… sie kam mit leeren Händen herein. —Willst du etwas essen?

—Krieg' ich im Flugzeug… er hielt die Flasche, zwang ihren Hals über ein Glas, —verdammter Knabber-Flug steht mir bevor, da kriegt man 'ne Limo und 'nen Keks, ist das alles? Er kramte mit einer Hand in der Post, hielt den Hörer in der anderen.

—Muß 'n paar Anrufe erledigen. Liz?

—Ich bin doch hier!

—Sagtest, du seist beim Arzt gewesen, was meinte er denn? Hallo…? Hey, ist mein Kumpel Elton da? Hier ist Paul… Hab' mit Grissom geredet, er sagte, diese Vorermittlungen für das Verfahren können jetzt jeden Tag losgehen, müssen diesen Arzt mit seinen schlechten Ergebnissen ranholen, sonst ist der Prozeß für dich gelaufen, und meiner geht gleich mit den Bach runter, hab' ich dir erzählt, daß Grissom tausend Dollar Vorschuß will? Hallo…? Warte immer noch auf Elton ja, verlierst den Prozeß, und die tausend sind gleich mit weg, genau wie beim letztenmal, leuchtet dir das ein? Wie er diese Berufung verlieren konnte? Die lebt da ganz offen vor aller Augen mit diesem Burschen zusammen, er erzählt Grissom, er würde sie nicht heiraten, weil ich ihr mehr Unterhalt zahle, als er könnte, wenn er sie heiratete und die Sache dann nicht liefe, sagt Grissom das offen ins Gesicht, der Bastard stellt Beleuchtungskörper her, konnte ihr keinen Cent zahlen, also bezahle ich seine Beleuchtungskörper, der verdammte Richter bringt es fertig und, hallo…? Nein, wann ist er weggegangen…? Nein nein, keine Umstände, ich treffe ihn dann da unten. Bis dann also. Verdammte Versehrtenrente, in eine Tasche rein und zur anderen wieder raus, wo war ich stehengeblieben?

—Beleuchtungskörper kaufen.

—Sieh mal Liz, hier geht's um was, muß ein paar Kleinigkeiten klären, bevor ich da runterfliege, sitz' da vielleicht 'ne Woche rum und warte auf Anrufe, hab' ich dir erzählt, daß Adolph sagt, Sneddiger würde mir Rechtsbeistand anbieten? Die Bastarde versuchen mich auszutricksen, panische Angst davor, daß was von der Bestechungssache durchsickert, hallo? Ich möchte Mister McFardle, hier ist... Jim McFardle ja, hier ist Paul Booth, versuchen deinem toten Alten den schwarzen Peter zuzuschieben und mich gleich mit fertigzumachen, wenn er steuerrechtlich unter den Logan Act fällt, ist das ganze verdammte Vermögen dahin, zwei Millionen Pauschalsumme Altersversicherung, dreihunderttausend angesammelte Urlaubsgelder, weitere zweihundert Wertpapiererträge plus Option auf weitere Vorzugsaktien im Wert von fünfhunderttausend zu zwanzig Prozent unter Marktwert, Lebensversicherung Bedford Longview, was immer verdammt nochmal ihnen in die Hände fällt, hab' ich dir erzählt, daß Adolph Longview verkauft? Weiß verdammt genau, daß ich Investitionskapital für dieses Mediencenter da unten aufzutreiben versuche, wenn dein Kumpel Orsini rechtzeitig von sich hören läßt, können wir immer noch eine Option reindrücken und die, hallo? Hallo? Wer... Für heute aus dem Haus? Also hören Sie, dann geben Sie mir seine Sek... was? Sie meinen, alle sind schon weg? Also wer sind... Sie sind die was...? Nein also warum haben Sie dann den, schon gut... Ich sagte schon gut! Verdammte Putzfrau nimmt den Hörer ab, und ich zahl' das Gespräch, so machen die das da unten, der Senator ist auf Reisen, also verkrümelt sich sein ganzes Personal, wie spät ist es, der Wagen kann jeden Moment kommen, also was hat er gesagt?

—Wer Paul?

—Der Arzt, du sagtest, du seist beim Arzt gewesen, ich versuche seit fünf Minuten rauszukriegen, was passiert ist, als du beim Arzt warst!

—Ich habe vierzig Minuten gewartet, bis die Sprechstundenhilfe mich reingeholt hat und mich allein ließ, nackt auf einem Tisch, die Knie bis ans Kinn hochgezogen und ein Papierlaken über alles außer meinem Arsch, zwanzig Minuten später kam er hinter mir rein und sagte zu meinem zitternden Arsch, Wie geht's Mrs. Booth, und dann steckte er mir einen Finger...

—Nein jetzt warte mal Liz, du... Er stellte sein Glas ab,
—warum zum Teufel redest du so darüber, du kannst nicht...
—Ich wollte nur wissen, ob du mir zuhörst.
—Ich hör' dir zu! Er griff wieder zum Glas, —verdammt kein
Grund, im Kasernenhofton mit mir zu reden, was hat er gesagt?
—Er will, daß ich noch mehr Tests mache, er überweist mich
an...
—Sieh mal Liz, du kannst den Bogen nicht überspannen! Ich
hab' dir doch gesagt, dieser Prozeß wegen des Absturzes steht
an, wenn dein Arzt mit all deinen schlechten Ergebnissen nicht
mit von der Partie ist, ist meine Nebenklage zum Teufel, 'ne
halbe Million zum Fenster raus, hast du ihm gesagt, daß er
seinen Bericht schnell fertig machen soll?
—So einem sagt man nicht, was er zu tun hat Paul, das geht
nicht...
—Warum denn nicht? Arbeitet doch für die verdammte Versicherungsgesellschaft oder?
—Er arbeitet nicht für die verdammte Versicherungsgesellschaft nein. Der Arzt der Versicherungsgesellschaft ist Dr. Terranova, zu dem gehe ich nächste Woche. Dies war ein Spezia-
list, zu dem Jack Orsini mich geschickt hat wegen meiner...
—Warte, hat Orsini mich angerufen? Oder sein Anwalt?
Sagte, er würde diese Investition mal prüfen, die ich ihm vorge-
schlagen hab', bißchen Bares, das er 'ne Weile aus dem Verkehr
ziehen will, hab ich dir erzählt, daß er der Vermögensverwaltung gerade vierzigtausend Dollar in Rechnung gestellt hat?
Hat versucht, diese hunderttausend für seine Stiftung rauszuquetschen, als Adolph sagte, kommt nicht in Frage, berechnet
er ihm statt dessen vierzig für deinen Vater, für ärztliche Leistungen, die er in seinen zwei letzten Lebensjahren erhalten
hat? Die Flasche stieß scharf auf den Rand des Glases hinab,
—ärztliche Leistungen haben den Alten schließlich um die Ecke
gebracht, also berechnet Adolph das einfach der Vermögensverwaltung, vierzigtausend, kritzelt 'nen Scheck, wie er auch

Schecks für Yale kritzelt, sichert sich ab bei seinen Winkelzü-
gen, hat er angerufen?

–Adolph?

–Orsini Liz, du hörst überhaupt nicht zu! Er knetete den
Eisbehälter, –hab' dich doch nur gefragt, ob er...

–Er hat nicht angerufen nein. Ich hab' dir gesagt, wer angerufen hat. Chick hat angerufen. Orsini ist immer noch weg, ich
glaube, er ist mit Edie unterwegs, sie sagte, sie fahren vielleicht
nach Acapulco weiter von Mon...

–Also mein Gott! Der Eisbehälter krachte herunter. –Du
saßt genau hier, du saßt da oben, und das Telefon klingelte, als
ich reinkam, warum zum Teufel hast du mir nicht Bescheid
gesagt! Hab' dir doch gesagt, ich warte auf einen Anruf von
ihm, ich nehm' den verdammten Hörer ab, du hast doch gehört, wie ich den Anruf aus Acapulco abgelehnt habe, warum
hast du denn nicht, warte, wohin...?

–Ich geh' rein und setz' mich. Wann kommt dein Wagen?

–Kann jeden Moment hiersein, wie spät ist es? Er kam näher,
ohne sich nach der Uhr umzudrehen, hob Eiswürfel auf,
durchwühlte die Post, –Liz...? Shiatsu, Reflexiologie und Das
kreative Du gesellten sich zur Amerikanischen Krebshilfe im
Mülleimer, –ist das die ganze Post? Vor der plötzlich leeren
Fläche der verschlossenen Tür stehenbleibend, –diese Briefe
für McCandless, die steckten doch in der Tür hier, was ist mit
denen?

–Er hat sie abgeholt.

–Was soll das heißen, er hat sie abgeholt?

–Mister McCandless... Sie saß im Sessel und blätterte in
Natural History.

–Aber er, du meinst, er war hier?

–Er, ja er ist wegen ein paar Sachen in seinem Zimmer vorbeigekommen, er, und er konnte nicht rein... sie unterdrückte
ein von Kriegern mit ihren Freundinnen und Müttern bei Gesang und Tanz hervorgerufenes Zittern, –das neue Schloß, er
war ziemlich verärgert.

–Warum hast du ihm nicht gesagt, daß der Klempner die Schlüssel...

–Ich war nicht hier Paul. Ich war in New York beim Arzt, ich dachte, ich hätte das schon erzählt.

–Prima, großartig, und deine Handtasche hast du bei Saks verloren, woher weißt du denn, daß er hier war, kommt einfach rein, ich hab' dir doch gesagt, daß du immer die Tür abschließen sollst oder?

–Das ist sein Haus Paul. Er hat bestimmt einen Schlüssel.

–Kommt einfach rein, keiner da, sieh mal, mir gefällt das nicht Liz, ein Krimineller, der Mann ist ein Krimineller, Zeitung von gestern, hab' ich's dir nicht gezeigt? Nein? Soll nächste Woche wegen schwerer Vergehen verurteilt werden, hat Berufung eingelegt, hat's runtergebracht von Hochverrat auf Nichtanzeige von Hochverrat, dafür kann er immer noch zehn Jahre kriegen, weißt du, was er gemacht hat? Kein kleiner Taschendieb, er hat solche Infrarot-Nachtaufnahmen auf der falschen Seite des Vorhangs verscheuert, willst du, daß solche Typen einfach zur Tür reinkommen?

Sie sah auf. –War er, war da ein Bild von ihm?

–Ein Bild von ihm, wie er mit 'ner Tüte über'm Kopf aussagt, versucht immer noch seine Kumpel anzuschwärzen, wahrscheinlich hat er deshalb versucht, in sein Zimmer hier reinzukommen, besorgt sich die Beweise, bringt seine Kumpel ins Loch und kommt mit zwei Jahren davon, das ist kein Kinderkram Liz. Du allein hier und jemand wie der, was zum Teufel da alles passieren kann, wir werden die Schlösser auswechseln, immer abschließen, ich will ihn hier nicht drin haben!

–Es steht im Mietvertrag Paul, das ist doch lächerlich, er hat ein Recht darauf, das Zimmer zu betreten, er muß doch ins Haus kommen können, um da reinzukommen, er könnte uns rausschmeißen, wir haben nicht mal die Miete für diesen Monat...

–Miete, sieh mal, vielleicht zahl' ich sie ja gar nicht, könnte ja sein. Halt' sie zurück und warte was passiert, sieh mal, der verschwindet für zwei Jahre zehn Jahre, wir gehen hier einfach nicht zur Bank und zahlen das ein, wie zum Teufel soll er denn davon erfahren? Was zum Teufel kann er denn schon machen hinter Gittern? Hochverrat Liz, deswegen haben sie ihn am Wickel, das ist ein verdammter Verräter, denkst du, daß ich 'nen verdammten Verräter bezahle?

—Paul ehrlich, wir sind ja nicht mal sicher, daß er ein...

—Läuft mit 'ner Papiertüte über dem Kopf rum, und diese Anrufe? Post aus diesen afrikanischen Ländern, die es vor 'ner Woche noch gar nicht gegeben hat, wo du die Hauptstraße runtergehst und irgend so 'n Bimbo schneidet dir nur so zum Spaß die Kehle durch? Das ist kein Kinderkram Liz, woher weißt du, was in dem Raum ist, kommt einfach ins Haus, keiner da, woher weißt du überhaupt, daß er hier war?

—Ich habe nicht gesagt, daß niemand da war Paul, ich habe gesagt, ich war nicht da. Madame Socrate, er kennt Madame Socrate, daher haben wir sie doch, als ich nach Hause kam, sagte sie, er sei hiergewesen, er, sie sagte, er war fâché, als er nicht hineinkonnte in den...

—Fascheh, sieh mal, wir müssen was unternehmen wegen der Liz, so viel Geld und kann nicht mal telefonieren? Hat sie die Fenster geputzt? Er stand am nächstgelegenen, fuhr mit dem feuchten Daumen daran hinunter —so verdammt finster da draußen, du erkennst nicht, ob warte mal, Wagen kommt, muß mein Wagen sein, wo ist meine Tasche?

—An der Tür, wo du sie stehengelassen hast.

Lichter wanderten an den Erkerfenstern empor, leuchteten an dem entlang, an dem er stand, und ein schwarzer Wagen wendete langsam unter der Straßenlaterne. —So 'ne Nacht, da ist er wahrscheinlich irgendwo von der Straße abgekommen... er wandte sich mit den Briefen um und schwenkte sie, als wären sie eben erst in seiner Hand aufgetaucht, —das Zeug im B & G-Lager, die sagen, sie versteigern es, wenn die Rechnung nicht bezahlt wird. Liz? Das Zeug, das wir eingelagert haben bei...

–Ich hab' dich verstanden. Wieviel glaubst du kriegen sie für
deine Steine?

–Nicht einfach Steine, sieh mal, fang nicht wieder damit an,
das Zeug von dir da aus Bedford, achtzig-, neunzigtausend
Dollar, sie verlangen neunhundertzehn Dollar, verdammte Er-
pressung, neunhundertund warte. Liz? Mir fällt grad' ein, sieh
mal, hast du etwas Bargeld? Bin etwas knapp, alles was ich
hab' ist dieser Scheck von der Pee Dee Citizens Bank, nicht mal
sicher, ob der gedeckt ist, sie schreibt Hundert *Hunert*, hat die
ganze Beerdigung über Cheez Doodles-Käsegebäck gegessen,
Liz? Der Fünfziger, den ich dir dagelassen hab?

–Du hast mir Geld für Madame Socrate dagelassen.

–Prima, großartig, fünfzig Dollar, läßt die verdammten Fenster putzen und siehst nicht mal den Unterschied, was…

–Also du wolltest, daß sie geputzt werden, und sie, und sie
sind geputzt! Die Leute arbeiten hart, und dafür bezahlt man
sie, ihre Arbeitskraft, das ist alles, was sie zu verkaufen haben,
also bezahlt man sie dafür, oder sie, oder man macht es selbst,
wenn du keinen Unterschied sehen kannst, warum hast du sie
dann nicht selbst geputzt?

–Nein jetzt warte mal, Liz, sieh mal…

–Nein, du siehst jetzt mal! Neunhundert Dollar deine Kisten
voller Steine, sind da eingemottet, die liegen da wie in einem
Mausoleum, und schau mal da, die andere, die andere Rechnung in deiner Hand, Blumengebinde zweihundertsechzig
Dollar? Was für Blumen und für wen, jemand verbringt einen
halben Tag mit diesen Fenstern, und du gibst zweihundertsechzig Dollar für ein Blumengebinde aus?

–Was zum Teufel ist in dich gefahren Liz…? Er ließ sich
langsam auf dem abgewetzten Zweiersofa nieder, legte eine ge-
wichste und mit Trotteln versehene Imitation von Eleganz zu
geduldiger Rast auf sein Knie, –hast du sie dir angesehen? Er
öffnete die Rechnung, und dann hielt er sie ihr mit einem Ge-
sichtsausdruck hin, der so echt war wie sein Schuhwerk –siehst
du, an wen das geschickt worden ist? Cettie Teakell?

—Ich, nein ich...

—Hatte keine Zeit, es dir zu sagen, ich hab' sie in deinem Namen geschickt, hatte keine Zeit, es dir zu sagen... und er musterte sie so wohlwollend wie einen billigen neuen Schuh, sah zu, wie sie nach Atem rang, wie sie die nachgezogene Fülle ihrer Lippen noch fester zusammenpreßte, —dachte bloß, du würdest sie gern wissen lassen, daß du...

—Nein Paul, tut mir leid, sagte sie, wieder außer Atem, sie hob den Blick, aber blicklos, sie schien unfähig zu sein, ihn über den auf seinem Knie aufgestellten Schuh zu erheben, bis der sich senkte, als er aufstand und alles an Boden zurückgewann, was sie verloren hatte.

—Manchmal bringst du einfach Dinge durcheinander Liz, er schnippte ein Streichholz an ihr vorbei in den Kamin, —ziehst voreilige Schlüsse. Sieh mal, ich versuche hier Dinge zusammenzukriegen, Dinge zu ordnen, bald läuft fast alles von alleine, so verdammt unter Druck, weshalb ich gar nicht erst versuche, dir alles zu erzählen, weil ich nicht will, daß du dich aufregst. Versuch' dir ein Gesamtbild zu vermitteln, und du nimmst dir 'nen Ausschnitt davon und legst los, ziehst voreilige Schlüsse, wie ich dir gesagt hab', ziehst voreilige Schlüsse, und die ganze verdammte Sache fällt auseinander wie die mit diesen Blumen, ich verschicke diese Blumen, du ziehst voreilige Schlüsse und heraus kommt, daß wir uns über Blumen streiten, verstehst du, was ich meine?

—Paul es tut mir, ich sagte doch, es tut mir leid, ich streite doch gar nicht, ich habe bloß nicht...

—Nicht nachgedacht Liz, du denkst nicht nach. Sieh mal. Bestimmte Dinge kannst du vielleicht nicht genauso klar sehen wie ich. Vielleicht willst du es auch gar nicht. Vielleicht ist das so, weil du es gar nicht willst. Ich kann das verstehen. Und doch macht es sich irgendwie bemerkbar, so eine vollkommen negative Sicht der Dinge, ich hab' manchmal das Gefühl, daß du nicht richtig zu mir hältst, mich nicht unterstützt, ich muß das Gefühl haben, daß du hinter mir stehst Liz. Verstehst du, was ich meine? Er schritt wieder auf und ab, vom Treppenpfosten zum Erker, zurück zum Treppenpfosten, dazwischen die Akzente plötzlicher Rauchwölkchen, er sah aus der Haustür, –übrigens. Wenn du das nächste Mal mit Edie sprichst, seh' ständig ihr Foto in der Zeitung mit Victor Sweet, sag ihr mal Liz, sie soll's langsamer angehen lassen. Macht sich verdammt lächerlich, Sweet hat ungefähr so viel Chancen nominiert zu werden wie Onkel Remus, und wenn, dann hat er so große Chancen zu gewinnen wie das Teerbaby. Sieh dir doch mal Teakell an da draußen mit seinem Brot-für-Afrika-Programm, der hat die ganze Dritte Welt am Wickel, Sweet kann sich doch nicht mal in der Lenox Avenue durchsetzen, warum zum Teufel geht denn der alte Grimes nicht dazwischen und legt ihr selber Zügel an, kannst du mir folgen? Er zog Rauch bis zu den Erkerfenstern hinter sich her, –hier, siehst du? Sie ist nicht mal bis in die Ecken gekommen. Fünfzig Dollar für's Fensterputzen, und dann schafft sie nicht mal die Ecken, das Problem ist nicht einfach Edie, sondern woher Sweet in Wirklichkeit seine Unterstützung bekommt, verfilzt mit all diesen Friedensgruppen, das muß doch von außen kommen, du weißt, was das bedeutet. Scheren Edie über den gleichen verdammten Kamm, während wir hier Ude haben, die ganze erste Seite voll, Bericht über seine Afrika-Missionen, das bringt Stimmen, kannst du mir folgen? Story, die hier in der Zeitung steht? Du meinst, du hast sie nicht gelesen?

–Also nicht, nein ich...

–Hab' sie dir doch grad' gegeben, was meinst du, warum ich sie dir gegeben hab', ich hab' dir doch gesagt, daß sie ihre beste Feature-Schreiberin drangesetzt haben oder? Dachte, du liest das, während ich unter der Dusche bin, das meine ich Liz, das Gefühl, das ich manchmal habe, daß du nicht richtig zu mir hältst, wo glaubst du denn zum Teufel war ich die letzten beiden Tage, hör zu... in einer Flut von Zeitungspapier, –eine ganze Seite verdammt, hör zu. Wayne Fickerts unschuldige Jungenträume, einst entstanden wie die weißen, wogenden Wolken, die

am klaren Himmel dahinziehen und auf die funkelnden blauen
Wasser des Pee Dee hinablächeln, werden für den Jungen, der sie
träumte, niemals in Erfüllung gehen. Heute morgen um zehn
Uhr wurde der kleine Wayne hier am sonnigen, blumenübersäten Ufer des Flusses begraben, den er so liebte; die Trauerfeier,
die Reverend Elton Ude, der dynamische Führer der Christlichen Wiedererweckung für die Menschen Amerikas, als Eröff-
nungssalve in Gottes Krieg gegen die Mächte des Aberglaubens
und der Ignoranz überall auf der Welt und anderswo sowie als
ein Zeugnis für das Wiederaufleben jener christlichen Überzeugungen bezeichnete, die in den einfachen, gottesfürchtigen
Menschen wurzeln, welche sich dort vor ihm auf dem Ufer, wie,
am, müßte doch am Ufer heißen, nicht auf dem Ufer, versammelt hatten, jener Menschen, die – von einem offiziellen Sprecher auf, damit muß ich gemeint sein, auf über sechstausend
geschätzt – Amerika zu dem gemacht haben, was es heute ist,
siehst du, wie sie das Flair der Sache rüberbringt? Liz?
   –Was?
   –Verstehst du, was ich meine, die beste Schreiberin, die sie
haben, hör' dir das an. Seinen zahlreichen Anhängern als bibel-
fester Mann bekannt, krönte Reverend Ude seine Flußpredigt
mit Worten aus dem zweiten Buch Mosis. Nimm Wasser aus
dem Strom, und gieß es auf das trockene Land, so wird das
Wasser, das du aus dem Strom genommen hast, Blut werden
auf dem trockenen Land. Indem er auf die Dürreperiode ver-
wies, die zur Zeit Afrika heimsucht, verglich er diesen Schwarzen Kontinent mit dem in der Prophezeiung genannten trockenen Land, in dem Millionen Seelen darauf warten, im Namen
des Herrn heimgeholt zu werden. Wir alle wissen, fuhr er in
seiner bodenständigen Sprache fort, die ihm eine ergebene Ra-
dio-Gemeinde und Woche für Woche ein landesweites Fern-
sehpublikum verschafft hat, daß der Tag nahe ist, den der erste
Thessalonikerbrief verheißt, der Tag, da der Herr selbst mit
Getöse vom Himmel herabsteigen wird, und die Toten in Christus werden zuerst auferstehen, und dann werden wir, die wir

leben und ausharren, zugleich mit ihnen hingerückt werden in den Wolken dem Herrn entgegen in der Luft, und jene, die nicht erlöst sind, werden verdammt und in den brennenden See hinabgestürzt werden, welcher der ewige Wohnort Satans ist. Sollen wir diese Millionen Seelen einer Ewigkeit ohne Christus überlassen? Nein, meine Freunde, nach einer...

—Paul...?

—einer kräftigen Salbung durch den Heiligen Geist erflehen unsere Afrika-Missionen nun eure Gebete und eure Hilfe, und ich möchte sie alle erlöst sehen und reingewaschen durch das Blut Jesu Christi, Liz was ist denn los?

—Ich finde nur, ich meine vielleicht kannst du das im Flugzeug lesen, wenn du...

—Aber ich lese es jetzt Liz, meine erste Gelegenheit, das verdammte Ding in Ruhe zu lesen, er hat es schon gesendet und für's Fernsehen aufgezeichnet, Problem ist, daß wir hier unterschiedlicher Auffassung sind, führt mich als Medienberater ein, es braucht ein bißchen tiefes, klarsichtiges Nachdenken, um die Dinge ins Rollen zu bringen, ich denke, wir hauen sie an wegen diesem neuen Mediencenter, und er steht da und faselt vom Aufbau einer, wo war ich gleich, hier. Indes er den Tag pries, an dem Wayne Fickert sich für Christus entschieden hatte, beschrieb Reverend Ude diesen wunderbaren Jüngling als jemanden, der eines Tages die Bibelschule der Christlichen Wiedererweckung verlassen haben würde, um das Wort des Herrn in die entferntesten Regionen der Welt zu tragen, und beschrieb ferner seine eigene Verzweiflung über das Hinscheiden des kleinen Wayne. Schweren Herzens, vertraute Reverend Ude seinen Zuhörern an, sei er an diesem traurigen Abend an ebendiese Stelle gekommen, um den Willen des Herrn zu erforschen. Und plötzlich, so fuhr er fort, hörte ich die Stimme des Herrn zu mir sprechen. Er sagte mir, daß von ebendieser Stelle, an der wir hier versammelt sind, eines Tages der Geist des kleinen Wayne in eine Streitmacht wahrhaft christlich erzogener Männer und Frauen eingehen werde, auf daß diese die Worte seiner heiligen Botschaft bis ans Ende der Welt trügen. Denn in seiner unendlichen Weisheit und Gnade habe er den kleinen Wayne gänzlich unbefleckt zu sich genommen, unverdorben durch den Schmutz, von dem unsere Bibliotheken und Lichtspielhäuser überquellen, durch die atheistische Lehre von der Evolution, die unsere Klassenzimmer in Altäre eines profanen Humanismus verwandelt hat, und den gewaltsamen Tod von eineinhalb Millionen unschuldigen, ungeborenen Kindern in den Abtreibungskliniken unseres Landes.

–Paul ich dachte nur, wenn du...

–Dachtest was, hör zu. Hier stand ich und schluchzte angesichts...

–Bevor dein Wagen kommt, wenn du etwas essen willst, kann ich...

–Bekomm' was im Flugzeug, hier, hol' mir mal 'n bißchen Eis, des Ausmaßes meiner eigenen sterblichen Schwäche, die mich den Listen des Betrügers Satan preisgab, so daß ich am Willen des Herrn zweifelte. Denn es ist nicht der kleine Wayne, dieser sterbliche Knabe, sondern die Reinheit seines Geistes, die der Herr erwählt hat, um uns in Seinem Heiligen Namen zu leiten. Und als Sein Wille auf mich herabkam, zitterte ich, hörte plötzlich die Stimme des Profiten Jesaja, Der andere zimmert Holz, und misset es mit der Schnur, und zeichnet's mit Rötelstein, und behaut es, und zirkelt's ab, und macht's wie ein Mannsbild, wie einen schönen Menschen, der im Hause wohne. Und als ich über den Sinn dieser himmlischen Worte nachdachte, verwandelte sich unversehens dieser Tag der Trauer in einen Tag der Herrlichkeit! Denn fragten sie nicht, als Jesus gen Nazareth kam, Ist jener nicht des Zimmermanns Sohn? Jener, der dies große Haus der Zuflucht erbaute für die Schwachen, für die Müden, für jene, die nach seiner vollkommenen Wahrheit suchen in Zeiten der Not und Verfolgung, wie auch wir hier und heute versammelt sind gegen den Ansturm des profanen Humanismus. Der erbaute mit seinem schlichten Zimmermannswerkzeug aus bescheidenem Material, das ihm zuhanden war, seines Vaters Haus, worinnen viele Wohnungen sind? Und als die Abendwolken sich teilten, sah ich hier vor mir, wo ihr alle jetzt steht, am Ufer unseres geliebten Flusses die Gebäude sich erheben, die Wohnstätten, die sonnigen Klassenzimmer und die grünen Spielflächen der Wayne-Fickert-Bibelschule, von der einst christlich denkende Frauen und Männer voll der frohen Botschaft aufbrechen werden in unsere Missionen bis hinein ins tiefste Afrika, um diese letzte Chance zu nutzen, die der Herr uns gewährt hat, um in seinem Namen Seelen heimzuholen Liz? Um dieses Wunder wahr werden zu lassen, hörst du mich?

–Ich hol' dir dein Eis.

–Bißchen Wasser dazu, laßt euch andächtig nieder mit Stift und Scheckbuch Liz? Verdammtes Glas hat 'nen Sprung am Rand, hol mir 'n anderes, denn ohne eure liebevolle Hilfe kann der Wille des Herrn nicht erfüllt werden. Zum Abschluß seines kühnen Rufes zu den Fahnen, während die Fernsehkameras dichter heranfuhren, versprach Reverend Ude feierlich, als Dank für Spenden zum Erwerb des Landes jedermann garantiert gratis ein Fläschchen Wasser aus dem Pee Dee zu schicken, den er eines Tages seinen ebenbürtigen Platz neben dem See Genezareth einnehmen sah. Nachdem er seinen Aufruf mit Worten aus der Offenbarung beschlossen hatte, und er zeigte mir einen lautern Strom des lebendigen Wassers, und ich will dem Durstigen reichlich geben von dem Brunnen des lebendigen Wassers, wandte Reverend Ude sich um und stellte die lebhafte dunkelhaarige Frau, die man während der gesamten Trauerfeier hatte leise weinen sehen, als Mrs. Billye Fickert vor, die Mutter des Knaben. Sichtlich überwältigt von der Zeremonie, konnte Mrs. Fickert nur unter Tränen ihrer Dankbarkeit dafür Ausdruck verleihen, daß ihr Sohn getauft und vom Herrn im Zustand der Gnade aufgenommen worden sei. Wiederum auf den Auszug aus Ägypten Bezug nehmend, zitierte Reverend Ude, Der Herr ist meine Kraft und mein Gesang, und er ward mir Erlösung, und kündigte den tiefen Bariton des

Kriegsveteranen Pearly Gates an, der in seinem Rollstuhl nach vorn kam, um allen voran die Melodie von *Down by the River* mit einem neuen Text zu intonieren, den Reverend Ude höchstpersönlich für diesen Anlaß verfaßt hatte. Nach der sich anschließenden Minute stillen Gebets erhoben sich die Gesichter der vor Reverend Ude versammelten Menge, viele in dem strahlenden Sonnenschein noch gerötet von eben erst versiegten Tränen, beim Klang seiner ruhigen und ernsten Stimme, die ihnen verkündete, er habe von Gott ein Zeichen dafür erfleht, daß dieser seinem Vorhaben gewogen sei. Dann deutete er auf eine einsame Blaumeise, die sich tapfer auf dem ausgedörrten, kahlen Ufer des glitzernd vor ihnen dahinströmenden Flusses aufplusterte: Diese dort, sagte er, ist für den kleinen Wayne. Liz bist du immer noch da draußen? Wollte doch bloß 'n bißchen Eis ins...

Sie kam herein, stellte ihm das Glas hin. –Ich habe auch noch mehr Whisky reingetan, ich dachte...

–Gut ja, fast fertig, hör zu. Im Anschluß an die offizielle Trauerfeier schlenderte Reverend Ude in seiner jovialen Art, die ihm so viele treue Anhänger beschert hat, durch die Menge und verglich die Unzahl von gemeinschaftlich genossenen Brathähnchen mit dem Wunder von der Speisung der Fünftausend. Einen entscheidenden Beitrag zum Gelingen dieser Feier leistete Pearly Gates, dessen tiefer, warmer Bariton Reverend Udes Radiogemeinde im Lande wohlbekannt ist; die Tapferkeitsmedaille schimmerte auf seiner breiten Brust, während er in seinem motorisierten Rollstuhl, einem kürzlich überreichten Geschenk der Bibel-Missionsschule der Christlichen Wiedererweckung, flink durch die Menge der versammelten Trauergäste fuhr, ein ermunterndes Wort der Zuversicht und der Hoffnung für jung und alt auf den Lippen. Der Vater des Knaben, Earl Fickert, der zur Zeit in Mississippi lebt, wo er in der Automobilbranche tätig ist, konnte leider nicht an der Trauerfeier teilnehmen, die verschafft einem wirklich ein gutes Bild oder?

–Wer...?

–Diese Journalistin Liz, hier steht's. Doris Chin. Die beste, die sie haben, so hört's auf, hörst du zu? Eine düstere Fußnote zu den Ereignissen des Tages: Anderswo fiel Nieselregen auf ein anonymes Grab auf dem Gemeindefriedhof, als in der nur durch die Schaufeln dreier Insassen des Landesgefängnisses unterbrochenen Stille die sterblichen Überreste eines betagten Obdachlosen, dessen Namen nur sein Schöpfer kennt, Liz was machst du, wanderst in dem verdammten Zimmer herum, ich versuche dir was vorzulesen!

–Nichts... sie wandte sich vom Fenster ab, –ich dachte nur, ich meine wenn dein Wagen...

–Also gut, lies es selbst, hier... Er stand auf, hielt ihr die Seite hin, –Ende der Spalte, genau da unten, will mal sehen, wie es sich anhört, also lies mal. Er ging an ihr vorbei und riß die Tür unter der Treppe auf, –fang schon an, ich hör' zu...

Sie setzte sich. –Drei Menschen wurden Angaben der Landespolizei zufolge getötet und vierzehn verletzt, als am späten gestrigen Abend auf der Einhundertelf ein Schulbus außer Kontrolle geriet und in eine Schlucht stürzte. Die Insassen, allesamt Schüler der nahe gelegenen Bibelschule der Christlichen Wiedererweckung, die auch Eignerin des Busses ist, waren unter den letzten Heimkehrern von einem auf über fünfhundert Teilnehmer geschätzten Gottesdienst im Anschluß an das Begräbnis von...

–Was zum Teufel ist das! Die Klobrille knallte hinter ihm herunter, –gib mal her, wo steht das...

–Hier, genau wo du...

–Herrgott nochmal! Er zog seinen Gürtel fest, –ist mir gar nicht aufgefallen, haben das in die Ecke gequetscht, wo man's glatt übersieht, sieh mal. Da steht, eine Stellungnahme von ihm war nicht zu bekommen, da Reverend Ude sich auf eine Rede in Texas vorbereite, befinde er sich in Klausur, um Gottes Ratschlag zu erflehen, erklärte ein Sprecher... Die Zeitung fiel zerknüllt hinunter, –mal sehen, wie er da jetzt wieder rauskommt, haben gerade ihre sanitären Anlagen bezahlt be-

kommen, und jetzt wird ihnen die verdammte Verkehrssicher-
heitskommission auf den Leib rücken wegen dieser vergam-
melten Schulbusse... Er hatte das leere Glas gepackt und setzte
sich, –gerade fügt sich alles so gut zusammen, und auf einmal
geht das ganze verdammte, was machst du da?

–Bloß, ich dachte, ich hole dir noch einen Drink.

–Drink, alles was du denken kannst ist, daß ich noch 'nen
Drink will! Er knallte das Glas auf den Kaffeetisch, –hol mir
was zu, ich dachte, du holst mir was zu essen, besser, wenn ich
was esse, Fraß, den man bei diesen verdammten Flügen kriegt,
wo gehst du hin...?

–Es gibt noch Hähnchen, bißchen kaltes Hähnchen, wenn
du willst, mit, ich geh' ran... Sie war schon in der Küche,
–Paul? Da ist jemand am Apparat wegen der Flüge von La-
Guardia, wegen des Wetters, dein Flug fällt aus, sie... was?
Hallo...? Paul? Sie möchten wissen, ob du einen Platz im Hub-
schrauber von LaGuardia nach Newark willst Paul... Er trommelte mit den Fingern auf die Sessellehne. –Willst du...

–Ich hab' verstanden!

–Sollen sie dir einen Platz frei...

–Nein hab' ich gesagt! Seine Stimme war heiser geworden,
und seine Hand packte plötzlich so fest die Lehne, als würde
der Sessel selbst unvermittelt schwanken und unter ihm weg-
rutschen, die Sehnen traten hart unter den anschwellenden
Venenbahnen hervor –geht nicht, das geht nicht... und er sank
zurück, hob beide Hände in die Luft, sah zu ihnen auf, während die Venen wieder abschwollen, dann fielen sie herab, und
er streckte sie aus, um nach etwas zu greifen, nach irgendetwas,
dem *Natural History*, er starrte gebannt auf die Titelseite.
–Sieht aus wie mein verdammter Kompaniechef. Liz...? Er ließ
es umgedreht fallen, griff nach *Town & Country*, –wo kommen
diese Zeitschriften her? Er drehte sie um, um den Adressenauf-
kleber anzusehen, –wenn du schon Zeitschriften aus dem Wartezimmer mit nach Hause nimmst, warum zum Teufel *Town &
Country*? Warum bringst du nicht *Time* und *Newsweek* mit?

Lies mal was Vernünftiges, nicht so 'n Haufen, ist das der Arzt, wo du gerade warst? Kissinger?

—Ich kann dich nicht verstehen Paul, ich komme sofort.

—Ist dies dein berühmter Doktor Kissinger? Wieso gehst du denn zu dem, das ist doch 'n Proktologe, du hast Asthma, warum zum Teufel gehst du zu 'nem Proktologen?

—Paul? Willst du Mayonnaise?

—Warum sollte ich Mayonnaise wollen! Er hatte sein Glas in einer Hand, schnappte sich mit der anderen die Zeitung und kam rüber in die Küche, —das Bild in der Zeitung hier, er, was machst du?

—Ich hab' gerade das Hähnchen zerteilt, willst du...

—Hab' dir doch gesagt, ich eß was im Flugzeug, sieh mal, ist das derselbe Kissinger? Ein Bild hier, wie er unterwegs ist, um irgend so 'nen Scheich zu operieren, warum gehst du zu dem?

—Er ist einer der Gutachter Paul, der, zu dem ich letzte Woche wollte, Jack Orsini hat mich zu ihm geschickt, er soll der beste Diagnost...

—Hier ist es, sieh mal, Bild von ihm mit dem Ogodai Schah und seiner Gattin, du lieber Gott sieh dir die mal an, Kaiserin Shajar, sieht aus wie 'ne Nobelbauchtänzerin, häßlicher alter Sack oder? Es heißt, Kissinger wär' wegen 'ner Dickdarmoperation zu ihm gefahren, berechnet ihm wahrscheinlich 'ne müde Million, was verlangt er von dir?

—Ich weiß nicht...

—Hatte wahrscheinlich seine Rechnung schon abgeschickt, bevor du noch aus der Tür warst, hast du 'ne Versicherung abgeschlossen? Wir müssen das mit der Versicherung klarkriegen Liz, müssen das mit der beschissenen Krankenversicherung klarkriegen, bevor wir, war das die Tür? Mein Wagen hör mal, ich versuch' dich anzurufen aus... er verstummte, stand einfach da. Sie war schon hinter ihm im Zimmer, noch bevor er hervorstoßen konnte, —du hast es wohl nicht nötig, anzuklopfen?

—Hey Bibb... er trat an ihm vorbei in den kurzen Schauer

ihrer Umarmung, ohne ihn eines Blickes, eines Wortes zu würdigen.

–Was für ein schöner Anzug, sagte sie und trat auf Armeslänge zurück. Es war ein Glencheck mit langgeschnittenem Schlitz. –Paul... eine Hand noch auf dem Ärmel, die andere ausgestreckt, als hätte sie die beiden eben miteinander bekannt gemacht, –Paul will gerade zum Flughafen, wir dachten, das wäre sein Wagen.

–Du siehst gut aus Bibbs.

–Ich hab' dir doch gesagt, laß uns dafür sorgen, daß diese Scheißtür immer abgeschlossen ist Liz... er war schon hinübergegangen und drückte sie zu, der Rahmen hatte sich durch die Feuchtigkeit verzogen, er schaute hinaus und sah das Licht der Straßenlaterne auf einem schwarzen Wagen schimmern, der noch immer vor der Hecke an der Ecke parkte. Er stand da und klopfte mit dem Fuß auf den Boden, den Rücken ihren Stimmen in der Küche zugewandt, bis ausbrechendes Gelächter, ihr Gelächter, ihn herumfahren ließ –Liz? und in einem Ton so scharf wie sein Schritt –hör mal, wenn McFardle morgen früh anruft, sag ihm, er soll dem Senator ausrichten...

–B, U...

–Paul entschuldige, wie bitte?

–Nichts! Er kam herüber und füllte sein Glas auf, –macht ihr nur ruhig eure Witze.

–Nein es ist nichts, er hat mir nur gerade erzählt, wie Sheila in einem Pullover mit einem großen B darauf durch den Gang von Sankt Bartholomäus gerannt ist und geschrien hat, heute ist Buddhas Geburtstag, und nun alle zusammen, B, U...

–B? Und dann ein U? Er zwang den Flaschenhals über sein Glas, –behauptet, er sei 'n verdammter Buddhist und kann's nicht mal buchstabieren? Die Geschichte ist sowieso Mist, hab' sie doch in der Zeitung gelesen. Was will er denn hier, das Übliche? Schaut mal kurz rein, um auf den Fußboden zu pissen und 'n bißchen Geld zu pumpen?

–Um dir gutes Karma zu schenken, Paul. Dir 'n Gefallen zu tun, bitte dich um zehn Dollar und geb' dir die Chance, 'ne gute Tat zu tun, verdien dir mal 'n bißchen gutes Karma Mann, du wirst es brauchen.

–Siehst du Liz? Er will mir 'nen Gefallen tun? Wie mein Auto reparieren, fast umgebracht hat er mich verdammt, hör mal Billy, nimm dein Karma und steck's dir sonstwo hin! Er hob das Glas, setzte es wieder ab und beäugte währenddessen den lässig drapierten Glencheck, der vor ihm Falten schlug. –Was soll der neue Anzug? Bißchen gutes Karma für Adolph? Noch mehr Geld aus Adolph rausquetschen?

–Oh Mann... der Glencheck wechselte angeödet die Stellung. –Was ist denn mit dem los, Bibb? Ihre Hand lag still über ihrer Stirn, bedeckte die Augen und rührte sich nicht. –Sieh mal Mann... die Falten bewegten sich erneut, –ich hab' keinen Scheißpfennig aus Adolph rausgekriegt. Was ich rausgekriegt habe ist, daß du versuchst, Longview zu übernehmen und es in so ein Mediencenter zu verwandeln für deinen reaktionären Evangelisten aus dem Süden.

–Siehste Liz? Siehste? Immer das gleiche, voreilige Schlüsse ziehen immer der gleiche Mist, sieh mal, sie verkaufen Longview, um es aus den Büchern zu kriegen, bevor dieser Prozeß losgeht, schon mal davon gehört? Dreiundzwanzig Aktionärsklagen, zusammengeschlossen zu einer Vierunddreißig-Millionen-Dollar-Klage gegen VCR und die Vermögensverwaltung deines Alten, schon mal davon gehört? Grimes Sneddiger die ganzen Kumpel deines Alten mauscheln mit diesen Belgiern rum, die sich bei VCR einkaufen, die werden da sitzen und jeden Meineid schwören, bevor sie diesen verdammten Aktionären vierunddreißig Millionen auszahlen! Wie zum Teufel sind die eigentlich auf die Idee gekommen, daß wir da überhaupt einsteigen wollten?

–Sag' du es ihnen, Paul. Du hast doch den Drahtzieher gespielt.

–Da. Siehste Liz? Wer hat denn die Arbeit erledigt, während

er Autos zu Schrott fuhr und alles bumste, was Beine hat, kommt hier in 'nem Vierhundert-Dollar-Anzug an und will sich zehn Dollar pumpen, da fällt mir ein, warte mal. Ist noch was in der Kasse Liz, ich brauch' nur Fahrgeld, um zum Flugplatz rauszukommen, bring doch morgen früh diesen Scheck zur Bank und schau, ob sie ihn einlösen.

—Also ich, ich weiß nicht genau Paul, ich ...

—Wieviel ist es Bibb?

—Einer über hundert Dollar, aber es ist eine kleine Bank irgendwo unten im ...

—Da ist überhaupt nichts krumm dran, dauert wahrscheinlich nur ein paar Tage länger, ihn einzuziehen, als ...

—Ich geb' dir fünfundsiebzig dafür, Paul.

—Was?

—Ich geb' dir fünfundsiebzig Dollar dafür.

—Was soll das heißen, fünfund, das sind hundert Dollar, ein Scheck über hundert Dollar, was soll das heißen, fünfundsiebzig?

—Bar. Ich meine sieh ihn dir doch an Mann, die Pee Dee Citizens Bank? Und ich meine sieh dir doch mal die Unterschrift an, Billye Fickert? Wer ist das denn, irgend so 'ne Landpomeranze, die du aufgegabelt hast?

—Billy bitte, wenn du ihn wirklich flüssigmachen kannst, könntest du nicht einfach ...

—Aber ich bitte dich Bibb, ich denk', Paul ist der gewiefte Unternehmer oder was? Weiß alles über Diskont im Bargeldverkehr oder nicht? Eine Rolle Banknoten war von irgendwo tief in den grauen Falten aufgetaucht und fest in seiner Faust auf dem Tisch gelandet —zieht hier die ganz große Nummer ab, er hat nämlich 'nen Freund bei der Pee Dee Cit ...

—Er soll's Maul halten Liz, sieh mal, noch was Wichtiges, bevor mein Wagen kommt, ich glaub', ich hör' ihn. Wenn jemand anruft wegen so einem Verlagsvorschuß, bin nicht dazu gekommen, dir davon zu erzählen, ein Vorschuß auf ein Buch, an dem dieser Verlag interessiert ist, sag' ihm einfach, du glaubst, ich denke so an zwanzigtausend, laß ihm ein bißchen Spielraum, da ist der Wagen, ich versuche...

—Aber was ist mit deinem Flug? Sie war aufgestanden, —bringen die dich zum...

—Ich komm' schon hin.

—Sagen wir achtzig Paul... Er hielt die Rolle Banknoten fest in der Hand, —ich meine denk an den großen Gefallen, den du mir tust, wenn du's annimmst. Du gibst mir die Chance, 'ne gute Tat zu vollbringen Mann, ich meine denk doch mal an dieses grandiose Karma, das du mir da schenkst!

—Verdammt nochmal Liz er soll, hör zu Billy, nimm dein verdammtes Karma und schieb's dir, rasier dir den Schädel, wir geben dir 'ne rote Decke und stellen dich verdammt nochmal mit 'nem Napf an die Tu Do Street, hast du schon mal 'n Mönch-Barbecue gesehen? Eins weiß ich verdammt gut über dein Karma, daß du nämlich wiederkehrst als...

—Billy gib es ihm! Gib ihm alles! Gib es ihm doch einfach! Und zwei Fünfziger wurden beiläufig aus dem Innersten der Banknotenrolle auf den Tisch geworfen, wo sie sie schnappte und ihm an die Tür nachlief. —Und Paul? Sie drückte ihm die Scheine in die Hand, —ich habe, diese Blumen für Cettie, ich habe dir noch gar nicht gedankt...

—Schließ immer die Tür ab.

—Und Paul...? Aber als die Scheinwerfer hinter ihm aufflammten, schloß er sie schon, die Wagentür schlug zu, und sie sah dem roten Glühen nach, hinab ins Dunkel, bevor sie sich umwandte. —Warum machst du sowas? Sie war noch an der Tür, lehnte sich mit dem Rücken dagegen. —Warum mußt du solche Sachen machen?

—Was für Sachen? Also er hat ihn ja nicht mal unterschrieben, schnappt sich das Geld und haut ab, er hat ihn nicht mal gegengezeichnet, was soll ich damit...? Er zerknüllte den Scheck und warf ihn in den Müll. —Brauchst du Geld?

—Nein. Nur wenn, die zwanzig, die du dir geliehen hast, wenn...

–Hier... er schob einen Daumen in die Rolle Banknoten und warf eine auf den Tisch, ohne draufzusehen. –Wo fährt er denn überhaupt hin? Rennt hier raus, hatte nicht mal Fahrgeld, ich meine der spinnt Bibbs. Er ist verrückt!

–Washington, sagte sie und schob ihm den Teller hin, –willst du dieses Hähnchen?

–Und was war denn das alles vorhin, als ich dich anrief, es tut mir schröcklich leid, Herr Senator, ich meine das klang wie Edies alte Tante Lea. Wir würden so gern nach Montego Bay kommen, aber Paul ist so schröcklich beschäftigt, und dann kommt er hier reingetrampelt mit seinem Wenn Soundso anruft, erzähl dem Senator irgendeinen Scheiß, was soll das alles?

–Es war nichts, sagte sie und setzte sich, –nur, nichts.

–Dann hast du aufgelegt. Ich meine er macht dich noch so verrückt, wie er selber ist, glaubst du wirklich, daß er mit dir nach Montego Bay fährt? Der kann dich doch nicht mal nach Atlantic City ausführen, ich meine dieser Scheiß in allerletzter Minute über irgendeinen Verlagsvorschuß. Der und ein Buch schreiben? Er kann überhaupt nichts Bibb, er hat noch nie auch nur eine Sache fertiggekriegt, sein großes Freizeitprojekt, unter dem er zusammengebrochen ist? Danach hörst du von nichts anderem als diesem großen Film über Marco Polo, den er dreht, wieder mit deinem Geld, und wenn das Geld weg ist, hörst du nie wieder was davon. Ich meine wie kannst du mit dieser Scheiße leben?

–Es ist nur, ich weiß nicht. Irgendetwas geschieht...

–Ich meine das sag' ich doch, es geschieht überhaupt nichts! Er kommt zur Tür rein und...

–Nein ich meine, es ist, bis er zur Tür reinkommt, geschieht nichts, ich weiß nicht, was es ist, solange etwas unfertig ist, weiß man, daß man lebt, es ist, als ob, ich meine vielleicht ist es bloß die Angst, daß nichts geschehen wird...

–Wie soll denn was geschehen! Deshalb hat er dich doch hier eingesperrt, er macht sich doch vor Angst in die Hose, daß

irgendein alter Bekannter dich hier findet, er hat Schiß, daß
was geschieht, er kriegt nichts fertig, weil er sich vor Angst,
irgendetwas fertig zu machen, in die Hosen scheißt, warum
packst du nicht deine Koffer? Pack deine Sachen und hau hier
ab Bibbs, hör zu. Ich bin unterwegs nach Kalifornien, ich warte
auf dich. Noch heute abend, pack deine Sachen, und ich warte
auf dich.

–Ich, ich kann nicht.

–Warum nicht, warum kannst du nicht? Hinterlaß ihm 'ne
Nachricht, sag ihm, du mußt ganz einfach mal diese Scheiße
aus deinem Kopf kriegen, diese Bruchbude, alles feucht und
düster, da drüben verreckt alles in der Sonne, sieh's dir doch
mal an. Warum kannst du nicht?

–Weil ich, es wäre nicht fair…

–Fair? Oh Mann, ihm gegenüber? Ich meine wann war er
denn je fair zu irgend jemand verdammt, die gleiche Scheiße
Bibbs, es ist die gleiche Scheiße. Er hat dich wegen deines Geldes
geheiratet und lädt dir Schuldgefühle auf, weil du's hast, also
schmeißt er's zum Fenster raus, je schlimmer die Dinge laufen,
desto mehr Schuldgefühle lädt er dir auf, hat er dir den Kopf so
verdreht, daß nichts geschieht, bis er zur Tür reinkommt? Ich
meine wer kommt denn sonst zu der verdammten Tür rein?

Sie starrte Benjamin Franklins gütiges Gesicht auf dem
Schein dort vor ihr auf dem Tisch an, als wollte sie seinen Blick
auf sich lenken. –Niemand, sagte sie, –niemand.

–Weißt du was Bibbs? Er stand da und lehnte sich an den
Türrahmen, –was ich mich immer gefragt hab'. Ich meine daß
du immer wieder an welche geraten bist, die dir einfach nicht
das Wasser reichen konnten? Ich meine wie dieser Arnold? Und
dieser Typ aus Florida, der ein großer Schauspieler werden
wollte, und der Alte hat ihn rausgeworfen? Also das geht ziemlich weit zurück, wie damals, als du mit diesem kleinen Pisser
Bobbie Steyner, der angeblich nur ein Ei hatte, Doktor gespielt
hast. Als er dich runter ins Bootshaus lotste und dir an die
Wäsche wollte?

—Nein, nein Billy ehrlich...

—Nein also ohne Scheiß Bibbs. Diese wirklich zweitklassigen Typen, also geradezu instinktiv, du warst immer so ein schönes Mädchen mit roten Haaren, mit dieser wirklich blassen weißen Haut und tollen hohen Wangenknochen und so, wie etwas Verletzliches, an das sie sich ranmachen wollten, um dich zu beschützen, und gleichzeitig nutzten sie dich doch nur alle aus? Und das sind die einzigen, die du je an dich ranläßt? Wenn er dich kleinmacht, und du denkst immer noch, du bist ihm überlegen? Ich meine das geht ganz weit zurück, als ich ungefähr drei war und du an mir geübt hast, als du mir in dieser Spielzeugwiege so 'n beschissenes kleines gelbes Puppenkleid angezogen hast, und du warst die Mama, sonst hättest du nicht mit mir gespielt? Nein also lach nicht Bibbs... Doch sie tat es nicht, es war ein irgendwo zwischen Lachen und Ersticken abgewürgtes Geräusch, —als du nicht mal mehr mit mir reden wolltest, wenn du mich Jennifer nanntest und ich nicht antwortete? Er hatte sich abgewandt, sah ins Wohnzimmer, ließ hinter seinem Rücken die Knöchel knacken, füllte den Türrahmen aus.

—Aber das war, Billy verstehst du nicht, so fing alles an, weil du der einzige warst...

—Mann ich weiß genau, wie es anfing verdammt! Ich meine das eine Mal bei Tisch, als ich mit dem Apfelmus gekleckert hab', und der Alte packte mich und stellte meinen Teller auf den Fußboden in die Ecke, Wenn du dich wie ein Hund benehmen willst, dann kannst du auch wie ein Hund essen, also ich war so lange sein Hund, bis er sich seine eigenen verdammten Hunde anschaffte. Ich meine so 'ne Scheiße vergißt man nie! Seine ganzen hochgestochenen verrückten Ideen, er als Präsidentenberater, Meister der Unternehmensstrategie, Herr des weitverzweigten Bergbauimperiums, Meister der, Scheiße, alles was er je getan hat, war Leute rumzukommandieren und jemand anders die Scherben aufsammeln zu lassen. Er hat jeden tyrannisiert, der ihm nahekam, wie er uns tyrannisiert hat, wie er deine Mutter tyrannisiert hat und dich dazu, bis du alles getan hättest, um wegzukommen, also hast du getan, was du immer getan hast. Du findest so 'nen zweitklassigen Typen, du weißt er ist dir verdammt unterlegen, und dann gerätst du mit der Ehe vom Regen in die Traufe! Warum glaubst du wohl hat der Alte Paul überhaupt akzeptiert? Weil er jemanden gefunden hatte, der genauso zweitklassig war wie er selber, der einzige Unterschied ist, daß der Alte schlau war und so, ich meine nicht intelligent, ich meine da ist ein verdammt großer Unterschied. Also wie Paul zum erstenmal auftauchte und erzählte, er sei der große verwundete Kriegsheld mit...

–Billy warum, warum! Und außerdem redet er nicht darüber, er hat nie darüber geredet, er würde nicht mal...

–Wer hat denn sonst darüber geredet, ich meine wer hat denn dem Alten erzählt, wie er gerade in diesem Offiziersquartier ein Schläfchen hält, und da stürmen diese Vietcong-Sappeure an und schießen ihn mit Mörserfeuer zusammen, glaubst du, das hat er sich ausgedacht? Und wie er diesen Bronzestern am Band bekommen hat und damit ins Gefecht zieht, mit diesen leuchtend hellen Bändern, die auf seine Tarnjacke genäht sind, und seine beschissene Goldspange soll matt poliert werden, und er poliert sie nicht matt? Als ob er's ihnen zeigen wollte, ich meine er führt diesen Zug, sie sind unter Sollstärke, zwei Drittel von ihnen Schwarze aus Detroit und Cleveland, ich meine die scheißen auf's Heldentum, aber er will es ihnen zeigen. Er macht sich zur perfekten Zielscheibe und den ganzen Scheißzug gleich mit, ich meine das ist genau der Alte Bibbs, der immer der große Macker sein mußte auf Kosten aller anderen unter ihm. Ich meine hast du ihm je erzählt, was Paul dir erzählt hat, den Kommentar seines eigenen Vaters, als er sich meldete? Seines eigenen Vaters verdammt? Daß er verdammt glücklich dran sei, den Dienst als Offizier antreten zu können, weil er nicht gut genug sei, um als gemeiner Soldat zu dienen? Aus irgendeiner Tasche fischte er eine zerdrückte Zigarette, und dann stand er da, zündete sie an, stieß Rauch aus, –ich meine wie Paul dir das je erzählen konnte, wie er dir sogar erzählen konnte...

–Was hast du in Kalifornien vor? sagte sie schließlich.

–Mann wenn ich irgendwas vorhätte, würde ich doch nicht nach Kalifornien gehen! Ich meine komm schon Bibb, pack zusammen. Wir können morgen früh dasein.

–Ich kann nicht. Ich kann nicht, nicht nur wegen Paul, wegen, ich hab' was zu erledigen, Ärzte, diese Prozesse wegen des Flugzeugabsturzes, ich muß zu deren Arzt, bevor der...

–Du warst doch schon da Bibb, du warst schon fünfzig Mal da, ich meine du hängst da mit neunzig anderen Leuten drin, wie soll das was am Prozeß ändern?

–Es ist nicht bloß meiner, sondern auch Pauls, er, tut nichts zur Sache nein, ich möchte nicht darüber reden. Ich kann einfach nicht weg.

–Paul! Das mein' ich doch, alles dreht sich letztlich um diesen Scheißpaul, du meinst seinen Prozeß? Dieser Mist von wegen einer halben Million Dollar wegen Nichterfüllung dieser beschissenen Pflichten, damit versucht er durchzukommen? Oh Mann... und er langte unvermittelt hinüber zum leeren Notizblock neben dem Telefon, griff gleichzeitig nach dem Stift, –ich meine er ist derjenige, der dich fertigmacht Bibb, nicht irgendein dämlicher Flugzeugabsturz, sieh mal... Zahlen bedeckten das Papier, –'ne halbe Million Dollar, wenn er ein Callgirl für hundert Dollar pro Nacht hätte, dann heißt das fünftausend Nächte lang jede Nacht, das macht dreizehn Jahre lang jede Nacht bumsen, glaubst du etwa, irgendein Gericht hört sich diesen Scheiß an? Er schob den Notizblock weg, ließ die Knöchel einer Hand in der anderen knacken und sah sie an. Sie sah nicht auf, rührte sich nicht, und plötzlich erhob er sich.

–Ich bin da rausgefahren, sagte er mit leiser Stimme, –gestern, raus nach Hopewell.

–Aber was, sie sah abrupt auf, –was...?

–Nichts. Ich bin nur hingefahren. Er hatte sich abgewandt,

—all diese abgedrehten alten Quarkvisagen, sie hatten sie um so 'nen langen Tisch rumplaziert, und sie bastelten Narrenkappen für Halloween, ich meine es war wie im Kindergarten, bloß falsch rum aufgezäumt. Sie liegt da einfach, 'nen Schlauch in der Nase, sie hat nicht mal gemerkt, daß ich da war. Jemand hat so 'n großes Schild neben ihrem Bett aufgestellt, Sie befinden sich in Hopewell, New Jersey. Ich meine sie muß wohl manchmal aufwachen und sich erkundigen, wo zum Teufel sie ist. Ich muß los, Bibbs... er war herumgekommen und hatte ihr eine Hand auf die Schulter gelegt. —Bist du sicher? Er erhielt nur ein von ihren Schultern ausgehendes Kopfschütteln zur Antwort, aber sie kam mit ihm, kam mit bis zur Tür, wo sie ihn am Handgelenk packte.

—Kannst du nicht bleiben?

—Muß um zehn in Newark sein... Das war alles, und als die Scheinwerfer jäh aufblendeten, lehnte sie reglos mit ihrem ganzen Gewicht an der Tür, bis sie in einem Bogen über die Fenster glitten und fort waren.

Es geschah jetzt immer häufiger in diesem Haus, daß sie innehielt, um zu lauschen, wie auch jetzt, als sie zurück in die Küche ging, aber es war nie klar, worauf. Dort angekommen, drehte sie das Radio an, und es informierte sie prompt darüber, daß der Verkehr in unmittelbarer Nähe des Brooklyn-Queens-Expressway wegen eines umgestürzten Lastwagenanhängers umgeleitet würde, und sie schaltete ab und nahm den Hundert-Dollar-Schein an sich, und dann ging sie umher, um den zerknüllten Scheck auf dem Fußboden zu suchen und ihn sorgfältig an der Kühlschranktür zu glätten, bevor sie beides unter die Servietten und Tisch-Sets in die Schublade legte. Lichter gingen hinter ihr aus, **MUTTER UNTER TRÄNEN** klagte stumm vom Kaffeetisch, auf dem *Town & Country*, bedroht von dem Masai, im Lichtschimmer der Straßenlaterne lag.

In der Badewanne untersuchte sie eine abklingende Schwellung an der Innenseite ihres Knies. Im Schlafzimmer erweckte sie auf der Mattscheibe zwei Männer zum Leben, die auf dem

Dach eines dahinrasenden Zuges miteinander rangen, bis einer den anderen hinabstieß, während der Zug eine Brücke passierte, und in ein Handtuch gehüllt genoß sie den Anblick der mit den Gliedern rudernden Figur, die unten auf den Felsen aufprallte, bevor sie die oberste Schublade der Kommode aufzog, während der Zug weiterraste.

Zwei Blätter, dann ein drittes handgroßes, fielen aus dem zerfledderten Adreßbuch, ein penibles Durcheinander von Anfangsbuchstaben und Zahlen, Streichungen, Einschüben, kontinentüberspannenden und ozeanüberbrückenden Pfeilen, MHG Golf Verbdg Neu D tlx 314 573 TZUPIN; Bill R, Mtdi und statt durchgestrichener Zahlen BA und neue Zahlen; statt Fundierung GPRASH Luanda und Zahlen; Jenny Mnst Krs und Zahlen; SOLANT und durchgestrichene Zahlen; Seiko und Zahlen, IC, noch mehr Zahlen; sie ordnete sie aufs Geratewohl wieder ein und warf das Buch in den Ordner, der aufgeschlagen auf dem Bett lag und über dessen letzte Seite sie sich jetzt beugte, und sie führte ihren Stift direkt an älteren Mann und strich auf ein Leben zurückblicken durch, schrieb statt dessen Lebenserfahrung gesammelt hatte; ersetzte eine andere Frau durch andere Frauen; ersetzte irgendwo durch eine Ehefrau, die sich nun in Marrakesch verbirgt, grübelte auf dem Radierkopf kauend über seine ruhigen, sehnigen Hände, als das Telefon sie hochfahren ließ.

–Ja hallo...? Nein, nein er ist nicht hier, wer ist da, wenn er anruft, kann ich... Also ja, er war kurz hier Mrs. Fickert, aber er mußte gleich wieder zurück und... wie bitte? Also er, also ja natürlich ist er verheiratet. Ich meine ich bin seine Frau. Wollen Sie... hallo?

Der Zug raste ihr entgegen, und sie raffte das Handtuch über der Brust zusammen, stand auf und holte das Webster's New Collegiate Dictionary, und er dröhnte genau über sie hinweg, als hätte sie sich dort zwischen den Gleisen auf den Rücken gelegt. Sie hatte es jetzt bei D geöffnet, leckte mit der Fingerspitze vorbei an Dackel, decken, ihr Finger fuhr hinab zu desin-fizieren, Desinformation, bis er zu desinteressiert kam, wo die exakt falsche Definition, die sie suchte, durch das Zitat eines Auguren der Times bestätigt wurde, sie fügte indifferent in Klammern ein, äußerte bei Ruhe Zweifel in Form zaghafter Striche mit der Stiftspitze: die kühle, desinteressierte (indiffe-rente) Ruhe seiner Augen wiedersprach? Sie verbannte Ruhe in eckige Klammern, blätterte am Finger leckend zurück zu C bis cholerisch, vorbei an Charisma, Champignon, fuhr von Chre-matistik abwärts und hielt plötzlich bei Cunnilingus inne. Sie las es langsam, den Finger wieder an den Lippen, pp. von *lingere*, vergleiche auch Lecken, als das Telefon wieder klin-gelte.

–Ja? Sie räusperte sich, –ja? hallo… Sie lehnte sich in die Kissen zurück und starrte auf eine Frau, etwas jünger als sie und blond, die gerade erfrischt aus der Dusche kam. –Nein ich bin nicht aber, aber warten Sie! Warten Sie, hallo…? Sie, wer immer Sie sind, ich meine Sie müssen nicht immer versuchen, sie hier zu erreichen, verstehen Sie, sie ist seit zwei Jahren fort…

Die Frau auf dem Bildschirm liebkoste züchtig einen Körper-teil mit etwas aus einer Flasche, drehte sich um und sah sie direkt an, und als sie sich nun vorbeugte, um ihren Finger mit einem beherzten Zittern weiterlaufen zu lassen, und bei chole-risch abrupt innehielt, ließ ihr Blick ihn zu Coitus hüpfen. Und als hätte es keine Unterbrechung gegeben, als wären keine zwei Jahre vergangen in Zaire, Maracaibo, Marrakesch, –Orte wie diese… BA, Mtdi, Thailand? –bin nie dagewesen… lag sie ausgestreckt auf dem Bett, als hätte sie es nie verlassen, –all diese hübschen Sachen, es sieht aus, als wäre sie nur eben aus dem Haus… die feuchte Wärme des Handtuchs erkaltet und weggerutscht, die Füße auf dem Bett verschränkt im ausgelas-senen Spiel des Scheins der Straßenlaterne, der durch die Bäume fiel, ihre Nippel steil aufgerichtet, und eine Hand strich ihre Brust hinab und hin zum Knie, das sich der Berührung

entgegenbeugte, und betastete die Prellung dort, langsam auf
einer harten Kufe aus Fingernägeln hinabgleitend zum sich
hebenden Sündenfall, dessen Wärme sich mit der nahen Atemwärme im Spannungsbogen ihrer weit gespreizten Knie ver-
mischte, der unter der Erschütterung ihrer eigenen Stimme
zitternd brach.

–Ja hallo! Oh… oh ich bin… sie holte Atem, –es tut mir leid
Mister Mullins, ich habe Ihre Stimme nicht erkannt… Sie räusperte sich, –nein, nein ich habe Sheila nicht mehr gesehen,
seit… Ich weiß, ja natürlich, daß Sie, ich weiß, es geht ihr nicht
gut, aber… Nein er war hier, Billy war vor einer Weile hier,
aber er… mit ihm? Nein, nein sie war nicht, nein er… Er
wußte nicht, ich meine ich weiß nicht nein, wo er hin wollte,
hat er nicht… Wenn ich was höre, werde ich natürlich, ja…

Mit angezogenen Knien schlang sie sich das Handtuch um
die nackten Schultern, und ein Zittern ließ sie aufatmen, sie
starrte auf das Blatt, bis sie den Stift ergriff und entschlossen
seine ruhigen, sehnigen Hände, seine harten unregelmäßigen
Züge, die kühle, desinteressierte (indifferente) [Ruhe] seiner
Augen durchstrich, und im Nu machte sie sich mit dem Stift an
seine ungelenken, altersfleckigen Hände, sein zerfurchtes Gesicht, stumpf und verlebt wie das des Schuldeneintreibers, mit
dem man ihn hätte verwechseln können, die verzweifelte Leere
in seinen Augen wiedersprach, wiedersprach… Das Handtuch
fiel in einem Knäuel zu Boden, und sie stand nackt da, die Beine
weit gespreizt und attackiert von einer mörderisch geschwun-
genen Schere auf dem Bildschirm, hinter dem sie nach den Fetzen eines Buches kramte, dessen Einband, ja dessen erste zwanzig Seiten fehlten, so daß es genau an der Stelle aufging, die sie
suchte, und sie beugte sich mit dem Stift hinunter zu wiedersprach dem Gefühl, daß er noch immer ein Teil von all dem
war, was er hätte sein können.

Ihr ängstlicher Morgengruß in den Badezimmerspiegel wurde nicht erwidert: das Glas war beschlagen, und als sie in die Wanne stieg, trat sie auf einen Haufen brauner Socken und ein durchnäßtes Handtuch, sie kam wieder heraus und ging den Flur entlang, um erst geistesabwesend in den Spiegel zu schauen und dann kritisch, als der Blick von dort zurückkam und auf ihre Brüste, auf geöffnete Schubladen fiel, wo sie geistesabwesend Pullover und Blusen umdrehte und Dinge herauszog, ohne sie recht anzusehen, bis der Geruch verbrannten Toasts sie schließlich zur Treppe und hinunter lockte.

–Liz?

–Du bist gestern so spät zurückgekommen, daß ich nicht…

–Also das ist doch nicht zu glauben…! Er saß in Shorts und schwarzen Socken am Küchentisch, hatte im blauen Flimmern des Toasters Zeitungen ausgebreitet. –Montego Bay, R-Gespräch, neununddreißig Minuten. Einundfünfzig Dollar und fünfundachtzig Cent.

–Oh. Ach das, muß Edie gewesen sein…

–Sieh mal ich weiß, daß es Edie gewesen sein muß! Ich möchte bloß mal wissen, warum sie ein R-Gespräch geführt hat. Ich möchte bloß mal wissen, warum zum Teufel du ein R-Gespräch aus Montego Bay annimmst.

–Also ich hab' mir nichts dabei gedacht Paul, die Vermittlung sagte, es sei Edie, und ich wollte einfach, ich wollte doch so gern mit ihr reden…

—Sie versucht die zwei Millionen Dollar ihrer toten Tante durchzubringen und muß R-Gespräche führen?

—Also sie, ich weiß nicht, vielleicht hatte sie kein Kleingeld und...

—Kleingeld! Einundfünfzig Dollar und fünfundachtzig Cent Kleingeld?

—Ich weiß nicht, warum geht es immer um Geld...? Sie schenkte sich kochendheißen Kaffee ein, stand da am Spülbekken und sah hinaus auf einen umgekippten Gartenstuhl in den auf die Terrasse gewehten verfärbten Blättern, —warum muß sich bloß immer alles um's Geld drehen...?

—Weil es immer um Geld geht! Hast du das hier gesehen? Ist mit der gleichen Post gekommen, Einladung zu 'nem Galaempfang, den sie für Victor Sweet gibt.

—Oh! Sie drehte sich um, —könnten wir...

—Zweihundert-Dollar-Spende. Also seit ich dich kenne Liz, war auf jeder beschissenen Einladung, die wir je von deinen reichen Freunden bekommen haben, das Wort Spende irgendwo in der Ecke versteckt, zweihundert Dollar fünfhundert, geben die nie Gratis-Parties wie andere Leute auch? Einfach 'n bißchen Whisky kaufen, ein paar Freunde einladen, 'ne Party geben?

—Also natürlich Paul, sie, ich meine die sind doch für einen guten Zweck, sie, wir müssen ja nicht hingehen.

—Hingehen? 'ne Benefizveranstaltung für Victor Sweet, da hingehen? Hab' dir doch erzählt, wo der seine Unterstützung herkriegt oder? Da kommst du rein und triffst den halben KGB, hab' dir doch erzählt, wo der sich seine Anweisungen abholt oder? Die lassen ihn gegen Teakell antreten und denken, dann hätten sie ein Sprachrohr im Senat, um die Abrüstung voranzutreiben, Teil ihrer verdammten Friedensoffensive da, ich sag' dir noch was Liz, ich hab' gehört, der hat mal gesessen. Die wollen, daß deine dümmlichen Freunde steuerlich absetzbare Galas für Knackis geben, um den Schwarzen zu helfen, ohne sich die Finger schmutzig zu machen, immer dasselbe Liz, dein Bruder und seine schmierigen Buddhisten, der gleiche Mist. Sie zeigen ihre Verachtung für Victor Sweet, indem sie ihm Geld geben, und ihre Verachtung für das Geld, indem sie es Victor Sweet geben, der kann doch nicht mal Pisse aus 'nem Stiefel schütten, selbst wenn man die Gebrauchsanweisung auf den Absatz schreibt! Sieh dir doch Mister Jheejheeboy an, sieh dir ihren Burmesen an, dermaßen viel Geld, das heißt doch eigentlich, daß du das Beste kaufen kannst, das beste Essen, die besten Autos Freunde Anwälte Börsenmakler, all diese verdammten Ärzte, aber das Geld zieht die Schlechtesten an, und die kaufen sie dann, sie kaufen sich die Schlechtesten, und die Schlechtesten schrecken die Besten ab, denn man hinterläßt den Kindern kein Geld, so läuft das doch nicht. Man hinterläßt das Geld nicht den Kindern, man hinterläßt die Kinder dem Geld, und zwei oder drei Generationen später sind alle verrückt.

–Wer ist alle, Paul?

–Sieh dir den alten Geldadel an, da sitzen immer ein oder zwei Irre am Eßtisch oder? Sie nehmen Onkel William seine gestreiften Hosen weg und denken, dann bleibt er in der Anstalt, aber zuletzt hat man ihn in nichts als der Unterhose die Second Avenue raufrennen sehen. Vor zehn Jahren hätte die Polizei ihn sofort einkassiert, heute denken alle, der joggt bloß, drehen sich nicht mal um, sieh dir doch deinen Vater an oder Billy, der hier auf den Fußboden pißt, wenn das nicht...

–Mich hast du ausgelassen, oder?

–Hab' ich nicht gesagt Liz, das hab' ich nicht gesagt, hab' nicht gesagt, daß du verrückt bist, allerdings ist das reichlich merkwürdig, findest du nicht auch, vor fünf Jahren liest du in der Zeitung, daß jemand 'ne Klapperschlange in irgendeinen Briefkasten gesteckt hat, und heute hast du noch immer Angst, einen zu öffnen? Ich krieg' gerade Ordnung in die Sache mit Senator Teakell hier, und jetzt willst du, daß ich bei 'ner Benefizveranstaltung für Victor Sweet auftauche?

–Das habe ich nicht gesagt Paul. Sie hatte sich wieder zum Fenster umgewandt, richtete den Blick jetzt auf einen durchnäßten Streifen Toilettenpapier, der hoch in die Zweige des Maulbeerbaums geweht war, –bloß, meine Freunde, ich wünschte bloß, du würdest sie raushalten aus deiner…

–Oh nun komm Liz, das ist doch Edies Gala oder? Sie kreuzt da in 'nem Fünftausend-Dollar-Abendkleid auf, läßt zu Hause das Licht brennen, wenn sie weg ist, und sie spenden…

–Ich rede nicht von Edie, nicht nur von Edie, ich rede von Cettie! Ich rede von Reverend Ude, der mit diesen gräßlichen Blumen in diesem Krankenhaus in Texas aufgetaucht ist, zufällig am Tag, als ihr Vater sie besuchen kam, und all die…

–Nein sieh doch mal Liz. Ziehst voreilige Schlüsse, wir müssen das jetzt nicht schon wieder durchkauen, reiner Zufall, daß sie beide gleichzeitig…

–Daß diese Pressefotografen da waren? Daß eure Doris Chin zufällig auch da war, um uns zu berichten, wie sanft er am Krankenbett Senator Teakells Arm ergriffen und ihn zum Gebet auf die Knie gezogen hat, also ehrlich!

–Immer dasselbe Liz, immer der gleiche Mist, ziehst voreilige Schlüsse, wenn du nicht in dieser Blumenhandlung angerufen hättest und…

–Ich habe nicht da angerufen, die haben hier angerufen! Sie haben wegen der Rechnung für ein zwei Meter großes Kreuz aus weißen Nelken angerufen, das sie ihr geschickt haben, und als ich sagte, davon wüßte ich aber gar nichts, sagten sie mir, sie hätten es samt einer Karte von Reverend Ude mit seinem tiefsten Dingsbums in den Gedärmen Christi, es war zum Kotzen, es war wirklich zum Kotzen!

–Sieh mal, ich hab' doch gesagt, es tut mir leid, daß sie nicht von dir kamen, die müssen die Bestellungen durcheinandergebracht haben…

–Also Gott sei Dank kamen sie nicht von mir! Erzählst mir, du würdest ihr in meinem Namen Blumen schicken, dieses fürchterliche Ding sah ja aus wie für eine Beerdigung, warum hast du mir das erzählt? Ordnung in die Sache mit Senator Teakell bringen, warum hast du mir nicht gesagt, daß du das getan hast anstatt, anstatt sie zu benutzen, sie einfach zu benutzen, liegt da halbtot, du hast nie an mich gedacht oder, daß ich sie wirklich gern sehen wollte? Dein Reverend Ude, der aus heiterem Himmel da reinplatzt, um sie im Blut Christi reinzuwaschen, es ist dir überhaupt nicht in den Sinn gekommen, daß ich vielleicht wirklich da runterfahren wollte und, einfach um sie zu sehen...

—Oh nun komm Liz, was hat das groß geschadet, hier. Schenk mir mal Kaffee ein, wie spät ist es? Hast du deine Uhr um?

—Sie war in meiner Handtasche. Schau doch auf die Wanduhr, sagte sie, ohne selbst hinzusehen, statt dessen schaute sie die Katze an, die draußen in den Blättern kauerte.

—Sieh mal ich hab' auf die Wanduhr gesehen Liz, sie steht auf dreiundzwanzig nach fünf, denkst du etwa, es ist fünf Uhr dreiundzwanzig morgens? Der Strom muß ausgefallen sein vergangene Nacht... und eine plötzliche Drehung auf dem Stuhl verzog die bläuliche Narbe, die vom gelblichen Plaid seiner Shorts aufwärts lief, ließ auf seinen Schultern und seinen Arm hinab skulpturengleiche Muskeln hervortreten, und das wegen einer so trivialen Angelegenheit wie dem Anstellen des Radios, das ihn prompt darum bat, ja sie beide darum bat, ihr Geld bei der Emigrant Savings Bank anzulegen. —Man hat sie derartig zusediert, daß sie sowieso nicht merkt, was vorgeht... er tippte mit einem Stift auf den Stapel Rechnungen vor sich, —was hat es also groß geschadet? Ich hab' dir doch erzählt, daß Ude sowieso da unten auf Vortragsreise war. Er hatte 'ne göttliche Eingebung, hinzugehen und für sie zu beten, war zufällig der gleiche Tag, an dem ihr Vater aus Washington dort auftauchte, das Ganze ist nur ein Zufall, so steht's ja auch in der Zeitung oder? Ude verbreitet seine Botschaft von Glauben durch Gebet in Zeitungen überall im ganzen verdammten Land, sagt, die göttliche Vorsehung habe sie zusammengeführt im tiefen Tal, sieh mal, bloß weil du nicht gläubig bist und...

—Oh hör auf Paul, hör auf! Ehrlich.

–Was? Ehrlich was?

–Nicht gläubig bist und...

–Sagte ich doch gerade oder? Das Problem sieh mal, das Problem ist Liz, daß du nicht versuchst, das Ganze zu sehen... er kam näher, verstreute Rechnungen, Umschläge, Postwurfsendungen in schrillen Farben, glättete die Rückseite eines Briefes, der mit Lieber Freund des Grönlandwals begann, –sieh mal. Er nahm einen stumpfen Bleistift, –das ist Teakell... und ein hingeschmierter Kreis entsandte einen Pfeil. –Hat seinen eigenen Wahlbezirk hier... ein Fleck nahm ungefähr Nierenform an, –Senatsausschüsse und Regierungssprecher hier oben... etwas annähernd Phallisches, –und sein großes Dritte-Welt-Programm Brot-für-Afrika hier drüben... und ein Pfeil flog zu fernen Küsten, die sich unvermittelt wie ein verformter Fußabdruck abzeichneten. –Hier ist jetzt Ude... diesmal entließ ein Kreuz einen Pfeil, –der gleiche Scheiß-Wahlbezirk... und der Stift durchdrang den Fleck, –aber sieh mal! Sobald er sein Satellitenfernsehen in Gang bringt... und das Kreuz, erst ein lateinisches, dann plötzlich ein nachdrücklich mit Zacken versehenes Passionskreuz, sandte ebenso gezackte Strahlen aus, der Fleck explodierte –deckt er das ganze Land ab, die Wählerschaft reicht von hier ganz oben bis zu all den Schwarzen hier unten... ein mit nichts verbundener Schmierfleck, –glaubst du, die können nicht ihr Kreuz auf einen Wahlzettel machen? Glaubst du, Teakell hat vor, im Senat zu versauern? Engagiert sich ungeheuer in dieser Konfrontation mit der Dritten Welt, fährt gerade im Moment zu 'ner Sondierungsreise, und da ist Udes Mission genau am rechten Platz... ein Pfeil sprang von dem Passionskreuz auf die ferne Küste zu, spie dessen angriffslustige Miniaturausgaben in die kontinentale Mißgestalt, die anwuchs, um ihre plumpen Formen aufzunehmen, als das Telefon klingelte. –Hallo? Wer, verdammt warte... er brachte das Blatt in Sicherheit, –hol Küchenkrepp... aber sie hatte bereits einen Streifen abgerissen, stellte seine Tasse wieder auf, wo das Telefonkabel sie umgeworfen hatte, wischte Kaffee von

den verstreuten Rechnungen und Notizen, von den Auffor-
derungen, ein zwanzigteiliges Badetuch-Set mit einer Gratis-
Digital-Quarzuhr zu bestellen, Bücher und Schraubenschlüs-
selsortimente zu kaufen, Seehunde zu retten, Eßgeschirr zu
verkaufen, Geld zu leihen, von den Broschüren, die Leiden
oder die Apokalypse heraufbeschworen und in blumigem Stil
die Ewigkeit verhießen – he da, Bobbie Joe? Wollte dich gerade
anrufen. Beende hier gerade ein Arbeitsfrühstück mit meinem
Team, dachte, ich mach' dich mal vertraut mit den Zusammen-
hängen. Was wir also... nicht der Film nein, ich rede noch
nicht von dem Film, ich rede davon, wie wir unsere Medienstrategie für den nächsten großen Vorstoß planen, hast du 'nen
Stift griffbereit...? Versuch das lieber nicht nein, bißchen zu
kompliziert, hol dir jetzt lieber mal 'nen Stift, ich bleib dran,
Liz kannst du nicht diese verdammte Schweinerei wegmachen?
Diese hier, die Broschüren muß ich mitnehmen... er schob *Das
Leiden*, den *Christlichen Schlachtplan*, den *Führer zur Ewigkeit* und *Erntezeit* beiseite, statt dessen – holst du mir noch 'nen
Kaffee? Meine Zigaretten gesehen?
– Muß ich erst kochen, es ist keiner mehr...
– Denkt, ich ruf' ihn wegen 'nem Film an, aufwendiger Film,
den sie drehen wollen, soll Die Wayne Fickert Story heißen,
wollen die Mutter des Kindes als Darstellerin von hallo? Hast
du den Stift? Gut, also die Zusammenhänge, wir... nicht der
Film, das hab' ich dir doch gerade gesagt, nicht der Film hör
mal, ich rede davon, wie unsere gesamte Medienstrategie auf
den nächsten großen Auftritt deines Papas abgestimmt werden
soll. Hab' ihn auf die Titelseite gebracht, jetzt wollen wir doch,
daß er auf der Titelseite bleibt, das ist das ganze... Ich sagte,
dieser nächste große Auftritt, der Kreuzzug da draußen, die
Sache ist grad' ins Laufen gekommen, wir haben Kalifornien
voll aufgerollt und in der Tasche, Rundfunk Scheinwerfer lila
Bänder die ganze Chose, was er... was...? Nein also, das ist
doch genau mein Reden, Bobbie Joe, jetzt hör einfach mal zu.
Was dein Papa jetzt braucht, ist 'ne Plattform, die seinem

Image richtige Würde verleiht, er braucht… also ich weiß ja, daß er sie schon hat, aber wir wollen ihnen ein wirklich wichtiges Thema vorsetzen, über das er sich auslassen kann, das ist… der was…? Nein warte, das ist… Hör zu, das ist nicht das, was ich… Nein jetzt hör mal zu Bobbie Joe, ich weiß, da ist eine Saat von acht Millionen Katholiken, die er für ernteref hält, aber immer langsam mit den, um Gottes willen, langsam mit den jungen Pferden hier. Ich rede von Bildung, Schulbildung. Da findet doch diese große regionale Bildungskonferenz des Südwestens statt, zu der man ihn eingeladen hat, damit er die Eröffnungsansprache hält. Da kommen bekannte Pädagogen aus ganz Texas Kansas Mississippi Oklahoma Arkansas hin, sozusagen das Rückgrat des amerikanischen Bildungswesens. Und was wir jetzt… nein Augenblick mal, darüber will ich jetzt nicht reden nein, ein paar eingeworfene Schulbusfenster, darüber rede ich jetzt nicht, hör zu. Er hat gerade angekündigt, daß er die Wayne-Fickert-Bibelschule gründet, das ist jetzt der… nennst sie wie? Wann hat er dir das denn versprochen, er… Nein aber das ist doch lange her, als du noch ein kleiner Junge warst, wenn er jetzt hingeht und sie in Bobbie-Joe-Ude-Bibelschule umbenennt, kommen bloß wieder diese Medienfritzen und verdrehen alles, also worüber er da unten reden soll, das ist der hohe Bildungsstandard. In diese Kerbe schlägt ja auch die Wayne-Fickert-Bibelschule. Er übernimmt also diese ausgezeichnete Idee von dir, daß die männlichen Studenten alle Jackett und Schlips tragen sollen? Jedenfalls fängt er gleich an, über diesen hohen akademischen Standard zu reden und den… was? Schreibt sich a, k, a, d e m i s c h, hast du das? Was…? Also dann hol dir doch ein Stück Papier, ich bleib' dran, Liz? Kannst du mal aufhören, hier rumzuräumen und mir schnell ein Hemd holen?

—Möchtest du das…

—Bloß ein Hemd irgendein verdammtes Hemd, steh' hier und frier' zu Tode, während der 'n Stück Papier sucht, holt sich 'nen Stift und kommt nicht darauf, daß er was zum hallo? Alles klar jetzt...? Nicht jedes Wort nein, ich geb' dir nur eine Liste mit ein paar Stichworten für deinen Papa durch, die er sich für seine Rede hier ansehen soll. Zuerst spricht er also von dem dringenden Bedarf an einer akademischen Elite. Daß sie landesweit bedroht ist von denselben Kräften, die die Verfassung bedrohen? Das ist die... was? Mit großem V, e, r, hör mal Bobbie Joe, ist deine Schwester da...? Sie hat sich gerade ihre was naßgemacht? Nein nein, ich meine Betty Joe, deine große Schwester Bet... eingesperrt in was? Aber wer...? Erwischt beim Händchenhalten mit 'nem Jungen, das hört sich aber nicht so... Oh. Oh, naja, sie wird schon eines Tages 'nen richtig netten weißen Jungen kennenlernen, keine Bange, hast du mal ein Wörterbuch da irgendwo...? Also ich weiß ja, daß es ein wirklich schwieriges Wort ist, aber du mußt einfach dein Bestes geben, bis dein Papa ein Wörterbuch beschaffen... Also er kann doch nicht Wörterbücher im Haus verbieten, weil da Schimpfwörter drin sind, jetzt wollen wir mal weiter... in Ordnung, streng dich mal an, hörst du? Daß die US-Verfassung die Religionsfreiheit schützt, das heißt, das Recht, die Schulgebete durchzusetzen, hast du das? Als nächstes redet er über akademische Freiheit. Das ist jetzt das, wo die sich wirklich angesprochen fühlen, die geben diese naturwissenschaftlichen Kurse, wo doch dieselben Kräfte, die versuchen, die Verfassung zu zerstören, sie auch daran zu hindern versuchen, Naturwissenschaften zu unterrichten, genauso wie sie versuchen, die freie Meinungsäußerung zu verhindern, sie drängen seine Fernsehshow aus dem Äther, manipulieren die Einschaltquoten, verbreiten Lügen mit Hilfe der Statistik, die ganze... von was...? Nein also mit Satan dem Vater der Lüge würd' ich mich diesmal ein bißchen zurückhalten Bobbie Joe. Dieses Publikum, lauter gute brave Amerikaner, die wissen das schon, er soll ihnen eher davon erzählen, wie diese liberalen Medienfritzen versuchen, ihn unter Druck zu setzen, damit er weder auftreten und gegen die Sünde predigen noch seine Afrika-Missionen unterstützen kann, genauso wie sie seine Bibelschule daran zu hindern suchen, lauter feine hochgebildete christliche Männer und Frauen auszusenden, um ... wohin...? Das weiß ich Bobbie Joe, aber wir reden jetzt nicht von den Japsen, eine große Saat, die lange vernachlässigt wurde, ich weiß, er ist vom Herrn beauftragt, da hinzufahren und sie zu erlösen, aber dieses Publikum kommt nicht, um was über Japse zu erfahren, hundert Millionen zusammengepfercht auf diesen kleinen Inseln, die haben so viel Buddhismus und Shintoismus, daß sie beschäftigt sind, außerdem wählen sie nicht, er kann sie später erlösen, nehmen wir uns doch erstmal nur einen Kontinent zur Zeit vor! Denn das Christentum ist eine amerikanische Religion, das ist doch genau das, wovon er spricht! Das einzige Bollwerk gegen das Reich des Bösen? Das ist es, wovon... also jetzt warte mal, ich würd' mich zurückhalten mit... Also jetzt sieh doch mal, ich glaube, dieses Publikum ist schon reichlich erlöst, sonst säßen die da gar nicht, wenn die aus dem Saal kommen und du stehst da draußen und verkaufst die Little Wayne-Anstecknadel, die T-Shirts mit dem flotten Little Wayne-Schriftzug und deine Schallplatten, Pearly Gates singt Elton Udes Lieblings-Weihnachtslieder, sorgst du noch dafür, daß die liberale Presse alles verdreht, die gottver..., die ganze Sache zum Karnev... Wer, Pearly Gates? Was für 'ne Waffenschau...? Also dein Papa kann ja einfach etwas über das verfassungsmäßige Recht, Waffen zu tragen, einflechten, aber ich würde mich damit ziemlich zurückhalten Bobbie Joe. Verstehst du, ich weiß, daß dein Papa Pearly Gates in Fahrt gebracht hat damit, wie sehr Satan wegen all der Seelen zürnt, die ihr gerettet habt, aber dieses Publikum jetzt, das sind alles Pädagogen. Das heißt also, ihr habt da ein nettes weißes Publikum, und das springt auf sowas vielleicht nicht an, er hält sich besser einfach ans Singen, bleib mal am Apparat... er drückte das Telefon gegen seine Lende, —ist dies das einzige Hemd, das du finden konntest?

—Du hast gesagt, einfach irgendein...

—Ein weißes, gleich vorn auf dem Stuhl, macht nichts, ich

hol's mir selber hallo? Hör zu, jetzt noch was. Du sagst deinem Papa, er soll dafür sorgen, daß er 'ne Flagge oben auf der Tribüne hat, wenn er... Nein jetzt hör hier mal zu, sein Foto auf den Titelseiten im ganzen Land, das sehen auch die Yankees, und da nehmt ihr wohl besser die reguläre amerikanische Flagge, und du sagst ihm, wenn er seine Rede gehalten hat, soll er bloß keine Pressekonferenz geben, alles was sie... Hör zu, ich weiß, das sind lauter Gleichgesinnte da Bobbie Joe, aber wenn welche von der liberalen Presse sich da einschleichen, dann verdrehen sie die Dinge bis zum Geht-nicht-mehr, wie sie's gemacht haben, als dein Papa sagte, er sei Zionist? Daß es das Heilige Land sei, wo wir die Wiederkunft Christi erleben würden, aber daß er nicht auftauchen würde, bis all die Juden da wiedergeboren seien? Und sie ihm in den Mund legten, das einzige, was die Juden zum Bleiben veranlaßt, ist, daß sie von allen gehaßt werden? Wer glaubst du wohl steckt hinter der liberalen Presse, jetzt hör mal. Wenn er mit seiner Rede fertig ist, soll er sich bloß unter die bekannten Pädagogen mischen, hörst du? Besorg dir Namen und Anschrift von allen, die sich für diese Konferenz angemeldet haben, und laß eure Bibel-Schüler da unten an euren Adressenlisten arbeiten, das ist die... Also dann hol eben ein paar von denen aus der Nacht-schicht in der Abfüllanlage, irgend jemand kriegt halt sein Pee Dee-Wasser 'ne Woche später, wird ihn nicht umbringen, jetzt noch was. Hat dein Papa dir erzählt, daß mich nachher jemand am National Airport treffen soll? Kleiner Geschenkartikel-Laden direkt an der... kein Problem, ich werd' einen roten Schlips tragen, kleiner Geschenkartikel-Laden direkt am Ende der Auffahrt, du sorgst dafür, daß er da ist, hörst du? Muß mich jetzt beeilen, ich... da kannst du sicher sein! Wir werden... da kannst du sicher sein, Bobbie Joe... da kannst du sicher sein. Liz? Wie spät ist es?

—Ich sag' doch, ich weiß nicht...

—Da stellst du das verdammte Radio an, und es sagt dir nicht mal, wie spät es ist, ich mach's selber... und er nahm wieder den Telefonhörer zur Hand, –sieh mal. Da ist noch was, ich warte auf 'ne Nachricht von jemandem namens Slotko, er ist Sozius in einer hochangesehenen Washingtoner Anwaltskanzlei, bester Ruf im ganzen Land, arbeiten für den Automobilclub, man kommt gar nicht an ihn ran ohne die richtigen Empfehlungen, der bearbeitet für mich die VCR-Aktienoption deines Alten, sorg dafür, wenn er anruft, daß du, warte... er hielt die Sprechmuschel zu, legte auf, –muß mich beeilen.

–Wie spät ist es? Sie hatte schon zur Uhr hochgelangt.

–Spät, ich muß mich anziehen, und hör mal, kannst du das hier aufwischen? Diesen Stapel hier, den muß ich mitnehmen...

Das Radio warnte sie, daß fünf Millionen Amerikaner Diabetes hätten und es nicht wüßten, und daß sie einer von ihnen sein könnte, und sie ging hin, um es auszuschalten, noch einen Streifen Küchenkrepp abzureißen, in den Kühlschrank zu sehen, nach dem Joghurt zu suchen, den sie tags zuvor mitgebracht hatte, und sie konnte ihn nicht finden und hatte eben Tee gemacht, als er wieder unten war, ein weißes Hemd zuknöpfte, es in die Hose stopfte. –Noch Kaffee?

–Nein, ich habe gerade eine Tasse Tee gemacht, aber...

–Besser als gar nichts, er langte an ihr vorbei danach –hör mal, wo hab' ich die, hast du meine Zigaretten gefunden?

–Ich habe sie nicht gesehen Paul.

–Versuch' hier die Übersicht zu behalten und kann nicht mal, wovon sprach ich gerade?

–Also du wolltest, daß ich dir...

–Ich spreche nicht vom Kaffeekochen Liz, von was Wichtigem, bevor ich nach oben gegangen bin, von was Wichtigem!

–Du wolltest mich auf einen Anruf aufmerksam machen, von einem Anwalt aus Washington namens...

–Slotko, siehst du? Wenn du bloß zuhören würdest! Schreib's dir auf, damit du's nicht vergißt... er fand den stumpfen Bleistift, –nicht irgendein Anwalt aus Washington Liz, das ist der beste, den man kriegen kann, beste Kontakte

zur Regierung, ich hab' ihm ein paar Tips hinsichtlich der Vermögensverwaltung gegeben, damit er die VCR-Aktienoption
deines Alten aufnimmt, bevor VCR unter den Hammer
kommt, zwanzig Prozent unter Marktwert, und der Preis fällt
immer noch, woher kommen verdammt nochmal diese undichten Stellen, vielleicht bloß simple Fehlinformationen von
der anderen Seite, die versucht dem Konflikt, der sich da drüben zusammenbraut, die Grundlage zu entziehen, Teil ihrer
großen Friedensoffensive, lassen die Jalousien runter vor diesen Süßholz raspelnden Victor Sweets mit ihren Appellen für
die Abrüstung? Die Rede, die ich dir letzte Woche gezeigt habe,
der steckt da mittendrin und erledigt deren Arbeit!

—Also er, ich glaube, er hat nur gesagt, wir sollten die Augen
offenhalten wegen...

—Halt die Augen offen, und die Pupillen fallen dir raus, sieh
mal, wo ist es...? Und er fand das Blatt, das er ins Trockene
gerettet hatte, —hier oben das belgische Konsortium, vielleicht
sind die das, die den Preis drücken, um sich billig einzukaufen?
Sie haben Grimes in der Tasche, und hier ist Grimes und hat
Teakell in der Tasche, warum geht der wohl auf diese Sondierungsreise, warum hatten sie ihn wohl im Senat mit dieser Rede
über die strategisch wichtigen Mineralienvorkommen da drüben, Thema für die Titelseiten, vitale US-Interessen verteidigen... er strich das Papier glatt, schmierte die Bleistiftstriche
näher an die belagerte Küste, —warum ist Teakell wohl einge-
schritten und hat mich bei diesen Hearings entlastet? Hatte
wohl Schiß, ich würde aufstehen und bezeugen, daß das allgemeine Unternehmenspraxis war, man schmiert sie, um da drüben Geschäfte zu machen, oder man macht überhaupt keine
Geschäfte... und eine hingekritzelte Schleife, nach oben offene
Unendlichkeit? oder ein Fisch, —Grimes und der ganze verdammte VCR-Vorstand hatten von Anfang an das Heft in der
Hand. Wahlen stehen bevor, diese Regierung braucht 'nen großen Wahlsieg, ganz egal, wo sie ihn herkriegt, die bauen ihre
Unterstützung durch die Basis auf, darum brauchen Teakells

Leute Udes Adressenliste und seine Missionen, die da drüben
Seelen für den Herrn retten... plötzlich eine Traube von Ziffern, —und wenn Teakell wieder im Lande ist, erntet er Stimmen... und eine Horde S erschien, schoß einen Pfeil ab, dann
noch einen —von Grimes zu Teakell, von Teakell zu Ude, von
Ude zu dem Punkt, von dem es in beide Richtungen geht...
noch mehr Pfeile, —alles verbunden jetzt... und ein Hagel von
Pfeilen verdunkelte das Blatt wie den Himmel an jenem Tag
damals über Crécy. —Liz?
—Oh? Sie wandte sich ab von dem dünnen Tee, den sie ge-
kocht hatte, die Blätter noch feucht im Sieb, und starrte hinaus auf die trostlose Girlande hoch in den Zweigen des Maulbeerbaums, dann am Zaun entlang hinunter, dorthin, wo die
wenigen gesprenkelten Blätter des wilden Weins sich noch an
das Gestrüpp aus Schlingen und Ranken schmiegten und die
übrigen in so braun verwelkten Fetzen zu Boden gefallen waren, daß sie keine größere Existenzberechtigung mehr haben
konnten als Fetzen einer Einkaufstüte, und sie starrte weiter
hinab, dorthin, wo die wuchernde Jungfernrebe tiefer errötet
war und das Gelb des Baumwürgers zur kahlen Krone der
Wildkirsche hin verblaßte, auf der in unschlüssigen Gelb-, ja
Rosatönen der Schein der Morgensonne lag, als wäre, als
wäre diese plötzlich aufgehalten worden in ihrem unauffälli-
gen Aufstieg, als wäre —Paul?
—Kannst du mir folgen? Ich setz' die verdammten...
—Ich möchte runterfahren und Cettie besuchen.
—All die Teile zusammen und, wen besuchen?
—Cettie. Ich möchte ins Krankenhaus fahren und sie besuchen.
—Aber du, ich hab' dir doch gesagt Liz, hab' dir doch gerade gesagt, die haben sie so zusediert, daß sie's nicht mal
merken würde, wenn du da bist, da sind Anwälte gekommen,
um eine eidesstattliche Erklärung von ihr zu kriegen, damit
sie die Autofirma verklagen können, und sie konnte nicht
mal...

–Davon rede ich überhaupt nicht!

–Hast doch reichlich Zeit, sie später zu besuchen, wenn sie wieder...

–Später? Sie stand da und sah hinaus, dorthin, wo sie vorher hingesehen hatte. –Du mußt mir Geld für Madame Socrate dalassen.

Er lehnte sich zurück und blickte auf den gekritzelten Wirrwarr vor ihm, verstummt wie vor Bewunderung. –Hab’ darüber nachgedacht Liz, putzt Fenster, daß man hinterher keinen Unterschied sieht, sie kann nicht mal an das gottverdammte Telefon gehen, wahrscheinlich Analphabetin, wenn jemand sie auf französisch anriefe, könnte sie’s nicht mal aufschreiben, falls sie überhaupt ranginge, dachte mir gerade, wir könnten ’ne Weile ohne sie auskommen und, sieh mal. Wenn diese Journalistin, diese Doris Chin, wenn die heute nachmittag anruft, sag’ ihr einfach, ich bin zwei oder drei Tage weg, höchstens vier, sag’ ihr...

–Ich werde nicht hiersein Paul.

–Was meinst, wohin, warte, gehst du mal ran? Er schob ihr das Telefon rüber, –wenn das wieder dieser Bobbie Joe ist, sag ihm, ich bin gerade aus dem Haus, sag ihm...

–Hallo...? Ja also er ist, wer ist da...? Sie drückte den Hörer gegen ihre Brust. –Da ist ein Sergeant Urich.

–Nie gehört, warte, es könnte die Veteranen-Behörde sein, gib mal her, könnte um meine Rente gehen hallo...? Was...? Nein, fünfundzwanzigstes, ich war im fünfundzwanzigsten Infanterie... weshalb...? Zugführer, hören Sie, worum geht’s, wer...? Hören Sie, ich... Nein sehen Sie, ich, medizinisch, achtzig Prozent, hören Sie, wie zum Teufel sind die an meine Akte gekommen, wer...? Nein also hören Sie mal, hören Sie, ich bin, kann ich Ihnen jetzt nicht sagen, kann ich jetzt nicht, einfach zu verdammt beschäftigt, ich bin, muß aus der Stadt muß ins, ins Ausland, einfach zu verdammt beschäftigt nein, ich bin, Wiederhören nein, Wiederhören... Er hielt das Telefon einen Augenblick fest und legte dann auf. –Liz?

—Wer war das, was...?

—Hast du meine Zigaretten gefunden?

—Nein, nein ich sagte doch...

—Siehst du mal in meinem Jackett da nach? Bitte? Siehst du mal in meinem Jackett nach?

Sie kam mit leeren Händen zurück. —Sie sind nicht...

—Verdammte Tasse... sie zitterte, und er beruhigte seine Hand, ohne etwas zu verschütten, setzte sie wieder ab —hat 'nen Sprung, genau am Rand da, wo man trinkt, sieh mal, wenn du einen Anruf bekommst. Wenn du einen, wenn du einen Anruf von diesem, von diesem wie heißt er noch, hast du doch gerade aufgeschrieben oder? Anruf aus Washington, dieser...

—Mister Slotko.

—Anruf aus Washington, dieser Mister Slotko, laß mich mal ausreden bitte! Achte auf die Post, große Anwaltskanzlei, schickt wahrscheinlich einen Zehn-Seiten-Brief, zehn Dollar pro Wort, während du bloß ja oder nein hören willst, ob sie diese Option in Anspruch nehmen, du willst bloß ja oder nein hören, sollten heute nachmittag anrufen, wenn er...

—Ich werde nicht hiersein Paul. Ich hab' einen Termin beim Arzt.

—Arzt, verdammt nochmal Liz, ich meine sieh mal... er schob die Rechnungen zu einem feuchten Haufen zusammen, —Arzt Arzt Arzt, zähl das mal zusammen, du könntest dir verdammt nochmal 'nen eigenen Arzt kaufen, die Krankenversicherung drückt beide Augen zu, solange du nicht im Krankenhaus liegst, könntest du nicht einfach in eins gehen? Bleibst 'ne Woche drin, und alles wird gründlich durchgecheckt?

—Ich wünschte, das ginge.

—Gehst zu einem Arzt, der schickt dich zu 'nem andern Arzt, teilen sich das Honorar und schicken dich zu...

—Dies ist der Arzt von der Versicherung der Fluggesellschaft Paul. Dies ist die Untersuchung, zu der du mir geraten...

—Schon gut, geh nur, geh, wenn er irgendwelche Probleme

hat, sag ihm, er soll mich anrufen, Kopfschmerzen Schwindel Übelkeit, ich kann's ihm haarklein erzählen, wie spät ist es, dachte, du hättest grad' die Wanduhr gestellt!

–Willst du mir bitte das Geld für Madame Socrate dalassen, bevor du es vergißt?

–In Ordnung! Er stand auf, grub tief in seiner Tasche, –bist mir immer einen Schritt voraus... sorgfältig blätterte er einen Zehner hin, noch einen, dann Fünfer, –versuch's mal mit etwas Geduld...

–Und einen Dollar für ihr Fahrgeld?

–Hier! Verdammte Pfennigfuchserei, einundfünfzig Dollar, das nennst du Kleingeld, wie dein verdammter Bruder, der gibt mir fünfundsiebzig Dollar für 'nen Hundert-Dollar-Scheck, hätte ihr auftragen sollen, ihn zu sperren.

–Soll ich ihr das vorschlagen, wenn sie anruft?

Er blieb stehen, schon halb durch die Tür. –Wenn wer anruft?

–Mutter unter Tränen. Oder hast du vor, sie später selbst zu besuchen?

–Besuchen? Immer der gleiche Mist, komm mir doch nicht schon wieder damit, er kam zurück, bündelte Jackett und Krawatte zusammen, durchwühlte die Taschen, –glaubst du, ich hätte ihr diese Telefonnummer gegeben? Hat sie wahrscheinlich von Bobbie Joe bekommen, bevor wir sie zu dieser Abspeckkur geschickt haben, um sie für Udes großen Kreuzzug in Form zu bringen, wenn sie erstmal landesweit im Fernsehen ist, bringt sie die Spenden schneller rein, als du zählen kannst, denkt jetzt schon, sie wär' ein Filmstar, komm mir doch nicht wieder damit... er schob Papiere auf dem Tisch zusammen, rettete eins vom Fußboden. –Verdammt, hätt' ich beinahe vergessen... er schwenkte das Blatt mit dem Gekritzel, –Liz?

–Hier bin ich doch.

–Ich weiß, daß du hier bist! Was glaubst du wohl, was ich, sieh mal. Die Notizen, die ich gemacht hab', ich dachte, du könntest uns vielleicht bei dieser Briefgeschichte behilflich

sein, hast ja doch nichts zu tun hier heut' nachmittag, kannst
dich einfach hinsetzen und ihn schnell schreiben? Hab' ihn
schon selber aufgesetzt, aber er hat einfach noch nicht diese
weibliche Note, laß dir diese Notizen da, dann kannst du was
draus machen, alles was wir brauchen ist ein schlichter, ehr-
licher Brief, den Sally Joe Ude an all diese Christen rich...
—Wer ist Sally Joe, seine Frau?
—Hat keine Frau Liz, die ist letztes Jahr mit 'nem Futtermit-
telvertreter durchgebrannt, diese Sally Joe, das ist seine Mutter, sie...
—Kann sie ihn denn nicht selbst schreiben? Ist sie so alt, daß
sie nicht schreiben kann?
—Hab' doch nicht gesagt, daß sie alt ist Liz, sie ist kaum vierzig, jetzt...
—Aber wie kann sie seine...
—Weil sie vierzehn war, als sie geheiratet hat, so machen die
das da unten, hörst du jetzt mal auf, mich zu unterbrechen? Sie
ist halt nicht so sicher mit dem geschriebenen Wort, jetzt...
—Ich hätte nicht fragen sollen.
—Genau. Also was wir wollen, ich geh' das mal schnell mit
dir durch, fängt an mit Liebe Freunde in Christo, Jesus, die
Christliche Mutter, sie meint so etwa, Ich schreibe Ihnen per-
sönlich, weil ich mir ernsthafte Sorgen um meinen Sohn Elton
mache, schreck' sie nicht mit 'ner allzu persönlichen Anrede
ab, bloß dies ehrliche, ernstgemeinte Freunde in Chri...
—Paul ich glaube nicht...
—Muß auch nicht sein, hast recht. Dann meint sie, sie habe
einen Brief von einer dieser anderen lieben christlichen Mütter
bekommen, und die findet, Elton sehe krank aus im Fernsehen,
und ob's ihm gutgehe, daß jede gute christliche Mutter als
erstes daran denke, für ihren Sohn zu sorgen, und darum
schreibt Sally Joe diesen Brief, um kundzutun, daß sie einfach
nicht mehr schweigen könne über das, was hier vorgeht. Elton
sei nicht krank, meint sie, der Grund, warum er im Fernsehen
so verdammt zerknittert aussehe, sei die Verfolgung durch

diese Kräfte, die ihn an der Verbreitung von Gottes Wort hindern wollen, all diese Lügen in der liberalen Presse, die nähmen irgendeine Scheißbemerkung von ihm und verdrehten sie, wie diese Sache mit der großen Ernte in Mosambik? Hab' ich dir das gezeigt?

—Nein, aber es hört sich kaum...

—Spricht über seinen Stimme-der-Erlösung-Sender und die große Saat, die in Mosambik auf die Ernte wartet, Presse greift das auf und sagt, welche Ernte, es hat dort seit drei Jahren nicht mehr geregnet, alles verhungert erblindet Aussatz Cholera, die wissen verdammt gut, daß er nicht von einem Teller Bohnen redet, er redet davon, Seelen für den Herrn zu ernten, verdrehen, was immer er sagt, schmieren Geschichten zusammen wie die, seine Mission würde ein Defizit von achtzigtausend pro Tag machen, deshalb schreibt Sally Joe diesen persönlichen Brief. Wacht mitten in der Nacht auf, so mein' ich das Liz, diese weibliche Note, wacht auf und hört den armen Elton im Gebetszimmer rumkriechen und Gott suchen, mit zwei oder drei Millionen Dollar verschuldet, also was will sie wohl, was will sie wohl Liz?

—Ich glaube, ich ahne es.

—Genau, nur eine kleine gottesfürchtige Gabe, vielleicht zehn oder zwanzig Dollar, mithelfen, diesen verdammten finanziellen Druck von Elton zu nehmen, der versucht, das Land zu retten, sonst dreht er einfach durch!

—Paul ehrlich, das ist alles...

—Bißchen Geduld Liz? Glaubst du, du kannst mal 'ne Minute lang Geduld aufbringen? Ich komm' nämlich hier jetzt auf den verdammten Punkt, eigentlich spricht sie nämlich von Amerika, Betet für Amerika, betet für Bruder Ude, immer der gleiche Mist, Schicken Sie Ihre gottesfürchtige, steuerlich absetzbare Gabe, denn wenn Elton durchdreht, erfüllt das nur den Plan Satans, das ganze verdammte Land geht den Bach runter. Letzte Chance, darum geht's, wie tief sich dieses Land versündigt hat und warum Gott Elton auserwählt hat, um diese letzte

Warnung über's Fernsehen zu verbreiten, genau das versuchen diese Kräfte zu sabotieren, wenn wir nicht die Ärmel aufkrempeln und schleunigst mit dem Heiligen Geist daherkommen, dann wird die gesamte Zukunft unserer großen Nation verdammt schnell davon abhängen, daß Elton nicht durchdreht, Betet einfach für ihn, schickt eine milde Gabe, und der Herr wird sie nutzen, um diese satanischen Kräfte aufzuhalten, versuchst du zu verstehen, was sie sagen will Liz?

–Das ist ein sehr netter Brief Paul. Vielleicht läßt du die...

–Nett? Findest du?

–Dieser Brief von der lieben christlichen Mutter, die sich nach Eltons Gesundheit erkundigt ja, das klingt sehr nett. Vielleicht solltest du die Verdammts auslassen, aber sonst ist er ziemlich, schließlich sagst du doch, du bekämest einen Vorschuß, um ein Buch zu schreiben, da sollte dies hier eine gute Üb...

–Hab' doch nicht behauptet, daß ich das Buch einer Frau schreibe oder? Er zog die Krawatte unter den Kragen, schlang sie zum Knoten, –hat aber immer noch nicht ganz diese warme ernsthafte weibliche Note, sieh mal, sieh mal Liz. Du hast mir doch mal erzählt, du hättest mit 'nem Roman angefangen oder? Lange her?

–Das ist wirklich lange her.

–Wenn du 'nen Roman schreibst, erfindest du doch diese verschiedenen Charaktere? Bringst sie in so Situationen, wo sie reich werden, geschieden werden, verführt werden, wo sie miteinander reden, und du tust so, als wärest du selbst jeder dieser Charaktere, damit sie echt klingen? Der gleiche Mist Liz, setz dich zehn Minuten lang hin und tu so, als wärest du diese gute liebende christliche Mutter Sally Joe, die einen netten Brief schreibt an...

–Paul ehrlich! Ich, nein, nein warum holst du dir nicht Doris Chin, die, mit ihrer einsamen Blaumeise am blumenübersäten Ufer des Pee...

–Verdammt ein einziges Mal bitte ich dich, was zu tun? Kannst du mich nicht unterstützen, mir den Rücken stärken?

Er zog den dunklen Plaid-Knoten an seiner Kehle zusammen, –kannst dich nicht mal zehn Minuten hinsetzen, um einen netten Brief zu schreiben wie eine gute christ...

–Weil ich keine gute gläubige analphabetische christliche Mutter bin, weil ich nicht Sally Joe bin! Sie hatte dem Fenster den Rücken zugewandt, die Hände hinter sich um die Kante des Spülbeckens geklammert. –Willst du diesen Schlips tragen?

–Will, wie zum Teufel sieht er denn aus! Kannst nicht mal diese verdammte Kleinigkeit erledigen, kannst mich nicht unterstützen, mir nicht den Rücken stärken, stehst da, machst dich über Sally Joe lustig, und jetzt machst du dich auch noch über meine Kleidung lustig?

–Es ist bloß dein Schlips Paul.

–Was zum Teufel ist denn mit meinem Schlips los!

Sie hob ihre Tasse mit dem dünnen Tee. –Jemand, den du am Flughafen treffen sollst? An dem kleinen Geschenkartikel-Laden am Ende der Auffahrt? Und du würdest eine rote Krawatte tragen?

–Also verdammt... er ließ sich schwer auf den Stuhl fallen, zog sich den Knoten von der Kehle, –mir immer einen Schritt voraus... sank in sich zusammen und starrte auf die Pfeile und Kreuze, die Traube von Ziffern, die Horde S, die Pfeile und Flecke. –Ich versuch' hier die ganze gottverdammte Sache zu regeln, aber es gibt immer jemanden, der nur darauf wartet, dich fertigzumachen, verläßt dich auf Leute, um am Ball zu bleiben, aber wenn du dich umsiehst, sind sie nicht da. Der Film, den ich angefangen hab', und dann verreckt der große Star, der Marco Polo spielt, an 'ner Überdosis? Diese ganze Idee eines großen Mediencenters in Longview, das war meine Liz, von vorn bis hinten meine, und was passiert? Dein Kumpel Jack Orsini schon eingeplant für die Investition, aber Ude immer noch beschäftigt mit seiner Sendelizenz, also zieht Orsini sich zurück, Adolph verkauft Longview vor unseren Augen, und die ganze verdammte, warum, ich bitte dich doch bloß um etwas Geduld Liz, alles, worum ich dich bitte, stärk' mir ein bißchen den Rücken, das ist alles.

Sie leerte ihre Tasse ins Spülbecken, stand dann da und ließ Wasser hineinlaufen. Draußen war die Bewegung der Katze auf den Blättern kaum wahrnehmbar, und weiter unten war das Gelb und Rosa der Wildkirsche beinahe verblaßt im flüchtigen Schein der Sonne; dennoch sah sie hin.

–Ich versuch', versuch' hier die Stücke zusammenzusetzen, er trat von hinten an sie heran, –versuch' mal einen Dollar aus Ude da unten rauszuquetschen, er hat sich schon höllischen Ärger mit dem Finanzamt eingehandelt, die Gesundheitsbehörde der Gemeinde ist drauf und dran, seinen Laden dichtzumachen, behauptet, seine neuen sanitären Anlagen leiteten ungeklärte Abwässer in den Pee Dee, und das Wrack des Schulbusses untersuchen sie mit der Lupe, als nächstes kommt noch eine aus der Versenkung mit 'ner gerichtlichen Verfügung, den alten Penner auszugraben, den er getauft hat, und behauptet, der sei ihr Bruder, jetzt wollen sie, daß Pearly Gates da rauffährt. Der ganze verdammte Saal voller weißer Lehrer, und die wollen, daß Gates da auftritt in seinem, daß Gates da auftritt...

Er saß mit eingesunkenen Schultern da und starrte auf seine Hände, als sie sich umdrehte, –ich glaube, es wird spät Paul, wenn du...

–Hör mal, hat Chick angerufen? Er sah auf, –hat er je zurückgerufen?

–Also er, nein, nein nicht, seit er angerufen hat, um zu sagen, er sei gerade rausgekommen, das ist alles, was er gesagt hat. Ich meine ich wußte nicht, wer er war, sonst...

–Er war mein Funker. Chick war mein Funker... Er hatte wieder begonnen, auf seine Hände zu starren, eine über der anderen auf dem Tisch, als wollte er sie ruhigstellen –so ein Mist, rufen dich aus heiterem Himmel an, wir wollen einen richtigen Auftritt der Lightning Division, komm runter an diese verdammte Klagemauer, triff alle deine alten Kumpel wieder, besorgen dir sogar 'nen Rollstuhl, fährst die Constitu-

tion Avenue runter in 'nem verdammten Rollstuhl... und seine
Hand befreite sich, um nach einer der durchnäßten Broschüren
zu greifen, die aufgeschlagen eine Figur zeigte, welche dank der
hölzernen Beschränktheit der künstlerischen Absichten mit
dem Kopf nach unten vor schwarzem Hintergrund über einer
Feuertreppe der Qual schwebte, –schicken Gates da rauf, ist
zurückgekommen, beide Beine zerschmettert und keine Pa-
rade, jetzt kriegt er seine eigene Scheißparade. Schick Bobbie
Joe, schick Reverend Ude da rauf mit seinem mächtigen Sen-
dungsbewußtsein, vom Heiligen Geist gesalbt, hat schon die
Juden beleidigt, jetzt ist er soweit, daß er sich mit den Katholiken anlegt, er hat Gates damit in Fahrt gebracht, wie stock-
sauer Satan ist wegen all dieser Seelen, die sie in die Scheuer des
Herrn einfahren, der ist einfach zu allem bereit, um ihren
Kreuzzug gegen die Mächte des Antichristen in Gang zu kriegen, Ude sagt, Gott habe ihm eine Armee versprochen, kühne
Kreuzritter, die in den Krieg marschieren, und dann dieser Saal
voller weißer Lehrer? Karren diesen Riesenbimbo im Kampf-
anzug da rein? Da kannst du jetzt schon sehen, wie sie die
verdammten Wände hochgehen werden, wo ist der, muß los,
ich dachte, du hättest die Uhr gestellt...! Sein Stuhl stieß gegen
die Wand, und er stand auf, schob die Broschüren zusammen,
–diese nehm' ich mit, dachte, ich hätte das Radio angemacht,
damit ich mitkriege, wie spät zum Teufel es ist, wo gehst du
hin?

–Ich wollte gerade nach oben gehen, um deinen roten
Schlips zu holen.

–Ich hab' ihn Liz! Ist da in meiner verdammten Tasche, jetzt
mach nicht, versuch mal 'n bißchen Geduld aufzubringen... Er
stand da und schüttelte sich das Jackett über die Schultern, riß
sich den dunklen Knoten von der Kehle und stopfte ihn in eine
Tasche, rollte dann die Zeitungen einzeln zusammen, während
er sich zum Wohnzimmer wandte, wo er seine Reisetasche öffnete und sie hineinwarf, –und sieh mal... Er stellte einen Fuß
auf die Kante des Kaffeetischs, zog den Schnürsenkel mit einem

scharfen, übertriebenen Ruck fest, und er zerriß, –Verdammte
Scheiße! und er setzte sich auf den Rand des Sessels und zog
den Schuh aus, seine Hände zitterten von der Anstrengung, ihn
wieder einzufädeln, und als er ihn wieder angezogen und zuge-
knotet hatte, saß er da, und dann langte er plötzlich hinüber,
um nach dem *Natural History* zu greifen. – Muß ich mir eigentlich jedesmal, wenn ich mich hinsetze, dieses verdammte
Gesicht angucken? Er zerknüllte es in der Hand –verdammtes
Klugscheißergrinsen, ich seh's sogar nachts vor mir, hör zu,
wenn dieser, hör zu Liz, wenn der von vorhin, wenn dieser Sergeant Urich, wenn er wieder anruft, leg auf, leg einfach auf.
Blasmusik, Flaggen, Drucker und sein Beutel mit abgeschnitte-
nen Ohren, reih dich bei uns ein, denn sie schließen uns aus, leg
einfach auf, sie, achtzig Prozent Behinderung, er sagt, sie könnten mir 'n Rollstuhl besorgen? Sitz' da im Regen, seh' diese
weinenden Mütter, die mit den Fingern über einen Namen
streichen, den niemand aussprechen kann? Er verdrehte die
Zeitschrift heftig in beiden Händen und schob sie ihr zu,
–schaff bloß dieses Scheißding aus dem Haus!
   –Willst du keinen Mantel mitnehmen? Sie kam hinter ihm
her.
   Er hatte die Haustür geöffnet, stand aber nur da, sah hinaus
und hinauf, –kleine Mistkerle, sieh dir das an, Halloween fängt
doch erst heute nacht an, aber sie konnten's nicht abwarten…
Toilettenpapier hing in trostlosen Streifen von den Telefon-
drähten, schwang und schlappte in den kahlen Ästen des
Ahorns, die über die Fenster der hölzernen Garage jenseits der
Zaunlatten reichten, auf denen mit Rasierschaum geschrieben
Ficken stand.
   –Hör zu, halt die Türen verschlossen, das haben die gestern
nacht gemacht, der Himmel weiß, was dir heut' nacht blüht…
und das Gewicht seiner Hand fiel von ihrer Schulter ab, –Liz?
Versuch ein bißchen Geduld aufzubringen? Und er zog so hef-
tig die Tür zu, daß weniger die mit dem Schnappen des Schlos-
ses verbundene Drohung des Ausgeschlossenseins als die des

Eingeschlossenseins sie erschreckte und veranlaßte, sich mit einer Hand am Treppenpfosten aufzustützen, bevor sie sich in die Küche zurückbegab, wo das Radio, das die ganze Zeit über sich selber zugemurmelt hatte, dieses günstige Schweigen nutzte, um ihr zu berichten, daß die Coast Guard in einer dramatischen Rettungsaktion drei Männer aufgefischt hatte, deren Boot im Long Island Sound gekentert war, und sie schaltete es aus und kniff in einiger Verwirrung die Augen zusammen, während sie den Tee, den er kalt auf dem Tisch stehengelassen hatte, aus der Tasse goß und sie ungespült beiseite stellte, das erste Glied einer, wie sich herausstellte, Kette abgebrochener Arbeiten im ganzen Haus, während nun der Morgen davoneilte, trockene Dessousknäuel im Waschbecken des Badezimmers und feuchte Handtücher und Socken bis hinab auf den Fußboden im Hausflur unten, der Staubsauger herausgezerrt und stehengelassen wie die Papiertücher und die Sprayflasche ganz oben an der Treppe, wo sie das Geländer zu fassen bekam, sich ins Badezimmer zurückbegab und sich still erbrach.

Sie erwachte jäh durch das dunkle Wüten von Krähen in den Höhen jener Äste, die sich unten über die Straße wölbten, und lag still, das Auf und Ab ihres Atems ein bloßes Echo des von Windböen, die dort draußen die Zweige in Bewegung setzten, im Schlafzimmer umhergejagten Lichtes und Schattens, bis sie sich hastig zum Telefon umdrehte, langsam die Zeitansage anwählte und aufstand, sich selbst mit der gleichen zerbrechlichen Sorgfalt behandelnd, mit der sie erst forschend in den Spiegel sah und dann hinaus in die Welt draußen, von der Bewegung in den Bäumen dem Lauf der Straße abwärts folgend bis zum wirren Tanz der Jungen, die mit Gesichtern voller Streifen aus Schuhcreme, und dieser und jener mit einem übergroßen Hut, Tritte und Knüffe austeilend den Hügel hochkamen, wo in einem bangen Augenblick der Briefträger um die Ecke bog und verschwunden war.

Durch die Girlanden, die sanft in den Drähten und Zweigen schaukelten, stürzte eine Krähe wie abgeschossen, und eine andere, die nach einem Eichhörnchen hackte, das dort zerquetscht auf der Straße lag, prahlte mit schwarzen Flügeln und machte Gebrauch von ihnen, als ein Wagen auf sie zukam, als ein Junge in dem Wirbel gelbgewordener rostig gefleckter Blätter und unter Geschrei und Gelächter von jenseits der Zaunlatten die Straße direkt zum Briefkasten hinunterrannte, Kürbisstücke flogen durch die Luft, und die Krähen kehrten zurück, in wilder Angst, hackend und zerrend, überall nach Bewegungen Ausschau haltend, bis schließlich Stille sie umfing, als sie zum Briefkasten hinaustrat, sich ihm auf Armeslänge näherte und ihn aufzog. Er sah leer aus, doch dann kam das Geräusch aufgestauten Gelächters hinter den Zaunlatten hervor, und sie stand da und hielt das Blatt, starrte auf das Bild einer ganz und gar entblößten Blondine mit einem dick angeschwollenen, steifmassierten Penis in der Hand, ihre Haut so rosa wie ihre Zungenspitze, die in einem feinen Faden die Tröpfchen von der prallen Spitze abzog. Diesen einen Moment lang fixierten die Augen der Blondine sie mit ihrem starren Blick, waren ihr in unverhüllter Kumpanei zugewandt; dann verlor sich ihr Zittern in einer Geste, die deutlich werden ließ, wie sie es zerknüllte, und sie ging zurück und warf das Knäuel auf den Küchentisch.

Es lag noch dort, als sie wieder die Treppe hinunterkam, jetzt anders gekleidet, Eyeliner auf den Lidern und Farbe ungleich auf ihren bleichen Wangen verteilt, noch zitterte ihre Hand, als sie nach dem Telefon griff, und ihre Stimme, als sie sagte –Wer, hallo...? Sie schluckte und räusperte sich, ihre freie Hand machte eine Bewegung, um das Bild vor ihr auf dem Tisch zu glätten. –Tut mir leid, wer...? Oh... Die Stimme brach aus dem Telefon über sie herein, und sie hielt es von sich und starrte von nahem auf das Bild, als könnte sich irgendetwas, ein Detail, in ihrer Abwesenheit verändert haben, als wäre, was dort in Minuten oder Augenblicken versprochen wurde, in einem jähen Ausbruch auf die feuchten Lippen gekommen, während ein Schwall von Beleidigungen in wüstem Stakkato aus dem Telefon drang, der schließlich klagend verstummte, und sie hielt es nahe genug, um sagen zu können –tut mir leid Mister Mullins, ich weiß nicht, was ich... und sie hielt es wieder von sich, als es vor Trübsinn überquoll, indes ihre Fingerspitze die reglosen, die Wurzelhaare der steifen Anschwellung vor ihr mit lackierten Nägeln zurückdrängenden Finger glättete und der zarten, blutgefüllten Vene an der Krümmung der glitzernden Erhebung entlang aufwärts bis zur glühend gespaltenen Spitze folgte, wo dieses Tröpfchengefunkel in einem feinen Faden zur reglosen Zunge hinabführte, geöffneter Mund ohne Appetit, und der Blick aus geschminkten Augen ohne einen Schimmer von Hoffnung oder gar Erwartung beharrlich auf dem ihren, –ich weiß es nicht, ich kann es Ihnen nicht sagen! Ich habe Billy nicht gesehen, ich weiß nicht, wo er ist! Tut mir leid... sie zerknitterte das Bild erneut in der Hand, –ich kann jetzt nicht nein, nein da ist jemand an der Tür... Jemand bückte sich, lugte herein, –warten Sie! Sie hatte es mit einem Schritt auf den Müll zu völlig zerknüllt, wobei sie den zerknüllten Masai aus *Natural History* mitnahm, –warten Sie... Sie rang nach Atem, während sie näher kam, packte den Türknopf, und dann –oh... öffnend, –Mister McCandless tut mir leid, ich, kommen Sie herein...

Doch er zögerte dort, wo sie getaumelt war, nach dem Treppenpfosten gegriffen hatte. –Stimmt etwas nicht? Ich wollte Sie nicht erschrecken.

–Nein, ich bin, bitte, bitte kommen Sie doch herein und, und was immer Sie...

–Nein, nein hier, setzen Sie sich. Er hielt ihren Arm, hielt tatsächlich ihre Hand fest in seiner, –ich wollte Sie nicht erschrecken.

–Das ist es nicht... aber sie ließ sich von ihm zur Kante des abgewetzten Zweiersofas führen, und ein heftiges Zittern schüttelte ihre Hand, als seine ihr entkam. –Es ist, nur das Durcheinander da draußen, Halloween da draußen...

–Wie die ganze beschissene Welt, nicht wahr...? Er zog den abgetragenen Regenmantel aus, –Kinder, die nichts zu tun haben.

144

–Nein es ist, es ist eine Gemeinheit...

–Nein nein nein, nein es ist bloß Dummheit, Mrs. Booth. Es gibt viel mehr Dummheit als Böswilligkeit auf der Welt... Etwas in einer Papiertüte, die aus der Tasche des Regenmantels lugte, stieß gegen den Kaffeetisch, als er vorbeiging, und er hielt es vorsichtiger fest, und dann aus der Küche, –Mrs. Booth? Ich wußte gar nicht, daß Sie Kinder haben.

Sie fuhr herum. –Was? Als sie hereinkam, holte er Schlüssel aus einer Tasche, stand dort über den Schmierereien und Kreuzen, Blitzschlägen und Pfeilhageln, –oh, oh, das ist nur, nichts... Sie setzte sich, an ihrem Ellbogen starrten auf dem Zeitungsausschnitt die Augen aus den Löchern in der Papiertüte, –haben, haben Sie welche? Sie schob ihn unter den durchweichten Haufen Rechnungen, –Kinder meine ich? Er habe keine Kinder, nein, sagte er ihr, während er einen Schlüssel in das Vorhängeschloß schob, es losrüttelte. –Oh, und warten Sie mal, warten Sie, zum Glück fällt es mir wieder ein. Haben Sie noch einen Schlüssel? Für das Haus hier? Er nickte, warum, ob sie ihre verloren habe? Beide? –Nein, sie sind mir gestohlen worden, also meine Handtasche ist gestohlen worden, und beide waren drin, ich weiß, es klingt albern, aber...

–Das klingt nicht albern. Wo?

–Sie gestohlen wurde? Bei Saks, in der Damentoilette bei Saks, ich war... Wann, wollte er wissen. –Letzte Woche, etwa vor einer Woche, ich war... Und was sonst noch darin gewesen sei, Kreditkarten? Ein Führerschein? Etwas mit dieser Anschrift darauf? –Ich weiß nicht, ich bin mir nicht sicher, ich meine es war nicht viel Geld, und meine Einkaufskarte von Saks war nicht, sie war ohnehin abgelaufen, und da war nichts, was man, kein Führerschein oder so, ich habe gar keinen Führerschein. Ich meine ich kann nicht mal fahren.

Er hatte Probleme, einen Schlüssel vom Ring zu ziehen, drehte ihn heftig, bekam ihn schließlich mit einem Ruck ab, –hier... er händigte ihn ihr aus, –übrigens, der Mann, der hier aufgetaucht ist und nach mir suchte? War der wieder da?

—Oh der, nein. Nicht dieser Rüpel nein, ich meine nicht daß ich wüßte, und ich bin selten weg, Paul möchte, daß das Haus verschlossen bleibt, also bin ich hier, wenn er weg ist, bin ich ja ohnehin, und sie kam näher, als könnte eine Pause ihn durch die Tür verschwinden lassen, die er aufgeschoben hatte, —hier, meine ich. Paul ist jetzt weg, er wird zwei oder drei Tage wegbleiben, und Sie werden wahrscheinlich gehen, bevor ich zurückkomme, ich meine ich muß in ein paar Minuten gehen, ich habe einen Termin heute nachmittag, aber es ist nicht, es ist eigentlich nicht wie Ausgehen... Er hatte den zusammengeknüllten Regenmantel ergriffen, und indem er sich zur Tür wandte: Hatte er sie nicht am Telefon Montego Bay erwähnen hören? —Oh, haben Sie das? Und sie stand auf und führte das Abschiedsgeplänkel um das Tischende herum fort mit einem —als Sie das letzte Mal hier waren ja, ich, vielleicht habe ich, aber wir mußten es verschieben. Wir haben Freunde dort, die, Leute, die Paul schrecklich nett findet, aber er ist so beschäftigt, er ist jetzt so viel unterwegs, aber es ist immer nur geschäftlich, in den Süden runter und nach Texas und Washington, ich meine Orte, wo man eigentlich nie hinfahren würde... Sie war bis zur Tür gekommen, in der er schon stand und das Zimmer in seiner Unordnung wie nach einem Detail suchend musterte, das sich verändert haben könnte, seitdem er es verlassen hatte. —Sie erwarten immer bloß, daß alles erledigt wird, und dann ist es doch immer Paul, der es tun muß, er ist derjenige, der all die Ideen hat, er verläßt sich auf Leute, dann schaut er sich um, und sie sind nicht da, deshalb sind die so abhängig von ihm, er...

—Ja was mir gerade einfällt, sagte er, während er mit dem Rücken zu ihr dastand und sich eine Zigarette drehte, —würde es Ihnen etwas ausmachen, mir einen Scheck für die Miete zu geben?

—Ja ich, das wollte ich ja gerade sagen... sie wagte wieder den vorsichtigen Schritt, den sie schon einmal in den Raum hinein getan hatte, wo die Bücher noch verstreut von ihrem letzten Rückzug herumlagen, –ich meine deshalb vergißt Paul hier manchmal Sachen, als er heute morgen wegfuhr, hat er vergessen, mir den Miet-Scheck zu geben, ich meine wenn wir ihn Ihnen schickten, wenn wir Ihnen die Miete schickten, dann wüßte ich, ich meine ich erledige die Post, aber wenn wir noch immer nicht wissen, wo Sie wohnen?

–Dann sollen Sie's jetzt erfahren, sagte er, fand irgendwo einen Stift und riß die Ecke eines abgelaufenen Kalenders ab, nur vorübergehend, er wohne bei einem Freund, während er seine Angelegenheiten regele.

–Oh... sie las den Zettel, den er ihr gegeben hatte, dann in verhaltenem Ton, –es ist keine richtige Adresse nicht wahr, ich meine es ist bloß ein Postfach, es ist nicht da, wo Sie wohnen, mit jemandem, der, Sie meinen wahrscheinlich, Sie wohnen bei jemandem, den Sie kennengelernt haben, nachdem Sie, nachdem sie Sie verlassen, ich meine, ich wollte Sie nicht...

Er hatte sich schließlich umgedreht, stieß eine Rauchwolke aus und sah sie an, war zurückgesunken auf das über die Länge des Tisches verstreute Durcheinander aus Papieren, Büchern, Ordnern, dreckigen Untertassen, einer Kaffeetasse, einer schirmlosen Lampe. –Es ist bloß ein Mann, den ich seit Jahren kenne, sagte er, –niemand da, er ist im Ausland. Ich will Sie jetzt nicht länger aufhalten, Sie sagten doch, Sie hätten einen Termin, und ich muß hier einiges erledi...

–Ja ich wollte nicht aufdringlich sein, es ist nur... sie wich zur Tür zurück, –ich meine ich nehme es Ihnen nicht übel, Sie leben hier zwei Jahre lang allein, und alles ist, alles wartet nur wie die Seidenblumen dort, wenn man die Treppe runter- kommt, warten, oh warten Sie, ich dachte gerade an etwas, bevor Sie mit dem anfangen, was Sie da machen, warten Sie, ich hole es... und sie ließ ihn allein, und er nahm ein mit Fin- gerabdrücken übersätes Glas von einem Bücherregal, zog die Flasche aus der Papiertüte in der Tasche des Regenmantels und schenkte sich einen kräftigen Schluck ein. Er hatte das Glas geleert, sich noch eine Zigarette gedreht und sie angezündet, als er sie die Treppe herabkommen hörte; die Linien ihrer Lippen jetzt klarer nachgezogen und die ihrer Lider in weniger gewagter Nachlässigkeit, kam sie in die Küche und hielt das zerfledderte Adreßbuch hoch. −Es war im Müll, es sah wichtig aus, ich dachte...

−Durchsuchen Sie meinen Müll?

Sie war jenseits des Tisches erstarrt, wo er es ihr wegnahm, −ich hatte nicht vor, ich dachte, vielleicht haben Sie es aus Versehen weggeworfen, es sah aus...

−Es ist, schon gut, murmelte er, stand da und drehte das Ding in seinen Händen, als hätte er mehr dazu sagen können, bevor er sich zum Müll umdrehte und es hineinwarf, und dann stutzte er, beugte sich vor, langte hinab in den Müll −hier, haben Sie was dagegen, wenn ich das rette?

−Nein warten Sie, nicht nein, das nein ich, warten Sie... Sie hielt sich an der Tischkante fest, errötete −oh... und holte Luft, −oh. Er hatte sich mit dem *Natural History* aufgerichtet.

−Ich dachte, Sie hätten es weggeworfen.

−Nein schon gut ja, ja wegen dieser Geschichte über, auf dem Umschlag? Sie sagten, sie stehlen Vieh? Und ihr jähes Drängen schien alles von seiner Erwiderung abhängig zu machen, von den Masai und ihren Viehraubzügen, als wäre eben jetzt in dieser Küche, indes sie sich an die Tischkante klammerte, nichts anderes von Bedeutung.

−Also, also ja, sagte er, −sie, sie glauben seit Urzeiten, daß alles Vieh der Welt ihnen gehört. Wenn sie andere Stämme überfallen, holen sie sich nur das wieder zurück, was ihnen vor langer Zeit gestohlen worden ist, eine gute nützliche Fiktion, finden Sie nicht...? Er hielt ihr das Heft hin, −vielleicht möchten Sie es lesen? Ich brauche es sowieso nicht, aber es ist ein Artikel da drin über die Piltdown-Fälschung, ich kann ihn mir einfach rausreißen und...

−Schon gut nein, nein behalten Sie bitte das Ganze. Ich, ich wünschte bloß, ich könnte bleiben und mit Ihnen reden, wissen

Sie, wie spät es ist? Die Wanduhr ist gestern abend stehengeblieben und ich...

—Es ist zwanzig nach zwei, sagte er, indem er bloß auf ihre verschränkten Hände sah und ihr eilends dorthin folgte, wo ihr Mantel über den Treppenpfosten geworfen war.

—Ich werde nicht vor Einbruch der Dunkelheit zurück sein, ich meine es wird jetzt so früh dunkel, aber wenn Sie irgend etwas brauchen, wenn Ihre Arbeit Sie hier aufhält, ich meine im Kühlschrank ist was zu essen, wenn Sie, wenn Sie Hunger bekommen, bevor Sie gehen... Sie griff nach dem Mantel, aber er hatte ihn schon, half ihr hinein, —weil ich nicht vor Einbruch der Dunkelheit nach Hause komme, und das, Halloween da draußen, wenn die das vergangene Nacht gemacht haben... sie hatte sich umgedreht, eine Hand hinten, um ihr Haar von dem jähen schweißigen Tröpfchengefunkel fernzuhalten, das über das Weiß ihres Nackens perlte, wo er den Kragen richtete, —was werden sie dann erst heute nacht anstellen... Alles, was ihr heute nacht begegnen würde, wären die Kleinen in Kostümen, sagte er ihr, indem er die Tür zu den verwehten Blättern, zu den trostlosen Papierschlangen und der Aufforderung aus Rasierschaum jenseits des schwarzen Stroms der Straße öffnete, wo er ihren zögernden, abwärts wie in die Kälte unbekannter Gewässer gerichteten Schritt beobachtete und ihr nachsah, wie sie hinabging, vorbei an der Aas-Krähe, die sich kaum einen Flügelschlag lang erhob, bevor er die Tür zudrückte, bis das Schloß einschnappte.

Dann stand er da, sein Blick fiel auf das verzerrte gestickte Schweigen des Sinnspruches: Bis wir die richtigen Knöpfe gefunden haben... und als er sich umwandte, ging er zum Erker hinüber, um dort stehenzubleiben und hinauszusehen; er hielt bei den Alpenveilchen inne, um Staub von den seidigen Blättern zu schnippen, blieb stehen, um mit einer Hand über die Rosenholz-Rundung eines Eßzimmerstuhls zu streichen und die Blumen zu betrachten, an ihnen vorbei hinauszusehen auf den ungeharkten Rasen, preßte in Gedanken bei jedem Schritt mit dem

Fuß lockere Grassoden zurecht, kam durch die Küche, und der gleiche Weg führte ihn durch die Schiebetür zurück, wo er stehenblieb und die Titel der Bücher las, wenn er nahe genug an sie herankam, er zog eins heraus, um den Staub fortzublasen und es zurückzustellen oder einfach mit einem Finger über den Rücken zu streichen, bevor er hinüberging, um sich noch eine Zigarette anzuzünden und einen weiteren Ordner in dem Durcheinander vor ihm aufzuschlagen. Er blätterte in Papieren, nahm eins heraus, warf ein anderes zerknüllt in die Wise Potato Chips Hoppin' With Flavour!-Packung zu seinen Füßen, faltete und zerriß, drehte sich erneut eine Zigarette, legte sie neben eine, die noch in der gelb angelaufenen Marmorschale an seinem Ellbogen glomm, zerstörte ihr ruhiges Gekräusel aus blauem Rauch, indem er plötzlich grauen ausatmete, und starrte auf ein Blatt, auf ein Diagramm, ein Kartendetail, einen schon vergilbten, abgerissenen Fetzen Zeitungspapier, und er stand wieder auf, starrte durch die trübe Scheibe auf das Gehinke des alten Zelebranten da draußen, der Besen und plattgefahrenes Kehrblech vor sich her trug, sein schwankender Gang zur zerbeulten Mülltonne vor ihm unterbrochen von unschlüssigen Pausen, in denen er sich orientierte, himmelwärts glotzte zu der frohen Botschaft, die als Lobpreisung in Form von Toilettenpapier prächtig über seinem Kopf aufgespannt war. Drinnen aber schenkte er sich noch einen Whisky ein und ging in die Küche, ins Eßzimmer zurück, blieb stehen, um einen Tisch geradezurücken und die Stühle gleichmäßig an ihn heranzuschieben, seine Hände auf Dinge legend, bis seine Schritte ihn schließlich von selbst die Treppe hochführten und den Flur entlang zum offenen Schlafzimmer, auf dessen Schwelle er stehenblieb und schaute, einfach auf das leere Bett dort schaute. Er war eben durch den Flur zurückgekommen, vorbei an feuchten Haufen aus Handtüchern, Socken, mit einem langen Blick auf die weißen Rüschen dort im Waschbecken, als etwas, eine Bewegung kaum heftiger als der Flügelschlag eines Vogels, seinen Blick durch die Glaseinsätze am Fuß der Treppe auf sich zog, und er

trat zurück. Dann das Geräusch, kaum lauter als das scharfe
Schaben eines Astes, und die Tür öffnete sich und schloß sich
wieder hinter der Gestalt, die plötzlich drinnen war, eine zarte
Hand auf dem Treppenpfosten, als hätte sich dort etwas niedergelassen. –Lester?

–Was machst du denn hier?

–Kannst du dir das nicht denken? Das ist mein Haus...! Er
erschien auf dem Treppenabsatz –du hättest mir sagen sollen,
daß du kommst, hätte dir einige Mühe erspart... und war unten, –du könntest jetzt dran sein wegen Diebstahl.

–Wovon redest du eigentlich?

–Von der Damentoilette bei Saks.

–Bringst immer noch alles durcheinander oder, McCandless... und die Plastikscheckkarte, mit der er das Schloß geöffnet hatte, lag immer noch in seiner Hand. –Immer bringst
du alles durcheinander... und die Karte verschwand in einer
Tasche der gesprenkelten Tweed-Jacke, die, von hinten gesehen jetzt, die schmalen Schultern noch mehr zu straffen
schien, während er am Kaffeetisch stand und sich umsah.
–Interessantes altes Haus, weißt du überhaupt, was du hier
hast? Der Kopf neigte sich hierhin, dorthin, –das ist ein klas-
sisches Beispiel für Schreinergotik am Hudson, weißt du
das?

–Ich weiß es, Lester.

–Alles von außen entworfen, das Türmchen da, die Dachrei-
ter, sie haben eine Zeichnung davon angefertigt und die Zimmer später reingequetscht... er warf nun einen Blick auf die
Schimmelspur an der Decke, die zum abbröckelnden Stuck
führte, wo sie auf die Wölbung des Erkers traf, –da ist ein Loch
im Dach... als wäre er gekommen, um eine Schätzung vorzunehmen oder aufgetaucht, um das Haus zu kaufen, –laß es reparieren, bevor es schlimmer wird. Fährst du auf die Rothaarige ab?

–Da mußt du sie schon fragen.

Vom Erker zurück zum Kaminsims und hinab folgten seine

Schritte seinem Blick zur Küche, als das Telefon klingelte, und er stand da am Tisch und studierte das Geschmiere, die Kreuze, den Pfeilhagel, bis es aufhörte zu klingeln. –Hat sie Kinder?

–Da mußt du sie schon fragen.

Und an der Schiebetür jetzt, –ich hätte dir mehr Geschmack zugetraut, McCandless. Was war das denn mal, die Garage? Er trat ein über die verstreuten Bücher hinweg, über einen Karton mit der Aufschrift Glas, wedelte mit einer Hand die Rauchschwaden fort. –Ich dachte, du wolltest das Rauchen lassen... Er drehte sich um, setzte sich halb auf die Ecke eines offenen Aktenschranks. –Wenn man diese weißen Türen von außen anschaut, dann wirkt es immer noch wie 'ne Garage. Wer hat das alles hier eingerichtet, all die Bücherregale eingebaut, du? Aber es kam nichts als eine Rauchwolke zurück und eine Hand, die an ihm vorbei nach dem Glas mit den Fingerabdrücken langte.

–Weißt du, daß es das Schlimmste ist, was du in deinem Alter machen kannst? Zigaretten und Whisky? Die verstärken einander, machen den Kreislauf kaputt. Verlier erst mal ein paar Zehen und du verstehst, was ich meine.

–Wie wär's mit ein paar Daumen?

–Vielleicht hast du's nicht kapiert. Vielleicht ist das nie wirklich geschehen, McCandless. Vielleicht ist das, was wirklich geschehen ist, nur in deinem miesen Roman geschehen... Die Stiefel baumelten klopf, klopf gegen den Metallschrank. –Ich hab' seit einem Monat nichts mehr davon gehört. Ich hab' nichts mehr davon gehört, bis ich wieder nach Nairobi kam. Vielleicht war's nur Kneipengerede.

–Nein nein nein, komm mir doch nicht damit nein, du wußtest verdammt gut, daß ich noch da war, als du abgehauen bist. Du wußtest, daß sie Seiko hatten.

–Seiko gehörte zu ihnen. Er wußte, was kommen würde... klopf, klopf, –das Blöde an dir ist, McCandless, du schiebst immer anderen die Schuld zu oder? Was weißt du über die Rothaarige?

–Sie haben das Haus gemietet, sie haben es über eine Maklerin bekommen, das ist alles. Wolltest du das wissen? Bist du deshalb den ganzen Weg hier hochgekommen? Sorgst dich um meine Gesundheit, plauderst über Architektur, bist du deshalb...

–Ich interessier' mich halt... Einer der Stiefel stieß vor, um einen von den Manila-Ordnern aufzuklappen, die auf dem Fußboden gestapelt waren. –Du hast ihnen das Haus vermietet, was zum Teufel machst du dann hier?

–Aufräumen. Ich bin hier hochgekommen, um aufzuräumen, und du? Was zum Teufel machst du hier?

–Was aufräumen?

–Alles und jedes.

–Ganz schöne Arbeit. In deinem Alter ist das 'ne ganz schöne Arbeit oder...? Seiten flogen durch einen Tritt seines Stiefels aus dem Manila-Ordner. –Was ist das?

–Lies es doch. Nimm's mit und lies es.

–Ich will's nicht lesen. Ich brauch' es gar nicht zu lesen... Er beugte sich über die Aktenschublade, um einen Ordner, und noch einen, zur Seite zu schieben, –vielleicht kann ich dir helfen. Wenn du das alles aufräumen willst, wirst du Hilfe brauchen oder? Er hob eine Handvoll Papiere auf, hielt eins hoch und ließ den Rest fallen –hier ist deine Unfall-Versicherungspolice von Bai Sim-Haftpflicht, Burundi, überall Filialen in zentraler Lage. Im Todesfall fünftausend Dollar, ausgestellt von Lendro Mining, das ist ja nicht sonderlich schmeichelhaft.

–Eine Reise, das war eine Reise durch die...

–Jetzt warte mal, warte mal. Verlust beider Hände, beider Füße, beider Augen, einer Hand oder eines Fußes und eines Auges, und du steckst immer noch die fünftausend ein. Das ist doch nicht schlecht oder? Aber von Daumen steht hier nichts... Er blickte auf den Tabak, der von den Enden eines Papiers herunterkrümelte, das zu einer neuen Zigarette gedreht wurde, –auch nicht von Zehen. Verlust ist definiert als vollständige Abtrennung an oder oberhalb von Hand- oder Fußgelenk bei Händen und Füßen, vielleicht hast du beim nächstenmal mehr Glück... und er ließ es zugunsten einer neuen Handvoll Umschläge, Ticket-Hefte, eines Rezeptes fallen, –wußte gar nicht, daß du 'ne Brille brauchst, ich hab' dich hier nie mit 'ner Brille gesehen, das hebst du dir besser auf... Er hielt einen Geldschein hoch, –falls du je wieder dahin kommst, kannst du's vielleicht brauchen. Was ist das denn?

–Das sind Comic-Hefte. Nimm sie mit und lies sie.

–Ich will sie gar nicht lesen.

–Nein nimm sie nur, nimm sie! Das ist gute, saubere Unterhaltung, eins über Gott, wie er das Universum erschafft, und dann gibt's da ein wirklich pikantes über den Lohn der Sünde, nimm sie mit, verteil sie in der U-Bahn.

–Und fang nicht wieder damit an!

–Ich fang damit an? Du meine Güte Lester, du warst doch der Missionar, du warst dieser dürre Junge im billigen schwarzen Anzug, dem schwarzen Schlips und dem billigen weißen Hemd, das du jede Nacht ausgewaschen hast in der...

–Für wen arbeitest du, McCandless? Er wedelte eine frische Rauchwolke fort, während er vom Aktenschrank aufstand, und drehte mit einer Stiefelspitze Ordner herum, die auf dem Fußboden gestapelt waren. –Da hast du ja ganz schön was zu tun hier, weißt du das? Er kam näher, entrollte eine Landkarte weit genug, um einen Blick auf vertraute Küsten zu werfen, ließ sie zurückschnappen, hob ein Notizbuch auf, um leere Seiten durchzublättern, ließ es fallen, um ein schimmerndes Farbquadrat hochzuhalten. –Was ist das?

–Wie sieht es denn aus?

–Es sieht aus wie eine Infrarot-Aufnahme. Ich weiß, wie es aussieht. Wo. Wo war das. Er stand da und trat gegen einen Haufen Zeitschriften, *Geotimes, Journal of Geophysical Research, Science*, –wir haben dich da 'ne Weile aus den Augen verloren, du warst in Texas? Oklahoma? Ich hab' deinen Namen in der Zeitung gelesen oder?

–Wie zum Teufel soll ich wissen, was du in der Zeitung liest?

–Als der große Sachverständige aussagen? Die große Autorität in Fragen des Erdalters? Einer dieser Prozesse um den naturwissenschaftlichen Unterricht in den Schulen, du warst der große...

—Genesis, lehren bereinigte Genesis in den Schulen, was glaubst du wohl, wo diese verdammten Comic-Hefte herstammen! Versuch denen mit richtiger Wissenschaft zu kommen, und sie jagen dich aus der Stadt, erzähl ihnen, daß die Erde älter als zehntausend Jahre ist, und sie lynchen dich, immer die gleiche blasierte Dumm...

—Hast du das geschrieben? Er hatte sich mit einer Zeitschrift erhoben, die aufgeknickt in dem Haufen lag, —was hast du da gefunden?

—Wo?

—Im Gregory Rift, das handelt doch vom Gregory Rift.

—Ich weiß, wovon es handelt, das ist mein Name da drauf oder? Nimm's mit, nimm's und lies es.

—Ich will's nicht lesen! Warst du für Klinger da?

—Für niemanden.

—Was hast du gefunden?

—Das gleiche, was die Leakeys da schon vor fünfzig Jahren gefunden haben, diese fossilen Überreste, die sie aus der vulkanischen Asche am Rudolf-See ausgegraben haben, nimm's mit und lies es.

—Du solltest dabei bleiben, McCandless. Du solltest beim wissenschaftlichen Schreiben bleiben, weißt du das? Die Zeitschrift flog auf den Fußboden, —deine literarischen Ergüsse sind wirklich mies, weißt du das? Er stieß eine mit Spinnweben bedeckte Leinwandrolle und die schwarz auf weiße, oder war es weiß auf schwarz? Rolle eines Fells beiseite, stieg darüber, um an einer Reihe Bücher im Regal entlangzugehen, *Tafel-Tektonik, Zweites Gondwana-Symposium, Kontinentaldrift*, —Runcimans *Geschichte der Kreuzzüge* Band zwei, wo sind eins und drei? *Die griechische Tragödie? Reisen in Arabia Deserta?* Und hier ist dein Mann mit den Grashüpfern oder...? Er zog die *Ausgewählten Gedichte* heraus und blies Staub weg, —hier

steht ja alles durcheinander! Das ist wie in deinem Kopf, weißt
du das? Und er schob sie ungeöffnet wieder zurück. –Vier
Drinks, und du fängst an mit den Grashüpfern, die fröhlich in
der...

–Nein nein nein, es sind die kleinen Leute Lester, *Die kleinen
Leute tanzen fröhlich wie Grashüpfer In Flecken von Sonnenlicht, Denken kaum zurück und nie voraus, Und wenn Sie dennoch etwas begreifen*:

–Sieh mal an. Du hast ja eine Bibel hier!

–*Töricht verdoppeln sie Ihre Narrheit in dreißigjährigem
Abstand, Sie essen und lachen auch, Stöhnen unter Arbeit,
Kriegen und*...

–Was macht denn die Bibel hier? Sie steht verkehrt 'rum
drin. Was soll sie denn verkehrt 'rum?

–Vielleicht ist sie über Doughty gestolpert, lies sie. Nimm sie
mit und...

–Ich hab' sie gelesen. Er zog sie heraus, um sie richtig hinzu-
stellen, –die hat hier nichts zu suchen, weißt du das? Du hast
nichts mit der Bibel zu schaffen.

–Bringst immer Ordnung in alles, kam es durch eine frische
Rauchsäule, –der Hut hat nichts auf dem Bett zu schaffen,
diese Hühner haben nichts im Salon zu schaffen, aber du hast
dich immer geschäftig mit...

–Fang nicht damit an!

–Du warst wie alt, dreizehn, als du ordiniert wurdest? Hast
dich für zwei Jahre da drüben verpflichtet in deinem billigen
Anzug, als du zwanzig warst? Da oben im Luwero-Dreieck, die
Zehn Stämme Israels wiederauferstehen lassen, die Bagandas
scharf machen auf die Wiederkunft Christi irgendwo in Missouri mit deinem Moronischen Engel und den goldenen Blättern, die er da verbarg in einem...

–Ich sagte, fang nicht damit an! Wir, wir kennen das schon,
wir hatten das schon mal, die gleichen Tiraden, das gleiche irre
Gerede, Geschimpfe...

–Nein nein nein, nein das ist Geschichte Lester, fünfhundert

Jahre Geschichte, dein Portugiese da segelt nach Mombasa, plündert die ganze Ostküste, Elfenbein Kupfer Silber die Goldminen, verbreitet den wahren Glauben das Sambesi-Tal hoch und treibt unterdessen Sklavenhandel? Der ganze verdammte Alptraum durch eine päpstliche Bulle legitimiert, du meine Güte, nennst du das sich geschäftig mit der Bibel umtun? Wühlst so verdammt eifrig durch meine Bücher, dann such doch dies mal raus, *Christianisierung des Königreiches von Bakongo im fünfzehnten Jahrhundert*, lies es, nimm's und lies es, es ist gleich auf dem Regal darüber, taufen Nzinga, stecken ihn in europäische Kleidung, bringen ihm Manieren bei, bis er schließlich merkt, daß sie seine ganzen verdammten Untertanen an Plantagen in Brasilien verkaufen und daß sie...

–Hast du schon mal darüber nachgedacht, wie deine Lungen von innen aussehen, McCandless? Sieh mal her. Sieh dir das gefälligst mal an? Er hatte sich umgedreht und langte durch die Rauchschwaden, um die schirmlose Lampe anzuschalten, die aus der Unordnung am Ende des Tisches ragte, kam zurück und ließ einen schwarzen Spinnwebfaden baumeln, –faß mal an, fühl mal, so würde sich das anfühlen, so sieht sie aus... Das Ding klebte an seinen Fingern, und er bückte sich nach dem ärmelgleichen Vorderhuf des Zebrafells, um seine Hände daran abzuwischen. –Ich dachte, irgendein Arzt hätte dir erzählt, daß du am Ende bist, das haben wir auch geglaubt, als wir dich aus den Augen verloren hatten, aber du weißt es ja immer besser oder, du bist immer schlauer als alle anderen, das sind alles bloß Grashüpfer, nicht, wie diese... Als wäre es das gewesen, wonach er gesucht hatte, holte er ein Buch mit einem gelben Umschlag herunter, –es sieht auch noch billig aus, auch der Titel, auch dieser Phantasiename, unter dem du's geschrieben hast.

–Ist das ein Name oder nicht? Guck mal ins Telefonbuch. Es ist bloß nicht meiner.

–Verdienst du Geld damit?

–Deshalb hab' ich's nicht geschrieben.

–Danach hab' ich dich nicht gefragt. Es ist mies, weißt du das? Er brach den Rücken, drückte die Seiten auseinander, –während er in der Nase bohrte, hör dir das an. Während Slyke auf dem Rücksitz des dreckbespritzten Mercedes in der Nase bohrte, duckte er sich in der Dunkelheit und sah zu, wie sie die Leiche zurücktrugen, das bin ich oder? Slyke, das soll doch ich sein! Du hast mich nie in der Nase bohren sehen, hier ist die einzige gute Stelle, oben am Anfang dieses Kapitels, wo es heißt, der Narr ist gefährlicher als der Schuft, weil der Schuft wenigstens manchmal eine Pause einlegt, der Narr aber niemals, weißt du, warum das gut ist? Weil nicht du es geschrieben hast, warum hast du es nicht geschrieben?

–Weil Anatole France es geschrieben hat, bevor du geboren wurdest, steht doch da oder?

–Du hast mich nie in der Nase bohren sehen. Das ist ekelhaft, weißt du das McCandless? Warum mußtest du ihm einen Namen wie Slyke geben? Warum hast du es geschrieben?

–Ich habe mich gelangweilt.

–Du hast dich immer gelangweilt. Du hast dich schon gelangweilt, als ich dich das erste Mal traf, du hast wohl geglaubt, ich würde es nicht lesen? Hast Cruikshank hier eingebaut als diesen Riddle, du dachtest wohl, er, Solant und der Rest würden nicht merken, wer's geschrieben hat?

–Glaubst du denn, ich hätte auch nur im Traum daran gedacht, sie würden es lesen? Die haben Wichtigeres zu tun oder? Pässe fälschen, Telefone abhör…

–Glaubst du denn, daß das in seinen Berichten nicht aufgetaucht ist? Die lesen alles da unten, Witzseiten alles, sogar Mist wie den hier. Vielleicht haben sie geglaubt, du wolltest dich an ihnen rächen.

–Glaubst du denn, ich verschwende meine…

–Vielleicht glauben sie, daß du es bist, der was durchsickern läßt.

–Was durchsickern?

–Vielleicht denken…

–Ich sagte, was durchsickern? Kannst du nicht wenigstens
einmal Klartext reden?

–Ich hab' dich nie belogen, McCandless.

–Hast mir aber verdammt oft genug nicht die Wahrheit gesagt.

–Das ist was anderes.

–Was anderes? Etwa sowas wie mein Konto einfrieren, wer
hat denn das Finanzamt dazu gebracht, mein Konto einzufrie-
ren?

–Da ist eine sehr feine Linie, erinnerst du dich? Da ist eine
sehr feine Linie zwischen der Wahrheit und dem, was tatsächlich geschieht, weißt du noch, wer mir das erzählt hat? Er hatte
das Buch weggelegt und stand da, drehte im grellen Schein der
Lampe Papiere um. –Erinnerst du dich? Wir haben doch immer solche Gespräche geführt, nicht wahr?

–Ein verdammtes Mal hast du endlich kapiert, jedes, je, je...

–Das ist ja ein toller Husten! Besser als letztes Mal, hast du
geübt? Glaubst du nicht, daß der dir was zu sagen versucht?

–Warum sagst du mir nicht mal was! Nicht die Wahrheit,
nicht von dir nein, mir reicht das, was wirklich geschehen ist,
warum sie plötzlich wegen nicht angegebener Einkünfte aus
diesem Jahr hinter mir her sind, du wußtest davon, du hast sie
mir schließlich ausgezahlt. Cruikshank war in Matidi dein
Agentenführer, er wußte davon, er mußte es wissen, jetzt weiß
auf einmal niemand mehr davon außer dem Finanzamt.

–Worüber machst du dir dann Sorgen, was...

–Ich mach' mir keine Sorgen, ich hab' bloß die Schnauze
voll! Arbeitest du immer noch für Cruikshank?

–Ich arbeite immer noch für Cruikshank. Ich hab' dir doch
gerade gesagt, daß ich dich nie...

–Mich nie anlügen würdest nein, dann sag mir doch mal,
was zum Teufel du...

–Worüber machst du dir Sorgen? Es gibt keine Unterlagen,
daß du je angestellt warst oder? Sie werden alle geheimen
Aktionen dementieren, das weißt du doch, das ist so üblich

bei der Agency. Jeder weiß das, kann man in der Zeitung nachlesen.

–In der Zeitung, in der Zeitung nachlesen, wie die Geschichte dieses V-Mannes, den sie vor Gericht auftreten ließen
mit 'ner Tüte über'm Kopf?

–Wie die.

–Wer ist das?

–Frag sie doch. Frag Cruikshank.

–Ich frage dich! Ich frage dich Lester, brichst hier ein, wenn
du glaubst, keiner ist zu Hause, mit diesem Quatsch über die
Rothaarige, ob ich auf die Rothaarige abfahre, als würden wir
noch immer im Muthaiga Club sitzen, bevor sie dich mit diesem schmallippigen Somali geködert hatten, bevor Cruikshank und seine...

–Das ist was anderes! Das ist was anderes, McCandless. Soviel haben wir von dir ohnehin nicht bekommen... Er stand da
und drehte farbige Platten um, rosa und blau, unbeschriftete
Diagramme, –nichts, was wir nicht schon anderswo herbe-
kommen hätten, bis du dann angefangen hast, für Klinger zu
arbeiten... und er hielt einen Kartenausschnitt hoch, um den
Staub abzuschütteln, breitete ihn auf dem Aktenschrank aus.

–Ist das sein Gelände?

–Ich weiß nicht, was das ist.

–Erzähl mir nicht, was du nicht weißt. Erzähl mir bloß, was
du weißt. Klinger hat versucht, Investitionskapital zusammenzukriegen, als er dich aus dieser heruntergekommenen Tabora
Middle School rausgeholt hat oder? Oder hatten sie dich schon
gefeuert? Er schickte dich mit deinem kleinen Hammer und
'ner Lupe los, um rauszukriegen, ob das Gelände, das er aufge-
kauft hatte, eine weitere Erschließung wert war, und du kamst
zurück und erzähltest ihm, was du gefunden hattest. Als er mit
seinen Erschließungsgenehmigungen auftauchte, hatte er, wie
er sagte, deine Karten, er hatte das Remote Sensing und diese
Infrarot-Aufnahmen, hochgerasterte Fotografien von je ach-
zig Quadratmetern der gesamten dreitausend Hektar, und er

legte mit diesem Missionsjungen in der Minen-Verwaltung Claims fest. Ihr wußtet beide, daß ein Claim sich ins Missionsland erstreckte, man hatte schon zwei Bohrungen vorgenommen, die genau auf die Grenze zuliefen. Man machte Klinger ein Angebot, das er für zu niedrig hielt, also rannte er mit diesen Berichten über das Goldvorkommen, das er da draußen auf dem Missionsland gefunden hatte, zu Lendro, Pythian Mining und dem Südafrikanischen Metallkombinat und versuchte den Einsatz zu erhöhen. Was war damit?

—Womit?

—Mit diesen Berichten. Was wußtest du von diesen Berichten?

—Ich wußte, daß du und Cruikshank jeden einzelnen zu sehen bekamt. Ich wußte, daß ihr jemanden geschmiert hattet, damit ihr Kopien von allem bekamt, was er heranschaffte.

—Wie gut war das Material?

—Du hast alles gesehen. Frag Klinger.

—Frag Klinger!

—Ja frag ihn doch! Ich hab' seine Vorschläge nicht ausgearbeitet, das hat er gemacht, ich hab' sie nie gesehen.

—Was hast du gefunden?

—Ich hab's dir doch gesagt. Frag Klinger.

—Wann hast du ihn zuletzt gesehen?

—Ich hab' ihn nie wieder gesehen, und hör mal Lester, mach' den Deckel wieder auf diese Kiste und stell' sie dahin zurück, wo du sie her hast. Was immer du suchst, da ist es nicht drin.

—Ist das Irene?

—Das ist Irene. Leg es zurück.

—Hübsch. Du hast mir nie erzählt, daß sie so jung war... der Schnappschuß fiel in die Kiste zurück, und er stand da und tat den Deckel darauf. —Man hat Klinger in einer dieser Gassen hinter dem Intercontinental mit zwei Löchern im Kopf gefunden.

—Ist es das? Du glaubst, ich wüßte, wer Klinger umgebracht hat? Geht es hier darum?

—Interessiert doch keinen, wer Klinger umgebracht hat... Er stellte die Kiste auf einem schwankenden Stapel ab, der sich an einem Sessel hinter ihm erhob, —können alle möglichen Leute gewesen sein. Er hat sich an diese Nutte rangemacht, die im New Stanley anschaffte, wir nahmen an, es sei dieser Südafrikaner gewesen, den sie als ihren Ehemann bezeichnete. Am nächsten Tag waren beide weg. Das ist hier ja wie in Dachau, weißt du das? Er schlug aus, um die zwischen ihnen aufsteigende ruhige Säule aus blauem Rauch zu zerteilen, —kannst du die mal ausmachen? Du rauchst sie ja nicht mal, sieh dir das an! Sie liegt da nur rum und qualmt. Du zwingst mich mitzurauchen, weißt du das?

—Warum hörst du dann nicht einfach auf zu atmen, geh raus und schnapp frische Luft, geh so raus, wie du dir Einlaß verschafft hast.

—Wann soll die Rothaarige zurückkommen?

—Weiß ich nicht.

Er lehnte sich auf dem metallenen Aktenschrank zurück, sah zu, wie die Flasche hochkam, um dem dreckigen Glas einen kräftigen Schluck abzugeben, griff plötzlich nach der qualmenden Zigarette, um sie auf dem gelblichen Marmor zu zerdrücken. —Bring dich nur um mit diesen Dingern, aber du brauchst uns nicht gleich beide umzubringen oder? Die Stiefelabsätze begannen wieder, klopf klopf, gegen die Seitenwand des Schranks zu baumeln. —Was weißt du über den Mann der Rothaarigen?

—Er ist zwei Monatsmieten im Rückstand, das weiß ich über ihn.

—Du hast doch seine Kreditwürdigkeit überprüft oder? Als sie dein Haus hier gemietet haben?

—Ich habe gar nichts überprüft. Sie haben der Maklerin einen ungedeckten Scheck über die Monatsmiete gegeben, den sie eine Woche später dann doch gedeckt haben, und das war's.

—Du sorgst nicht allzugut für dich oder? Hast du nie getan... Er bückte sich, um eine Handvoll loser Seiten aus dem

Ordner auf dem Fußboden zusammenzuknüllen. –Das Finanzamt ist hinter dir her, du wirst knapp bei Kasse sein, er kam näher, ließ eine Seite fallen und ging über zur nächsten, übernächsten, –warst du immer... und ohne aufzusehen, –ich geb' dir zweitausend Dollar für die Ergebnisse deiner Arbeit für Klinger.

–Immer noch auf großem Fuße.

–Bar. Sie sind hier oder? In diesem Chaos hier irgendwo?

–Vielleicht siehst du gerade direkt drauf.

–Ich sehe nicht direkt drauf! Ich seh' auf einen Haufen... lebst du etwa jetzt von sowas? Für Schulbücher schreiben?

–Eins hab' ich geschrieben.

–Das ist auch besser als deine miesen literarischen Ergüsse, du hättest dabei bleiben sollen.

–Dabei bleiben? Was glaubst du wohl, worum es bei diesem Prozeß in Smackover ging?

–Nun mal im Ernst, McCandless. Im Ernst, fang bloß nicht mit deinem Smackover an! Zweitausend bar. Sieh dir deine Schuhe an, du...

–Glaubst du, ich hätte mir das ausgedacht? Wie den Namen auf dem Buch da? Glaubst du nicht, daß Ignoranz eine todernste Sache ist? Rote Erde, Hügellandschaft, eine Bahnlinie, ein Rinnsal von Fluß, und da entsteht 'ne Stadt, hohe Bäume, deren Kronen sich über der Hauptstraße berühren, und irgendeine zivilisierte Person nennt die Straße Chemin-Couvert. Ein oder zwei Generationen Ignoranz lassen sich nieder, und du hast Smackover, weitere hundert Jahre später, und du hast so einen Prozeß, in dem sie die Bibel gegen die Mächte der Finsternis verteidigen, sie würdigen sie mehr herab, als ein militanter Atheist je hoffen könnte, indem sie jedes verdammte Wort darin wörtlich nehmen. Das Herz eines Kindes ist mit Dummheit geschlagen, doch die Zuchtrute soll sie austreiben, also prügeln sie ihre Kinder mit Stöcken windelweich. Und sie sollen Schlangen aufheben, also lassen sie sich vollaufen und schauen, wie viele

Klapperschlangen sie in eine Leinentasche kriegen, redet man vom zwei Millionen Jahre alten Homo habilis in Ostafrika, vom Homo sapiens, vom Homo sonstwas, dann wissen sie schon, was ein Homo ist nicht? Die Männer von Sodom sagen zu Lot, er soll die beiden Engel, die bei ihm zu Besuch sind, für 'n bißchen Päderastie vorbeibringen? Im Deuteronomium wiederum reißen sie die Häuser der Sodomiten ein? Greuel im *Levitikus*? Diese niederen Gelüste beim heiligen Paulus: einander in Wollust brennend zugetan? Das trifft den Nerv, was, Lester? Du redest davon, dich mit dem großartigsten Werk, das die Bewohner der westlichen Hemisphäre je geschaffen haben, geschäftig umzutun, und statt dessen bekommst du...

–Ich rede von deiner Arbeit für Klinger. Ich rede von dem, was du auf Klingers Gelände da drüben gefunden hast McCandless, nicht von deiner kleinen Effekthascherei in Smackover, das haben die in Tennessee schon vor sechzig Jahren bereinigt, dein ganzes Gerede über Genesis und Evolution, die ganze...

–Bereinigt? Und die Evolution ist ein ganzes Menschenalter lang aus ihren Lehrbüchern verschwunden, und sie laufen rum, als wären sie alle gehirnamputiert, nein nein nein, Dummheit ist eine verdammt schwer zu brechende Gewohnheit, ich hab' da was, hab's eben noch gesehen... er verstreute Papiere, Ausschnitte, Asche rechts und links über dem Wirrwarr auf dem Tisch, –verdammt! Beinahe wäre die Flasche umgefallen, –kleine Kostprobe vom Leben in Georgia, ich hab's doch hier irgendwo...

–Deine eigenen Karten Diagramme Aufzeichnungen alles, zweitaus...

–Hier, hier, lies das inzwischen... eine Broschüre in schicksalsschwerem Schwarz, –das Überlebens-Handbuch, ein kleiner literarischer Erguß aus Smackover, sagt Leuten wie mir, was zu tun ist, wenn Leute wie du für ein Raumfahrtzeitalter-Picknick in den Wolken zu jenem Herrn aus dem zweiten Brief an die Thessaloniker abberufen werden, während wir anderen...

–Bringst immer alles durcheinander oder? Es ist der erste Brief an die Thessaloniker, vier siebzehn, und ich sitze hier nicht, weil ich auf eine kleine Kostprobe aus Georgia warte, ich warte darauf, daß du...

–Nein nein, hier ist es, hier ist es, hör zu. Glaubst du, daß dieser Zirkus in Tennessee die Dinge geklärt hat? Da gibt's jetzt 'nen Richter in Georgia, hör dir den mal an. Darwins Affenmythologie ist die Ursache für Abtreibungen, Permissivität, Promiskuität, Pillen, Prophylaktika, Perversionen, Pornotherapie, Pollutionen und das Ausufern von Verbrechen aller Art, was ist aus Päderastie, Penis-Neid und Perienzephalitis geworden, glaubst du etwa, dem ist es noch um die Bibel zu tun? Diese Penner bei Samuel, die da im Lichte des Morgens an die Wand pissen? Diese Bande, die bei Jesaja auf der Mauer sitzt und ihre eigene...

–Zweitausend.

–ihre eigene Pisse säuft und...

–Bar, zweitausend bar... er tippte auf seine Brusttasche.
–Warum drehst du dir jetzt 'ne neue von diesen Dingern, ich hab' die da doch gerade ausgemacht.

–Deshalb dreh' ich mir ja 'ne neue. Du bist immer noch ein bißchen beschränkt nicht wahr Lester, das ist verdammt offensichtlich nicht wahr? Du machst die eine aus, also dreh' ich mir 'ne andere, perfekte logische Abfolge nicht wahr? Wie Paläozoikum, Mesozoikum, Zänozoikum? Alle Tatsachen springen dir geradezu in die Augen, wie sie auch diesen Primaten in die Augen gesprungen sind, die da unten die Wahrheit verkünden und an der Genesis ersticken? Eine sehr feine Linie zwischen, du meine Güte, ich habe mich geirrt nicht wahr, es ist ein Abgrund, es ist der...

–Also was wolltest du eigentlich? Was hast du da erwartet, 'ne Handvoll einfacher Leute, erzogen im Glauben an...

–Das ist keine Handvoll! Nennst du das halbe Land eine Handvoll? Fast die Hälfte der verdammten Bewohner dieses Landes, mehr als vierzig Prozent glauben, daß der Mensch, so wie er heute ist, vor acht- oder zehntausend Jahren erschaffen wurde. Das glauben die! Zwei Versionen gleich auf den ersten zwei Seiten, freie Auswahl. Zuerst die Tiere und dann der Mensch, so um den sechsten Tag rum, er erschuf sie als Mann und Weib, oder Adam aus Lehm, und dann erscheinen die Tiere in Reih und Glied wie Kinder im Ferienlager, um ihre Namen zu erhalten, und zum Schluß wird Miss Amerika aus Rippchen gemacht. Gott, der das Licht von der Dunkelheit und das Wasser von den Wassern scheidet und das Firmament erschafft, warum nicht Pan-Ku? Warum nicht China? Der schlafende Riese, der in der Dunkelheit erwacht und die Leere zerschmettert, um Himmel und Erde zu erschaffen, sein Atem...

–Sein Atem die Winde, seine Stimme der Donner, sein Schweiß Regen und Tau, ein Auge die Sonne und das andere der Mond, und seine Flöhe Männer und Frauen, ich kenn' das schon, ich kenn' das alles schon McCandless, ich kenn' das schon von dir, meinst du, ich bin hergekommen, um es mir nochmal anzuhören? Du denkst wohl, du wärst wieder in einer von diesen heruntergekommenen Schulen, wo du schwatzen und faseln kannst wie jetzt? Jeden, den du siehst, anpöbeln und einschüchtern, denn genau das machst du doch. Weil du schlauer bist als alle anderen oder, wie dieser Held in deinem miesen Roman, dieser Frank Kinkead... Er hielt wieder das Buch mit dem gelben Umschlag in der Hand und überschlug die Seiten, fünf, zwanzig auf einmal, –er bohrt nie in der Nase oder, er ist zu gut für sowas oder? Das sollst wohl du sein oder?

–Soll überhaupt niemand sein, was glaubst du, was ein Roman...

–Diese Stelle hier? Wo er seinen Weg geht durch ein Meer von Zweifeln? Das ist ziemlich schlecht, seinen Weg geht durch ein Meer von Zweifeln, das ist ziemlich schlecht, weißt du das? Und diese Stelle, wo er versucht, seinem Leben eine unausweichliche Richtung zu geben? Wo er sein Leben vom Zufall befreien und einer Bestimmung zuführen will? Ich könnte mir das nicht vorstellen, wenn ich dich nicht kennen würde, könnte ich mir nicht vorstellen, daß irgend jemand so redet, läuft voller Zorn herum, weil niemand so schlau ist wie er, wie diese Primaten, die du in Smackover auf Vordermann gebracht hast, weißt du was? Der durchschnittliche IQ in Amerika liegt um die Hundert, weißt du das? Und da kommst du und erzählst ihnen was vom Aegyptopithecus, der vor dreißig Millionen Jahren in der Sahara rumsitzt und Obst ißt? Da kommst du und erzählst ihnen, daß sie alle vom Australopithecus abstammen, zehn Millionen Jahre her, und die können nicht mal Chemin-Couvert aussprechen? Er wedelte eine frische Rauchwolke fort, –hast du dich je gefragt, warum Leute dich sitzenlassen? Diese Stelle hier, wo dieser Frank Kinkead Slyke erzählt, er glaube, daß seine Frau ihn sitzenlassen werde, das ist Irene oder? Du hast ihren Namen in Gwen geändert, aber in Wirklichkeit ist es Irene oder, das bist du, wie du in der Bar des New Stanley sitzt und über Leute redest, die leben, als könnte man das Leben rückgängig machen, oder darüber, daß wir die Verantwortung für die Folgen unseres Handelns tragen müssen, das gleiche Gefasel, Gequatsche... das Buch klappte zu. –Ich geb' dir fünftausend für die Ergebnisse deiner Arbeit für Klinger.

–Warum dein Geld verschwenden? Du weißt doch, was er ihnen erzählt hat.

–Wir wissen, was er ihnen erzählt hat. Wir wollen wissen, was du ihm erzählt hast. Er war ein Organisator, der versucht hat, dicke Investitionen lockerzumachen, glaubst du, er hätte erzählt, daß auf diesem Missionsgelände nichts als Dornbüsche stünden?

–Warum fährst du nicht selber mal rüber Lester... das Glas sank leer herab, schwankte in blinder Suche nach einem Ruheplatz. –Fahr hin und schau's dir selber an, du hast die Karten, du hast diese hochgerasterten Aufnahmen, das ist mehr, als ich selber hatte. Du brauchst bloß noch 'ne Taschenlupe und 'nen Hammer, die liegen da unter diesen Papieren, nimm sie dir, dieses alte Zelt, auf dem du rumgetrampelt bist, nimm's samt 'nem klapprigen alten Laster und ein paar Jungs von der Mission und schau's dir selber an.

—Es ist doch alles hier! Warum sollte ich da rüberfahren, es ist doch alles hier oder? Kannst du in dieser Unordnung irgendwas finden? Du hast doch jeden Mist aufbewahrt, der dir je untergekommen ist… Er zog den 36-1 lb. Crisco-Karton mit dem Absatz eines Stiefels zu sich heran, —weißt du, was da jetzt los ist? Du kommst gar nicht erst an die Grenze. Da ist gar keine Grenze! Zwischen der Missionsstation und dem Limpopo ist nichts als der African National Congress, der da mit Kalaschnikows und Katyuscha-Raketen rumstrolcht, ein paar PLOler, Kubaner, als Hygiene-Berater auftretende KGB-Leute und alle möglichen heruntergekommenen Söldner, Franzosen, Portugiesen, Ostdeutsche, Mossad-Agenten, ein paar von der SWAPO sickern ein, dazu diese südafrikanischen Eingreiftruppen und der MRM, die die Lage destabilisieren, bis es Zeit ist für den Showdown, wenn du da jetzt hingehst, pusten sie dir die Beine weg, bevor du noch zehn Schritte getan hast. Du hast ja gesehen, was los war, als sie dich bloß zum Verhör abgeholt haben, zumindest nach dem, was du gesagt hast. Nach dem, was du gesagt hast McCandless, diesmal müßtest du dir's nicht ausdenken. Diesmal würden sie dir von den Danakil aus dem Afargebiet als Trophäe für deren Freundinnen den Pimmel abschneiden lassen, geht zu wie im Kindergarten der Hölle, weißt du denn nicht, was da unten los ist?

—Ich weiß nicht, was da unten los ist nein, und es…

—Die warten alle nur darauf, daß jemand kommt und aufräumt, die Gegend ist dafür so gut geeignet wie jede andere. Liest du keine Zeitungen? Nimm dein dreckiges Zelt und ein paar Jungs von der Mission in 'nem klapprigen Laster mit, wie diese beiden, die von der Missionsstation nach Wasser ausgeschwärmt sind, die hatten noch Glück, daß sie mit durchschnittenen Kehlen davongekommen sind, hast du das nicht gelesen?

—Hab' ich nicht gelesen, ich lese keine Zeitungen, und es interessiert mich 'nen Scheißdreck, was da unten los ist, was ich dir zu erklären versuche Lester: Ich bin fertig damit, ich hab' schon zweimal im Ring gestanden, und ich steig nicht nochmal rein, ist das klar?

—Was nützt dir dann diese Arbeit, die du für Klinger gemacht hast? Was nützt sie dir schon, sie ist bloß ein Teil dieses Müllhaufens, den du aufräumst oder? Sein Stiefel durchstöberte den offenen Karton, brachte Papierfetzen zum Vorschein, zerrissene Umschläge, undefinierbare Landschaften, —Fahrplan der Benguela-Bahn, was nützt dir das, er taugt nichts, auch nicht, wenn du in Kolwezi stehst und auf einen Zug hoffst. Hier ist dein Vertrag mit der Sterbehilfe-Gesellschaft, wenn's mal soweit ist, kannst du selbst überhaupt nichts mehr entscheiden, du hast ihn ja gar nicht unterschrieben, was nützt er also? Fünftausend bar. Fünftausend für deinen Fahrplan und den anderen Mist hier, oder fünftausend für deine Aufzeichnungen Diagramme Originalkarten alles, ist doch ganz egal. Es interessiert dich doch 'nen Scheißdreck, was da unten los ist, also kann es dir auch ganz egal sein. Hier... er war wieder an der Schrankschublade, kramte eine zerbeulte gelbe Dose hervor —State Express, wann hast du die denn aufgemacht, vor zehn Jahren? und erhob sich mit einem perforierten Paß, UNGÜLTIG, blätterte die Seiten um, die voller ovaler dreieckiger Stempel in Blau, Grün und Rot waren, stutzte bei dem Paßfoto. Damals hast du besser ausgesehen oder? Wie dieser Frank Kinkead, so soll der doch wohl aussehen oder? Dieser kühle unerschütterliche Blick, als er sagt, von jetzt an wird er bewußt leben? Er ist wie du oder? Er erwartet, daß alle anderen sich so verhalten, wie er selbst es in ihrer Lage täte. Wenn sie du wären, kämen sie gar nicht erst in ihre Lage... Er wedelte einen grauen Schwall ausgestoßenen Rauchs fort, —aber er ist sich zu gut, um in der Nase zu bohren oder? Er ist zu sehr damit beschäftigt, sein Schicksal aus den Fängen des Zufalls zu befreien oder?

—Du hast doch gelesen, wie es ausgeht.

—Ich weiß, wie es ausgeht. Es geht überhaupt nicht aus, es

fällt einfach nur in Stücke, es ist gemein und leer wie alle, die darin vorkommen, hast du es deshalb geschrieben?

–Ich hab' dir doch schon mal gesagt, warum ich es geschrieben habe, es ist nur so ein gedankliches Nachspiel, warum regst du dich so wahnsinnig darüber auf. Dieser Roman ist bloß eine Fußnote, ein Postskriptum, wenn du ein Happy-End suchst, dann sieh mich doch an, muß mich mit Leuten wie dir und Klinger rumschlagen.

–Fünftausend. Er warf den ungültigen Paß in den geöffneten Karton, –du wirst sie brauchen... und sein Stiefel tastete sich vor, um den Schuh zu berühren, der da über einem Knie lag, –siehst du das? Siehst du, daß da bis hoch über deinen Knöchel keine Haare wachsen? Was ich dir gesagt hab', das machen der Whisky und die Zigaretten, die ruinieren dich, das ist dein Kreislauf, der schlappmacht, wenn deine Zehen grün werden. Rauch entweder deine Zigaretten oder sauf deinen Whisky, das würde bedeuten, daß du dich entschieden hättest, daß du es wolltest, aber beides zusammen, weißt du, was das ist McCandless? Das ist ein Charakterfehler, das verrät einen minderwertigen Charakter, weißt du das? Und wo wir von Gehirnamputierten reden, als du immer sagtest, ich hab' lieber ein paar Flaschen im Tank als nicht alle Tassen im Schrank, wo hattest du das her? Das ist doch auch von jemand anderem oder? Du hast sie ja auch wirklich nicht mehr alle, Informationen über Lungenkrebs direkt vor der Nase, genauso wie die Tatsachen diesen Primaten in die Augen springen, die da an der Genesis ersticken, und du sagst, das ist bloß 'ne statistische Parallele, und zündest dir noch eine an. Fünftausend. Du wirst sie allein schon für Krankenhausrechnungen brauchen... und sein Stiefel, der wieder am Karton entlangscheuerte, machte ihn auf eine Handvoll Zettel, Aufnahmen von immergleichen Landschaften, zufällige Ansichten von Bodensenken und offenliegenden Gesteinsschichten aufmerksam, –das ist es? Er hielt eine hoch, –Klingers Gelände? Die sehen alle gleich aus.

–Wenn man nicht weiß, wonach man sucht.

–Ich weiß schon, wonach ich suche. Es ist irgendwo in diesem Durcheinander, wenn du, ist es das? Alles, was du für Klinger beschafft hast, du hast es schon verkauft, du hast es schon verkauft.

–Also schön, ich hab's verkauft. Wenn ich dich damit loswerde, dann hab' ich's verkauft.

–Ich glaub' dir nicht. An wen, an wen hast du es verkauft? Ich glaub' dir nicht McCandless. Er warf die zerknüllten Aufnahmen auf den Fußboden, schleuderte die abgerissene Hälfte eines Umschlags von sich, –was war da drin? Nur vom Empfänger zu öffnen, was war da drin... und er war wieder unten und wühlte mit einer Hand im Karton, –wo ist der Rest? Du hast vielleicht noch Geheimmaterial in diesem Durcheinander, ist dir das klar? Vielleicht bist du ja mit Geheimmaterial abgehauen... mit leeren Händen richtete er sich wieder auf. –Die könnten hier ausräumen, verschaffen sich 'nen Durchsuchungsbefehl und kommen mit 'nem Laster vorgefahren, die könnten dir hier alles ausräumen, denkst du etwa, das ist zum Lachen? Los doch, trink ruhig noch einen, hast du schon mal das FBI bei 'ner Razzia gesehen? Die reißen dir die Bücherregale raus, reißen dir den Fußboden auf, glaubst du etwa, die machen das nicht?

–Glaubst du, die verschwenden ihre Zeit? Glaubst du, die kümmern...

–Ich sag' dir mal, wer hier Zeit verschwendet. Ich sag' dir, wer mehr Zeit verschwendet, als du noch zu leben hast McCandless. Jemand, der glaubt, daß es da 'ne undichte Stelle gibt, und der Druck von oben macht und nicht nachläßt, bis er sie gefunden hat. Vielleicht drei oder vier Geheimdienste klappern Informationsquellen ab, und keiner von denen weiß, hinter was die anderen eigentlich her sind. Sie wissen nicht, wer sonst noch alles hinter dem her ist, hinter dem sie auch her sind. Sie sind so eifersüchtig aufeinander, daß sie einander nicht mal das Tageslicht gönnen. Sie wissen nicht, ob die andere Seite da auch mit drinsteckt, sie wissen nicht mal, wer auf der anderen Seite ist, und alle glauben, die anderen seien unterwandert, also unterwandern sie sich gegenseitig. Sie haben Angst, mit Falschinformationen gefüttert zu werden, also lancieren sie selbst 'ne kleine Falschinformation, das einzige, was sie wissen, ist, wenn jemand behauptet, er hat das, hinter dem sie auch her sind, und sie haben es nicht, wenn die andere Seite sagt, sie hat es und Leine zieht, dann gibt's keine Möglichkeit zu beweisen, daß sie es nicht hat. Wieviel haben sie dir gezahlt? Die Ergebnisse deiner Arbeit für Klinger, du hast doch gerade gesagt, du hast sie verkauft, wem hast du sie verkauft? Was haben sie dir dafür bezahlt?

–Ich dachte, du glaubst mir nicht.

–Ich weiß nicht... Steif landete er auf den Stiefelabsätzen, stakste mit kurzen Schritten an der Zeltrolle, am Zeitschriftenhaufen vorbei und wieder zurück, überflog dabei die Reihen der Bücher. –Vielleicht haben sie Klinger umgedreht. Vielleicht dachten sie auch, wir hätten ihn gekauft, also haben sie ihn in dieser Gasse umgelegt. Seiko haben sie umgedreht... er schob Bücher in dem Regal zur Seite, untersuchte die Wand dahinter. –Seiko hat dich ins Spiel gebracht, du wußtest das... Er langte hindurch und klopfte die Wand ab, schob noch mehr Bücher zur Seite und klopfte wieder. –So wichtig bist du auch wieder nicht, weißt du das? Nur ein Teilchen im Puzzle, ein kleines Teilchen im großen Puzzle... Er stand da und kratzte mit dem Daumennagel Farbe von einer feuchten Stelle, –bis wohin willst du mich hochhandeln, zehn?

–Wenn es nicht so wicht...

–Zehntausend Dollar, hast du mich verstanden? Wir mögen nämlich keine Überraschungen. Cruikshank glaubt nämlich, es könnte was dran sein an dieser Geschichte über das Vorkommen, das du vor dreißig Jahren aufgespürt hast, als du zum erstenmal da runtergegangen bist, dies Vorkommen oberhalb des Limpopo, dessen Vorhandensein dir niemand abnehmen wollte, als der...

–Warum sollte er es mir dann jetzt abnehmen. Dieser blut-
leere Bastard, warum sollte er mir jetzt mehr trauen als ich
ihm? Er versucht immer noch den ganzen Kontinent zu rekolo-
nialisieren? Ihn um hundert Jahre zurückzuwerfen, wie damals, als Europa ihn wie eine Torte unter sich aufteilte, und alle
griffen sich ihr Stück?

–Ich sagte bar, McCandless. Zehntausend bar, du mußt überhaupt niemandem trauen, sitzt hier in diesem Durcheinander
und tust so, als wüßtest du nicht, was da drüben los ist! Sieh's dir
doch an, das ist ein Alptraum, zwanzig Jahre Unabhängigkeit,
und der ganze Kontinent ist ein Alptraum, sie haben all das dem
Erdboden gleichgemacht, zu dessen Aufbau es hundert Jahre
gebraucht hat. Alles hat sich zurückentwickelt, mehr als eine
Million von den eigenen Regierungen umgebracht, der Rest
kann sich nicht mal selbst ernähren. Fünfundneunzig Prozent
dieser Länder haben ursprünglich ihren Nahrungsbedarf selbst
angebaut, jetzt importieren sie alles, sieben- oder achthundert
verschiedene Sprachen, sie können nicht mal miteinander reden, einer von hundert ist Flüchtling, Schlafkrankheit Oncho-
zerkiasis Unterernährung Wahnsinn, wo immer du hinkommst,
herrscht Wahnsinn, die Leute drehen schlicht und einfach
durch, ist das denn besser? Ist es das, was du willst?

–Du meine Güte nein Lester, das sei mir fern. Waren damals
doch besser dran mit deinen Missionaren im guten alten
Kongo von König Leopold, die Belgier benutzten sie zu Schieß-
übungen, hackten ihnen die Hände ab, hängten sie an Zäunen
auf, verbrannten ihre...

–Hörst du endlich auf damit? Das ist bloß dein, weißt du,
was das ist? Das ist billig. Das ist wie dein Buch da, das ist
billig, das ist das gleiche billige herablassende Verdrehen der
Dinge wie dieses Sich geschäftig mit der Bibel umtun und überhaupt alles aus deinem billigen...

–Das ist überhaupt nicht billig Lester, Rüstung im Wert von
einer Billion Dollar, und deine Evangelisten heizen die Dinge
noch an da unten mit ihrem Laß dir nicht vormachen, daß ich

komme, um Frieden auf Erden zu bringen, ich bringe nicht den Frieden, sondern das Schwert. Heilig, heilig, heilig! Gnadenreich und mächtig! Singst du denen ein paar Takte davon vor? Gottes Sohn zieht in den Krieg, Die Königskrone zu erringen; Sein rotes Banner flattert weit...

–Wessen Evangelisten willst du denn? Wessen Fundamentalisten willst du, redest von deiner kleinen Kostprobe aus Georgia, wie wär's denn mit 'ner kleinen Kostprobe Islam? Glaubst du etwa, dein Richter aus Georgia hört sich anders an als ein Ayatollah? Du redest vom Händeabhacken, willst du etwa, daß die dich da auf 'nem öffentlichen Platz zur Schau stellen, und die moslemische Bruderschaft strömt zusammen und schreit Allah Akbar, während sie, wo ist deine Versicherungspolice, vollständige Abtrennung am oder oberhalb des Handgelenkes, und du rennst los, um deine fünftausend von Bai Sim überall Filialen in zentraler Lage zu kassieren? Wessen Dschihad willst du eigentlich, McCandless? Die sind doch schon seit tausend Jahren zugange, die sind zugange seit tausendneunzig, als Hasan seine Halsabschneider aus Qum holte, schneiden dir die Kehle durch, und man garantiert ihnen dafür einen Platz im Paradies. Du redest von Geschäftemacherei mit der Bibel, wie wär's denn mit Geschäftemacherei mit dem Koran, wenn du glaubst...

–Das ist aber ein großzügiges Angebot, wie wär's damit, Geschäfte mit nichts von alledem zu machen verdammt. Ich komme nicht ganz mit, worauf du eigentlich hinauswillst...

–Du könntest auf der falschen Seite enden, weißt du das? Weißt du das McCandless?

–Ich sag' dir mal, was ich weiß. Ich sag' dir...

–Weil sie dich vielleicht umgedreht haben. Vielleicht denken auch manche Leute bloß, daß man dich umgedreht hätte. Kommt auf das gleiche heraus.

–Eins kann ich dir sagen, die Leute denken nicht. Du stöberst durch meine Bücher, warum suchst du nicht nach dem...

–Nicht, nein fang bloß nicht wieder damit an, such nach den

Politeia, nimm sie mit und lies sie, das ist gute saubere Unterhaltung, das haben wir doch alles schon gehabt, fang nicht...

–Nein nein nein, nein es ist aus dem *Kriton*, Lester. Daß es egal ist, was die Masse denkt, weil sie aus dir weder einen Weisen noch einen Narren machen kann, es ist aus dem *Kriton*, was du da suchst, genau da oben neben der Enzyklopä...

–Danach suche ich aber nicht! Ich rede nicht von dem, was die Masse denkt, ich rede auch nicht von dem, was ich denke, ich rede von dem, was Cruikshank denkt. Wenn du zehntausend für die Ergebnisse deiner Arbeit für Klinger nicht annimmst, denkt er, du wärst umgedreht worden, du hättest sie schon verscheuert, du wärst eingekauft worden für nichts... Er hatte sich heftig von den Bücherregalen weggedreht, zurück zum Tisch, stolperte über einen Haufen Zeitschriften, kam wieder ins Gleichgewicht und gab ihnen einen Tritt, –ich sag' dir, was ich denke. Wenn diese Arbeit für Klinger hier irgendwo in diesem Durcheinander steckt, dann könntest du sie gar nicht finden, selbst wenn du wolltest. Du bist hierhergekommen, um aufzuräumen, und du kannst nicht aufräumen, weißt du warum McCandless? Du kannst nicht aufräumen, weil du selbst ein Teil davon bist. Du hast nicht mehr Geld als das, was in deiner Tasche steckt, du hast nicht mal genug, um nach Luanda zu kommen, wo man dich vielleicht aufnehmen würde... Er war, den Rauch wegwedelnd, nahe herangekommen und bückte sich nach dem –Tausend-Shilling-Schein hier, fahr zurück nach Kampala, mit dem kriegst du da ein Bett für die Nacht, falls sie dir nicht erstmal die Augen ausstechen und dich im Straßengraben liegenlassen. Hier. Hier ist dein Überlebens-Handbuch, nur für den Fall, daß du unser Picknick in den Wolken verpassen solltest, und wenn es überhaupt jemand verpaßt, dann bist du das. Griffbereit halten für zukünftigen Gebrauch, steht ja deutlich auf dem Umschlag, du wirst es brauchen. Hier ist dein Fahrplan, er war nur dazu gut, daß du wußtest, wieviel Verspätung die Züge hatten, jetzt sind sie alle entgleist, und du bist zurückgeblieben und sitzt hier mit dem

Fahrplan rum, rauchst deine, warte mal, warte dreh' hier bloß nicht noch eine, rauch' eine von diesen... er hatte nach der Dose State Express gegriffen, –redest von Dummheit und hockst hier und qualmst dich zu Tode, rauch' sie doch alle... er schüttete sie über dem Tisch aus, –rauch' sie alle weg, die sind so tot und vertrocknet wie du selbst, dein Frank Kinkead, der davon faselt, die Oberfläche der Vernunft anzukratzen, und direkt unter ihr ist Leere, der sich danach sehnt, irgendetwas Absurdes zu glauben, genauso wie er gratis Schachspiele verteilen will, so wie man sonst gratis Bibeln verteilt, zur endlosen billigen Unterhaltung, irgendwas, um die Leere auszufüllen, irgendeine Erfindung, um sie zum Teil eines großen Entwurfs zu machen, irgendwas, je absurder, desto besser, Magie Drogen Psychedelika Pan-Ku und die tibetanischen Gebetsmühlen, der Jungfrauenkult und die drei Mysterien von Fatima, Moronis goldene Blätter oder einfach Gott, Gott, Gott... Plötzlich griff er nach dem Flaschenhals, –hier, trink mal einen. Wo ist dein Sterbehilfe-Vertrag, unterschreib' ihn, ich werd's bezeugen, wenn du körperlich oder geistig invalide bist und selbst keine Entscheidungen mehr treffen kannst, vielleicht ist es soweit, vielleicht ist der Zeitpunkt schon gekommen, trink noch zwei, fünf... er stieß den Flaschenhals kopfüber ins Glas, –zwanzig...

–Was zum Teufel machst du da?

Die Flasche wurde ihm entwunden, und er wich zurück, hielt seine Hand nach unten, sah sie an wie etwas Fremdes, strich lindernd über sein schmerzendes Handgelenk und den Knöchel, suchte nach etwas, um die Whisky-Lache samt ihrem Geruch wegzuwischen, –sechzehn, McCandless. Das ist das letzte Angebot. Das ist ihr Limit, nicht ich habe es gesetzt, sondern sie, dazu bin ich ermächtigt... er stand da und wischte sich die Hand am Hinterteil seiner Hose ab, –bar. Welche Währung auch immer du willst, wo auch immer du es ausgehändigt haben willst, dazu ein einfacher Flug, damit du hinkommst, wenn du 'ne falsche Identität willst, besorgen wir dir eine, solltest du in Kinshasa auftauchen und Schneeschuhe verkaufen wollen, dann werden wir uns darum kümmern. Sechzehntausend.

–Was soll das mit dem einfachen Flug, der Gottlose flieht, auch wenn ihn niemand jagt? Glaubst du, ich bin auf der Flucht?

–Es heißt wo, McCandless. Wo... Er war außer Reichweite und kratzte an einer feuchten Stelle, klopfte gebückt die Holzvertäfelung ab, –wo niemand ihn jagt, Sprüche achtundzwanzig, aber der...

–Und der Gerechte ist getrost wie ein junger Löwe, ist es das? Du brichst hier ein, wühlst in meinen Papieren rum, klopfst die Wände ab, was soll...

–Es heißt aber, McCandless, der Gerechte aber ist getrost wie ein junger Löwe, Sprüche achtundzwanzig, eins. Er klopfte, klopfte wieder, richtete sich auf, –weißt du, was hier drin war? Das war mal die Küche, weißt du das? Du hast überall diese Holzvertäfelung drüber, und hör mal... er klopfte, –jetzt hör mal hier. Hörst du den Unterschied? Das war der Rauchabzug. Diese kleine Zementplatte, das ist da, wo mal der Herd war, und dies ist der Abzug für den zusätzlichen Schornstein. Du hast einen zusätzlichen Schornstein dahinter, der nirgendwohin führt, mir jedenfalls schleierhaft, wohin. Dies war mal die Küche, deine Küche da drinnen war das Eßzimmer, und dein Eßzimmer war die gute Stube. Wirklich schade, daß du nie Kinder hattest, weißt du das eigentlich? Er hatte sich umgewandt, drehte dem Wörterbuchständer direkt an der Schiebetür den Rücken zu, –du hättest sie mit deinen großartigen Ideen tyrannisieren können, wie du auch sonst alle tyrannisierst... er blätterte eine Seite in der zweiten Auflage des Webster um, überschlug gleich eine ganze Anzahl bis dahin, wo eine Karte mit einer förmlichen Einladung darauf und dem Zusatz, Hoffentlich können Sie und Irene kommen, in den Spalt eingeschoben lag, –weißt du was? Ich sagte, wir hätten uns unterhalten, haben wir aber nie. Du hast geredet. Du hast geredet, und

ich hab' zugehört, Helen Keller im Wald, wenn der Baum um-
fällt und dieser ganze sonstige, die Wahrheit und das, was
wirklich geschieht, weißt du das? Nicht sie haben mich rekrutiert McCandless, nicht Cruikshank hat mich rekrutiert. Das
hast du gemacht. Weißt du das? Er überschlug Seiten, hielt inne
und schien eine Farbtafel mit Ritterorden und Verdienstorden
in prunkvollen Zusammenstellungen von Kreuzen und Bändern zu studieren. –Laß einfach dies ganze Chaos hinter dir,
und du bist aus dem Schneider mit sechzehntausend in der Tasche. Wir haben nicht viel Zeit.

–Ich hab' dich verstanden.

Er schlug das Buch zu. –Hast du schon mal daran gedacht,
hier Rauchdetektoren anzubringen? Es könnte ja mal richtig
brennen, weißt du das? Bücher, Papiere, nichts als Papiere,
deine Balken trocknen seit neunzig Jahren aus. Du solltest an
deine Mieter denken McCandless, du solltest Rauchdetektoren einbauen. Du solltest an die Rothaarige denken. Alles, was
du hier vergraben hast, wäre samt deinem sonstigen Müll in
'ner Minute weg, wer immer scharf auf die Sachen ist, würde
sie nicht kriegen, aber er wüßte dann auch, daß niemand anderes mehr damit auftauchen und die Karten auf den Tisch legen
könnte. Glaubst du, Feuer bricht von selbst aus? Er zog das
Jackett um sich, wandte sich durch die Tür zur Küche, knöpfte
es zu. –Du wirst mir eines Tages danken, weißt du das?

–Ich danke dir jetzt schon Lester, kam es hinter ihm her, in
die Küche, –ich danke dir, daß du gehst.

–Wenn du jetzt Rauchdetektoren einbautest, würden sie
schon anschlagen, bevor du sie noch richtig angebracht hättest. Was war das mit der Damentoilette bei Saks?

–Ihr ist die Handtasche gestohlen worden. Da waren ihre
Schlüssel drin.

–Könnten alle möglichen Leute gewesen sein... Er war stehengeblieben, stand über den Tisch gebeugt, die Arme eng an-
gelegt wie Flügel, und studierte das Blatt mit den Kreuzen,
Schmierflecken, Pfeilhageln, als das Licht angeschaltet wurde.

–Weißt du eigentlich, was das einzig Gute in deinem miesen Buch ist? Er drehte das Blatt nach links, nach rechts, –die Szene, als dieser Frank Kinkead während dieser nächtlichen Passage nach Mogadischu draußen an Deck ist und so einen Deckstuhl aufstellt und sich die Daumen in den Scharnieren einklemmt, als er sich reinsetzt, und sein eigenes Gewicht hält ihn da gefangen, und er schreit um Hilfe, er ist die ganze Nacht da draußen, und niemand kommt vorbei außer dem schwarzen Jungen, der sieht, wie er sich windet und schreit, und bloß denkt, der ist betrunken. Vielleicht ist das geschehen... Er hielt das Blatt verkehrt herum, drehte es wieder so, wie er es gehabt hatte. –Vielleicht ist nur das wirklich geschehen.

–Vielleicht hat Methusalem neunhundert Jahre gelebt. Hier, ich bring dich raus.

–Warte mal, weißt du, was das ist? Er schob das Papier herüber, –es ist Crécy. Gerade ist es mir eingefallen. Es ist die Schlacht von Crécy, sieh mal. Das ist Edward der Dritte hier oben, und hier... der längliche Schmierfleck unter seinem Daumen –das hintere Zentrum in Reserve, der Schwarze Prinz zu seiner Rechten und Northampton zu seiner Linken, und die Bogenschützen, zwei Flügel englischer Bogenschützen, elftausend Mann, sieh mal. Die Schlachtordnung ist zwischen Wadicourt und Crécy aufgestellt, dies hier ist Crécy, es müßte eigentlich weiter oben sein... er nahm den Stift neben dem Telefon, ein eingekreistes X –hier ist Crécy, hier, und hier ist der Franzose. Hier ist Estrées, hier unten, es müßte weiter drüben sein... ein eingekreistes + –hier ist die Aufstellung der Franzosen, diese langen Pfeile hier aus Richtung Estrées, unter Philipp von Valois, er ist das große Kreuz hier, und die ganzen kleinen Kreuze, die hier auftauchen, zwölftausend Mann unter Waffen, sechstausend Armbrustschützen und die ganzen Dienstverpflichteten, diese kleinen V's? Diese ungeordneten Marschsäulen, die von Abbéville herkommen, das müßte doch eigentlich so aussehen, die Straße verlief doch so... ein kräftiger Bogen, –und hier, hier ist das Gewitter, dieser große Blitzschlag? Der Sturm, der den ersten Angriff verzögerte, als die Armbrustschützen vorrückten und die englischen Weitschützen streckten sie zu beiden Seiten nieder, ihre eigene Kavallerie überritt sie von hinten... die Horde Ziffern, –um Mitternacht hatte sich die französische Armee selbst ausgelöscht, sieh dir das an, sechzehn Angriffe, und die Bogenschützen streckten sie nieder, sobald sie nur vorrückten, hätte ich das doch sehen können. Da wurden zum erstenmal Feuerwaffen eingesetzt... er verstärkte einen Schmierfleck und stand auf. –Hätte ich das doch gesehen.

–Bringst immer alles ins Lot nicht wahr, Lester?

–Sechzehntausend McCandless. Hier ist 'ne Telefonnummer... er kritzelte etwas östlich von Estrées hin. –Du hast nicht viel Zeit.

–Ich bring dich raus. Draußen ist auch Halloween.

–Was soll das...

–Deshalb bist du doch gekommen oder? Zuckerbrot und Peitsche? Ich bring dich raus.

–Weißt du was McCandless?

–Ich sagte, ich bring dich raus!

Doch obwohl das Licht dort unter der Stickerei an der Tür ausgegangen und die Tür aufgezogen war, –siehst du das jetzt? Dies war mal der Empfangsraum? Für Gäste? Man hielt wahrscheinlich die Rollos geschlossen, damit die Sonne die Teppiche nicht ausbleichte. Diese Vorhänge, diese Seidenblumen, das alles, sie hat Geschmack nicht wahr, die Rothaarige. Die wird dich auch sitzenlassen, ist dir das klar? Wie alt war diese Jeannie, die du da unten in der Minen-Verwaltung hattest, sie wohnte am DuPont Circle. Das tun sie doch immer oder? Und selbst dort noch, wo die Tür weit ins Dunkle aufklaffte, hielt er sich unwillig mit der Hand am Rahmen fest und sah die Straße hinab, wo drei, vier Gestalten in weißen Laken den Hügel hoch auf den ausgezackten Lichtfleck der Straßenlaterne zugeweht kamen. –Weißt du, was das Mieseste ist, was du in deinem Buch gemacht hast? Daß du aus Slyke einen Mormonen gemacht hast. Das hattest du nicht nötig. Es hätte die Geschichte überhaupt nicht verändert. Willst du was wissen, McCandless? Gott liebt dich, ob dir das nun paßt oder nicht, weißt du das? Der Wind vom Fluß brachte die schwankenden Gestalten näher, nahe genug, daß die Scheinwerfer eines um die Ecke biegenden Wagens sie erstarren, nach Masken greifen ließen, während er vorüberfuhr. Falls die ein Spukhaus suchen, haben sie's schon gefunden... und dann, von draußen auf dem zerbröckelnden Ziegelpflaster, wo der Wind in den girlandengeschmückten Ästen das Licht über das Schwarz der Straße, über die Zaunlatten gegenüber mit ihrer sich auflösenden Aufforderung und über die Fenster der weißen Holzgarage dahinter streute, —was ein Glück für die Rothaarige, daß sie dich nicht an deinem Pimmel aufgehängt haben.

Als die Scheinwerfer aufflammten, waren die vier schon bei den Stufen angelangt und schubsten den Kleinsten vor, der die Hand hob und die verrutschte weiße Schädelmaske vor giererfüllte Augen zog, die nach der Münze aus der Tiefe einer Tasche schielten, und der schwarze Wagen fuhr an, und sein Licht glitt über die Vorderseite des Hauses, während sich die Tür vor ihm schloß.

Hinter dem klingelnden Telefon in der Küche blieb er stehen, um einen Lappen aus dem Schrank zu nehmen, wieder in der plötzlichen Stille des Zimmers, wischte er sich die Hände daran ab, wischte die Flasche ab und hob den zitternden Rand des Glases, um einen halben Schluck nachzugießen für den verschütteten ganzen, er wischte den auf, setzte sich, trank einen Schluck, hob die verstreuten Zigaretten auf, legte eine nach der anderen zurück in die Dose und zündete sich die letzte an, bevor er Papiere, Rechnungen, Ordner aus dem offenen Aktenschrank in den Karton schob. Hier und da hielt er inne, um etwas beiseite zu legen, ein Blatt zu studieren oder ein Bild, dann landete es zerknüllt bei den anderen, bis der Karton voll war und er ihn zum Kamin trug, gebückt nach Streichhölzern suchte, den leeren Feuerrost vollhäufte, den Armsessel heranzog, während die Flamme hochstieg, und mit dem ungeöffneten Notizbuch auf dem Schoß dasaß. Scheinwerfer glühten in den Fenstern auf, strichen den Erker entlang und waren verschwunden. Draußen hatte sich der Wind erhoben, schüttelte die entlaubten Äste in einem Tanz schwarzer Silhouetten, brachte einen Balken in der Dunkelheit irgendwo am Fuß der Treppe zum Knarren. Er beugte sich vor, um das Feuer mit der Kante des Notizbuches zu schüren, ein altes, nach Schule aussehendes Ding mit schlichtem, schwarz-weißem Einband, das Wort Aufsätze auf den Umschlag gedruckt, Name freigelassen, er schichtete es obenauf in die Flammen und stand auf, zog das Jackett aus, das er die ganze Zeit über angehabt hatte, ging in die Küche und sah in den Kühlschrank, ging ins Eßzimmer und sah sich die Blumen an, füllte ein sauberes Glas, um ein verwelkendes Mitglied der Familie der Balsaminen zu gießen, bewegte sich gemächlicher, bis er nun zurück war und die Bücher in den Regalen anstarrte, eines herunternahm, und noch eines, er blätterte darin, vertiefte sich in Seiten, die an den Rändern glossiert waren, schaute verwirrt auf diese Passagen, als hätte jemand anderes sie unterstrichen, eine schmerzliche Offenbarung in dieser oder jener belanglosen Zeile gefunden, stopfte es zurück, bis er auf eines mit einem schmalen, orangenen Rükken stieß, als hätte er nach ihm die ganze Zeit gesucht. Er ging mit ihm, mit dem Glas und einem Bündel spinnwebbedeckten, unter dem Tisch hervorgezogenen Papiers hinaus, brachte alles ins Wohnzimmer ans Feuer, das er mit einem Haken aus dem Kupferkübel neben dem Kamin aufschürte, an dem er einen Moment lang stehenblieb und in die Flammen starrte. Dann ging er ohne Umschweife in die Küche und öffnete den Kühlschrank, nahm einen Topf heraus, hob den Deckel eines Zufallseintopfs an, in dem vertrocknete Erbsen und grau werdende Kartoffelschnitze zum Vorschein kamen, und stellte ihn auf den Herd; er ging die Schiebetür zuziehen, ohne das Licht dahinter auszumachen, hielt an, um sich unversehens zu bükken und im Müll nach dem zerfledderten Adreßbuch zu wühlen. Hinter dem Küchentisch vorbeigehend, schaltete er das Radio ein, das ihm eifrig berichtete, eine Gruppe behinderter Bergsteiger habe eine amerikanische Flagge und eine Tüte Weingummi auf den Gipfel des Mount Rainier getragen, bevor er sich hinüberbeugen konnte, um gemächlich am Senderwahlknopf zu drehen, und den vollen Akkord eines Cellos einfing.

Wieder am Feuer, warf er den abgelaufenen Paß, das zerfledderte Adreßbuch hinein, dazu zerknülltes Papier, zerknüllte Aufnahmen, auf denen immergleiche Landschaften, Ansichten von Bodensenken und offenliegenden Gesteinsschichten sich einrollten und schwarz wurden, fügte ein verkohltes Stück aus dem Kupferkübel hinzu und lehnte sich im Armsessel zurück, drehte sich, das Glas am Ellbogen, eine neue Zigarette, schlug den dünnen Pappeinband des Buches auf, fand Seite 207, die mit einem Zettel markiert war, einer Liste in einer offenen und großzügigen Handschrift, Milch Papiertücher Tampax Tulpenzwiebeln, und er zerknüllte ihn und warf ihn in die Flammen, bevor er dort einsetzte, *Ich mißtraute der Romantik. Seht, wie ich mich ihr dennoch ergab.*

Ein Mann, so meine ich, kämpft nur, wenn er hofft, wenn er eine Vision von Ordnung hat, wenn er das intensive Gefühl hat, daß es eine Verbindung gibt zwischen der Erde, auf der er wandelt, und ihm selbst. Doch da war meine Vision einer Unordnung, die über all das hinausging, was je ein Mann hätte in Ordnung bringen können. Da war mein Gefühl von Falschheit, beginnend mit der Stille dieses Morgens der Rückkehr... während aus der Küche die Akkorde von Bachs D-Dur-Konzert schwer in den Raum um ihn drangen und sich wie Möbel niederließen.

Sie lag ausgestreckt auf dem Bett, als hätte sie es nie verlassen, das feuchte Laken erkaltet und weggerutscht, die Füße verschränkt im ausgelassenen Spiel des Sonnenlichts, das von draußen durch die Bäume fiel, und ihre Nippel steil aufgerichtet von einer Hand, die ihre Brust hinabstrich und hin zum Knie, das sich der Berührung entgegenbeugte, während sie langsam auf einer harten Kufe aus Fingernägeln hinabglitt zum sich hebenden Sündenfall und der Atemwärme, die im flaumigen Spannungsbogen ihrer weit gespreizten Beine umherwanderte, der beim Klang ihrer eigenen Stimme jäh brach. –Es ist eine erstaunliche Sache, am Leben zu sein, nicht wahr...? Sie griff wieder nach der Hand, um ihr die Blässe ihrer Brust zu überantworten –ich meine, wenn man an all die Leute denkt, die tot sind? Und dann, hastig auf einen Ellbogen aufgestützt, –stimmt das, was du heute nacht gesagt hast? Daß du Malaria hast? Doch wie auch immer seine Antwort hätte lauten mögen, ihre Brust, von der seine Lippen geöffnet hochkamen, dämpfte und erstickte sie, und seine Zunge –Warte... Sie hielt sein Gesicht von sich weg, strich mit einer Fingerspitze über sein Profil, gleich unterhalb des Auges –nur, halt still...

–Was machst, aua!

–Nein es ist nur, halt still, es ist nur ein kleiner Mitesser... sie beugte sich näher heran, die Augen zusammengekniffen in klinischer Konzentration, dann ein scharfer Druck ihres Nagels, und –so. Hat das weh getan?

–Hab' nur nicht damit gerechnet, was…

–Warte, da ist noch einer… aber er hielt ihr Handgelenk fest und drehte es, daß sie aufs Kissen zurücksank, seine Hand preßte ihre Brüste wieder fester zusammen, und seine Lippen –War das nicht ein seltsamer Traum? Sie hielt sein Gesicht fest an sich gedrückt, –aber so sind sie immer nicht wahr, wenn sie vom Tod handeln, ich meine wenn sie von jemandem handeln, der stirbt, und man nicht mal weiß, wer das ist? Ihre Finger strichen über die Stirn, das harte Jochbein, die harte Linie der zielstrebig genießenden Kieferknochen an ihren Brüsten, –wenn er mir vorlas, und ich dachte immer, all die Bücher handelten nur von ihm, und dabei hat er mir gar nicht richtig vorgelesen. *Huckleberry Finn, Der Ruf der Wildnis*, diese Geschichten von Kipling und dieses Buch über den Indianer, den letzten Indianer? Er blätterte einfach nur die Seiten um und erzählte die Geschichten so, wie es ihm paßte. Von ihm selbst. Sie handelten immer von ihm… und der Zugriff ihrer Finger wurde kräftiger, wurde hart wie die Gesichtszüge, die sie abtasteten –er muß von ihm gehandelt haben, der Traum. Meinst du nicht?

–Du hast mir heute nacht erzählt, er sei aus einem Zug gestoßen worden. Ich habe dich gefragt, wann dein Vater gestorben ist, und du sagtest, bei einem Zugunglück, er sei aus einem Zug gestoßen worden. Vielleicht war das auch ein Traum.

–Nein aber ist das nicht seltsam? Ich meine wie man immer jemandem seine Träume erzählen will, bis ins kleinste Detail? Und den Leuten ist es völlig egal? Er wolle seine nicht erzählen, sagte er, und nein, sie seien nicht schlimm, sie seien nicht kompliziert, sie seien einfach eintönig, sie handelten von diesem Haus, es seien viele, die Veranda durchgesackt oder ein ganzes Stück von ihr abgebrochen vorzufinden, jemanden, den er nie zuvor gesehen habe, im Wohnzimmer anzutreffen, und der streiche die Wände orange an, seine Hand glitt jetzt tiefer über die Wölbung ihres Schenkels, über den Beckenknochen, oder sie handelten von Dingen, die vor zwanzig Jahren geschehen seien, nichts was er jetzt noch ändern könne, nichts was jetzt noch irgendeinen Nutzen habe, seine Hand glitt dorthin weiter, wo Weiß einem samtigen Rot wich, eine Fingerspitze suchte Zuflucht in der Feuchtigkeit, –aber hast du je nachgedacht? Sie stützte sich wieder auf den Ellbogen, wandte sich ihm zu, so daß seine Hand auf dem Weiß des Lakens zur Ruhe kam, –über Lichtjahre nachgedacht?

–Über was?

–Ich meine wenn man sich eines dieser ungeheuer starken Teleskope beschaffen könnte? Und wenn man dann weit genug wegkäme zu einem Stern irgendwo da draußen, zu so einem fernen Stern, und man könnte Dinge, die auf der Erde vor langer Zeit geschehen sind, wirklich geschehen sehen? Weit genug entfernt, sagte er, könnte man die Geschichte sehen, Agincourt, Omdurman, Crécy... Wie weit die entfernt seien, wollte sie wissen, und um was es sich handele, um Sterne? Sternbilder? Um Schlachten, sagte er ihr, aber sie rede nicht von Schlachten, sie wolle keine Schlachten sehen, –ich meine sich selbst zu sehen... Na ja, was das betrifft, sagte er, besorg' dir ein hinreichend starkes Teleskop, dann kannst du deinen eigenen Hinterkopf sehen, du kannst –Das habe ich nicht gemeint. Du machst dich über mich lustig nicht wahr?

–Überhaupt nicht, warum sollte...

–Ich meine sehen, was damals wirklich geschah, als...

–Also gut, dann stell einen Spiegel auf Alpha Centauri auf, du sitzt mit deinem Teleskop genau hier und beobachtest dich selbst vor vier, vor ungefähr viereinhalb Jahren, ist es das, was du...

–Nein.

–Aber ich dachte...

–Weil ich das nicht sehen will! Sie entzog sich, raffte das Laken hoch, starrte an die Zimmerdecke. –Aber man würde doch nur das Äußere sehen nicht wahr? Man würde nur den Berg sehen, man würde den Absturz sehen, und man würde all die Flammen sehen, aber nicht das Innere, man würde diese Gesichter nicht nochmal sehen und die, und man würde es nicht hören, Millionen Meilen entfernt würde man die Schreie nicht hören... Welche Schreie, wollte er –Nein, nein der ist zu nah dran, such einen weiter weg... und er gehorchte, während er auf das an ihre Kehle gepreßte Laken blickte und sie in ihrer ganzen Länge darunter sah, schlug Sirius vor, oder, sich auf dem Hundsstern niederzulassen, dem hellsten von allen, sehen, was vor achteinhalb? vor neun Jahren? –Ich hab dir erzählt, was geschehen ist... das Laken fest zusammengerafft, –ich hab's dir vergangene Nacht erzählt, nein, vor zwanzig, fünf-undzwanzig Jahren, als es noch ganz still war, als die Dinge noch so waren, wie man dachte, sie sollten es sein?

–Oh... Er zupfte sacht am Ende des Lakens, und sie zog es enger um sich.

–Weil ich mich dann in Longview sehen könnte, ich meine da waren immer Leute, er gab Jagdgesellschaften, für George Humphrey, für Dulles, diese Art von Leuten, die fuhren in sol-chen Kombis raus zur Jagd auf Vögel und, ich weiß nicht, Füchse? Er hatte Jack-Russell-Terrier, damals fingen die Dinge an schiefzugehen, mit diesem Kombi und den Jack-Russell-Terriern darin, weil wir ihn einfach bewunderten. Als wir klein waren, dachten wir, er könnte alles, und als wir dann älter wur-den, als wir anfingen, Dinge auszusprechen, die er bedenklich fand, und er zog sich irgendwie zurück und besorgte sich diese Hunde, diese haßerfüllten kleinen Jack-Russell-Terrier, da be-wunderten ihn die ganz einfach, sie folgten ihm überallhin, sie taten alles, um ihm zu gefallen, und uns gelang das nie, und dann Billy, seit Billy vier geworden war, versuchte der es nicht einmal mehr. Er hatte ein bißchen Matsch auf einen meiner kleinen Puppenteller gefüllt und mit einem von ihnen Füttern gespielt, wie man das auch mit Puppen macht, und der biß ihn genau unter's Auge, und mein Vater kam rein und, er hob den Hund auf. Er stand am Telefon, rief den Arzt an, hielt den Hund, der am ganzen Körper zitterte und sich unter seinem Kinn zusammenkuschelte, sagte dem Arzt, Billy habe ihn ge-triezt und sei gebissen worden, und ob er vorbeikommen könne, und das war, als, ich meine es war seltsam. Ich meine Billy hat er nie etwas vorgelesen, er hat nie auch nur so getan als ob. Es war seltsam.

–War es das? Seine Hand tändelte unter dem Laken entlang, kehrte ungesehen und wie zufällig zurück und machte auf ihrer Brust halt, vielleicht hatte das eher mit Enttäuschung zu tun, sagte er, nicht mit Enttäuschtsein, sondern mit der Angst, jemand anderen zu enttäuschen, und seine Worte waren ebenso bedächtig wie seine Hand, die schrittweise ihre Brust abtastete, jemanden, der einem nahesteht, zu enttäuschen, am Rande irgendeines Betrugs zu leben, der früher oder später geschehen muß, so oder so, seine Fingerspitzen verfehlten den harten Auswuchs, den sie auf der weichen, konturlosen Erhebung unter dem Laken suchten, und folgten einem welligen Pfad abwärts auf die Ebene, die geborgen darunterlag, –und wenn er noch so klein ist. Und selbst wenn es ein Geschenk ist, man schenkt einer das Falsche und sagt ihr damit, daß man nicht weiß, wer sie ist, oder daß man sie sich als anderen Menschen wünscht. Auf beide Arten können sie anfangen, diese Angst, einander zu enttäuschen, und diese unbeabsichtigten kleinen Betrügereien, die alles andere vergiften, ist es nicht so? Gehört das nicht dazu? Und jetzt streunte seine Hand hügelabwärts der Kuppe zu und blieb dort liegen, während seine Stimme zögerte, als entdecke sie wieder, was verloren gewesen war und wiedergefunden und wieder und wieder verloren, –heute nacht, fuhr er fort, als wir darüber sprachen, daß man sich selbst zum Gefangenen der Hoffnungen eines anderen machen kann, gehörte das nicht auch dazu? Das Gewicht seiner Hand sank schwer auf die Kuppe, –diese große Anmaßung, die Verantwortung für das Glück eines anderen zu übernehmen, und das Lineal seines Fingers maß die dort verborgene Furche, –und nicht nur die Anmaßung, der Hohn, der blanke Hohn darin... er fuhr herum, drängte sich hart gegen ihren Schenkel, –die Vergeblichkeit, selbst wenn man Kinder...

In einem Schwung fiel das Laken herab, und sie saß aufrecht

mit gekreuzten Beinen da. –Ich meine hast du je davon gehört? Es sind in Wirklichkeit die Kinder, die sich ihre Eltern aussuchen, damit sie geboren werden können? Er murmelte irgendetwas Unversöhnliches gegen ihr so plötzlich da aufragendes Knie, hob die Hand, um es wegzuschieben, –nein, nein warte. Ich finde, manchmal ist es, als nähmen sie einfach irgendwen, nicht wahr, bringen einfach irgendeinen Mann und eine Frau zusammen, die überhaupt keinen anderen Grund haben, zusammenzusein, oder es lieber nicht sollten, ich meine es gibt genügend Gründe, warum sie lieber nicht zusammensein sollten, vielleicht kennen sie sich nicht mal, wahrscheinlich kennen sie sich kaum, und sie hätten irgendetwas anderes machen können, ich meine sie hätten einfach nur Segeln gehen können oder sonstwas, aber statt dessen, ich meine... sie sah nach unten, wurde rot, –mach dich nicht über mich lustig.

–Warum sollte ich mich...

–Ich meine weil du so, ich habe einfach immer Angst, daß du es tust.

Aber er hatte sich herumgewälzt auf den sichtbaren Beweis, seine Hand verharrte auf ihrem Knie, als hätte es genausogut eine Schulter, ein Ellbogen sein können, und als wäre er im Begriff, ihren Arm nehmend eine Straße zu überqueren und essen zu gehen, als hätten sie sich eben erst kennengelernt und am selben Tisch gefunden, bloß auf Grund der Höflichkeit eines Gastgebers, der einen von ihnen flüchtig genug kannte, um sie beide dem förmlichen Tischgespräch auszusetzen, bevor die Suppe aufgetragen wurde, –wie diese Freundin von mir, sagte sie aufs Geratewohl und setzte sich keck auf, als läge diese Nacktheit noch unter nur vom Blick des Betrachters durchdrungenen Décolletagen versteckt, während sie ihm ihre beste Freundin antrüge, –als wir uns noch über Nacht besuchten und uns flüsternd vorstellten, von Zigeunern geraubt zu werden? Und sie sagte, sie glaube, wirklich von Zigeunern geraubt worden zu sein. Weil nämlich ihr Vater, –ich meine wenn du Edies Vater je kennengelernt hättest... eine Aussicht, die seine Neugier noch weniger anzustacheln schien als die, Edie oder die Zigeuner kennenzulernen, seine Hand lag jetzt so auf ihrem Knie, als läge sie unter dem Tischtuch auf ihrem Knie, während der Wein eingeschenkt würde, –weil ich nämlich glaubte, sie wisse alles, wenn sie etwa sagte, daß Frauen so eine spezielle Fettschicht hätten, die Männer nicht haben, um zu überleben? Und wir beide waren flach wie Bretter und hatten Angst, wir würden es nicht schaffen, zu überleben meine ich. Und dann sprach sie oft vom Leben in einer früheren Existenz, und auch das glaubte ich. Ich meine eigentlich kam das von ihr, der Gedanke mit dem Teleskop und die Frage, ob sie wohl weit genug wegkommen könnte, um sich dann selbst in dieser früheren Existenz sehen zu können. Als was, wollte er wissen oder tat nur so, und seine Hand tastete die Bahn seines vorangegangenen fruchtlosen Vorstoßes gegen ihren Schenkel entlang. –Es war jedesmal etwas anderes. Und ich meine sie hat mir auch von diesen ganzen Babies erzählt, die auf die Welt wollen... Dann würden so viele in der Luft herumwimmeln, daß man nicht mehr atmen könnte, sagte er, großer Gott, und wenn man erst an all die Leute denkt, die tot sind? –Jetzt machst du... und alle Höflichkeit, die Diplomatie, das Laken fort und mit ihnen die fadenscheinige Tischtuch-Strategie –dich wirklich über mich lustig, oder...

Aber er hatte sie hinabgezogen, der Länge nach neben sich ausgestreckt –nein nein nein, und seine Stimme war so beruhigend wie die Hand auf ihrem Rücken, das sei doch alles nur Teil des ewigen Unsinns, wo der ganze Unsinn über Auferstehung, Wiedergeburt, Paradies und Karma herkomme, der ganze verdammte Quatsch. –Das ist alles nur Angst, sagte er, –denk mal daran, drei Viertel der Menschen in diesem Land glauben tatsächlich, daß Jesus im Himmel lebt? Und zwei Drittel von ihnen, daß er ihre Fahrkarte zum ewigen Leben darstellt? Fingerspitzen liefen sanft wie Atem abwärts, fuhren an der Spitze der Spalte entlang, erforschten ihren Rand, bloß diese Panik angesichts der Vorstellung, nicht zu existieren, damit man sich in einem anderen Leben mit der ewiggleichen Mormonenfrau und -familie verbinden kann, und am Jüngsten Tag kommen alle gemeinsam zurück, kommen zurück mit dem Großen Imam, kommen zurück wie der Dalai-Lama, der sich seine Eltern auf irgendeinem tibetanischen Misthaufen aussucht, kommen zurück als irgendwas –als Hund, als Mücke, immer noch besser als gar nicht zurückzukommen, die gleiche Panik, wo immer du hinsiehst, beliebige mondsüchtige Phantasien, um die Nacht zu überstehen, und je weiter hergeholt, desto besser, beliebige Fluchten vor der einzigen Sache im Leben, der man nicht entfliehen kann... seine Finger untersuchten den Ansatz der Spalte und drangen dann in ihr Inneres, tiefer hinein, zu verzweifelten Phantasien wie der von der unsterblichen Seele und diesen verdammten Babies, die rumschwirren und sich danach sehnen, geboren zu werden, oder wiedergeboren, er weitete die Spalte für seine angefeuchtete flache Hand, –ich würde als Bussard zurückkommen, hat Faulkner mal gesagt, nichts haßt ihn oder will etwas von ihm oder braucht ihn oder neidet...

–Oh! Sie entzog sich, war wieder hoch auf diesem verdammten Ellbogen, –hast du viel von Faulkner gelesen?

–Lange her. Wenn überhaupt.

–Was?

–Ist doch egal. Er hatte sich aufgesetzt, einen Fuß auf dem Fußboden.

–Aber ich meine, magst du Faulkner nicht?

–Ob ich Faulkner nun mag oder nicht... er griff nach seiner Hose, –ich weiß nur nicht, warum zum Teufel wir über Faulkner reden.

–Aber warum bist du, ich meine wo willst du denn hin?

–Zigarette... er war in einem Hosenbein, –ich habe unten was liegengelassen.

–Aber nein... sie hielt ihn an der Schulter fest, –ich meine du mußt doch nicht jetzt gleich? Aufstehen meine ich?

–Warum nicht?

–Na ja weil du, ich meine weil wir reden… ihre Hand strich seinen Arm hinab, dorthin, wo er unter ihren Augen geschrumpft war, –und vielleicht kommst du nicht zurück.

–Als was, als Hund? Als Mücke? Er zog hastig das Hosenbein hoch, befreite sein Bein, um in das andere zu schlüpfen, –als Bussard?

–Nein, so meine ich, ich meine ich wollte dich mit Faulkner doch nicht verärgern, ich dachte, du sprächest von Faulkner, und ich meine ich weiß auch gar nicht, ob ich viel von Faulkner gelesen habe, außer *Das Herz der Finsternis*, ich glaube, das habe ich mal gelesen.

Er lehnte sich zurück, sah sie bloß an, sah die Anstrengung die klaren Flächen ihres Gesichts umwölken, das Licht in ihren Augen verschwimmen. –Das ist hervorragend, sagte er schließlich.

–Wo die Leiche des Mädchens irgendwohin in den Süden nach Hause geschickt wird ganz zu Anfang? Und der Leichenwagen bricht auf dem Weg zum Friedhof zusammen? Er sah sie bloß an. –Weil, ich meine ich verwechsle manchmal noch Dinge. Wie die Männer, von denen ich im Radio gehört habe, deren Boot gekentert ist? Und man hat sie in einer aufregenden Rettungsaktion per Postkarte rausgeholt? Ihre Hand strich vom Bett aus seine noch entblößte Wade aufwärts über sein Knie, –glaubst du, daß Leute deshalb schreiben? Belletristik meine ich?

–Aus Verzweiflung… er bequemte sein Bein näher heran.

–Nein, oder vielleicht nur aus Langeweile, ich meine ich glaube, deshalb hat sich mein Vater auch all diese Sachen ausgedacht, weil er sich langweilte, während er dem kleinen Mädchen auf seinem Schoß vorlas, langweilte er sich, und deshalb handelten sie immer von ihm… ihre Hand bewegte sich weiter aufwärts, strich unterwegs spielerisch glättend über Haare, –weil, was du gerade darüber gesagt hast, so ein Gefangener der Hoffnungen eines anderen zu sein? Und über die Enttäuschung? Ich meine ich glaube, die Leute schreiben, weil die Dinge sich nicht so entwickelt haben, wie sie sollten.

–Oder wir nicht. Nein... seine Beine fielen weiter auseinander, damit ihre Fingerspitze ein lockiges Haar zwirbeln konnte, –nein, alle wollen Schriftsteller sein. Sie glauben, wenn ihnen irgendwas zustößt, daß das schon interessant ist, weil es ihnen zugestoßen ist, sie hören von dem vielen Geld, das mit dem Schreiben von irgendwas Billigem, irgendwas Sentimentalem und Vulgärem verdient wird, ob es nun ein Buch ist oder ein Lied, und können es gar nicht abwarten, sich zu verkaufen.

–Oh. Glaubst du das? Ihre Hand war jetzt oben bei der Gabelung seiner Beine angelangt, öffnete sich, als wäre das Gewicht des dort Vorgefundenen zu ermessen, –weil, ich meine ich glaube das nicht, ich glaube nicht, daß sie sich verkaufen, sagte sie, und ihr Tonfall ermaß abwägend die Bedeutung dieses Gedankens, als hörte sie zum erstenmal davon, –ich meine diese armen Leute, die all diese schlechten Bücher und diese schrecklichen Lieder schreiben und singen? Ich glaube, sie geben ihr Bestes... ihre Hand schloß sich locker darum. –Das macht es so traurig.

–Ja... er rückte fast verstohlen näher, versuchte sich aus der Hose zu winden, –du hast recht nicht wahr?

–Und dann, wenn es nicht klappt... ihr Griff schloß sich enger um die jähe Anschwellung, –wenn sie sich Mühe geben, und es klappt nicht...

–Ja, das ist, wenn sie sich, das ist noch schlimmer ja... sein Daumen zerrte genauso hastig, wie er in das Hosenbein geschlüpft war, an einer Gürtelschnalle, –das ist, genau das ist das Schlimmste ja, an etwas scheitern, das sich von Anfang an gar nicht gelohnt hat, das ist das...

–Weil, du könntest, du könntest es doch! Und ihre Hand war fort. –Wunderbare Dinge schreiben meine ich, nicht wahr? Weil deine Hände... sie hatte die nächstbeste ergriffen, –ich habe sie mir angesehen. Sie haben so vieles getan... und sie hielt sie vor ihm hoch.

–Ja, ich habe sie schon mal gesehen, sagte er und sank zurück.

–Weil, hast du es denn nie gewollt? Schreiben meine ich? Ich meine wo du überall gewesen bist, und die ganze Romantik, all diese Dinge, von denen du gestern abend erzählt hast, während du vor dem Kaminfeuer gesessen hast, wie du Gold gefunden hast, als du zum erstenmal in Afrika gewesen bist und noch so jung warst, und man hielt dich für verrückt? Und wo du überall schon gewesen bist? Ich meine zum Beispiel Maracaibo, das klingt schon so, das klingt alles so geheimnisvoll, und... sie verstummte, untersuchte seine Hand genau, spreizte die Finger. Er sei nie dort gewesen, sagte er ihr, dieser Telefonanruf? Das sei nur ein Job, er suche Arbeit dort. –Oh. Weil ich dachte... sie konzentrierte sich auf den Daumen, führte den geschwärzten Nagel näher heran, untersuchte ihn, –was ist geschehen? Was geschehen ist... Er habe sich ihn in einer Autotür eingeklemmt, vor drei oder vier Jahren, verdammtes Glück, daß ich den Nagel nicht verloren habe, als das Telefon klingelte und sie sich über das Bett hinweg danach ausstreckte, –hallo...? Nein bin ich nicht nein. Sie haben schon mal angerufen, ich sagte Ihnen doch, sie ist seit zwei Jahren fort, ich weiß nicht...

–Gib mal her! Und schon hatte er es, –Brian? Bist du das? Was willst... Hat man dir doch gerade gesagt oder? Sie ist seit zwei Jahren weg. Sie ist nicht... gut, schön, du warst auch lange Zeit weg, ich... Brian hör zu, dein Trip nach Yucatan interessiert mich nicht. Ich will nichts davon hören, wie du mit den Indianern gelebt hast. Nichts an dir interessiert... Nein, ich will auch deine Anschrift nicht, damit ich sie ihr geben kann, wenn ich sie sehe! Ich weiß nicht, wo sie ist, will dir das denn nicht in den Kopf? Hör endlich auf, hier anzurufen, will dir das denn nicht in den... und er hielt das tote Telefon noch einen Augenblick lang fest, bevor er es hinüberreichte, flach auf dem Rücken ausgestreckt, damit ihre Hand, die zurück war vom Auflegen, ausgestreckt die Ebene seines Bauchs hinablaufen konnte und zurück, und wieder dorthin zurück, wo die Anschwellung, die sie in ihrem Griff heiß hatte emporwachsen lassen, abgeschlafft auf sie wartete und unter ihrem Griff weiter schrumpfte, –dieser verdammte Idiot…

–War das jemand, den du…

–Niemand! Bloß ein, das war nur so ein Scheißtyp, der früher, verfilzter Bart und Sandalen, hockte da drinnen auf dem Fußboden, sprach davon, ein Hausboot zu bauen, von den Osterinseln, von Peyote, und ihre Augen leuchteten richtig beim Zuhören, das ganze überhebliche verdammt, trinkst 'nen Whisky, rauchst 'ne Zigarette, wirst behandelt wie ein Aussätziger, während er 'nen Joint baut, den sie dann rumgehen lassen, und sie schenkt Wein ein nein, nein er wollte keinem weh tun, aber sie, sie eigentlich auch nicht, aber ich, aber die Eifersucht hält dich wach, wenn du nachts allein aufwachst. Das Licht anmachen, 'nen Drink kippen und im leeren Haus herumwandern, wenigstens hast du das, wenigstens hast du irgendwen, du siehst dich, wie du ihm den Bart ausreißt, ihm die Fresse einschlägst, mit 'ner rauchenden Kanone in der Hand über ihnen stehst, als sie nackt im Bett liegen, während sie in Wirklichkeit wahrscheinlich irgendwo allein ist, einen Teller abwäscht und sich fragt, was zum Teufel der morgige Tag bringen wird nein, nein dazu ist die Eifersucht schließlich da. Es ist wie das Ausbrennen einer Wunde, selbst wenn schließlich klar ist, daß gar nichts dran war außer deiner eigenen Wut, und die hilft dir dann darüber weg.

–Ich habe nie erfahren, wie das ist, sagte sie, –ich meine es war immer nur was aus Büchern und Filmen, weil, weil ich nie erfahren habe, wie es sich anfühlt, weil ich nie jemanden hatte, auf den ich eifersüchtig sein konnte, bis, also du glaubst doch nicht, daß sie einfach hier vorbeikommen könnte oder? Plötzlich einfach unten vor der Haustür stehen und einfach reinkommen? Weil sie, weil sie diese ganzen schönen Sachen da unten, als ob, solange wie alles bleibt, wie sie es hinterlassen hat, könnte sie ja einfach reinkommen, und du hättest sie nicht mal vermißt… ihre Hand lief über seine Wade, über die sie sich, seinen Arm mit einem Knie festhaltend, gebeugt hatte.

–Du könntest doch darüber schreiben... Fingerspitzen hätschelten seinen Knöchel, –ich meine darüber könntest du schreiben.

–Könnte ich das? *Tanzen, reden, ankleiden und auskleiden; Selbst weise Menschen beneideten heuchlerisch Die Sommerinsekten...*

–Worum geht's da?

–*Schrill zirpt die Brut des Grashüpfers, «Was kümmert uns die Zukunft, wo wir doch tot sein werden?»* Ach, Grashüpfer, der Tod ist ein wilder Wiesenstärling...

–Ja das ist hübsch, ich meine hast du das geschrieben?

–Also ich... sein Kopf fuhr hoch, er sah an seiner eigenen ausgestreckten Blöße hinab auf ihre, die ihren roten Sturzbach zu seinen Füßen ergoß, –eigentlich nicht nein, nein eigentlich ist es ein Gedicht von...

–Ich meine hast du je gesehen, wie sie sich paaren? Grashüpfer, Gottesanbeterinnen oder dergleichen, sie waren so, sie waren so exakt... ihre Finger strichen den Knochen entlang, –du hast so schöne Knöchel, da wo keine Haare sind, so weich und glatt bis ganz hier oben... über seine Wade, am Knie vorbei und tasteten sich höher, während sie über ihn kam und die Oberhand gewann, indem ihre Finger die Wurzelhaare der ihren Griff ausfüllenden Anschwellung zurückdrängten, –als ich sie mal im Fernsehen gesehen habe, und sie waren auch so, einfach so elegant... und das Auf und Ab, Auf und Ab ihrer Hand glich dem des laubgedämpften Sonnenlichts, das an ihrer Schulter emporstieg und wieder von ihr abfiel, wenn sie sich hinunterbeugte, auf und ab, als ihre Fingerspitze der Vene an der sich versteifenden Erhebung entlang aufwärts bis zur glühend gespaltenen Spitze folgte, wo ihre Zungenspitze hervorkam, um ein im Sonnenlicht über ihren Schultern funkelndes Tröpfchen zu entlassen, dann innehielt, die Spitze von sich hielt, wie um sie scharfzustellen –was ist das... und mit der Zungenspitze, der schabenden Kufe ihres Nagels –sieh mal, diese kleine Stelle, sieht aus, als wäre da ein bißchen Schorf auf der...

–Dann ist da eben welcher! Du meine Güte, ich weiß nicht, was es ist, es ist eine Liebesschramme, lieg' hier ausgestreckt wie einer deiner auf ein Brett genagelten Grashüpfer, was ist dies, was ist das, untersuchst jeden Scheiß...

–Aber ich wollte nicht... und ihre Hand schloß sich fest um ihre zur Farbe des Zorns angelaufene Beute, und sie kam gleichgewichtsuchend hoch, streckte sich nach dem Telefon –Wer, hallo...? Sie schluckte und räusperte sich. –Ja, wer, wer... ihr blieb die Luft weg, –was...? Hab' ich doch! Ich habe versucht, mit ihm zu reden, aber er... Fünfundzwanzig Dollar mit dem Zusatz Gesamtsumme ja, das ist... Nein jetzt warten Sie mal, halt! Sie, Sie haben kein Recht, so anzurufen und, anzurufen und mich so zu belästigen Mister Stumpp, ich habe versucht, mit Doktor Schak über meinen Zustand zu sprechen, über seine Sprechstundenhilfe, über diese Untersuchung, er hat ja nicht mal zugehört, er sagte bloß, meine Rechnung, warum haben Sie nicht bezahlt... Also gut, gut dann! Sagen Sie ihm das, sagen Sie ihm, er soll sich seine Scheißrechnung, und sie knallte den Hörer auf, mit angezogenen Knien und das Gesicht in ihnen vergraben, Atem holend.

–Bin ich froh, daß ich nicht Mister Stumpp bin.

–Das ist gar nicht komisch! Sie zog das Laken um ihre Schultern, und ein Zittern ließ sie aufatmen –ein, ein Arzt, ein blöder Arzt... und sie rückte mit den Ungerechtigkeiten heraus, die sie unter den Händen Doktor Schaks und seines Personals erduldet hatte, mit seiner –gemeinen Sprechstundenhilfe, die mich anschrie mitten in einem Krampf und, und... sie hatte immer noch Mühe, Atem zu holen, preßte das Gesicht gegen ihre Knie, die Allgemeine Untersuchung habe er dem falschen Mann geschickt, dem falschen Arzt, wenn er sie überhaupt abgeschickt habe, und ihre Unterlagen, sie sagten, sie hätten sie abgeschickt, dabei hatten sie es doch gar nicht, und diese detaillierte, –was er so eine detaillierte Krankengeschichte nennt, ich hab' ihn ja kaum fünf Minuten gesehen, er war auf dem Sprung nach Palm Springs, zum Golfen in Palm Springs, und dann dieser Mister Stumpp, dieser Rechnungseintreiber Mister Stumpp, der gibt die Sache weiter an Doktor Schaks Anwalt Mister Lopots, wenn ich nicht mit mir handeln lasse und ihnen hundert Dollar schicke, höre ich von Mister Lopots, und der wird, das ist nicht komisch, überhaupt nicht! Und so schmal ihre Hand war, gelang es ihr doch, sie zur Faust zu ballen und ihm damit auf die Schulter zu schlagen, und dann nochmals mit der Handkante.

–Nein nein nein, Mister Stumpp? Mister Lo...

–Hör auf! Sie war Gesicht voran ins Kissen gesunken, beide Hände zu Fäusten geballt, –nein! mit seinem Atem an ihrer Schulter, auf dem schweißigen Tröpfchengefunkel, das über die Blässe ihres Nackens perlte, und seine Hand unten an ihrem Rücken spreizte die Spalte auseinander, und nun wälzte er seine Masse auf sie, als sie sich ganz plötzlich umdrehte, ihn mit den Armen umfing, um ihn mit zurückgeworfenem Kopf einzuführen, und die volle Schwellung ihrer Kehle hob sich im gehöhlten Bogen ihres Kiefers, stemmte sich ihm, solange es dauerte, mit ersticktem Gegurre entgegen, bis er sich hinabbeugte, selber verzweifelt nach Atem ringend, und still neben ihr lag, sobald er ihn wiedererlangt hatte, und als er Minuten später von der Bettkante schlüpfte und seine Hose, seine Socken aufhob, sein Hemd anzog, hielt er inne und sah auf sie hinab. Sie lag mit dem Kopf auf ihrer rechten Schulter, die Augen geschlossen, und ihr Mund hing offen, ohne ein Lebenszeichen außer dem unregelmäßigen Zittern ihrer Unterlippe, die bei jedem mühevollen Versuch, zu Atem zu kommen, eingesogen wurde, um dann im Zurückfallen ihre zur Ruhe gekommene Zungenspitze freizugeben, und er stand da, sah auf sie hinab wie auf jemanden, den er noch nie gesehen hatte, als wären Jahre dahingeeilt und selbst ihre Identität geflohen und die Jahre hätten jegliche Intelligenz, oder die Hoffnung darauf, und gewiß jegliche Schönheit oder den Anspruch darauf mit sich genommen, sie lag da mit weit gespreizten Beinen und entspannt neben sich ausgestreckten Armen, die Daumen noch immer in den Handflächen verkrampft, und als er sich niederbeugte, um das Laken über sie zu ziehen, als es zwischen ihren Brüsten und Knien einsank und sich an den Spitzen ihrer Zehen wieder wölbte, hob sich auf einmal heftig ihre Brust, ihre Zunge kam heraus und leckte den Schweiß von ihrer Oberlippe, und das Geräusch aus ihrer Kehle beim Atemholen wurde lauter, und dann wälzte sie sich mit einem tiefen Seufzer zur Seite und war still, und er bückte sich, um seine Schuhe aufzuheben, und eilte aus dem Zimmer.

Als sie aufhorchte, war das Geräusch, das sie geweckt hatte, schon verklungen, die Bewegung nichts weiter als das Gesprenkel der Sonne auf der Wand, auf dem leeren Bett neben ihr, und dann gurrte wieder eine Taube draußen in den Ästen, und sie stand auf, ihr Blick auf die nackte Angst im Spiegel genauso verstört wie der, den dieser ihr zurückwarf, als sie ihn auf dem Weg in den Flur passierte, wo sie anhielt, das blanke Frösteln durchlief sie beim Ausbruch der Toilettenspülung unten, sie kauerte dort an der kalten Wand, bis das Geräusch eines Hustens, eines Stuhls, der da unten über den Boden scharrte, ihr den Weg durch den Flur erleichterte, und dort, wo sie ein Bad einlaufen ließ, drehte sie ihr blasses Gesicht in jeden nur möglichen Winkel, aus dem ihre Augen gerade noch den Ekel vor jenen im Spiegel zügeln konnten, bevor sie einen Kamm nahm, um das feuchte Knäuel ihres Haars in Angriff zu nehmen.

Im Schlafzimmer riß sie Schubladen auf und zu, hielt sich dies und jenes an, den Schleier einer Bluse aus bedrucktem Chiffon, die sie nicht mehr getragen, nicht mehr gesehen hatte, seit sie diesen derben, grobgestrickten Pullover hier angehabt hatte, Land und Herbst in einem hellen braungefleckten Grau, obwohl er, wenn sie ihn von sich hielt, seltsamerweise grün genug aussah, um zu ihren Augen zu passen, freilich ohne die Aufdringlichkeit von diesem hier in seinem harten Kelly-Grün, übrig von einem Weihnachtsfest, lange verschütt und fast nie getragen, und sie hatte sich zweimal umgezogen und mit gemessener Konzentration ihre Augen nachgezogen, bevor sie die Treppe herabkam.

Der Rauch hatte schon in Schwaden den Raum durchzogen, wo er kniete und einen Stapel Zeitschriften mit Bindfaden zusammenband. –Möchtest du irgendwas? sagte sie in der Tür dort, –zum Frühstück meine ich? Er habe schon Kaffee getrunken, sagte er ihr, ohne aufzublicken, eine Tasse mit erkaltetem neben dem überquellenden Aschenbecher, und er zog den Knoten fest. –Kann ich dir helfen?

–Gibt's hier Müllbeutel?

–Ich seh' mal nach ... doch statt dessen ging sie weiter in den Raum hinein, stand einen Moment lang über ihm, hob Dinge auf, legte etwas zur Seite, zugunsten von etwas anderem, –oh, sieh mal! Was ist das?

–Das? Man nennt das gebankten Malachit.

–Ist das nicht hübsch? Das Grün darin, ich habe noch nie so ein hübsches Grün gesehen ... sie drehte den Stein in der Hand, –woher kommt er? Aus Katanga, seien bloß Kupfersulfate, nicht allzu ungewöhnlich, fuhr er fort, wischte, wieder am Boden, Spinnweben von einem Stoß Korrekturfahnen, der bei dem Abfall auf dem Tisch landete, als –Oh, sieh mal! Ist das echt? Sie entrollte die Streifen bis zu dem durchlöcherten Gesicht, der spärlichen, borstigen Mähne, –hast du das geschossen?

–Geschossen?

–Also ich meine, ich meine ob man Zebras schießt, nicht wahr? In Afrika?

–Man schießt Zebras ... und er setzte sich, glättete ein Zigarettenpapier, klopfte den Tabak darauf, sah zu, wie sie Dinge aufhob, Dinge weglegte, ein Feldstecher richtete sich mit dem falschen Ende auf ihn, erforschte ihn aus dieser Entfernung, machte ihn zum Zentrum ihres Interesses, so, wie sie sich auch über seine Hand, seinen Knöchel gebeugt hatte, wie sie der zarten, blutgefüllten Vene mit der Zungenspitze gefolgt war, als hätte er sich auf eine Art Pakt eingelassen, während er dort oben in ihrem Bett und an allen Ecken und spaltigen Enden ihres Körpers herumgestöbert hatte, mit dem gleichen Recht,

200

mit dem nun sie in seinem Leben herumstöberte, sie hielt einen gelb-orangen Stein aus dem Abfall hoch, ließ ihn wieder fallen zugunsten eines glänzenden Farbquadrats.

–Das wirfst du doch wohl nicht weg?

–Warum nicht?

–Aber es ist hübsch. Was ist das?

–Das nördliche Ende des Great Rift, es ist eine Satelliten-Aufnahme. Sie steht übrigens auf dem Kopf.

–Oh. Sie ließ sie auf den Boden fallen, –ich dachte, es wäre Kunst, und sie blätterte in einem Ordner voller maschinegeschriebener Blätter, –aber das hast du alles geschrieben? Oder?

Er zündete die frisch gedrehte Zigarette an. –Was ist mit den Müllbeuteln?

–Aber hast du? Ich dachte, du hättest gesagt, du seist kein Schriftsteller.

–Ich bin kein Schriftsteller Mrs. Booth! Ich bin, können Sie bitte, diese Müllbeutel, können Sie...

–Mrs. Booth?

–Ja, er stand wieder auf, –können Sie mir bitte diese Müll...

–Also ehrlich, Mrs. Booth? Sie sank auf die gebündelten Zeitschriften... –als wärst du gerade zur Tür reingekommen wie ein, wie ein Schuldeneintreiber oder sowas, du hast nicht mal, nein faß mich nicht an, nein! Sie griff nach etwas, irgendetwas, zerrte die zerfetzten Falten des Zebrafells am Genick hoch und setzte sich, strich es glatt, weißer Streifen auf schwarzem, –ich bin kein Schriftsteller Mrs. Booth. Ich meine so heiße ich doch nicht, ich heiße, ich heiße Elizabeth, fuhr sie die Seiten in dem Ordner an, –und ich meine wenn ich nicht Mrs. Booth bin, und du bist kein Schriftsteller, was soll dann das Ganze?

Er trug kein Jackett, es lag immer noch da, wo er es hingeworfen hatte, auf dem Sessel im Wohnzimmer, und von hinten schienen seine Schultern zu schrumpfen, einzufallen, Substanz zu verlieren, wie er so dastand und den morgendlichen Auftritt des alten Mannes draußen an der Ecke verfolgte, den Besen in einer Hand und das plattgefahrene Kehrblech in der anderen, als würde er zum Dienst antreten. –Dann lies es doch, sagte er. –Nimm es und lies es.

Statt dessen sagte sie nur –Das wirfst du doch wohl nicht auch weg?

–Warum nicht? Er zerknüllte eine der Seiten, hielt sie hoch, –was glaubst du, was das ist, dichte berauschende Prosa? Ergreifende Einblicke? Die im menschlichen Herzen verborgene dunkle Leidenschaften erforschen? Rhapsodische, weiß der Henker was, überragende Metaphorik? Verkanntes Genie? Ein winziger Schimmer der Wahrheit, nach der man zu fragen vergaß? Es ist ein Kapitel für ein Schulbuch, nichts anderes, ein Kapitel über Lebensformen, die sich vor einer halben Milliarde Jahren im Paläozoikum entwickelten. Damit hab' ich mich beschäftigt, als ich hier von vorne anfing, für Schulbücher, für Enzyklopädien schreiben, das ist alles. Diese ganzen Bücherregale? Ich habe sie selbst gebaut, hatte meine Bücher seit Jahren nicht mehr gesehen, sie waren in Kisten verstaut, ich hab' die Decke und den Fußboden eingezogen, ich hab' den ganzen Fußboden hier verlegt, um am Ende aus dem Fenster auf diesen alten Mann zu starren, der da draußen seine Scheißprozession zur Mülltonne veranstaltet und dabei den Eindruck zu erwekken versucht, er wäre zu etwas nütze, bis ich, bis er mich schließlich aus dem Haus vertrieb.

–Aber er, dieser alte Mann? Ich meine kennst du ihn?

–Ihn kennen! Eine Rauchwolke wogte vor den Fenstern, und er bückte sich, um die Zigarette auszutreten, –jedesmal wenn ich hochblickte, sah ich ihn da draußen, jedesmal wenn ich hochblickte, tat er so, als täte er etwas Sinnvolles, sieh ihn dir doch an, zehn verwelkte Blätter auf seinem Kehrblech, und er versucht immer noch zu beweisen, daß er zu irgendeinem Zweck hier ist? Fahr hernieder, hehrer Wagen, glotzt da auf diesen Klopapierstreifen, Laß mein Herz sich an dir laben, du meine Güte, wo wir gerade von heruntergekommenen Chorknaben reden? Starrt da hoch, als hörte er ihre sanften Engels-

stimmen rufen, da hab' ich angefangen, schon morgens einen
Drink zu kippen.

–Nein aber diese ganze Arbeit, ich meine ich verstehe nicht,
was er damit zu tun hat...

–Weil es verdammt nochmal dasselbe ist! Hier... er kramte
in einem anderen Stapel, –ein High-School-Enzyklopädiearti-
kel über Darwin, siehst du diese ganzen blauen Striche? Den
haben sie von sechzehnhundert Wörtern auf sechsunddreißig
gekürzt, die Evolutionstheorie ist von dreitausend auf hun-
dertzehn geschrumpft, in der nächsten Ausgabe wird sie völlig
fehlen. Ursprünge des Lebens bekommen achtundzwanzig,
achtundzwanzig heuchlerische Wörter, hör zu... er nahm ein
Buch, oder was bei den vielen herausgerissenen Seiten davon
übrig war, –das ist das, was sie neuerdings wollen, hör zu.
Manche meinen, die Evolution erkläre die Vielfalt der Organismen auf der Erde. Andere hingegen glauben nicht an die
Evolution. Letztere vermuten, die verschiedenen Arten von
Organismen seien in ihrer heutigen Form erschaffen worden.
Niemand weiß mit Sicherheit, wie die verschiedenen Arten von
Lebewesen entstanden sind. Niemand weiß mit Sicherheit, wie
viele schmierige leseunkundige Idioten mit solchem Geseier
hausieren gehen, hier ist noch einer, hör' dir den an. Eine andere
Hypothese über die Erschaffung des Universums mit all seinen
Lebensformen ist die göttliche Schöpfung, die Gott die entschei-
dende Rolle bei der Erschaffung des Lebens zuschreibt. In eini-
gen Schulsystemen ist es Pflicht, die Evolutions- und die göttliche Schöpfungstheorie gleichberechtigt zu lehren. Das scheint
angesichts der naturgemäß vagen Beschaffenheit von Hypothe-
sen eine gesunde Einstellung zu sein. Eine gesunde Einstellung!
Er schleuderte es in den Karton, –nimm deren Biologiebücher,
schlag geologische Epochen nach. Fossil-Funde? Nichts. Pa-
läontologie? Sogar das Wort ist weg, einfach verschwunden. Da
hab' ich angefangen, einen Drink zu kippen und dem alten
Mann da draußen zuzusehen, sah ihm zu, wie er sich bemühte,
so zu tun, als gäbe es irgendeinen verdammten Grund dafür,

morgens aufzustehen... Er griff nach der Flasche, stand aber bloß da und ließ seine Hand auf ihr ruhen, –jetzt, sieh ihn dir jetzt mal an. Sieh mal, wie sich seine Lippen bewegen, wenn er innehält, um im Gleichgewicht zu bleiben? Ich heiße Tod, Der letzte gute Freund bin ich, mit seinem Scheißbesen da draußen eine Existenz rechtfertigen, die nicht von ihm lassen will. Wie kalt deine Hände sind, Tod, Komm wärme sie an meinem Herzen, Gott, wie ich lernte, ihn zu hassen.

Sie saß jetzt da und besah sich den Verlauf des schwarzen Streifens auf Weiß, aufmerksam, als säße sie über einen Stickrahmen gebeugt. –Wäre er nicht überrascht? sagte sie schließlich. –Daß du ihn haßt meine ich, er weiß das ja nicht mal. Er wäre bestimmt erstaunt...

–Erstaunt, wenn ich da rausginge und ihn vor ein Auto stieße, um ihn von seinem Elend zu erlösen. Darüber hab' ich schon nachgedacht.

–Ich meine das ist doch das, was diese Leute in den Zeitungen immer machen oder? Wenn sie sagen, Gott habe ihnen befohlen, es zu tun? Sie hatte das Fell mit der Schnauze flach auf ihr Knie gelegt, stieß einen Finger durch ein Loch, wo einst ein Auge gewesen war –weil, ist es nicht seltsam? Ich meine wenn man bedenkt, daß diese Grashüpfer wahrscheinlich alle genau dasselbe wissen, aber ich meine diese ganzen Leute, all diese Millionen und Abermillionen Leute überall, daß da keiner weiß, was irgendein anderer weiß?

–Was immer deine Grashüpfer wissen mögen, ist 'ne Sache für sich, von den Weibchen wirst du es nicht erfahren, die sind praktisch stumm, es sind die Männchen, die...

–Ich rede nicht von Grashüpfern! Ich, ich meine davon rede ich genau nicht, ich rede von dir, davon, was du weißt, und was kein anderer weiß, weil es darum beim Schreiben geht oder? Ich bin kein Schriftsteller Mrs. Booth, ich meine eine Menge Leute können über all das schreiben, über Grashüpfer und Evolution und Fossilien, ich meine die Dinge, die nur du weißt, das meine ich.

–Vielleicht sind das die Dinge, von denen man sich lösen will. Vielleicht sind das die Dinge, die einen bei lebendigem Leibe auffressen, da oben auf so einem Stern sitzen mit deinem starken Teleskop und deinen Vater mit seinen Jack-Russell-Terriern beobachten, ich werd' dir erzählen, was ich sehen würde, wenn ich mit dir da oben wäre. Ich sähe mich unter so einem Lastwagen liegen, nur um aus der sengenden Sonne zu kommen, der Lastwagen kaputt und mein Boy abgehauen, einfach mitten in der Nacht auf und davon. Ich hab' dir doch gesagt, daß die alle dachten, ich wäre verrückt, als sie mich dann aufgabelten, als ich sagte, es gäbe Gold da, tja und ich war's auch. Zwei oder drei Tage bei lebendigem Leibe geröstet da draußen, trank rostiges Wasser aus dem Kühler des Lasters und delirierte, aber ich hatte mir geschworen, wenn ich je durchkäme, würde ich mich an das erinnern, was wirklich geschehen ist. Daran, daß das einzige, was mich davor bewahrt hatte, den Verstand zu verlieren, das Wissen war, daß ich den Verstand verlor, aber daß es doch da war, das Gold war da. Und als sie es zwanzig Jahre später fanden, war es nicht mehr wichtig zu beweisen, daß ich es war, der ihnen davon erzählt hatte, nichts davon war mehr wichtig. Wichtig war nur, daß ich durchgekommen bin, weil ich geschworen hatte, mich an das zu erinnern, was wirklich geschehen war, daß ich niemals zurückschauen und es romantisieren würde, bloß weil ich jung war und ein Dummkopf, aber ich hatte es geschafft. Ich hatte es geschafft und war lebend herausgekommen, und so ist es seitdem immer gegangen, und das ist vielleicht das Schwerste, schwerer als hingerückt zu werden in den Wolken und am Jüngsten Tag vor den Herrn zu treten oder mit dem Großen Imam wiederzukehren, weil diese Fiktion ganz und gar deine eigene ist, weil du dein ganzes Leben damit zubringst, wer bist du und wer warst du, als alles möglich war, als du sagtest, daß alles noch so war, wie es sein sollte, egal wie sehr wir's auch immer bei der erstbesten Gelegenheit verdrehen und dann eine Vergangenheit dazuerfinden, um uns dafür zu rechtfertigen, da oben auf dem Hundsstern sitzen, hast du mir das nicht erzählt? Mit einem starken Teleskop, daß es das ist, was du sehen würdest? Auf irgend jemandes Beerdigung verführt zu werden, so an die acht oder neun Lichtjahre entfernt, und daß du dann sehen würdest, was wirklich geschehen ist? In der Küche klingelte das Telefon. –Und war es so?

–Immer klingelt es! Sie stand auf, preßte die Streifen aufeinander, –nein, immer wenn wir, es klingelt immer...

–Warum gehst du denn überhaupt ran?

–Weil es Paul sein könnte! Sie wartete ab, bis wieder Farbe in ihrem Gesicht war, wandte sich zum Flur und ging hindurch. –Ja, hallo? Sie räusperte sich, –oh. Er sagte, Sie würden vielleicht anrufen ja, er ist nicht hier, er wird nicht vor morgen oder vielleicht Donners... Ja wegen des Nachlasses, irgendetwas wegen einer Aktienoption vor diesem großen Prozeß? Er sagte, er wolle nur ein klares Ja oder... nein ich weiß ja, aber... Ja aber, wenn Sie sagen überstürzt handeln, ich meine ich weiß, er wird manchmal etwas ungeduldig, aber er versucht wirklich nur zu helfen, er ist... In Ordnung ja, ich sag' ihm, daß er Adolph anrufen soll, daß er nicht wieder Sie anruft, sondern Adolph...

Sie legte auf, stand da und starrte aufs Telefon, und dann nahm sie wieder ab, räumte Papiere beiseite, machte Platz für eins mit einer Nummer darauf, die sie wählte, und sie wartete, und schließlich –hallo? Ja ich rufe wegen... bin ich was? Ich, nein nein, ich bin kein Gebetspartner nein, ich... ich habe nicht den Heißen Draht des Herrn gewählt nein, ich will nur... für was? Nein bitte, ich meine ich versuche nur meinen Mann... Ja danke, aber das möchte ich nicht ich, ich versuche meinen Mann zu errei... nein nicht auf dem Heißen Draht des Herrn nein, ich dachte... danke, und sie legte wieder auf, stand da und starrte den Poststapel an und griff plötzlich danach, kramte den Zeitungsausschnitt darunter hervor, auf dem Augen durch Löcher in einer Papiertüte blickten, zerknüllte ihn in der Hand, während sie durchs Wohnzimmer ging, um die Haustür zu öffnen, um die nur vom durchdringenden Schrei einer Krähe, die ir-

206

gendwo jenseits des Kehrichts der Nacht einen Wipfel befehligte, unterbrochene Stille des Tages hereinzulassen, ein entschlossener Griff in den Briefkasten, und sie kam herein, warf sie auf den Tisch, Doktor Yount, B & G Lagerhaltung, Mrs. B. Fickert (in Bleistift), Christliche Wiedererweckung, F. X. Lopots, Anwälte...

–Diese Müllsäcke, hast du welche gefunden?

–Was? Oh. Sieh doch mal, die haben nicht mal gewartet! Der Mann, der heute morgen angerufen hat, dieser schreckliche Mister Stumpp... Papier zerriß, –er sagte, wenn ich nicht mit mir handeln ließe, dann würde ich von Mister Lopots hören, und schon haben sie das hier geschickt.

–Mister Lopots.

–Also das ist nicht komisch! Bei Nichtzahlung des fälligen Betrags sehen wir uns gezwungen, rechtliche Schritte gegen Sie zu unternehmen, worauf sich der fällige Betrag um Zinsen, Gerichtskosten, Anwaltsgebühren und Auslagen erhöhen...

–Die versuchen bloß, dir Angst einzujagen, hier... er nahm ihr den Brief weg und setzte sich, –gib mir mal das Telefon.

–Also sie machen mir auch angst. Bei Nichtzahlung des fälligen Betrags sehen wir uns leider gezwungen... Er hatte schon gewählt. –Warte, was machst du...

–Mister Lopots? Ich rufe im Auftrag einer gewissen Mrs. Booth an, in der Sache Doktor Schak gegen Booth, ich habe Ihr... ich habe es direkt vor mir, es steht keine Kontonummer darauf, es ist lediglich einer Ihrer billigen, vervielfältigten Drohbriefe, um... Das tut hier jetzt gar nichts zur Sache, Mister Lopots, hören Sie zu. Wenn Sie diese Angelegenheit weiter verfolgen wollen, wird Mrs. Booth gern auf alle Vorladungen und gegen sie erhobenen Anklagen gemäß den gesetzlichen Bestimmungen reagieren. Sie ist bereit, sich der Mühe zu unterziehen, Ihrem Klienten vor dem zuständigen Gericht gegenüberzutreten und jegliche Auslagen und Kosten zu tragen, falls er seine Klage gewinnen sollte, was aber verdammt unwahrscheinlich aussieht...

–Nein warte, bitte!

–Ich nehme an, Ihr Klient ist sich darüber im klaren, wieviel seiner Zeit eine solche Verhandlung beanspruchen wird, Mister Lopots, und wenn Sie an eine Vertagung in letzter Sekunde denken, so muß sich Ihr Klient bei Mrs. Booths Erscheinen auf eine Vorladung unter Strafandrohung gefaßt machen, was sein Erscheinen samt allen diesen Fall betreffenden Unterlagen sicherstellen wird, Unterlagen wie etwa dieser angeblich detaillierten Fall- und Krankengeschichte und dem Befund dieser Allgemeinen Untersuchung, die er dem Falschen geschickt hat, falls er sie überhaupt je abgeschickt hat, ist Ihnen das alles klar? Falls Sie sich noch einmal mit Ihrem Klienten besprechen wollen und er sich entschließen sollte, die bereits geleistete Zahlung zu akzeptieren, sollten Sie Mrs. Booth das umgehend wissen lassen, damit sie den Scheck nicht sperrt. Danke, Mister Lopots, Wiederhören.

–Aber glaubst du denn, die...

–Vergiß es... Er beugte sich über eine Herdflamme, zündete sich die Zigarette an. –Siehst du? Die bemühen sich, dir in drohendem Ton zu kommen, aber dahinter steckt kein böser Wille, nur Dummheit... er zerknüllte den Brief –gehört in den Abfall... und warf ihn hinein.

–Willst du bleiben? sagte sie plötzlich, –ich meine bis, wenn du Mittagessen willst, es gibt kein Mittagessen, ich trinke manchmal nur ein Glas Milch, aber, aber Abendessen, wir könnten vor dem Kamin sitzen wie gestern abend? Ich kann im Laden anrufen, sie können was liefern, etwas, wenn wir, ich meine wenn du bleiben willst? Ob sie denn anständiges Kalbfleisch raufschicken könnten, fragte er sie, vier oder fünf Kalbschnitzel? und ob sie Pilze habe? frische, und Sahne... –Nein aber, ich kann welche bestellen, aber ich meine, ich hab' sowas nur in Restaurants gegessen, ich bin nicht sicher, ob ich, ich kann aber Hähnchen machen, wenn du... Er würde es schon machen, sagte er ihr, und Schalotten, Eßzwiebeln, wenn sie keine Schalotten da habe, und Madeira? ob es Madeira gäbe?

–Ich glaube nicht aber... Ein bißchen weißer Wermut dann, der täte es auch, sagte er, wandte sich zur Tür und hielt ganz unvermittelt an, denn sie stand dicht vor ihm, ihr Arm um seine Schultern zog ihn näher, –kannst du das? Das alles machen?

–Natürlich... Er legte seine Hand fest auf ihre Schulter, –man lernt, für sich selbst zu sorgen.

–Aber hat sie denn nicht...

–Geologen haben die höchste Scheidungsrate... nahe genug, um den Bogen ihres Wangenknochens zu küssen, –noch höher als Ärzte... und er ließ sie los, nur seine Hand verweilte auf ihrer Brust. –Übrigens, diese Müllbeutel?

Kalbfleisch, schrieb sie auf die Rückseite von B & G Lagerhaltung, Pilze, Schalotten, Sahne, Marsala war's doch oder? Und sie ging hinüber, zog die Schublade auf, kramte unter den Tisch-Sets, ein Fünfer, drei Einer, ein Zwanziger, bevor sie wieder eine Nummer wählte und gerade ihre Bestellung wiederholte, –ja ich weiß, aber diesmal bezahle ich bar... als, direkt vor ihr, erbebend die Haustür aufging und sie es auf die Gabel fallen ließ.

–Bibb?

–Nein! Du, was...

–Hey... er kam näher, –du siehst wirklich toll aus.

–Warte! Sie stellte das Telefon zurück, wies mit dem Rücken gegen das Zweiersofa gelehnt seine Umarmung ab, –du, was soll das, was machst du hier?

–Mann ich komm' grad zurück, also ich komm' bloß mal so vorbei, um zu sehen, wie's dir...

–Du kommst immer einfach mal so vorbei! Du, du bist...

–Bibb also ehrlich, was ist denn los, ich mein'...

–Du weißt, was los ist! Ich habe mich, setz dich. Setz dich schon.

Er lümmelte sich in den Armsessel. –Hast du 'n Bier?

–Nein, ich habe kein Bier. Billy ehrlich, wie konntest du sowas nur tun, Mister Mullins hat angerufen und mich angeschrien, er wolle die Polizei holen und dich einsperren lassen, er sagt, er sei derjenige, der Sheilas Miete zahle, und wenn du ihm nicht jeden Penny gäbst, den du diesen Leuten gestohlen hast, würde er dich ins Gefängnis bringen, ist das wahr? Kommt da dieser neue Anzug her, und die Idee, nach Kalifornien abzuhauen?

—Oh Mann. Der ist so dumm, also halt ihn da bloß raus Bibb. Ich geb' ihm das Geld, und damit gilt er als Komplize, stimmt's? Damit wir beide neunzig Tage auf Riker's Island abreißen? Ich mein' der ist so brunzdumm, der kann nicht mal...

—Er will das Geld nicht, er will es nicht behalten, er will es diesen Leuten zurückgeben, denen du es gestohlen hast, weil sie alle hinter ihm her sind, sie sind hinter ihm und Sheila her, weil es ihre Wohnung ist, wieviel war es?

—Also Sheila wußte überhaupt nichts davon ehrlich, sie ist vor zwei Wochen in so einen Ashram nach Jersey abgehauen mit so einem klapprigen Tibetaner, was soll also die große...

—Und dann hast du eine Anzeige in die Zeitung gesetzt, Zwei Schlafzimmer großes Wohnzimmer Terrasse, möbliert, dreihundert Dollar im Monat? Und dann hast du sie herkommen und sie besichtigen lassen, und hast sie alle beiseite genommen, damit sie dir eine Mietsicherheit zahlen und nächste Woche wiederkommen? Das hat er mir erzählt, ist das...

—Oh Bibb, Bibb. Also was soll's denn, tut doch keinem weh oder? Sie haben nichts mitgenommen oder? Sie hat immer noch ihre Scheißwohnung, und ein paar Dummbeuteln auf der Straße fehlen hundert Dollar Mann ehrlich, was haben die denn erwartet, also wenn die bescheuert genug sind zu glauben, sie könnten so eine Bude für dreihundert im Monat kriegen, sie konnten's kaum abwarten, ihre Mietsicherheit rüberzuschieben, wie diese eine Frau, geht ins Schlafzimmer und...

—Ich will nichts davon hören! Und bitte hör auf, Scheiße zu sagen, ich möchte einfach nicht, warum machst du bloß solche Sachen?

—Mann ehrlich, was soll ich denn sonst machen? Ich mein'

ich geh' hin und seh mal bei Adolph rein, weißt du, daß er
Longview verkauft hat? Und mal ehrlich, sehen wir davon
auch nur einen einzigen Scheißpenny? Ich mein' es hätte sowieso an uns fallen müssen, es hätte an Mutter fallen müssen,
wenn sie...

—Mutter haßte Longview, sie fürchtete sich davor, seit sie
gesehen hat, wie dieses Ding aus dem Moor kam und den Alten
Juno hineingezerrt hat, ist sie nie wieder hingefahren, sie fürchtete sich.

—Ehrlich, willst du damit sagen, Adolph sollte es für beschissene siebenhundertdreißigtausend Dollar diesen Ärzten überlassen? Es hätte mehr als drei Millionen bringen müssen, aber
er macht das große Geld mit diesem Ärzte-Syndikat und steckt
es gleich in den Trust. Er hätte es zwischen uns aufteilen müssen, aber jetzt ist es im Trust, und wir sehen keinen Scheißpenny. Es sei seine Pflicht als Vermögensverwalter, die Aktiva
des Trusts zu bewahren, damit der Trust seine Verpflichtungen
erfüllen könne, erzählt er mir, er müsse den Trust gegen unbe-
fugte Eingriffe schützen, weißt du, was das ist Bibb? Das ist
Paul, daß ist dieser Scheißpaul, der rumrennt und versucht,
Geld darauf zu pumpen, das ist es, was er...

—Schon gut! Das heißt aber noch lange nicht, daß du sowas
wie mit Sheilas Wohnung machen mußt, wenn Adolph dir
mehr Geld vorschießt, wo geht das denn hin? Drogen? Sind es
Drogen, ist es das...

—Oh Bibb nun komm, also es geht einfach so weg, ich mein'
wer sagt dir denn, daß ich Adolph um Geld für Drogen anzuhauen versuche, Adolph? Hast du mit Adolph gesprochen?
Ich war nämlich gar nicht bei ihm, um Geld aus ihm rauszuquetschen, ich war bei ihm, um zu sehen, ob er mir einen Job
beschaffen kann, frag' ihn doch. Wenn du mir nicht glaubst,
frag' ihn. Ich mein' ich will einfach nur die Platte putzen
Bibbs, also so weit weg wie möglich von diesem ganzen Mist,
Adolph kennt die Unternehmensbereiche der Firma in- und
auswendig, der könnte mich überall hinschicken. Ich mein'

der Alte hat den ganzen Laden geschmissen, hab' ich dann nicht das Recht auf irgendeinen lausigen Job?

–Also jetzt schmeißt Mister Grimes ihn, und ich glaube kaum, daß er...

–Mann ehrlich, es gibt doch nichts, was dem alten Grimes lieber wäre, als mich in irgendein heruntergekommenes Loch in Afrika zu verschiffen, würde sich jedesmal ins Fäustchen lachen, wenn er sich vorstellt, wie ich da mit Dengue-Fieber liege, der würde sogar eigenhändig noch ein bißchen Malaria dazulegen...

–Afrika?

–Da sind sie doch, oder nicht? Und ich mein' da geht's rund, VCR hat in Afrika überall die Finger drin, wo du auch hinsiehst, also darum dreht sich doch dieser ganze Mist, der Aktienverfall und das Vermögen des Alten und diese undichten Stellen, hast du mit Adolph gesprochen?

–Nein, Paul sagt...

–Paul sagt! Mann immer dieser Scheißpaul, ich mein' er ist es Bibbs, er ist doch derjenige, der nicht dichthält, ist da drüben hin- und hergependelt wie ein JoJo und hat für den Alten die Dreckarbeit erledigt? Ich mein' sie haben ihn hochkant aus der Firma geschmissen, aber das heißt doch noch nicht, daß seine Arschlöcher von Kumpels in Pretoria ihn auch fallengelassen haben oder? Und ich mein' dieses alte Quarkgesicht von Senator, den sie am Gängelband führen, seit sie ihn bei diesen Hearings entlastet haben, wie Adolph mir erzählt hat, Paul sorgt dafür, daß sie sich vor Angst in die Hose machen, selbst wenn sie da drüben alle Konzessionen niet- und nagelfest haben, er ist derjenige, der die Dreckarbeit erledigt hat, er ist derjenige, der den Durchblick hat, er ist der, Bibbs? Sie starrte ins Nichts, lauschte auf etwas anderes, sagte kein Wort, als sie aufsah, –ist er hier?

–Wer?

–Paul, ich mein' wer sonst. Ich dachte, ich hätte ihn gehört.

–Oh. Nein, nein das ist bloß der...

–Ich bin nämlich wegen der Trusturkunde gekommen, du hast doch eine Kopie davon oder? Die muß ich mal sehen.

–Sie ist irgendwo in einer Kiste, ich muß raufgehen und sie suchen, aber du weißt doch, was...

–Es geht um den genauen Wortlaut Bibb, ich muß mal den genauen Wortlaut sehen. Ich mein' als ich mit Adolph gesprochen hab', und ich dachte, also stell dir doch mal vor, mir passiert was vor der Ausschüttung und, also was geschieht dann mit Paul, mit dir und Paul. Ich mein' dein Anteil wird gar nicht mehr dasein, wenn er fällig wird und, also wenn mir was passiert, kommt er zum Zug und kassiert alles, suchst du sie mal bitte? Jetzt gleich? Ich mein' das ist wichtig.

–Nur, in Ordnung, aber, aber warte bitte hier.

Er sah ihr nach, die Treppe hinauf, –also wo sollte ich denn sonst hingehen? Und er saß einen Moment lang da und ließ die Knöchel einer Hand in der geballten anderen knacken, sah ausdruckslos das schäbige, zerknitterte Jackett da auf dem Sessel an, bis irgendein Geräusch oder Hintergedanke oder ein Rumoren seiner Eingeweide ihn in die Küche führte, wo er in den Kühlschrank sah, den Rest der Butter auf Brot strich, das er dort fand, es zusammenklappte, um in der offenen Tür anzuhalten und kauend hineinzusehen. –Hallo... und dann noch einmal, –hallo. Also sind Sie der Typ, dem das Haus hier gehört?

Hustengeschüttelt, sich von den gebündelten Zeitschriften aufrichtend, eine Hand gegen ein Bücherregal gestützt, –mein Name ist McCandless, ja. Ich bin der Typ, dem das Haus hier gehört.

–Mann das ist ja 'n Chaos, ich mein' soll ich Ihnen helfen...

–Nein nein nein, nein lassen Sie's einfach liegen... Er räusperte sich den Husten aus der Kehle und setzte sich, kramte in dem Abfall auf dem Tisch eifrig nach dem satinierten Tabakpäckchen. –Ich räume hier nur auf, da ist wirklich nichts, wobei Sie mir...

–Das ist aber komisch, wissen Sie? Also ich kannte mal in der Schule einen, der hieß McCandless. Er war irgendwie 'n feiner Kerl.

–Warum ist das denn komisch?

–Was? Nein, ich mein' ich hab' bloß noch nie jemand anderes getroffen, der so hieß ehrlich, ich schulde ihm noch zweihundert Dollar. Also er war der einzige anständige Kerl in der verdammten Schule, er...

–Halt, vorsichtig damit, das ist...

–Ich mein' was ist es denn?

–Es ist ein Kameraverschluß. Er ist ziemlich empfindlich.

–Oh. Ehrlich wenn er nicht gewesen wär', wär' ich rausgeflogen. Ich mein' am Ende bin ich sowieso rausgeflogen, aber nicht deswegen... und, indem er nun den gelb-orangen Stein hochhielt, –was ist das, Gold?

–Das ist kein Gold nein, man nennt das Gummierz.

–Gummierz? Also was sind Sie denn eigentlich, so 'ne Art Geologe?

–Ja. So könnte man es ausdrücken, jetzt...

–Ich mein' nämlich ich hab' mich wegen dieser zweihundert Dollar immer beschissen gefühlt, wissen Sie? Kann ich 'ne Zigarette schnorren?

–Also ich, hier... Er trat plötzlich vor, um die zerbeulte State Express-Dose aus dem Müll zu fischen, und sank wieder auf den Stuhl zurück, wedelte den Rauch fort, als suchte er dahinter jene Züge, die nur Minuten zuvor in Vertraulichkeit nachgezeichnet, ja geküßt worden waren und nun hier vor ihm in dieser plumpen Parodie aufragten, die kühle Zerbrechlichkeit von Kinn und Wangenknochen ganz ungezähmt, ungehemmt, Brot wiederkäuend, und selbst die Hände waren jetzt, wo das Brot weg war, groß, mit roten Knöcheln, die von zerkauten Nägeln verunzierten Fingerspitzen schnippten ein Streichholz aus, pafften die Zigarette weg, angestachelt von der gleichen Angst vor Untätigkeit, doch stets bereit zu gleichgültiger Zerstörung, wie eine von ihnen jetzt in tumber Gedankenlosigkeit eine zerdellte Dose eindrückte, den Deckel aufklappte, schloß, wieder öffnete. –Ich habe Ihren Namen nicht verstanden.

–Meinen? Vorakers, Billy Vorakers. Was ist das, ein Kompaß?

–Und Sie sind ihr Bruder? Mrs. Booths?

–Sie ist meine Schwester.

–Ja. Ja sie ist sehr nett, nicht wahr... Er beugte sich vor, um das, was von seiner Zigarette übriggeblieben war, auszutreten, –ein sehr netter Mensch.

–Nett? Mann ehrlich, sie ist die einzige Vernünftige in der ganzen Scheißfamilie, ich mein' sie ist die einzige, die die Dinge zusammenhält in der ganzen...

–Diese zweihundert Dollar, wofür waren die?

–Was, die? Mann also die waren für die Katz. Also wir waren erst in der zweiten Klasse, wissen Sie? Und ich war außerhalb des Schulgeländes wegen Marihuana eingebuchtet worden, und da gab's diesen alten Typ für die Garderobenspinde, Biff, dem wir immer die Handtücher zuwarfen. Also und der besorgt so einen Anwalt, er allein weiß, woher, bevor die Schule was rauskriegt, ob ich diese zweihundert Dollar Kaution aufbringen kann und dann nicht erscheinen, und das war's, also ich hinterlege die Kaution, und das war's dann. Ich mein' er war irgendwie ein feiner alter Kerl, aber ehrlich, wo sollte ich diese zweihundert Dollar herkriegen? Ich mein' wenn ich meinen Alten angerufen hätte, der hätte ihnen gesagt, prima, steckt ihn in Einzelhaft, verpaßt ihm Daumenschrauben, also ruft Jack seinen Vater an, und es ist am nächsten Tag da, und ich mein' er war nicht reich, nicht wie diese anderen hochnäsigen Typen, deren Alter im Mercedes vorfährt so wie meiner, der 'nen Scheck für den Ehemaligenverein ausfüllt, und dann erscheint er beim Hockeyspiel. Also ich hätte nie geglaubt, daß er je da auftauchen würde, und ich sitz' grad auf der Strafbank, als ich so ein Scheißgeflüster genau hinter mir höre, mach sie fertig, mach sie fertig, er ist genau hinter mir mit seinem hochgeschlagenen Pelzkragen, und

alles brüllt, und alles was ich hör' ist dies Geflüster, mach sie
fertig...
—Aber er ist tot, nicht wahr?
—Mann, und wie tot der ist.
—Sagen Sie mal, Billy... Er hatte sich wieder niedergelassen
und kramte im Abfall nach dem satinierten Tabakpäckchen,
—war Ihr...
—Was? Hey Bibbs, hast du sie gefunden?
—Ich habe sie nicht gefunden, nein. Sie stand da in der Tür,
unterdrückte das Zittern einer leeren Hand, streckte sie aus
zum Fries des Sideboards, des Klaviers, was immer es war, –sie
ist nicht da, ich muß Paul fragen, ob er...
—Paul fragen! Ich mein' deshalb ist sie doch nicht da, er untersucht sie aus dem gleichen Grund...
—Bitte! Ihre Stimme ins Ruhige rettend und Atem schöpfend,
sah sie von einem zum anderen durch diese sich verschwören-
den Schwaden von Blau auf Grau, –ich glaube nicht, daß
Mis...
—Ich mein' der Zustand, in dem der Alte war, als Adolph sie
aufsetzte, jetzt behauptet er, er hätte keine Kopie mehr, das ist
typisch Adolph, der sich ein Hintertürchen offenließ für den
Fall, daß der Alte Mist machte, ich mein' wie ich eben Mis...
—Ich habe dich verstanden, sagte sie, ihre Stimme so fest wie
der Griff ihrer Hand dort auf der dunklen Windung des Holzes, –und ich glaube kaum, daß Mister, Mister McCandless hat
eine Menge zu tun hier, ich möchte, daß du jetzt rauskommst
und ihn allein...
—Nein aber warte Bibbs warte, ich mein' wo ist Paul denn
jetzt, ich war nämlich gerade in Kalifornien okay? Da schaltet
jemand das Fernsehen ein, und auf einmal sind da diese ganzen
ausgeflippten Ärsche von Paul. Also diese Billye Fickert ist da
in so einem schwarzen Kleid, als ob sie Trauer trüge, nur daß
ihr der Ausschnitt bis zum Zwickel geht, und die hält so ein
Bild von ihrem kleinen Jungen hoch, der im Schoß des Herrn
ruht, und dann so ein riesiger schwarzer Typ in Uniform,

der singend im Rollstuhl rumwirbelt, und dieser Arsch, dieser reaktionäre Arsch, dem Paul Longview zuschanzen wollte? Dieser Reverend Ude? Ich mein' der steht da und tröstet diese Mrs. Fickert in den Gedärmen Christi, du liebe Ewigkeit Mann, es sah aus, als würde er nach einer Handvoll roher Lunge da reingrabschen, also den muß man mal gehört haben, wie er rumplärrt, diese Agenten Satans hätten sich in die Führungsetagen eingeschlichen und versuchten, seine glorreiche Mission zu verhindern, wo er doch sogar bis ins schwärzeste Afrika geht, um sie im Blut Christi reinzuwaschen, ich mein' man muß diese Stimme gehört haben, wie er rumplärrt, der Marxismus sei das Instrument Satans des Vaters der Lügen, und dann wird sie richtig tief und gemessen, als schöbe er dir die Hand ins Schamhaar, betet für den kleinen...

–Billy bitte, das ist, ist doch egal! Jetzt...

–Nein nein nein, nein im Gegenteil Mrs. Booth, ich bin fasziniert.

–Aber was... sie verstummte, plötzlich verlassen dort im Türrahmen, –Paul ist nicht mal...

–Nein nun komm schon Bibbs, ich mein' es ist doch Paul, der diese ganze Horrorshow anleiert oder? So wie er angeblich dieser große Medienberater und dergleichen Scheißdreck ist? Also Ude stellt sich da hin und fordert alle auf, ihre Autoscheinwerfer einzuschalten und ein lila Band zu tragen, um zu zeigen, daß sie an diesem großen Kreuzzug gegen die Macht des Bösen teilnehmen, das die Regierung unterwandert, und gegen die etablierten Kirchen und die Juden, die versuchen, ihn aus dem Geschäft zu drängen, das muß doch Paul sein, ich meine diese Scheinwerfer und diese Bänder, das muß doch dein Scheißpaul sein mit seinem peinlichen Ausgehsäbel von der Militärakademie und seiner Kiste mit Steinen und diesem ganzen ausgeflippten billigen Südstaatenscheiß, Betet für den kleinen Wayne, betet für Amerika, ich mein' das muß einfach...

–Also er ist das nicht, ehrlich! Paul ist nicht mal, er weiß nicht mehr von der Bibel und von Satan als du von, vom Buddhismus und, und... sie rang nach Atem, als wollte sie die Röte zurückdrängen, die in ihrem Gesicht aufstieg –warum es faszinierend sein soll für, warum sollte Mister McCandless fasziniert sein von dem, was du über Paul zu sagen hast, das ist nicht, das ist einfach nicht sehr...

–Nein nein nein, ich wollte nicht, es tut mir leid Mrs. Booth... er wedelte den Rauch weg, –ich meinte Reverend Ude. Reverend Elton Ude? Davon kann es keine zwei geben.

–Was, ich mein' ehrlich, den kennen Sie?

–So wie ich die Pest kenne, ja. Der Herr brachte uns einst in Smackover zusammen.

–Mann Sie machen wohl Witze. In wo?

–In Smackover nein, nein man macht keine Witze über Smackover. In Smackover steht man morgens auf und geht abends zu Bett, bis man stirbt und woanders hingeht, an einen Ort, der aussehen muß wie Smackover um zwei Uhr morgens, glauben Sie mir, das ist so ernst, wie's nur sein kann, und Reverend Ude ist schon da und wäscht sie alle im Blut von, wo sind diese kleinen Broschüren, diese verdammten kleinen Broschüren... Er griff sich den erstbesten Müllbeutel und riß ihn auf, zog Blätter heraus, Notizen, Fetzen von Landschaften und Küstenlinien, dann eine handtellergroße Broschüre in billigem Zeitungsdruck, dunkelblau eingebunden –hier, hier ist eine, Genesis bis Offenbarung, die ganze Sache eingedampft auf zehn erbärmliche kleine Seiten voller Analphabetismus und scheußlicher Comics, hier ist die Schöpfung. Am Anfang schuf Gott Himmel und Erde, das sieht aus, als würde er würfeln, und da reden sie davon, mit dem Universum Würfel zu spielen. Das sind so komische kleine Hefte, in denen eine Comic-Version der Schöpfung gelehrt wird, Ude verteilte diese Scheißdinger in der ganzen Stadt, hier... Er wühlte wieder in dem Müllbeutel, –noch eins hier über die Evolution, das ist sogar noch komischer, er hat mir 'ne ganze Handvoll davon gegeben, kam mir auf den Stufen des Gerichtsgebäudes entgegen und nahm meinen Arm, wollte, daß ich an Ort und Stelle mit ihm zusammen auf die Knie fiele und bereute, erzählte mir, warum ihn der Herr nach Smackover geschickt habe, wo ist das Scheißding…

—Mann also ihn schickt der Herr nach Smackover, aber ich mein' wer hat Sie denn hingeschickt, was…

—Mich? Er wühlte tiefer, kam mit zerknüllten Schnappschüssen hoch und der Aufnahme, die sie vorhin als Kunst bewundert hatte, —diese Mächte des Bösen in den Führungsetagen, von denen sie faseln, eine von diesen Auseinandersetzungen über gleiche Unterrichtszeit in den Schulen für die Evolutionslehre und diese Wischiwaschi-Schöpfungsgeschichte, die sie als Schöpfungswissenschaft verkaufen. Es kann keine Schöpfung ohne Schöpfer geben, wo eine Uhr ist, muß auch ein Uhrmacher sein, sie haben auf alles eine Antwort, zeig' denen einen vier Milliarden Jahre alten Zirkon vom Mount Narryer in Australien, zeig' denen die fossilen Skelette des Proconsul Africanus von vor achtzehn Millionen Jahren, die man vor kurzem am Viktoria-See gefunden hat, das könnte tatsächlich das Missing link sein, und sie sagen, na schön, schön und gut, wenn so ein Schöpfer den Himmel und die Erde und all das in sechs Tagen erschaffen hat, dann ist er mit Sicherheit auch in der Lage, eine wirklich interessante dazu passende Geschichte zu erfinden oder? Sie zeigen dir Milliarden Jahre alten präkambrischen Felsen auf einer Schieferschicht aus der Kreidezeit, um die geologischen Abfolgen zu widerlegen, und rühren die ganze Sache mit der Sintflut zusammen, das steht auch in diesem verdammten kleinen Comic-Heft. Und Gott verderbte alles Fleisch auf Erden durch Wasser wider die Verderbnis der Menschen. Und allein Noah blieb übrig, und das was mit ihm in dem Kasten war, und alle geologischen Fakten gehen in den vierzig Regentagen unter, wo ist es, wo ist es… er hatte den Beutel jetzt halb geleert, —daß die Evolutionslehre uns einer Gehirnwäsche unterzogen habe, aber nicht mit dem Missing link aufwarten könne, und sie stürzen sich auf die Piltdown-Fälschung, den Nebraska-Menschen, der sich als ein Schweinezahn entpuppte, also ist das Missing link Augenwischerei, die ganze Evolution ist Augenwischerei und Geologie Astronomie Physik, alles Augenwischerei, steht nichts drin über die Fossilfragmente in den Samburu-Hügeln, wo die Gesteinsschichten fünfzehn Millionen Jahre alt sind, nichts über diese Knochenfunde in drei Millionen Jahre alter Vulkanasche oben im Afar-Dreieck, nichts über diese ganzen Hominiden-Fossilien an einer gewissen Stelle im Gregory-Rift nein, ihnen fehlte das Missing link, dabei stand es direkt vor ihnen und weinte über die Mächte der Finsternis.

Sie wandte sich abrupt in Richtung Küche, als hätte sie dort etwas vergessen, als hätte das Telefon geläutet, als kochte etwas über, und dann stand sie da und trommelte mit den Fingern auf das leere Spülbecken, starrte aus dem Fenster, bis sie den Kessel füllte und den Herd anstellte.

—Hier ist noch eins von diesen Scheißdingern, hier sehen Sie sich das an Billy... rot und schwarz diesmal. —Weicht von mir, ihr Verdammten, ins ewige Feuer, das bereitet ist dem Teufel und seinen Engeln, mein Gott, dahin würde ich gern mal Ude mitnehmen... Er hob die Satelliten-Aufnahme auf, strich sie glatt, —hier ist die Spitze des Great Rift, drei Erdtafeln laufen im Afar-Dreieck zusammen, Erdbeben Vulkane Geysire, fünfundvierzig Grad im Schatten, wenn's überhaupt welchen gibt, ihn dahin mitnehmen und ihm zeigen, wo seine Comic-Heftchen hergekommen sind nein, erzählen Sie mir nichts über seine Stimme, ich hab' sie noch im Ohr, nicht vom Prozeß nein, nicht vom Prozeß, sie waren so sehr damit beschäftigt, die Genesis zu bereinigen, daß sie ihn nicht reinlassen konnten. Als einflußreicher Freund des Gerichts verfaßte er indessen eine Denkschrift und trommelte sich Publikum zusammen, wo immer er konnte, verabreichte ihm Genesis und Offenbarung mit ein bißchen Jeremias gespickt, der Wermutstropfen und die Galle und der Herr, der wie ein Wirbelsturm herniederfährt, Sind meine Worte nicht wie ein Feuer? spricht der Herr; und wie ein Hammer, der den Fels bricht? So eine Dummheit, gib der einen Hammer in die Hand, und schon kommt ihr alles wie ein Nagel vor, diese Blicke, die wir ein- oder zweimal auf der Treppe des Gerichtsgebäudes zugeworfen bekamen, ich dachte, wir kämen nicht mehr lebend aus Smackover raus.

Sie war wieder im Türrahmen. −Wollen Sie Tee oder, oder Kaffee? Ich mache Tee, wenn Sie...

−Nein, nein wir sind hier gut versorgt, danke... und sie konnte sehen, daß er einen Schluck in das dreckige Glas an seinem Ellbogen goß. −Das gleiche Scheißding zieht er da in Ihrer kalifornischen Horrorshow ab, erzählt den Leuten, die einzige Waffe, die wir gegen die Ausbreitung des Marxismus bis hinein ins dunkelste Afrika hätten, sei das uneingeschränkte Bekenntnis zur Frohen Botschaft, bekämpft die Mächte des Bösen, die seiner glorreichen Mission, die Dummheit vom einen Ende des Schwarzen Kontinents zum anderen zu verbreiten, Einhalt gebieten wollen, ich rede nicht von Unwissenheit. Ich rede von Dummheit. Wenn man Unwissenheit sucht, kann man sie genau da finden, an dieser Stelle beim Rudolf-See oben am Gregory-Rift, Hominiden-Fossilien, Steinwerkzeuge, Hippo-Knochen, das Ganze durch einen Vulkanausbruch vor zwei oder drei Millionen Jahren konserviert, das war die Morgendämmerung der Intelligenz, was wir hier haben, ist ihr Untergang. Dummheit ist die vorsätzliche Kultivierung von Unwissenheit, genau das haben wir hier. Diese schmierigen Idioten mit ihrem frömmelnden Grinsen können den Gedanken nicht ertragen, daß sie von so einer Horde am Rudolf-See abstammen, die mit ihren Steinhämmern rumklopften und etwas zu lernen versuchten nein, sie denken, Gott habe sie hierhin gestellt in ihren billigen Anzügen und geschmacklosen Schlipsen, nach seinem Ebenbild, fast das halbe Land, wußten Sie das? Fast die Hälfte der verdammten Bevölkerung in diesem Land glaubt, der Mensch sei vor acht- oder zehntausend Jahren erschaffen worden, und zwar ziemlich genau so, wie er heute aussieht? Das glauben die?

−Also, also nein, ich mein' ich wußte das nicht, aber, Bibbs? Moment mal, ich...

—Nein, nein bleiben Sie sitzen Billy, ich will Ihnen mal was erzählen, hier nehmen Sie so eine... er schob die zerbeulte Dose rüber, —es gibt fossile Belege dafür, daß schon vor Milliarden von Jahren Leben existiert hat, die müssen natürlich voller Lücken sein, voller Widersprüche darüber, wie die Evolution sich vollzogen hat, also benutzen sie die als Beweis für die Behauptung, sie habe sich überhaupt nicht vollzogen. Wir haben die Fragen, und sie haben die Antworten, möbeln die Genesis auf und nennen das Wissenschaft, sie gehen zurück auf Malachias, zählen diese ganzen zeugte, zeugte, zeugte zusammen, und flugs geschah die Schöpfung am sechsundzwanzigsten Oktober Viertausendundvier vor Christus um neun Uhr vormittags, sowas nennen die wissenschaftliche Methode. Hat's jemand gesehen? Nein, nein es ist doch auf den ersten paar Seiten der Genesis offenbart, das nennt man dann offenbarte Weisheit. Wo wir gerade davon reden, wie man sich geschäftig mit der Bibel umtut, du gehst in Smackover über die Straße, und jemand, den du noch nie in deinem Leben gesehen hast, kommt auf dich zu und fragt dich, ob du schon erlöst seist, als ob ihn das einen Scheißdreck anginge, und er ist überzeugt davon, daß es ihn was angeht, der in diesem Land vorherrschende IQ liegt um die Hundert, wußten Sie das? Du meine Güte, wo wir gerade vom Schwarzen Kontinent reden, ich will Ihnen mal was erzählen, die Offenbarung ist die letzte Zuflucht, die die Unwissenheit vor der Vernunft findet. Offenbarte Wahrheit ist die große Waffe der Dummheit gegen die Intelligenz, und genau darum geht es bei diesem ganzen Mist... Das Glas wurde leer abgesetzt, und er sah auf.

Diesmal war sie ganz eingetreten und hielt ihm —diese Müllbeutel, nach denen Sie gefragt haben, und dann, —Billy? Er rappelte sich von dem Zeitschriftenbündel hoch, —Mister McCandless hat eine Menge zu tun hier, er ist, ich finde, du solltest ihn nicht länger von...

—Genau. Genau, ich komme, ich...

—Nein nein nein, nein schon gut Mrs. Booth, Ihr Bruder in-

teressiert sich nur für diesen Prozeß in Smackover, und darum
ging es bei diesem ganzen Mist, akademische Freiheit, um so
einen hinfälligen wissenschaftlichen Kreatianismus zu lehren,
der Richter durchschaute die Sache, und wir haben den Prozeß
gewonnen, wo wir gerade von einer gesunden Einstellung reden. Wir haben den Prozeß gewonnen und sie ihre gleiche Unterrichtszeit, weil die einzige gesunde Einstellung dazu war,
weder das eine noch das andere zu lehren, Moment mal... er
war unten und schob zusammen, was er aus dem Müllbeutel
gezogen hatte, –will Ihnen mal zeigen, was ein Richter in
Georgia dazu zu sagen hatte... er kramte in zerknüllten Blättern, Zeitungsausschnitten herum, –nein, nein dies ist noch
besser, hören Sie sich das an. Bevor die Schulbücher nicht geändert werden, besteht keine Aussicht darauf, daß Verbrechen,
Gewalt, Geschlechtskrankheiten und die Zahl der Abtreibungen zurückgehen werden, das hier ist ein entzückendes Ehe-
paar aus Texas, das die Augen nach Schulbüchern offenhält, die
den Patriotismus, das freie Unternehmertum, die Religion und
die elterliche Autorität untergraben, nichts Offizielles natürlich, nur der gute amerikanische Geist der Wachsamkeit auf der
Jagd, wo ist es denn? nach Büchern, die absolute Werte untergraben, indem sie Fragen stellen, auf die sie keine klaren Antworten geben, da, sehen Sie? Der gleiche Mist, wir haben die
Fragen und sie die Antworten, immer emsig dabei, die staatlichen Ausschüsse zu beraten, es muß ungefähr zwanzig Staaten
geben, in denen die örtlichen Schulbeiräte keine Schulbücher
kaufen können, die nicht zuvor vom staatlichen Ausschuß aus-
gewählt wurden. Glauben Sie etwa, Texas will eins, das die
Landverteilung in Mittelamerika oder sonstwo erwähnt? Glauben Sie etwa, Mississippi will ein Geschichtbuch, das den Kindern erzählt, Nat Turner sei alles andere als ein Niggerclown
gewesen? Wenn du aber von Zensur sprichst, dann heulen sie
auf wie angestochene Schweine nein, das lassen sie die Verlage
für sich erledigen. Fünfundsechzig Millionen im Jahr gibt
Texas für Schulbücher aus, bei dem Haufen Geld ist die Auf-

lage so hoch, daß sie alles andere niederwalzt, glauben Sie etwa, ein Verleger, der im Geschäft bleiben will, wird versuchen, diesen Primaten ein Vierzehn-Dollar-Biologiebuch zu verscheuern, mit einem Kapitel drin über ihre Vettern am Rudolf-See, die damals mit ihren Steinhämmern rumklopften? Schließlich wurde da unten ein Gesetz abgeschafft, dem zufolge die Evolutionslehre als eine von vielen Theorien zu unterrichten war, nicht als Tatsache, glauben Sie etwa, daß das irgendeinen Unterschied machen wird? Nein nein nein, Dummheit ist eine verdammt schwer zu brechende Gewohnheit, was nicht im Buch steht, kannst du nicht unterrichten, die Dummheit besiegt die Unwissenheit, und alle gehen nach Hause und lesen Reverend Udes literarische Ergüsse hier, ich werd' Ihnen mal was zeigen Billy ...

—Nein also ich, ich mein' ich glaube, ich geh' lieber mal nachsehen, ob, Bibbs?

—Nein nein nein, bleiben Sie sitzen, bleiben Sie sitzen, sehen Sie sich das mal an, hier ist sein Überlebens-Handbuch, vier Seiten, und sowas nennt sich Buch. Griffbereit halten für zukünftigen Gebrauch, also jederzeit, wenn nämlich Millionen von Christen plötzlich spurlos von der Erdoberfläche verschwinden, und Sie sind nicht dabei. Die sind alle da oben und treten dem Herrn in den Wolken gegenüber, amüsieren sich köstlich, und Sie müssen weitere sieben magere Jahre lang hier zurückbleiben, aber keine Panik! Man hat ja sein kleines Handbuch hier und macht einfach, was es einem sagt, hier. Bereitet euch auf weltweiten Krieg und weltweite Hungersnot vor. Verlaßt die Städte, sie werden zerstört, haltet euch von Bergen und Inseln fern, sie werden zerstört, haltet euch von den Meeren fern, alles in ihnen wird getötet, legt euch Nahrungs- und Wasservorräte für sieben Jahre an und seid bereit, verhungernde Menschen und wilde Tiere abzuwehren, befestigt eure Häuser, damit sie Erdbeben und hundert Pfund schweren Hagelbrocken widerstehen, und gebt acht auf von Dämonen besessene Menschen und andere Kreaturen, die draußen umher-

streifen und jeden foltern und töten, den sie zu Gesicht bekommen, Offenbarung neun, eins bis achtzehn, da steht's, Gottes
Wort oder? Dem heiligen Johannes offenbart? Genauso wie er
den drei Kindern in Fatima diese drei Mysterien offenbart hat?
Der gleiche Mist, Feuer und Pest, wo wir gerade vom Fahrstuhl
ins Jenseits reden, das ist genau das, was sie meinen, und sie
können es gar nicht abwarten. Sie können es gar nicht abwarten, hingerückt zu werden in den Wolken und dem Herrn gegenüberzutreten und dazusitzen und zuzusehen, wie wir anderen mit Feuer und Schwefel gequält werden im Beisein seiner
heiligen Engel, und der Herr mittenmang und reibt sich die
Hände, sie können es gar nicht abwarten zu sehen, wie sich die
Sonne verdunkelt, die Sterne samt Hagel und Feuer niederfal-
len, die Städte verderbt, die Meere zu Blut werden, ich will
Ihnen mal was sagen Billy, der ganze verdammte Mist ist eine
Selffulfilling prophecy, ich will Ihnen jetzt mal was sagen. Die
Hauptursache der Wut ist die Angst, die Hauptursache des
Hasses ist die Wut, und die Hauptursache von allem zusammen
ist diese geistlose Offenbarungsreligion, wo immer man hin-
schaut, Sikhs bringen Hindus um, Hindus bringen Moslems
um, Drusen bringen Maroniten um, Juden bringen Araber um,
Araber bringen Christen um und Christen bringen sich gegenseitig um, was vielleicht die einzige Hoffnung ist, die uns bleibt.
Nimm den aus der Erbsünde entstandenen Selbsthaß, richte
ihn gegen deinen Nächsten, vielleicht bekommst du dann zwischen Londonderry und Chandigarh genügend einander ab-
schlachtende Sekten, um den ganzen verdammten Mist auszu-
radieren, hier... er stand plötzlich auf, –geb' Ihnen mal was
Vernünftiges zu lesen, falls Sie die Geschichte ganz hören wollen... er schob Bücher im Regal zur Seite, –weil nichts davon
neu ist, nichts davon ist neu...

–Nein aber Moment mal Mann, ich mein' ich bin nicht wirklich, nein Moment, Bibbs?

Und sie wäre vielleicht eingetreten, war schon an der Tür,
stand dort und behielt sie zornig im Blick, wenn nicht das Tele-

fon sie dorthin hätte umkehren lassen, wo sie hergekommen war, wobei sie den Tee, der noch in der Tasse zog, zur Seite schob und abnahm, –ja? Hallo...? und dann –oh... und –oh, und –aber ist alles... oh. Ja ich, ich bin hier ja, wo sollte ich sonst... ja ich werde hiersein... Sie hielt ihn noch hoch, bevor sie auflegte, als wollte sie ihm Zeit geben zu überlegen, zurückzuweichen, zu widerrufen oder zumindest Aufschub zu gewähren, doch die einzige Stimme, die zu hören war, war die, die im Flur hinter ihr ertönte.

–Was ihre tief religiösen Überzeugungen betrifft, die sind doch nur in schäbige Phantasien eingesperrte Gefangene, verbringen ihr Leben ohne Bewährung und wünschen alle anderen zu sich ins Gefängnis, das ist das Schmierige, das ist der Klatsch und Tratsch der Dummheit Billy, die verdammte selbstgerechte Schmierigkeit hier, lesen Sie das mal. Gott und Jesus erscheinen vor hundertfünfzig Jahren einem Bauernjungen im Norden des Staates New York draußen in den Wäldern, wo er um Beistand betet, vierzehn Jahre alt, fühlt sich schuldig wie die Sünde, die er nicht begreift, und um es noch schlimmer zu machen, gibt es die Auferstehung und das Leben, das in seiner Hose zu schwellen beginnt, und da kommt der himmlische Sendbote, der wiederauferstandene Engel, der zufällig gerade vor vierzehn Jahrhunderten ein paar Tafeln auf einem nahe gelegenen Hügel vergraben hat mit den ganzen Nachrichten Visionen Offenbarungen Prophezeiungen, redet in Zungen, legt die Hand auf, schließlich schreibt er das alles in einem Buch nieder, ein weiteres Rezept fürs Blutvergießen, und weg sind sie. Blutvergießen in Missouri, Blutvergießen in Nauvoo, Illinois, und diesmal ist es sein eigenes, Blutvergießen jenseits des Mississippi, Iowa, warten Sie, warten Sie, hier lohnt das Lesen nicht nein, nein das ist nur ein Vorprogramm, hier ist die Hauptnummer, hier ist Runciman, dreitausend Jahre religiösen Abschlachtens, haben Sie mal Runciman gelesen? Erschütterndes Stück Arbeit, wenn man schon davon spricht, sich mit der Bibel geschäftig umzutun, sollte man es mal mit dem Kinderkreuzzug im Vorprogramm probieren, Tausende von Kindern von einem Zwölfjährigen mit einem Brief von Jesus in Sklaverei und Tod geführt, das ist eine Sache, die Ihr Reverend Ude seit dem Prozeß in Smackover gelernt hat. Mach einen Kreuzzug daraus! Du kannst ihnen die Gottesfurcht nicht einimpfen, also impf ihnen die Angst vor irgendwas im Hier und Jetzt ein, Angst ist alles, Satan allein reicht nicht ganz, also mixst du 'ne Prise gottlosen Marxismus dazu, und schon hast du 'nen Kreuzzug, der alle in Angst und Schrecken versetzt, einen Kreuzzug gegen die Mächte der Finsternis, wäschst die Afrikaner da drüben im Blute Christi, und schon hast du genug Blutvergießen, daß die Titanic darauf schwimmen könnte. Diese Kirchen sind alle auf dem Blut ihrer Märtyrer gebaut oder? Wenn Ude es wirklich gründlich machen will, kann er ja jederzeit losgehen und sich erschießen lassen, und wissen Sie was Billy? Ich glaube sogar, der täte das...

Der Tee in der Tasse war fast schwarz geworden, und sie ließ ihn stehen, stand für einen Augenblick auf, um wieder aus dem Fenster zu starren, dann öffnete sie die Tür und ging hinaus und setzte sich auf die Kante des Stuhls, der umgekippt auf den verwelkten Blättern gelegen hatte, die wie ein Teppich die Terrasse bedeckten, über ihr schwankten zart wie zerrissene Vorhänge die Girlanden in den Zweigen des Maulbeerbaums, und dahinter der Gatterzaun wie die niedergerissene Wand eines Zimmers in einem längst verlassenen Haus.

−Wollten Sie wissen, worum es in Afrika wirklich geht? Hier, hier lesen Sie mal... Sie war fröstelnd wieder hereingekommen, sah ihn auf dem Bündel Zeitschriften schwanken und ein Buch von einem hohen Regal herunterreichen, und ihre Hand war schon weißgefleckt an den Knöcheln, weil sie dort im Türrahmen stehend die dunkle Wölbung des Holzes umklammerte −alle vier Apokalyptischen Reiter sprengen über die Hügel Afrikas und überziehen es mit Krieg in all seinen vorstellbaren Erscheinungsformen. Putsch, da wäre Somalia, Benin, Madagaskar, der Kongo, Krieg zwischen den Nationalitäten, da bietet sich Mosambik an, Befreiungskrieg mit einem Bürgerkrieg obendrauf, da ist Angola, Revolution, da hätten wir Äthiopien und die Stämme, die Stämme. Ruanda bekommt seine Unabhängigkeit, und die Hutus feiern, indem sie hunderttausend Watussis umbringen und dann auf das Mehrheitswahlrecht pochen, gleich nebenan in Burundi schlachten die Watussis zweihunderttausend Hutus ab, bloß um sicherzugehen, daß ihnen das nicht auch passiert. Nordkoreaner bilden die Shona in Zimbabwes Fünfter Brigade aus, und schon gehen sie los in ihren roten Baretten, um die Ndebele im südlichen Matabeleland aufzuschlitzen, siebenhundert Sprachen, seit der Schöpfung gehen sie einander an die Gurgel, Krieg Hunger Pest Tod, sie bitten um Nahrung und Wasser, jemand gibt ihnen ein AK 47, und plötzlich ist die ganze Sache 'ne marxistische Verschwörung? Geld aus dem Westen und Waffen aus dem Osten, und sie verkaufen sich alle an den Meistbietenden. Die Somalis und Äthiopier haben einander da oben im Ogaden schon tausend Jahre vor Marx' Geburt umgebracht. Äthiopien verkauft sich an die Marxisten und schuldet ihnen am Ende zwei Milliarden Dollar für Waffen, Somalia bastelt sich was zusammen, das sich wissenschaftlicher Sozialismus nennt und ungefähr so vernünftig ist wie dieser wissenschaftliche Kreatianismus, das lassen sie lange genug laufen, um ein weitverzweigtes Begünstigungs- und Bestechungssystem aufzubauen, bis dann ein Putsch sie in unsere Hände fallen läßt und wir die Rechnungen bezahlen müssen, nein nein nein, wenn das alles eine marxistisch-leninistische Verschwörung sein soll mit dem Ziel, den Schwarzen Kontinent zu schlucken, dann ist es eine verdammt armselige Veranstaltung. Da drüben gibt's fünfzig Länder, und die sieben oder acht, die sich selbst marxistisch nennen, liegen eins wie das andere in Trümmern. Dieses Schreckgespenst vom Marxismus, der Schwarzafrika schluckt, du meine Güte, das sind doch die besten Freunde, die wir haben, eine gesunde, vor Ignoranz strotzende Einstellung, die glauben doch an dieselben Dinge wie wir, an starke Familienbande, die Religion und die Habgier.

–Ich, entschuldigen Sie... sie nutzte den Vorteil, daß er nun
damit beschäftigt war, von den Höhen des Bücherregals herab-
zusteigen, zwei weitere Bücher in einer Hand und die andere
zur Tischkante ausgestreckt, um das Gleichgewicht zu halten,
Spinnweben abwischend sah er zu ihr herüber, als wäre er erstaunt, diese Züge, die er aus den Augen verloren hatte, als sie
stumm über ihm aufragten, plötzlich neu gezeichnet und geläu-
tert zu erblicken, wiederhergestellt durch die zerbrechliche
Kraft der Selbstbeherrschung, mit der ihre Hand auf dem Türrahmen ruhte.

–Nein nein nein, schon gut ja, kommen Sie rein Mrs. Booth,
kommen Sie rein... er klopfte Staub von einem der Bücher und
reichte es herüber, –das wird auch Sie interessieren ja, kommen
Sie rein...

Statt dessen nieste sie. –Nein, ich ... sie nieste wieder.

Und als wollte er ihr zu Gefallen sein, nahm er die qualmende Zigarette, vergrößerte die Wolke noch und sank auf den
Stuhl zurück, während er den Staub von dem anderen Buch an
der Tischkante abklopfte, –hier, hauptsächlich Statistik, aber
man versteht, worum's geht... er fuchtelte damit herum, bis er
entwaffnet war, –der gleiche verdammte Mist Billy. Die sitzen
da drüben auf dem halben Weltvorkommen an Diamanten und
Chrom, auf neunzig Prozent des Kobalts, auf der Hälfte des
Goldes, der knappen Hälfte des Platins, auf dem Kupfergürtel
in seiner gesamten Ausdehnung und diesem riesigen Bauxit-
vorkommen bei Boké in Guinea, wer kauft das alles, während
sie verhungern? Vor drei oder vier Jahrhunderten waren Sklaven ihr Hauptexportartikel, jetzt haben sie nur noch ihre Rohstoffe zu verkaufen, sie wollen unser Geld, sie wollen unsere
Investitionen, und sie wollen unsere Technologie, und sie nennen ihre Politik, wie es ihnen gerade paßt. Wer hat denn die
Anlagen von Gulf Oil in Angola geschützt, wo jeden Tag Millionen Barrel rausgepumpt werden, etwa die US-Marines? Kubaner, Kubaner, wollen Sie sehen, was den ganzen Kreislauf
aus Korruption, Hunger und Elend in Gang hält, dann gehen

Sie doch mal nach Zaire und schauen sich diese südafrikanischen C 130s an, die jede Nacht vollgeladen mit Diamanten und Kobalt auf dem Flughafen von Kinshasa starten, unser großes Bollwerk gegen die, wie hieß es noch gleich? aggressiven Instinkte des Reiches des Bösen? Einen Anlaß für Unruhen gleich wo auf der Welt findet man immer, sehen Sie sich doch jedes einzelne der an Südafrika grenzenden Länder an, und Sie werden begreifen, wer da wen destabilisiert. Die haben keinerlei Rechte in Namibia, aber wer will sie vertreiben? Es ziehen sich zwar Diamantenfelder die Westküste hoch, aber deshalb sind sie nicht da, oh nein nein nein, sie halten in Angola die Mächte der Finsternis auf, indem sie einfach schießend und mordend eindringen. Diese große weltweite marxistische Verschwörung hinter jeder Befreiungsbewegung, wer hat denn diese armen Ndebele für die geheime Matabele-Brigade zur Destabilisierung von Zimbabwe rekrutiert und sie damit Vergewaltigungen, Folter und Mord durch die Shonas ausgesetzt? Wer hat denn die Nationale Widerstandsbewegung von Mosambik im Transvaal aufgebaut, als es mit Rhodesien zu Ende ging, wollen Sie denen mal schreiben, die sitzen in der Clive Street, Robindale, Randburg, wollen Sie mal Terrorherrschaft sehen, dann sehen Sie mal, wie die nach Mosambik eindringen, prügeln, vergewaltigen, verstümmeln die Einwohner, Lehrer, Krankenpfleger, eben die ganzen Mächte der Finsternis, und das ganze wacklige System bricht zusammen, Mosambik ist in die Knie gezwungen wie schon Lesotho, da gibt's kein Stück Land so groß wie Ihr Hut, das sie nicht in den Dreck getreten hätten, aber dann gehen hundertundfünfzigtausend von denen über die Grenze, um in den Minen zu arbeiten, und die Losung lautet: das oder verhungern. Halten ihre Nachbarn klein und setzen zwanzig Millionen ihrer eigenen Schwarzen in diesen Homelands aus, Armut Krankheit kaputte Familien, als lebten sie noch in den guten alten Tagen des Sklavenhandels, kommen aus ihrer Holländisch-Reformierten-Kirche mit der Apartheid wie Glockengeläut in den Ohren und haben ein so schönes

Sklavenhalterreich, wie es sich jeder gute Christ nur wünschen kann, wir reden davon, der Bibel verpflichtet zu sein, dabei stecken wir mittendrin und feuern sie auch noch an. Sowas wie die nennt man gute Kirchgänger oder? Ein Bollwerk gegen diese große weltweite marxistische Verschwörung oder? Vanadium Platin Mangan Chrom, sie verkaufen diese vier essentiellen Rohstoffe zu unserer Verteidigung an unsere Industrie oder? Glauben Sie denn, daß die das den Schwarzen überlassen werden? Nein nein nein, denen steckt man das Überlebens-Handbuch zu und sieht weg, wir reden von Erntezeit, und schon kommt unser Missionar und unterwirft Afrika dem Kreuz mit all seinen Lastwagen, die mit dem Dynamit des Heiligen Geistes bepackt sind, er plündert die Hölle und bevölkert den Himmel, der wird so verdammt überfüllt sein, daß er aussieht wie die ewigen Jagdgründe, hier kommt de...

–Bitte... Sie war zurück, preßte sich ein Papiertaschentuch vor's Gesicht –es ist, es ist Paul, er... und sie nieste.

–Also hab' ich nicht gerade gesagt, daß es Paul ist? Ich mein' Paul mit diesem ganzen Kreuzzug für den kleinen Wayne Fickmich, erntet Seelen da drüben, Paul der Drahtzieher, er...

–Nein nein nein, nein es fängt nicht erst an Billy, es hat nie aufgehört, hat seit fünfhundert Jahren nicht aufgehört, seit die Portugiesen von den großen Gold-, Silber- und Kupferminen in den Königreichen entlang des Sambesi-Tals gehört haben und dann mit ein paar Missionaren und einem Freihandelsmonopol vom Papst in der Tasche eingerückt sind, ein Missionar wird umgebracht, und das bedeutet Krieg gegen jeden, der sich der Verbreitung des wahren Glaubens widersetzt, sie dringen nach Mombasa ein und plündern die Ostküste, Bekehrung und Sklavenhandel, wenn man schon diese nette Linie ziehen will zwischen der Wahrheit und dem, was wirklich geschieht, sie kämpfen sich das Tal hoch, und als sie fünf Jahre später die rhodesische Hochebene erreicht haben, werden sie von Tod und Krankheit hingerafft, aber damit hört es noch nicht auf. Schon kommt Doktor Livingstone daher, öffnet Afrika der Christen-

heit und dem Handel, und britische Kanonenboote dampfen
den Niger aufwärts, in Buganda schreien weiße Missionare
nach Schutz, und die Britische Ostafrika-Gesellschaft stürzt
wegen Handelsmonopolen afrikanische Königreiche bis hinauf an den Oberlauf des Nils. Freier Handel und Christentum,
sei es die Deutsche Ostafrika-Gesellschaft, sei es Französisch-
Äquatorial-Afrika, seien es die Belgier, die in knapp zwanzig
Jahren die Bevölkerung des Kongo von zwanzig Millionen auf
zehn zurechtstutzen, um Neunzehnhundertvierzehn gibt es in
Afrika nichts mehr zu plündern, also führen sie statt dessen in
Europa gegeneinander Krieg, darum ging's doch nur in diesem
verdammten Ersten Weltkrieg...
  —Bitte! Können Sie, lassen Sie mich...
  —Nein kommen Sie rein, kommen Sie rein, wir...
  —Ich kann nicht reinkommen! Der Rauch und der, der Staub
und der Rauch, ich wollte Ihnen nur sagen, daß, Billy sagen,
daß Paul angerufen hat, daß er auf dem Weg ist von, von ir-
gendwoher Billy... sie sprach ihn an und sah doch an ihm vorbei, dorthin, wo ihr Blick im lähmenden Gewaber aus Rauch
und Staub erwidert wurde, —seine Pläne haben sich geändert,
er ist, er wird bald hier...
  —Mann ich halt's nicht aus. Also ich halt's nicht aus Bibbs,
Scheiße. Ich komm' hier vorbei und denk', kein Paul, ich
denk', endlich gibt's mal keine große Hektik, wir können es
uns einfach gemütlich machen und vielleicht sogar später zusammen abendessen, aber da kommt der Scheißpaul an mit
seinen...
  —Ich kann es doch nicht ändern! Sie verstummte, —wenn du,
ich glaube nicht, daß Mister McCandless unbedingt hören
muß, wie...
  —Nein ich geh' ja schon, ich geh' ja schon Bibbs... er stand
auf, folgte ihr in die Küche, —ich mein' ich werde in New York
sein, bevor Paul zur Tür reinkommt, seinen Hammer schwingt
und alles kommt ihm wie 'n Nagel vor, und Bibbs? Ich meine
wenn du vielleicht 'nen Zwanziger hättest...

232

Sie hatte eben die Schublade aufgerüttelt und kramte unter Servietten, Tisch-Sets, als –Moment, Moment, Sie fahren nach New York rein?

–So schnell wie möglich Mann.

–Wenn Sie vielleicht noch einen Augenblick warten könnten, wenn ich mit Ihnen mitfahren kann, ich brauche nur noch ein paar Minuten.

–Aber... leer kam ihre Hand hoch –nicht, Sie müssen doch nicht schon gehen Mister McCandless, ich meine wenn Sie noch nicht fertig sind mit dem, was Sie...

–Schlag nie einen Lift aus nein, brauch' bloß noch eine Minute, um diese Beutel zuzubinden... und er war durch den Flur verschwunden.

–Bibbs? Dieser Zwanziger?

–Ich hole ihn schon! Sie folgte ihm ins Wohnzimmer, streckte ihm die Scheine entgegen, –Billy hör mal. Du mußt nicht, auf ihn warten, ich meine du kannst einfach verschwinden, jetzt gleich jetzt, ich werde ihm sagen, daß du es schrecklich eilig hattest und nicht, daß du nicht direkt nach New York fährst, daß du irgendwo in New Jersey einen Zwischenstop einlegen mußt oder so...

–Was soll's Bibbs, reg dich nicht auf... Er war schon in den Armsessel gesunken, –ich mein' er ist irgendwie ein netter alter Bursche.

–Ein, ein netter... sie setzte sich auf die Lehne des Zweiersofas, –netter alter Bursche?

–Ich mein' er ist reichlich aufgedreht, aber das ist...

–Und das willst du dir den ganzen Weg bis New York anhören? Er ist, er ist...

–Er ist was? Also Bibbs, was zum Teufel ist denn los? Glaubst du denn, irgendwer will noch hiersein, wenn Paul heimkommt...

–Ich rede nicht von Paul! Er, er kennt Paul ja nicht mal, dich und Paul, du kennst ihn ja auch nicht, kommst hier einfach vorbei und erzählst jemandem, den du nie, einem Wildfremden erzählst du, wie schrecklich Paul und seine Militärakademie und seine Südstaaten, einfach, denkst dir einfach alles mögliche aus, nur um Paul zu verletzen, wo du doch nicht mal...

—Mir was ausdenken! Also spinnst du Bibbs? Etwa dieses dämliche Spielzeugschwert mit seinem eingravierten Namen? Du meinst, ich hab' mir das ausgedacht? Diese ganze Militärscheiße mit diesen Bimbos aus Cleveland und Detroit in seinem zusammengeschossenen Zug da drüben, schleift sie, damit sie die wahre weiße Offizierskaste aus dem Süden kennenlernen, das hab' ich mir alles ausgedacht? Also der ist doch immer noch da drüben im Mekong-Delta, er geht über die Straße, und jeder, den er sieht, ist ein Schlitzauge, er ist...

—Nein ist er nicht! Er ist, weil du eben nicht alles weißt, auch wenn du das glaubst, was er, als er wiederkam, was wirklich geschehen ist, du kennst nicht den...

—Mann ich weiß doch, daß er als der gleiche Scheißleutnant wiederkam, als der er hingegangen ist oder? Ich mein' als du mir erzählt hast, sein eigener Vater habe gesagt, es sei 'ne verdammt gute Sache, daß er...

—Nein hat er nicht!

—Ich mein' du hast mir doch erzählt, sein eigener...

—Weil er es nicht war, weil ich nie gesagt habe, daß er Pauls eigener Vater war, er war, weil Paul adoptiert worden ist, das ist es, was du nicht wußtest, das ist etwas, was du nicht wußtest, wenn du rumrennst und wildfremden Leuten Geschicht...

—Mann woher soll ich denn wissen, daß er adoptiert worden ist? Ich mein' wo er doch die ganze Zeit diesen Sohn-aus-gutem-Hause-Scheiß aufführt wie mit diesen Steinen? Diesen ganzen Steinen, die er numeriert und in eine Kiste verpackt hat, er sagt, sie seien vom Kamin seines Vorfahren General Beauregard und dafür vorgesehen, wenn er mal das alte Familien-Anwesen wieder aufbauen werde? Oh Mann, ich mein' sich sowas auszudenken? Also ich soll derjenige sein, der sich was ausdenkt, nur um Paul zu verletzen? Mann ich meine ehrlich, was glaubst du...

–Weil du nicht Paul verletzen willst, sondern mich, nicht wahr? Du willst mich verletzen, nicht wahr?

–Mann ehrlich, nun warte mal Bibbs, ich meine was...

–Ich meine wie du über Paul und Papa geredet hast, als du das letzte Mal hier warst, daß ich immer jemanden fände, der nicht so gut ist wie ich, daß es immer ein, daß es immer jemand Unterlegenes sei, daß das alles sei, was ich...

–Also nun warte mal Bibbs, nun warte mal! Das hab' ich nicht, ich meine das ist so, als ob du dieses wahre verborgene Selbst irgendwo versteckt hättest, du willst nicht, daß da jemand dran rührt, du willst nicht mal, daß man was davon erfährt, als ob du Angst hättest, daß, wenn mal einer auftaucht, der dir überlegen ist, daß der dich an die Wand drückt, also schützt du es durch diese zweitklassigen Figuren, das sind die einzigen, die du an dich ranläßt, weil sie gar nicht wissen, daß es da ist. Sie glauben, sie hätten dich in der Hand, es schwant ihnen nicht mal im Traum, daß du immer die Oberhand behältst, weil das ist doch deine Stärke Bibbs, so kommst du durch, weil, wenn mal dieser Jemand ankäme, der dir wirklich überlegen ist, dann würdest du gegen die Wand gedrückt, also ziehst du diese Vollidioten an, die nicht die geringste Ahnung haben, wer du wirklich bist, so wie du dich von Paul rumschubsen läßt, daß er denkt, du gehörst ihm, ich meine dieser blaue Fleck da auf deiner Schulter? Hab' ich mir den etwa ausgedacht? Du weißt doch, daß er 'ne zweitklassige Figur ist, weil du nämlich mit der Ehe vom Regen in die Traufe geraten bist...

–Gut, vielleicht ist das so! Weil ich, weil ich manchmal dich und Paul kaum unterscheiden kann, du hörst dich genauso an, du hörst dich exakt genauso an, der einzige Unterschied ist, daß er sagt, dein verdammter Bruder, und du sagst, Scheißpaul, aber es ist das gleiche, wenn ich die Augen zumache, könnte es einer so gut wie der andere sein, vielleicht habe ich ihn deshalb geheiratet! Wenn du glaubst, die einzigen Männer, denen ich gefalle, seien Idioten, und ich würde mir immer nur unterlegene Männer suchen, dann vielleicht genau deshalb!

–Oh Bibbs... Er hatte eine Hand an den Mund geführt, als wollte er seine Lippen bedecken, an einem Nagel kauen, und hob plötzlich seine Augen mit einem Blick, angesichts dessen sie herumwirbelte in die Tür zur Küche hinter ihr.

–Oh ich, tut mir leid, tut mir leid, ich wollte nicht stören, bloß mein Jackett... Sie sahen zu, wie er dorthin hastete, wo es noch zerknüllt vom Abend zuvor auf dem Sessel lag, –brauchte bloß mein Jackett, fast fertig da drinnen, nur noch ein Minütchen...

Sie nahm all das so schnell in sich auf wie einen quer durch den Raum und zurück geworfenen Schatten, der sie auf diese verschränkten, nach außen gedrehten, mit den Knöcheln knakkenden Hände starrend zurückließ. –Ich wollte, du hättest das nie gesagt, Bibb... und er sah sie nicht an, –ich wollte, ich hätte dich nicht dazu gebracht, das zu sagen... seine Stimme so leer wie sein Blick, der irgendetwas auf dem Fußboden zwischen ihnen fixierte, als sie geräuschlos einmal das Zweiersofa umrundete und in die Küche ging, irgendwo dort erstarb ein Geräusch, kam durch den Rahmen jener Tür, die so lange all das eingeschlossen hatte, von dem sie nun wußte, daß es gar nicht da war.

–Bin gleich soweit... Er richtete sich auf und knotete einen Müllbeutel zusammen, –muß die nur noch zusammenbinden und...

–Was machst du denn da?

–Binde die nur zusammen, damit...

–Er kommt erst, Paul kommt erst, er kommt erst spät, er kommt erst zum Abendessen, du mußt nicht gehen, wir haben noch den ganzen Nachmittag, warum gehst du?

–Ich muß ohnehin weg, er hat einen Wagen vor der Tür, und...

–Soll er doch fahren, du mußt doch nicht, nur weil er oder? Du kannst doch wenigstens bei mir bleiben, bis...

–Nein nein nein, schon gut, ich...

–Es ist nicht gut! Überhaupt nichts ist gut nein, faß mich

nicht an nein! Seit er hereingekommen ist, heißt es Sehen Sie
doch mal Billy, ich will Ihnen mal was erzählen Billy, du siehst
mich an, als hättest du mich noch nie, ich meine was soll das
alles?

Er hatte schon einen Arm in seinem Jackett, stand da und
zog es langsam an. −Es ist mir etwas dazwischengekommen,
sagte er. −Einige Dinge, die ich gern in der Stadt klären
möchte... Er rückte es an den Schultern zurecht, knöpfte einen
Knopf zu, −Elizabeth, hör zu...

−Ich will nichts hören... Sie hatte sich schon zur Tür gewandt, −wenn Sie gehen wollen, dann, gehen Sie.

Und er hinter ihr her in die Küche, −oh Mrs. Booth? Ich lasse
sie offen, diese ganzen Müllbeutel, Sie lassen doch Madame
Socrate kommen?

−Sie ist, ja, ja sie...

−Sie kann sie dann rausstellen. Und daß sie ja nicht meckert,
einige sind schwer, diese Zeitschriften, sie meckert nämlich
gern, bei Ihnen auch schon?

−Ihr Staubsauger. Sie sagt, er sei foutu.

−Wissen Sie, daß ich ihr beibringen mußte, wie man ihn benutzt? Den Staubsauger? Er kam rasch hinter ihr her ins
Wohnzimmer, faltete das Knäuel von Regenmantel auseinander, zog ihn an. −Kam rein und zerrte ihn herum, stocherte
mit der Bürste in den Ecken, er war gar nicht eingestöpselt, tat
nur, was sie mal bei einer dieser unterbelichteten Blondinen,
die im Fernsehen Hausfrau mimen, gesehen haben muß, wie
ein Junge, den ich mal zum Hawash-Fluß mitgenommen hab',
er hatte noch nie eine Schaufel gesehen, wußte nicht, wie man
sie benutzt. Nicht dumm nein, nein nur Unwissenheit, er hat
gelernt, wie man die verdammte Schaufel benutzt, das ist der
Unterschied. Sind Sie soweit? Er straffte die abgewetzten Aufschläge, −Moment, diese Bücher, die ich Ihnen eben gegeben
habe?

−Mann also was soll ich denn damit anfangen, ich mein'...

−Was meinen Sie mit, damit anfangen? Lesen! Und sie flohen

vor seinem Ausbruch zurück durch die Küche, fanden sich dort
voreinander, ihre Blicke trafen sich, und mit einemmal umfing
sie ihn hastig, klammerte sich fest, –Billy, Billy, kaum hörbar in
seinen Armen, die sie sicher umschlossen, da war er zurück und
rief von der Küche aus, –Mrs. Booth? Da war so ein Stück
Papier auf dem Tisch hier, 'ne Menge Pfeile und Kreuze drauf-
gekritzelt?

–Das muß irgendwo sein... sie ließ los, –aber warum in aller
Welt wollen Sie...

–Nein nein nein, es geht nur um eine Telefonnummer, hier ist
es ja, ich habe eine Telefonnummer draufgeschrieben... Als sie
die Tür erreichte, hatte er bereits einen Fingerbreit gleich östlich von Estrées davon abgerissen, –das ist doch nichts Wichtiges oder?

Und hinter ihr, –sieht aus wie Müll von Paul.

Entschuldigung... Er kam mit den unter den Arm geklemm-
ten Büchern, zu vielen Büchern, auf sie zu, streckte im Vorbeigehen den anderen aus, versuchte ihr die Hand zu drücken,
–fürchte ich habe Sie gestört Mrs. Booth, ich, ich versuche vorher anzurufen, wenn ich wieder vorbeikomme... Er blieb stehen, aber die Haustür wurde ihm aufgehalten.

–Billy? Rufst du mal an? Bitte? Und sie schaute ihnen gerade
lange genug nach, um die Bücher in die Blätter fallen zu sehen,
als er die Stufe hinunterstieg, und um zu sehen, wie der Regenmantel im Wind flatterte, während er sich bückte, um aufzu-
sammeln, was dem aus der für heute beendeten Schule den Hügel hochkommenden Gebrüll entgegengeworfen schien, ja
selbst dem Gelächter, das sie nun nicht mehr hören konnte,
weil sie die Tür schloß und sich umdrehte, so daß sich, als der
Wagen die Kurve den Hügel hinab nahm, eine winkende Hand
lediglich von den blinden Fenstern eines Hauses verabschie-
dete.

Sie war durch die Küche zurückgegangen, wo die Uhr jetzt
jene Stunde anzeigte, in der Fingerspitzen ihren Rücken ent-
langgetastet, am Ansatz der Spalte gespielt, deren Rand unter-

sucht hatten, dann ihr Inneres, tiefer vorgedrungen waren zu verzweifelten Phantasien wie der von der unsterblichen Seele und diesen verdammten Babies, die herumschwirren und darauf warten, geboren und wiedergeboren zu werden, es war alles Angst, sie stand da und sah dorthin, wo der Rauch sich aufgelöst und der Staub sich auf dem müllübersäten Tisch unter den trüben Scheiben, auf den Büchern, Bündeln und Müllbeuteln gelegt hatte, auf einmal trat sie zurück und knallte die Tür zu, ließ das Vorhängeschloß mit der Handkante zuschnappen und drehte sich um, wobei sie ein Taschentuch zusammenknüllte, um sich die Nase zu putzen. Stille erfüllte das Haus, doch sie schien zu lauschen, fürchte ich habe Sie gestört Mrs. Booth, aber er hat gelernt, wie man die verdammte Schaufel benutzt, das ist der Unterschied. Ich wollte, du hättest das nie gesagt Bibb, du behältst immer die Oberhand, so kommst du durch, aber er ist irgendwie ein netter alter Bursche, fürchte ich habe Sie gestört Mrs. Booth... Sie schaltete das Radio an, um gesagt zu bekommen, daß in diesem Land alle sechs Minuten eine brutale Vergewaltigung geschähe, und sie schaltete es aus, den Blick auf das stille Telefon gerichtet, bis sie abhob und wählte. –Ja, hallo? Kann ich, hier ist Mrs. Booth, Elizabeth Booth, kann ich Adolph sprechen? Es geht nur... Oh, oh nein, schon gut nein, unterbrechen Sie ihn nicht. Es ist nichts Wichtiges.

Und hier kamen sie, von Schreien den Hügel emporgetragen, in Fetzen gewandet, einer wie der andere verweht wie die Blätter, gefleckt, vergilbt hier, reifes, verschrumpeltes Braun dort, und doch alles Blätter, Mützen, ein Finger- oder ein Fausthandschuh, oder war's gar eine Socke? Aus einem Buch in der Luft fielen Seiten, das Grinsen auf dem Gesicht des kleinsten fiel in sich zusammen, er hielt mit weit aufgerissenen Augen wie gelähmt inne, als er sie dort halbiert in den Glaseinsätzen der Tür sah, hinter der sie sich am Treppenpfosten festhielt, als kämpfte sie ums Gleichgewicht, ebenso reglos wie der alte Mann, der da draußen auf seinen Besen gestützt stand und versuchte, sich zu orientieren, seinen festen Halt zu verteidigen gegen jedwede

Bedrohung in Form einer Bewegung, woher auch immer, selbst gegen ihre, als sie jetzt plötzlich die Tür aufzog und wegen zweier Bücher herauskam, die sich dort, wo sie jetzt lagen, kaum mehr von den Blättern abhoben, gelb eingebunden das eine, und das andere in braunem Leinen, *Bantu-Propheten in Südafrika* sah sie, als sie sie hereingeholt und die Tür fest zugezogen hatte, bevor sie sich zur Treppe wandte.

> Où est-ce que je peux changer des dollars
> pour des francs?

Sie sah die Lippen, die die Worte formten, auf dem Bildschirm erscheinen, kniff die ihren zusammen angesichts deren Geschmeidigkeit, zog das Durcheinander der Laken hoch, straffte das untere und schlug es an den Enden ein, breitete und schüttelte das obere aus.

> Kann ich im Hotel Geld wechseln?
> Est-ce que je peux changer l'argent à...

Sie stand da und sah zu, wie es herabsank, strich die Falten glatt, nur um zu sehen, daß mit jedem Strich ihr feuchtes Vermächtnis prompt zurückkehrte, da riß sie beide Laken in einem Schwung herunter und trug sie durch den Flur zu den Sockenknäueln, Schubladen und nassen Handtüchern auf dem Fußboden im Badezimmer.

> A quelle heure ouvre la banque?

Diese ungelenken, altersfleckigen Hände, sein zerfurchtes Gesicht, stumpf und verlebt, genau da auf der Seite, wo sie sie verlassen hatte, sie blätterte den Manila-Ordner auf sauberen Laken auf, suchte nach einem Stift und fand keinen und ließ sich dann langsam auf dem frischen Kissenbezug nieder, beruhigt vom aschfahlen Aufglühen dieser zum Schweigen gebrachten Lippen, die sich auf dem Bildschirm unter geräuschlosen Silben verzerrten, und dann, so wie das Licht an den Fenstern wich, einer Klavier spielenden Dame und, während es im Zimmer dunkler wurde, einem Golf spielenden Mann wichen, laubumkränzten Ausblicken und Sklavenameisen in düsterer Prozession, Granateinschlägen, die einen Augenblick lang die Wände erhellten und dann auf Krankenträger überblendeten, auf Männer, die eine Haubitze luden, eine Salve abfeuerten und sich abwandten, um ihre Ohren vor dem Krach zu schützen, Krach, sie fuhr hoch, schwang ihre Füße auf den Fußboden, langte nach dem Lichtschalter, rief –ich komme! hinab in den Krach an der Tür unten, zögerte und schob dann den Ordner vom Bett und zurück in die Schublade unter Blusen, Schals, bevor sie sich die dunkle Treppe hinabtastete, das Licht unter der Stickerei einschaltete, die Tür öffnete.

–Ich dachte, es wär' niemand zu Haus.

–Wer sind Sie denn?

–Die Lebensmittel. Sie haben doch Lebensmittel bestellt?

–Oh. Oh Entschuldigung ja, ich hab's nur vergessen, warten Sie hier.

–Nur der Wein, sie hatten keinen Wein mehr da.

–Das macht nichts, sagte sie, wieder zurück, Scheine aus der Schublade in der Küche abzählend. –Das macht nichts.

Sie hatte eine Tasse herausgeholt, setzte den Teekessel auf und streckte die Hand zum Radio aus, das gerade noch Zeit hatte, sie darauf hinzuweisen, daß der Leierkasten das Lieblingsinstrument des Königs von Neapel gewesen sei, als ein Tritt gegen die Tür sie herumfahren ließ, –Paul?

–Die gottverdammte Tür steht sperrangelweit offen Liz, weißt du das eigentlich?

–Oh, ja eben sind ein paar Lebensmittel gebracht worden, und ich...

–Steht sperrangelweit offen, er kam aus dem Dunkel herein, schob sie mit der Schulter weiter auf, um mit der Tüte durchzukommen, ließ diese auf den Boden fallen und den Stoß Zei-

tungen auf den Küchentisch, auf der Suche nach einem Glas.
–Irgendwelche Anrufe?

–Ja, da war ein...

–Hör mal, bevor ich's vergesse, Anruf von McFardle unten
in Teakells Büro, wenn er, Moment mal, Moment, vielleicht
kann ich ihn noch erreichen, wie spät ist es... Er blickte von
der hart gegen den Rand des Glases gepreßten Flasche hoch
–verdammte Uhr Liz, du hast die verdammte Uhr immer noch
nicht gestellt? und sah dorthin, wo jetzt auch sie hinsah, wo die
Uhr eben den Moment hinter sich gelassen hatte, da sie naß aus
dem Bad gekommen war, Schubladen aufgezogen, sich dies
und jenes angehalten hatte, einen bedruckten Chiffon, den sie
nicht mehr gesehen hatte, seit sie diesen derben, grobgestrickten –irgendwelche Post? Er hatte sich schwer auf den Stuhl
hinter dem Tisch fallen lassen, –Liz?

–Was?

–Hab' dich gefragt, ob Post gekommen ist verdammt, frag'
dich, ob Post da ist, ob jemand angerufen hat, wir wissen nicht
mal, wie spät es ist, hier... er drehte sich um und würgte
Haydns Notturno Nummer Fünf in C-Dur, das in seinem Rükken jammerte, mit einer Drehung am Senderwahlknopf ab, die
ihnen eine hoffnungsvolle Botschaft für an Hämorrhoiden Leidende allerorten bescherte, –muß rauskriegen, wie spät zum
Teufel es ist... und er stellte sein Glas ab, hielt sich aber wegen
eines jähen Zitterns in seiner Hand daran fest.

–Die Post ist, ja sie ist doch da, sie ist ein bißchen mit der von
gestern durcheinandergeraten, aber, und da war ein Anruf für
dich ja, der, den du erwartet hast, von Mister Slot, von, Paul
was ist geschehen? Dein ganzer Ärmel ist, was ist geschehen?
Er war wieder aufgestanden, zwang die Flasche über dem
Rand des geleerten Glases herab, setzte sie schwungvoll ab, um
sein Jackett auszuziehen, –und dein Arm! Dein Arm warte, laß
mich...

–Laß das! Ich brauche keine Hilfe nein, nur, zieh mir nur das
verdammte Ding aus... er wandte ihr den Rücken zu, während

er es von den Schultern streifte und sich aus dem vom Handgelenk bis zum Ellbogen aufgeschlitzten Ärmel befreite, —glaubst du, ich hätte mich wegen Halloween wie eine Vogelscheuche kostümiert, du hast es ja nicht mal bemerkt, als ich...

—Aber auch dein Hemd, das Blut ist, was...

—Klappmesser. Er hob das Glas und trank es langsam bis zur Neige leer. —Hat bloß die Haut geritzt, aber mein guter Anzug ist hin. Ich bin überfallen worden Liz, am hellichten Tag, als ich aus diesem Gebetsfrühstück rauskam, überall Leute, ich bin überfallen worden, das ist alles.

—Nein aber war es...

—Ein Bimbo, natürlich war es ein Bimbo! Sah genau so aus wie mein, sah es in seinen Augen, bevor er auf mich losging, sah es kommen im Gelb seiner verdammten Augen, noch bevor ich das Messer sah.

—Aber es ist, willst du es nicht auswaschen oder, oder etwas Eis? Soll ich mal Eis...

Er saß wieder auf dem Stuhl, starrte angestrengt auf das Glas, schob es ihr zu, —ja hier, hol mir mal Eis. Ich glaub', der hat auf mich gewartet... Er fummelte an den Aufschlägen des Jacketts herum, —hat versucht, dies hier in die Finger zu kriegen, ich glaub', der hat auf mich gewartet.

Sie füllte Eis in das Glas, während er einen einfachen Umschlag hervorzog und mit dem Daumen durch die Scheine darin blätterte. —Aber was, wo hast...

—Ein Buch Liz, ein Buch. Als ich aus der Tür ging und dir erzählte, ich würde einen Verleger treffen wegen dem Vorschuß für ein Buch? Kannst mir nicht unter die Arme greifen, wolltest mir nicht mal glauben, kannst du wenigstens mal zuhören?

—Aber das sind, Paul das sind ja lauter Hunderter und, und bar, alles in bar?

—Ich wollte es bar! Er hielt wieder das Glas in der Hand, klimperte mit dem Eis darin. —Als ich aus der Tür ging, hast du mir nicht geglaubt oder, du dachtest, ich wollte nur bei deinem verdammten Bruder Eindruck schinden, wo ist er denn überhaupt, versucht mir zwanzig Dollar auf einen Hundert-Dollar-Scheck abzuzocken, wo ist er denn, warum ist er nicht hier und pißt auf den Fußboden?

—Möchtest du, willst du bald Abendessen haben, ich…

—Das einzige, was du gesagt hast, war, worum geht es denn, du denkst wohl, ich kann kein Buch schreiben, also sagst du bloß, worum geht es denn… Er hatte Zigaretten aus der Jakkettasche gefingert und sich eine angezündet, —wenn du wissen willst, worum es geht, ich sag' dir den Titel, Die Wayne Fickert Story, darum geht es. Ich mach' einen Rohentwurf, und dann hole ich mir diese Journalistin, diese Doris Chin, die aus der Zeitung, die in der Zeitung diesen Artikel über ihn geschrieben hat, angel mir die für den letzten Schliff, bevor wir uns an die Filmfassung machen, wir planen schon eine Filmfassung, holen uns seine Mutter ran, die soll die Mutter spielen. Billye Fikkert, die echte Mutter des Kindes, müssen die Dinge hier ins Rollen bringen, sie auf die Schauspielschule schicken, wir müssen bloß noch ein Kind finden, das das Kind spielt, Riesenprojekt Liz, muß noch heute abend damit anfangen, gehört alles dazu hier… er strich über den Stoß Zeitungen, den er beim Hereinkommen auf den Tisch hatte fallen lassen, schüttelte das Eis im Glas, bis ihn das auf die Idee brachte, nach der Flasche zu greifen. —Ich glaub', der hat auf mich gewartet.

—Möchtest du Wasser?

—Hab's in seinen Augen gesehen, kenne diesen Blick, ich wußte, was kommen würde.

—Ich habe Kalbfleisch besorgt, ich dachte, ich, ich dachte, wir probieren mal Kalbfleisch.

—Tust du hier mal ein bißchen Wasser rein? Die Dinge hier ins Rollen bringen, bevor sie, nicht so viel! Bevor sie ihn in Stücke reißen, sie sind hinter ihm her Liz.

Sie stellte das Glas vor ihm ab. —Am hellichten Tag würde ich doch wohl meinen, daß die Polizei…

—Welche Polizei, ich rede nicht von der verdammten Polizei, ich rede von der Bundesregierung, von denen, die an den Schalthebeln der Macht sitzen von der Regierung bis runter auf die Gemeindeebene, die wollen ihn fertigmachen, hier... er streute mit einer weitausholenden Geste Asche auf die Zeitungen, –da kannst du alles nachlesen, Begleitwerbung für diesen großen Kreuzzug, den wir in den Fernsehanstalten an der Westküste ins Rollen gebracht haben, hab' sie ausführlich Billye Fickert beäugen lassen, die ist grad' zurück von der Gesundheitsfarm, hat schon ein paar Angebote bekommen, wenn wir diese Verfilmung ins Laufen kriegen, stehen sie in Zehnerreihen Schlange, sie hatte schon ein Angebot von jemand da oben aus der Bay Area, nicht gerade die Sorte, die wir, hier ist sie... er hielt die Seite hoch, –Liz?

–Naja! Sie ist ziemlich, ich glaube, du hast da einen Brief von ihr.

–Was? Wo?

–Er ist da irgendwo, nicht zu übersehen. Er ist mit Bleistift geschrieben.

–Wo? Hab' dich gefragt, ob Post da ist, als ich zur Tür reinkam wo, das einzige ist diese verdammte B & G Lagerhaltung hier... Papier zerriß. –Sieh dir das an. Haben uns einen Scheck geschickt Liz, sieh dir das an... er schüttelte ihn aus dem Brief heraus, –zwölfhundertsechzehn Dollar und achtzig Cent sieh dir das an, wenn man's grad' mal nicht braucht, bringen sie ihre Buchhaltung in Ordnung und schicken einem zwölfhundertsechzehn Dollar, und wer zum Teufel ist Doktor Yount?

–Er war ein...

–Schickt immer noch dies verdammte Ding *AU* fünfzig Dollar? Von vor einem Jahr?

–Nein zerreiß es, ich habe eine Stunde bei ihm im Wartezimmer gesessen, ein Fernseher lief, ich habe mir etwas über Grashüpfer angesehen, und so eine furchtbare Frau ging hin und schaltete um auf eine Seifenoper, ein Arzt, der gerade sein Bein verloren hat, und ich schaltete ihn ab, und seine Sprechstundenhilfe kam rein und sagte mir, ich hätte kein Recht, den an-

deren Patienten ihr Vergnügen zu rauben, und da bin ich gegangen, Paul dieser Brief...

–Verdammt gut so... Papier zerriß, –Doktor Yount verliert
sein Bein, da kriegt er, was er verdient, das ist...

–Dieser Brief Paul, der mit dem Scheck, darin heißt es, sie,
nein. Nein darin heißt es, sie haben es verkauft, sie haben alles
verkauft Paul, sie haben alles verkauft! Diese Rechnung über,
wir schuldeten ihnen neunhundertzehn Dollar, Werbung,
Durchführung, Auktionskosten vierhundertvierundachtzig
zwanzig, dann Steuern und, sie haben bei ihrer Auktion zwei-
tausendachthundert Dollar dafür bekommen, für alles! Können wir nicht, könnten wir sie nicht anrufen und versuchen,
diese Truhen und Mutters schönen alten, oh Paul...

Er stellte sein Glas ab, saß da und starrte es an. –Er hat auf
mich gewartet Liz.

–Hast du gehört, was ich gesagt habe? Dieser Brief? Daß sie
verkauft haben...

–Was ich dir immer sage oder? Bin zur Tür reingekommen,
hab' dich gefragt, ob Post da ist, das ist doch genau das, was ich
dir immer sage? Das Problem ist Liz, manchmal hörst du nicht
zu... Er stellte die Flasche ab, –das Problem ist...

–Paul ehrlich, erzähl mir nicht, was das Problem ist. Sie hatte
den Küchenschrank geöffnet und einen Kochtopf herausgeholt, –möchtest du...

–Wird alles hier erklärt, siehst du? Ganze Doppelseite, Betet
für Amerika obendrüber, siehst du? Irgendwie war es ihm ge-
lungen, die Zeitung ganz auszubreiten, ohne die Flasche umzu-
werfen. –Eine organisierte Verschwörung ist auf dem besten
Wege, die Verfassung der Vereinigten Staaten zu zerstören. Wir
werden derzeit Zeugen einer Verschwörung, die all unsere Kirchen und unsere freie Presse zerstört und uns das Recht nehmen will, uns friedlich vor Gott zu versammeln. Wollen Sie das
zulassen? Er läßt das in diesen hinterwäldlerischen Wochen-
blättern draußen auf dem Land drucken, die all diese Bauern-
trampel lesen, hier ist jedenfalls ihr Bild, geht über die halbe

Seite, und genau drunter sagt er dann, wir sind bloß eine kleine Gemeinde hier an den Ufern des Pee Dee, aber wir sind Kinder Gottes, allesamt Kinder Gottes, hier am Ufer des Pee Dee ebenso wie in meiner landesweiten Radio- und Fernsehgemeinde und selbst auf dem Schwarzen Kontinent Afrika, wo unser Missionssender unschuldig Leidende allerorten mit Hoffnungs- und Heilsbotschaften labt. Derzeit fechten wir allein Ihren Kampf gegen die satanischen Mächte der Finsternis an höchsten Stellen aus, und dann fügt er einen Satz von Paulus an die Epheser ein, läßt die Bibelschüler früher aus der Abfüllanlage weg, damit sie ihm die Quellensuche abnehmen, Denn wir haben nicht mit Fleisch und Blut zu kämpfen, sondern mit Fürsten und Gewaltigen, mit den Herrschern über das Böse in dieser Welt, mit der geistigen Versündigung höchster Stellen, Liz was zum Teufel machst du da, klapperst mit Töpfen rum, während ich dir hier was zu erklären versuche.

–Ich mache Abendessen.

–Und leitet gleich über zu, hör zu, wir fechten Ihren Kampf aus, denn wenn unsere, zum Ziel der Eröffnungsattacke auf die Verfassung ausersehene Kirche fällt, werden andere Kirchen folgen, bis keine einzige Kirche in unserer großen christlichen Nation mehr steht. Unser Leid hier an den Ufern des Pee Dee legt Zeugnis ab von dem teuflischsten verfassungswidrigen Angriff auf die Grundfesten der Freiheit in Amerika, von den düsteren Anfängen einer marxistischen Diktatur, die den Schatten der Mächte der Finsternis über die ganze Welt wirft, betet für Amerika, betet für, Liz?

–Möchtest du Erbsen dazu?

–Wozu?

–Zum Kalbfleisch, ich sagte, ich dachte, wir probieren mal...

–Erbsen? Du redest von Erbsen, und die da unten versuchen seine Bibelschule und seine Christliche Wiedererweckung für das amerikanische Volk kaputtzumachen und seinen Missionen in Afrika die Existenzgrundlage zu entziehen, und du redest von Erbsen? Kannst du mal hersehen? Dich bloß mal umdrehen und einen Augenblick hersehen?

–Paul ich versuche, den Herd, du hast mir ihr Bild gezeigt, und ich muß doch nicht...

–Nicht ihr verdammtes Bild, sieh doch hin, geht über die halbe Seite, es sind Ude und Teakell, Senator Teakell.

–Oh. Sie hatte sich halb umgedreht, –was machen sie denn?

–Also nach was zum Teufel sieht's denn aus, was sie machen, denkst du, die liegen da auf den Knien und würfeln? Ist da unten in dem Krankenhaus in Texas aufgenommen, als Teakell runterfuhr, um seine...

–Um Cettie zu besuchen, ja, ja... sie drehte sich ganz um, –was ist mit ihr?

–Mit wem, seiner Tochter? Verklagen den Autohersteller, sie und das Kind, das mit drin saß, ihre Anwälte klagen auf zwölf Millionen, defekte Bremsen, sie sagen, selbst die Tests des Herstellers hätten bewiesen, daß die Bremsen blockieren können, und daß sie die ganze Sache für...

–Davon rede ich nicht! Nicht davon, jemanden zu verklagen, ich möchte nur wissen, ob sie...

–Nein jetzt schau mal Liz, es ist verdammt ernst. Da sitzt Grimes im Aufsichtsrat des Autoherstellers, Teakell ist sein Mann im Senat, und Teakells eigene Tochter kommt daher und verklagt sie, verdammt peinlich, in allen Zeitungen, in so einem Augenblick ist natürlich die Presse da und treibt ihren Keil dazwischen, sie sind hinter Teakell her, also sind sie auch hinter Ude her, sie versuchen Teakell fertigzumachen, darum geht's bei der ganzen Sache verdammt, kapierst du das?

–Ist doch egal. Sie hatte sich wieder zum Spülbecken umgedreht und sah mit einer leeren Pfanne in der Hand durch ihr Schattenbild und die von der Wand hinter ihr, vom Geschirrschrank und vom Flur, von der Lampe auf dem Tisch und vom Griff des verletzten Armes nach der Flasche daneben auf die Fensterscheibe geworfenen Reflexe hinaus in die Dunkelheit draußen.

–Liz!

–Ich sagte, ist doch egal!

–Das Problem ist Liz, du kapierst einfach nicht, wie ernst die Sache ist verdammt... die Flasche zitterte am Rand des Glases, –hinter ihm her, sie sind hinter ihm her, sie sind hinter uns allen her... Er hatte sich bei der Meldung von zwei an einer Auffahrt zur George Washington Bridge umgestürzten und in Brand geratenen Sattelschleppern zurücksinken lassen, –setz sie zusammen, dann wirst du sehen, wie die ganzen verdammten Teile zusammenpassen. Das Aufsichtsamt erscheint und unterstellt irgendeine kleine Unregelmäßigkeit bei einer Inhaberschuldverschreibung für die Bibelschule, sofort hast du das Finanzamt wegen Veruntreuung von Kirchengeldern am Hals, das Problem ist, ihrem neuen Computer da unten haben sie gerade erst ihre Adressenliste eingegeben, wenn sie ihre Adressenliste nicht pflegen, gibt's auch keine Gelder, darum geht's bei der verdammten Sache, was diese Bibelschüler anbelangt, die sind schlau genug, die Epheser rauszusuchen, aber zählen tun sie mit Hilfe der Finger, niemand weiß da so genau, wo zum Teufel jeder einzelne Cent hingeflossen ist, darum sagt Ude in der Werbung doch, es sei Gottes Geld, er kann nicht, nimm mal das Telefon ab... und schon war er dran, –hallo? Wer...? Nein jetzt warten Sie mal einen Moment, Vermittlung, ich kann den Anruf jetzt nicht annehmen nein, ich warte auf einen wichtigen Anruf, sagen Sie ihr, ich kann die Leitung nicht blockieren...

–Warte Paul, war das...

–Kann die Leitung nicht blockieren Liz... er hatte aufgelegt und nahm das Glas in die Hand, –kann ihm einfach nicht beibringen, daß sie ihm seine Steuerbefreiung streichen wollen, Abfüllanlage, die dieses Pee Dee-Wasser verschickt, fusioniert mit seinem Betet-für-Amerika-Club, er schlägt eine Zehn-Dollar-Spende vor, und sie behaupten, er betreibe ein profitorientiertes Unternehmen, an dem Punkt kommen sie mit dem Gesundheitsamt, die kennen sich alle, so funktioniert das da unten. Das ist Washington, jeder kennt jeden, nimm beispielsweise einen, der im Finanzamt sitzt, der ruft seinen Kumpel beim Gesundheitsamt an, und prompt stoßen sie da draußen in der Pampa auf ein paar Typhus-Fälle, besorgen sich die Adressenliste, schicken Bevollmächtigte raus nach Georgia Arkansas Mississippi und Texas, stoßen auf weitere Typhus-Fälle, hat doch niemand gesagt, daß man das Pee Dee-Wasser trinken soll, 'n Haufen verdammt ignoranter Burschen da unten, die sehen 'ne Flasche, machen sie auf und trinken, das ruft dann die Postverwaltung auf den Plan und die Medienzentrale des Bundes, die kennen sich alle. Entziehen ihm seine Versandlizenz, versuchen ihn aus dem Fernsehen zu verdrängen, vermasseln ihm die Konzession von Teakells Medienzentrale, weil sie nämlich hinter Teakell her sind, hinter dem sind sie her, machen sein Brot-für-Afrika-Programm kaputt, stoppen den Spendenfluß an die Missionen und entziehen seinem Stimme-der-Erlösung-Sender da drüben die Grundlagen, hast du mal 'nen Aschenbecher?

—Paul wer war das?

—Von wem glaubst du rede ich...

—Ich meine am Telefon.

—Wer wohl? R-Gespräch aus Acapulco, wer war das wohl? Ist das alles an Whisky?

—Weil, wenn es Edie war, es war Edie nicht wahr...? Sie hatte sich umgedreht und fest auf ihre Hände gestützt, die die Kante des Spülbeckens umklammerten, —wie mit Cettie, ich erkundige mich nach Cettie, ich weiß nicht einmal, ob sie noch lebt, und du redest von einem Prozeß, du willst mich nicht mal mit Edie sprechen lassen, hallo sagen, ihr nur mal hallo sagen und hören, was sie...

—Ich warte auf Anrufe Liz, ich muß ein paar wichtige Anrufe machen, es geht nicht, daß Edie den ganzen Abend lang die verdammte Leitung blockiert! Wenn du wissen willst, was sie treibt, diesen Zirkus für Victor Sweet, das treibt sie, das gleiche Pack Liz, es ist das gleiche verdammte Pack, das ihr Geld ausgibt, sie tut nicht mehr als ihrem Vater noch ein Magengeschwür zu verpassen. Grimes, der Teakell den Rücken stärkt, und dieses Friedenspolitikpack kommt mit Victor Sweet an, du weißt, wo der sich seine Anweisungen abholt, das gleiche verdammte Pack benutzt Ude, um Teakell mit allen möglichen Verleumdungen in den Rücken zu fallen, wer glaubst du wohl hat da unten diese Pennerin aufgespürt? Taucht mit 'ner Einkaufstüte voller Katzenfutter aus der Versenkung auf und sagt, sie sei die Schwester dieses ertrunkenen Penners, den sie auf dem Gemeindefriedhof begraben haben, holt sich 'ne gerichtliche Verfügung, um ihn wieder auszugraben, verlangt 'ne Autopsie, sagt, sie wolle klagen, auf unterlassene Hilfeleistung Totschlag auf alles mögliche, die gleiche Liste wie Earl Fickert, glaubst du etwa, das sei Zufall? Betreibt 'nen Schrottplatz in Mississippi, wer glaubst du hat den aus dem Sumpf gefischt und ihn sein X unter eine eidesstattliche Erklärung setzen lassen, die fahrlässige Tötung Amtsdelikt Störung der öffentlichen Ordnung unterstellt, glaubst du etwa das sei Zufall? Hab' versucht, ihn gegen sowas zu versichern, da graben sie irgendwelche vergilbten, zehn Jahre alten Zeitungsausschnitte aus Kansas aus, der gleiche Mist, Dreizehnjähriger kommt zur seelsorgerischen Beratung, und Ude läßt ihn die Bibel lesen, auf Band aufgenommene Gottesdienste anhören und sagt ihm, er sei ein Sünder, flößt ihm Gottesfurcht ein, und der Junge geht nach Haus und erhängt sich, die Familie ist römisch-katholisch, sie klagt auf unterlassene Hilfeleistung fahrlässige Tötung, die gleiche Liste, die gleiche Leier, verbreitet überall, Ude sei ein Postversand-Priester irgendwo in Modesto, Kalifornien, würde jährlich zehn Millionen segnen, um das Finanzamt zu betrügen, alle möglichen Verleumdungen, alles nur Gerüchte, alles Verleumdungen. Sie setzen sogar eine Geschichte in Umlauf, der zufolge er bei Bibelstunden mit Sechsjährigen einen Stuhl an eine 12-Volt-Autobatterie angeschlossen hat, damit sie Gott gehorchen. Gott befiehlt dir was, du tust es nicht, und zack! Er knallte das leere Glas auf den Tisch, –das gleiche Pack verbreitet da draußen diese Gerüchte, schau dir die Drohbriefe an, die jetzt einzutrudeln beginnen, er hat sogar schon ein paar Morddrohungen bekommen, das gleiche verdammte Pack, und da gibt Edie, deine dicke Busenfreundin Edie einen Gala-Empfang für Victor Sweet, die können nichts als solche verdammten Gala-Empfänge geben... er schlug die Zeitung auf, –hier ist irgendwo was über ihre Mutter drin, die für deinen Kumpel Jack Orsini eine Benefizparty gibt, um Geld für diese von deinem Alten gegründete Stiftung aufzutreiben, acht Millionen, hier steht's, Halloween-Benefiz-Gala, Mrs. Cissie Grimes, Mitte, begrüßt Gäste, die Kaiserin Shajar, Witwe des verstorbenen Ogodai Schah, mit ihrem Gefolge, hier ist dein Doktor Kissinger, hat er dir nie 'ne Rechnung geschickt? Doktor Kissinger, der berühmte reisende Chirurg, der morgen nach Johannesburg fliegt, um am Präsidenten Südafrikas eine Kolostomie vorzunehmen Liz? Warst du bei diesem Arzt?

Sie stellte die Pfanne ab, umklammerte die Kante der Spüle.

–Bei welchem Arzt, Paul?

–Du hast doch gesagt, du würdest wegen meiner Nebenklage bei diesem Prozeß um den Flugzeugabsturz zu diesem Arzt von der Versicherungsgesellschaft gehen wollen, damit...

–Doktor Terranova ja, ich war bei ihm. Er meint, ich habe vielleicht zu hohen Blutdruck.

–Hohen, ist das alles? Hohen Blutdruck, wozu soll das gut sein, gehst die Straße runter, und alle haben hohen Blutdruck, stehst vor den Geschworenen, die haben doch alle hohen Blutdruck, glaubst du, die rücken für hohen Blutdruck 'ne halbe Million raus?

–Paul ich kann es nicht än...

–Hab' wahrscheinlich selber hohen Blutdruck, wenn ich mal zum Arzt ginge, hab' keine Zeit, diese ganzen Ärzte, du hast reichlich Zeit, du gehst ja zu diesen ganzen Ärzten, wenn ich, wahrscheinlich hab' ich selber welchen, Herzversagen, fällst auf der Straße um, und die Leute schlagen einfach einen Bogen um dich. Seine Hand fuhr zitternd über das Durcheinander von Zeitungen, fand ihren Platz auf der Flasche, –das ganze gottverdammte, muß das alles zusammenhalten, wenn ich, großes Projekt, versuchen, das alles zusammenzuhalten, weiß nicht mal, wo die, wo die Post... der Flaschenhals klirrte auf den Rand des Glases, –frag' dich, ob Post, frag' dich, frag' dich, ob Anrufe, und du...

–Ich habe dir doch gesagt Paul. Mister Slotko hat angerufen.

–Mir, das hast du mir gesagt? Du hast mir gesagt, daß Slotko angerufen hat?

–Also ich, ja ich meine ich...

–Mir gesagt, daß Slotko angerufen hat, ich hab's nicht, was, was hat er gesagt?

–Er hat gesagt, du, er sagte nur, es wäre vermutlich besser, wenn du selber mit Adolph reden würdest, daß Adolph Bescheid weiß über...

–Mit Adolph reden, der weiß doch gar nichts verdammt, deshalb holt man sich doch Slotko, hochangesehene Washingtoner Anwaltskanzlei, wissen, was läuft, die kennen sich doch alle da unten, darum holt man sich Slotko, ganze verdammte Angelegenheit, ob die Vermögensverwaltung sich vor diesem belgischen Konsortium diese Optionsanteile sichern kann, haben schon Lendro übernommen, kaufen sich ins Südafrikanische Metallkombinat ein, kannst zusehen, wie sie bei VCR einsteigen, und ob Grimes in den Hintergrund tritt, der kennt wahrscheinlich diesen Cruikshank, der kennt den ganzen verdammten Aufsichtsrat, ist bereit, VCR von einer Minute zur anderen zu verkloppen, darum holt man sich doch Slotko, kennt alle da unten, darum geht's bei der ganzen Sache verdammt, die kennen sich alle, deshalb holt man sich Slotko, als Rudelführer, darum holt man, was hat er gesagt?

–Also er, ich habe dir doch erzählt, er sagte nur, daß...

–Mit Adolph reden verdammt Liz, was hat er gesagt? Hat mich hier angerufen, was zum Teufel hat er genau gesagt?

–Er sagte... wieder auf die ans Spülbecken geklammerten Hände gestützt, –er sagte, er meinte, du seist ein Idiot Paul. Er sagte, du läufst hier mit deinem Halbwissen rum, bloß weil du mal für meinen Vater gearbeitet hast, glaubst du, daß du, daß du den Ton angeben kannst, er sagte, du verstehst soviel von Finanzen wie ein rotznäsiger Sextaner, er hat es satt bis obenhin, daß du ihn am Telefon anbrüllst, wenn du, ruf Adolph an, wenn du, wenn Adolph dich erträgt, laß es dir von Adolph erklären. Ruf Adolph an.

–Das hat er gesagt?

–Also er, du hast mich gefragt, was er genau...

–Das hat er gesagt Liz? Tiefer auf den Stuhl gefläzt, saß er da und fuhr mit einem Finger den sauberen roten Schnitt an seinem Arm entlang bis zu den auf seinem Handrücken hervortretenden Sehnen, –erzähl' dir mal, worum's da geht... er nahm das Glas in die Hand, –erzähl' dir, worum's da geht Liz. Slotko bläst sich auf, er ist nur ihr Aushängejude, hochangesehene Anwaltskanzlei, Slotko schleimt sich da ein, sie brauchen einen Aushängejuden, gehören zum gleichen Pack, darum geht's da. Das gleiche verdammte Pack, das diese dreckigen Geschichten verbreitet, Gerede Gerüchte, was immer sie in die Finger kriegen, versuchen Ude jetzt Antisemitismus anzuhängen, der hat nie 'nen Juden getroffen, bis er zwanzig war, und was machen sie? Gehen hausieren mit irgend 'ner alten Rede, die er angeblich gehalten hat und wo er gesagt haben soll, die Juden hätten nur deswegen zweitausend Jahre überlebt, weil sie gehaßt wurden, zieh nebenan ein, spendier ihnen einen Drink, behandel sie gut, und sie kriegen verdammt Schiß, daß sie ihre Identität verlieren, also gründen sie Israel und denken sich was Neues aus, damit jeder sie haßt, das ist das einzige, was sie zusammenhält verdammt. Versuchen Teakell fertigzumachen, das gleiche Pack, Victor Sweet, das gleiche verdammte Pack, benutzen Ude, um Teakell eins auszuwischen, ihm die jüdischen Wähler abspenstig zu machen, Problem ist, daß irgendwer die verdammte Rede aufgenommen hat, bei der Stimme kann man sich nicht täuschen, wenn du ihn einmal gehört hast, kannst du dich bei der Stimme nicht täuschen, was machst du, was ist los...?

–Ich muß nur ein paar von diesen Zeitungen wegräumen, wenn wir essen wollen, kannst du dein...

–Warte, gib mir das Glas, dieser ganze verdammte Qualm, ich kann nicht...

–Oh!

–Deshalb haben wir ihn unters Volk gebracht, erzählt allen, er wär' Zionist, hier steht's, genau hier in der, wo ist diese Anzeige? Die Sache aus der Welt schaffen, haben ihn dazu gebracht, daß er Ansprachen bei diesen interkonfessionellen Frühstücken hält, versuchen einen von ihren Spitzenleuten dazu zu bringen, daß sie ihn einladen, ihn an die Klagemauer mitnehmen, zusammen ein herzhaftes Gejammer anstimmen, brauchen Freunde, von wo auch immer, was ist das?

–Es ist bloß, ich dachte, ich probier' mal Kalbfleisch, aber...

–Und das?

–Das waren Pilze, aber die, ich glaube, die Pfanne war zu heiß und...

–Was sind...

–Das sind Erbsen. Paß auf!

–Muß nur ans verdammte Telefon, hallo...? Er hielt den Teller hoch, damit sie das Kabel entheddern konnte, leitete Erbsen in einen Bach zwischen den beiden zum Gebet niederknieenden Männern, –gut daß du anrufst, ich konnte nicht... deshalb konnte ich da nicht hinkommen, wo hast du davon gehört... muß ein, er muß ein, der ganze Platz voller Leute, er kam direkt auf mich zu, jetzt kann er seine Eingeweide als Hosenträger benutzen, müssen wohl warten, bis sie ihn verhören können, müssen sehen, wie diese ganzen verdammten Einzelteile zusammenpassen, ganze Sache kommt von außen, ist wie ein Spaziergang durch ein Minenfeld, jeder Bimbo von der Volksbefreiungsarmee da drüben, den sie draufgehen lassen, trägt sein AK 47, alles kommt von... Mal sehen, wie weit sie uns kriegen, sie haben diese Missionsjungen mit rausgenommen, ihnen 'nen Hammer in die Hand gedrückt, jedem einzelnen Jungen in der Mission, damit sie da draußen Pflöcke ein-

schlagen, haben den gesamten Claim abgesteckt, jeden... nicht
auf ihrem eigenen Land nein, auf dem Missionsgelände, Metallkombinat nimmt sie von der einen Seite in die Zange, Lendro und VCR gleich nebenan von der anderen, arbeiten schon
auf einem Claim genau an der Grenze, versuchen das Erweite-
rungsrecht zu kriegen, dann wären sie glatt unter der Missions-
station, würden sie einfach schlucken, durchkauen und wieder
ausspucken, das ist der... Nein, er ist schon eingetragen, der
ganze Claim ist auf den Namen eines geheimen Strohmanns
eingetragen, der überläßt ihn dann der Kirche, sehen sich nach
dem Meistbietenden um, wahrscheinlich diese Belgier, was immer zum Teufel die sind, in Liechtenstein registriertes Konsortium, wie so ein liberianischer Frachter, kaufen sich in alles ein
und sehen aus, verdammte Erbsen kleckern auf die, kannst du
das mal wegräumen? Was...? Nein nicht du, rede über was
anderes, hast mich mitten im... Lies es in der Zeitung nach, wir
sehen uns dann da unten Liz? Kannst du auflegen? Hast schon
was verkleckert auf die verdammten, versuch' hier ein bißchen
Ordnung zu halten, ich hätte ihm das nicht alles erzählen sollen. Ruft an, schleimt das aus mir raus, ich hätte ihm das nicht
alles erzählen sollen.
   —Ich fürchte, das Kalbfleisch ist nicht sehr zart.
   Er trank aus, was noch in seinem Glas war. —Das was?
   —Das Kalbfleisch, es ist ein bißchen zäh.
   —Bißchen zäh... Er wiederholte das, attackierte es mit seiner
Gabel, und dann legte er sie hin, und sein Kopf fiel nach vorn
auf seine Hände, und er starrte auf den Teller hinunter, die
Stichwunde eine rote Linie, die genau auf sein Auge zulief.
   —Tut das nicht weh Paul? Möchtest du nicht...
   —Bißchen zäh geht das alles voran, bißchen zäh... Er griff
wieder zur Gabel, —das Problem ist, daß, alle verdammten Einzelteile müssen zusammengesetzt werden, hätte ihm das nicht
alles erzählen sollen... er verbog die Zinken der Gabel, gab es
auf, ging auf das Häufchen Erbsen los, die weg waren, bevor
sie noch den Teller verlassen hatten, stocherte dort herum, wo

die angebrannten Pilze wuchsen –so wie der, glaub' mir, der hat auf mich gewartet Liz.

Sie räumte den Teller ab, stellte ihren eigenen halb leer gegessen in eine sichere Ecke und griff zur Flasche. –Ich glaube nicht…

–Gib her!

–Paul bitte, du…

–Ich hab's dir gesagt! Und er hielt die Flasche am Hals, –hab's dir gesagt… neigte sie, neigte sie, –Einzelteile passen zusammen, das Problem ist, einfach verdammt zu viele Einzelteile, sie haben sogar den Vatikan unterwandert, wirklich Liz, große Dritte-Welt-Friedensoffensive, vatikanisches Geheimdienstnetz überzieht den ganzen Kontinent, sogar dahin sind sie vorgedrungen, Jesuiten sprechen Suaheli, bekehren ein paar Bimbos, die auf den richtigen Posten sitzen, sacken sie ein, das Gebeichtete geht direkt zum Bischof und über den heißen Draht nach Rom, kapierst du das? Versuchen seinen Stimme-der-Erlösung-Sender zu zerschlagen, deshalb ist Teakell da drüben, Sondierungsreise für sein Brot-für-Afrika-Programm, versuchen ihn über Ude fertigzumachen, das gleiche verdammte Pack bis runter auf Landesebene, das Straßenverkehrsamt da unten behauptet, die Bremstrommeln des Schulbusses seien glatt durchgerostet gewesen, wo er sie doch grad' erst hat einbauen lassen, sie versuchen ihn damit dranzukriegen, Gesundheitsbehörde des Bezirks versucht das ganze verdammte Unternehmen schließen zu lassen, Bibelschule und alles, bis runter auf die Bezirksebene unterwandert, behaupten, sie leiten ungeklärte Abwässer in den Pee Dee ein, ihre ganzen neuen sanitären Anlagen, noch da in die Büsche, alles bestens, solange sie noch in die Büsche gingen, haben ganz neue sanitäre Anlagen eingebaut, bis runter auf die Bezirksebene, darum geht's doch bei der verdammten Sache. Verleumdungen Gerüchte, machen ihn fertig, wo immer sie können, versuchen ihm mit Pearly Gates eins auszuwischen, der gründet da unten sein Christliches Survivalcamp, bringt denen draußen im Grünen Waffengebrauch bei, Kampf Mann

257

gegen Mann, Hilfssheriffs bringen das schon Kindern bei, einfach jedem, gefriergetrocknete Lebensmittel M1A-Gewehre Zielschießen Handhabung von Explosivwaffen, genau die Zeitung hier, versucht ihm das anzuhängen... Er glättete die Seite mit einer Handbewegung, –genau diese gottverdammte Zeitung, ich bezahl' 'ne ganzseitige Anzeige, und sie schmuggeln diese Verleumdungen über Gates rein, noch 'ne Seite und dann warte! Wo ist er?

–Wo ist...

–Umschlag, der weiße Umschlag, hab' zehntausend da drin, wo... er verstreute überall Seiten, –hab' ihn... der blutige Hemdsärmel hing ihm vom Ellbogen herab, dann mit nach der Flasche ausgestreckter Hand eine plötzliche Wendung zum Telefon, –hallo...? Wen wollen Sie, Sie haben die falsche...

–Paul bitte, wenn es...

–Hey! Du alter Pimmelkopp, wenn das nicht der alte Pimmelkopp ist... Er lehnte sich im Stuhl zurück, –ohne Scheiß. Hast du? Sechs-Uhr-Nachrichten, ohne Scheiß...? Hast du gesehen, wie ich ihn fertiggemacht habe? Kameras da unten für irgend so 'n Breitarsch von Politiker aufgebaut bei diesem Gebetsfrühstück, zwei Feuerstöße, und fertig war er, der Arsch hat auf mich gewartet Chick. Hast du ihn gesehen? Sah doch genau so aus wie Chigger oder? Hast du sein Gesicht gesehen? Gleiche gelbe Scheiße in seinen Augen wie an diesem letzten Tag da drüben, als er mit der M60 diese Hütten Hühner Kinder Schweine durchsiebte, das ganze Scheißkaff hat er niedergemacht, die gleiche Scheiße, sah es in seinen Augen, noch bevor ich die Klinge sah, er... der Arsch hat mir den Arm aufgeritzt, das ist alles, hatte ich ihm gesagt Chick, als ich ihn meldete, wenn du einen suchst, der dir den Arsch aufreißt, dann komm ruhig her, das hatte ich ihm gesagt, jeder Arsch hatte da draußen seine verrückten fünf Minuten, wie zwei Wochen vor Schluß, als Kowalski es nicht mehr abwarten konnte? Latscht einfach Straße Sieben rauf und versucht das Feuer auf sich zu ziehen? Was? Wer... keiner von ihnen nein, warum sollte ich

von einem von denen was hören, außer daß mich mal irgend so
'n beschissener Sergeant anrief, sollte zu so 'ner Beerdigungs-
zeremonie für den Unbekannten Soldaten kommen, bei der Pa-
rade mitmarschieren, kannst du dir vorstellen, daß dieser
Schweinehund mir 'nen Rollstuhl angeboten hat? Am Ende
hinterhertuckern? Das Militär da unten hat die ganze Sache
organisiert, Fahnenwache Kapellen von allen Truppengattun-
gen, glaubst du, die brauchen 'nen Haufen zerlumpter Ärsche
in ihren Buschmützen und Kampfanzügen, die hinter dem Sarg
hermarschieren? Vielleicht war's ja Kowalski, in 'nem Sack eingenäht? Kowalskis linke Hände in 'nem Sack eingenäht, solche
wie die entziehen sie den Blicken, glaubst du denn, irgendwer
will den Krieg sehen, den wir verloren haben, während sie sich
schon rausputzen, um den nächsten zu gewinnen? Die entziehen
sie den Blicken, lassen sie im letzten Glied antreten hinter diesem
Mickeymausscheiß, dieser Scheißmauer, Fahnen flattern, Kapellen spielen bis nach Arlington rein, da gibt's dann 'nen Zap-
fenstreich, sie schießen ein paar Platzpatronen ins Nichts rauf,
Stillgestanden! Präsentiert das Gewehr! Scheiße! Stell' mir vor,
wie Drucker mit seinem Beutel voll abgeschnittener Ohren da
auftaucht, das ist es, was sie... In Ordnung nein, nein mir geht's
gut Mann, ich, ich... was? Richtig gut Pimmelkopp, richtig gut,
was für Namen... Nein ich besorg' dir ein paar, mach' ich gleich
Pimmelkopp, ich besorg' dir ein paar richtig gute, aber paß auf
deinen Arsch auf diesmal, hast du Telefon? Besorg' dir ein paar
richtig, hol verdammt nochmal 'nen Stift? Liz? Seine Hand fuhr
durch Zeitungen, –holst du mal 'nen Stift?

Als er auflegte, starrte sie ihn an, und seine Augen sahen
ausdruckslos zu ihr auf, ließen sie mitten im Schritt auf ihn zu
innehalten, ließen ihr das –Paul, nicht... im Hals steckenblei-
ben.

Aber er hatte sie schon, die Flasche, hatte sie an ihrem harten
Hals, der sich über das Glas senkte, –Schätzchen...

–Paul... sie tat den Schritt.

Ein –das ist mir vielleicht ein Schätzchen... ließ sie erstarren.

–Der hat mich aus diesem Offiziersquartier rausgeholt Liz,
Chick ist derjenige, der mich raus... Er hob den Arm, um sich
mit der Manschette den Schweiß vom Gesicht zu wischen, aber
die baumelte lose von seinem Ellbogen herab, und er zog den
glatten Schnitt, der dort, wo das Blut geronnen und getrocknet
war, fast schwarz geworden war, der Länge nach über seine
feuchte Stirn. –Hätte gern ein paar Namen, hab' ich dir erzählt,
daß er gerade rausgekommen ist? Ruft mich an, will von vorn
anfangen, hätte gern ein paar Namen, das Problem ist, du hörst
mir nicht zu. Das ist mein Funker, hat das Funkgerät mit seinem Körper geschützt, der einzige Mann in dem verdammten
Zug, der je auf mich gehört hat, gib einem von diesen Bimbos
'nen Befehl, und er ist breit, sie sind alle breit, und sofort sagt
er, kommt nicht in Frage Sir. Sie gehen rauf auf diesen Hügelkamm Beaumont, kommen zurück und sagen mir, was sie gesehen haben. Kommt nicht in Frage Sir, klugscheißerisches Grinsen dazu, dachten, sie könnten mich vorführen, dachten, sie
kriegen mich dazu, daß ich selbst auf diesen Hügelkamm rauf-
geh', und sie sehen zu, wie ich weggepustet werde... Er starrte
auf das, was er da in sein Glas gegossen hatte, bevor er es aus-
trank, –hätte gern ein paar Namen, hab' ich dir erzählt, daß er
rauskommen würde?

–Das hast du mir erzählt Paul.

–Das Problem ist, daß du nicht zuhörst, was hab' ich dir
erzählt?

–Daß Chick gerade aus der Armee entlassen worden ist, und
er möchte, daß er einen neuen Anfang machen kann, und er
möchte die Namen von Leuten, die ihm einen Job verschaffen
können?

–Ich sag' doch, daß du nicht zuhörst Liz, du hörst nicht zu.
Fünf Jahre wegen Raub, da ist er gerade rausgekommen, der
einzige, der mit 'ner Ausbildung rausgekommen ist, die Armee
hat ihm was beigebracht, beim zweiten Durchgang haben sie ihn
aus der kämpfenden Truppe geholt und ihn in die G2 gesteckt, er
knackt dir jeden Safe, den du ihm zeigst, die Armee hat ihm das

in der G2 beigebracht, macht 'nen neuen Anfang, Namen, etwa
die von Ärzten, Bargeld im Wandsafe, verstecken es vor'm Finanzamt, Chick findet es selbst im Dunkeln, die Ärsche werden
den Diebstahl nicht anzeigen, weil sie das verdammte Geld sowieso nie angegeben haben, er ist derjenige, der mich rausgezo-
gen hat Liz, hat's im Fernsehen gesehen, hast du das gehört?
Sechs-Uhr-Nachrichten, ich sah's in seinen Augen, noch bevor
ich die Klinge sah, der hat auf mich gewartet...

Sie stand jetzt nahe genug, um ihm eine Hand auf die Schulter, auf das schweißgetränkte Hemd zu legen, und seine Schulter gab unter ihr nach wie unter einem Gewicht. —Paul ich, laß
mich dir nach oben helfen, du bist...

—Muß arbeiten, kann dir nicht nach oben helfen Liz, zuviel
Arbeit hier, muß an die Arbeit.

—Du kannst nicht nein, du kannst doch jetzt nicht zu arbeiten versuchen, du...

—Sag ja nichts von versuchen! Er machte sich wieder an den
Zeitungen zu schaffen, —verdammt großes Projekt, nur die
ganzen Einzelteile zusammen, zu viele verdammte Einzelteile... und die Zeitung schwenkend, —hast du das gesehen?
Hab's dir gerade gesagt, Verleumdungen über Gates, hast du
das gesehen? Christliches Bereitschaftslager, das er da unten
eingerichtet hat, bringt ihnen bei, wie man 'nen M2-Mörser
benutzt, Kind wird von 'nem Granatsplitter getroffen, Bibel
verbietet Transfusionen, er ist angeschmiert, und die schmieren's breit in die Zeitung, hast du das gesehen? Da unten in der
Ecke hier? FBI mischt sich sein, Bundespolizei, das gleiche verdammte Pack, sind hinter Ude her, versuchen ihn über Gates
fertigzumachen? Wir kaufen unsere ganzseitige Anzeige, und
sie verpassen uns dafür 'ne schmierige Geschichte, hast du das
gesehen? Reichst den Anzeigentext vier Tage vorher ein, gibst
denen auch noch Zeit, sich 'ne schmierige Geschichte aus den
Fingern zu saugen, Ausgabe vom gleichen Tag, hast du das gesehen? Seine Finger liefen durch das trockene Flußbett, das der
Erbsenwasserfall hinterlassen hatte, —Friedens, haben sie auf

die Palme gebracht mit diesem Friedensgeschwafel, verdammt zu viele Christen kriechen rum wie Jakob und Esau und sagen, ich will Frieden halten mit ihm, wollen Frieden mit dem Reich des Bösen, weil sie Schiß haben vor diesem gottlosen Marxismus und den militanten Atheisten, die mit ihren hinterhältigen Plänen Sweet unterstützen, hast du das gesehen? Der mit seinem Frieden und Abrüstung, wo holt der sich wohl seine Anweisungen ab, der Victor Sweet? Der Frieden wird zur Waffe bei ihrer Offensive, hier zitieren sie gar die Bibel, Durch seine Polemik äh, durch seine Politik wird in seiner Hand die Hinterlist gedeihen, und er wird sein Herz weit machen und durch Frieden, steht wörtlich hier, durch Frieden die ganze religiöse Erweckungsbewegung überall im Land zerstören, kapierst du das?

Sie sah hin. Es stand wörtlich da, doch −es ist spät Paul... ihre Hand strich über seine lahm herabhängenden Schultern, −es ist zu spät, um noch anzufangen mit...

−Zu spät.

−Ich meine nur, es ist zu spät, um heute abend noch anzufangen mit...

−Zu spät Liz, ganze religiöse Erweckungsbewegung überall im Land, alle warten nur darauf, zuzuschlagen, mit vierzig Stangen Dynamit haben sie versucht, den Sendemast von Stimme der Erlösung da drüben in die Luft zu jagen, warum zum, wo ist der... er hielt sein leeres Glas fest, −wo ist er?

−Leer Paul. Er ist alle.

−Kann nicht! Nein nicht, zu spät, keiner mehr da nicht, nicht... sein Ärmel schleifte über die Papiere, er griff danach und riß das blutige Ding ab, −nicht, sieh doch mal, nach oben kommen... er kam schwankend auf die Füße, verstreute wieder Zeitungen, ragte über dem Tisch auf, −wie oft hab' ich dir, dir gesagt, du sollst diese verdammte Zeitschrift wegschmeißen! Und er packte das *Natural History*, zerriß es mitten durch die entblößte Brust des Masai-Kriegers, durch das geflochtene Haar hindurch, durch −diese verdammten Augen, er schleuderte es in Richtung des Spülbeckens, suchte am Türrahmen Halt, drehte sich um und ging bei einem jähen Satz durch den Flur schwer atmend am Fuß der Treppe zu Boden, griff im Dunkeln nach dem Sessel, –nicht... Sie machte das Licht an, befeuchtete ein Tuch, hielt ihn an der Schulter, –nein nicht, hilf mir!

–Sei vorsichtig Paul, sei...

–Bin ich! Er war aufgestanden, lehnte sich schwer gegen die Wand, fand wieder Halt am Treppenpfosten, wo auch sie stehenblieb, sich festhielt und ihm die Treppe hinauf nachsah, und als sie schließlich selbst hinaufstieg, zog sie sich nur noch im Dunkeln aus, wälzte seine halbbekleidete Masse von ihrer Seite des Bettes weg und preßte ihr Gesicht ins Kissen.

Wo sie auch erwachte, sich auf den Rücken drehte und Laken und Decke auf Grund eines Hitzegefühls oder einer tatsächlich vorhandenen Hitze wegzog, die in sanftem Auf und Ab Wände und Decke des Zimmers mit Rottönen besprenkelte und ein zu Orange aufglühendes Gelb brachte sie auf die Ellbogen, –Paul! zum Fuß des Bettes und zum Fenster, vor dem die Flammen durch die Äste tanzten. Sie griff nach seiner Schulter und schüttelte ihn, langte nach dem Lichtschalter, nach dem Telefon, als unten der Fuß des Hügels in roten Blitzen und blendendem Weiß explodierte, hämmernde Glocken stürmten auf sie ein, –Paul bitte! Mit beiden Händen drehte sie ihn um, seine Augen waren fest geschlossen, und sein Mund stand offen, seine Hand sank entspannt auf den Fußboden, und sie kam ans Fenster zurück, draußen jetzt alles Licht und Lärm, das Meckern eines Megaphons, Schläuche wurden an den Zaunlatten vorbeigezerrt, als das letzte der Garagenfenster und etwas Weißes in Flammen aufgingen, die nach den Ästen darüber griffen, einen Moment lang einen hier erfaßten, dann dort einen höheren, als wären sie geschürt, um zum Firmament emporzusteigen, bis plötzlich das Dach in einem Regen aus Funken und Feuer zusammenbrach und im ersterbenden Licht nur Silhouetten von den Jungen dort unten zurückblieben, von denselben Jungen, die am Nachmittag den Hügel hinaufgeschwärmt waren, jetzt nur älter geworden, oder waren es ihre Brüder? tief unter Feuerwehrhelmen, die nicht mehr erkennen ließen als den Vorsprung eines Kinns, bis zu den Knöcheln in schwarzen Regenmänteln, in rastloser Untätigkeit Feueräxte schwingend, die fast so groß waren wie sie selbst, bis sich der kleinste von ihnen umdrehte, sie dort oben im erleuchteten Fenster sah und die anderen zusammentrommelte, um sie an seiner Entdeckung teilhaben zu lassen, worauf sie zurückwich, es im Zimmer dunkel werden ließ, das Laken hochzog und in der Ruhe des schwergehenden Atems neben sich und dem Rauchgeruch still dalag.

Sie war den Hügel hinaufgestiegen, hatte immer wieder Atempausen eingelegt, und jetzt gesellte sich der alte Hund zu ihr, als sie, fast schon auf dem Gipfel, erneut stehenblieb, sich mit der Hand auf einen angesengten Zaunpfahl stützte, tief den Geruch von Asche einsog, der noch immer in der Luft hing, und zum Haus hochsah, bevor sie auf die schwarz aufklaffende Straße hinaustrat. Die Haustür stand sperrangelweit offen. Sie hatte kaum die Straße überquert, als der Hund vorbeitapste und sie in seiner Eile, die Stufen hinaufzukommen, aus dem Gleichgewicht brachte, so daß sie stolperte, sich mit einem Griff zum Türrahmen aufrappelte und sich daran festhielt, und sie sah hinein, schrak zurück, und ihr entfuhr ein hohlklingendes –wer...

–Raus! Verdammt hau ab du! Und der verwünschte schwarze Hund kam mit vor Erregung angelegten Ohren an ihr vorbei. –Was ist hier geschehen?

–Ich weiß nicht, was...

–Und da drüben... Er war an den Treppenpfosten vorgetreten, streckte seine Hand aus den abgewetzten Ärmelaufschlägen an ihr vorbei und wies nach –da drüben, was ist da geschehen?

–Es, es hat gebrannt, sie ist letzte Woche einfach abgebrannt in der Nacht, an dem Tag, als du hier warst und, aber was... sie war jetzt weit genug drin, um die Seidenblumen mitten in den Scherben der zertrümmerten Vase auf dem Fußboden zu sehen, –wie ist das...

–Ich bin gerade erst gekommen, Haustür sperrangelweit offen, irgend jemand ist eingebrochen, jemand, der es eilig hatte, hier... er hielt ihren Arm, nahm ihre Hand fest in eine von seinen, aber sie zog sie weg, als sie sich auf die Kante des Zweiersofas setzte. −Wie lange bist du weg gewesen? Nur den Vormittag über, sagte sie ihm, seit dem frühen Morgen, sie habe einen Anruf von einem Mister Gold bei Saks bekommen, der ihr sagte, daß man ihre Handtasche gefunden habe, und sie habe ohnehin in die Stadt gemußt, sie habe einige Schriftstücke für einen Anwalt unterzeichnen müssen, und dann, als sie zu Saks gegangen sei, um ihre Handtasche abzuholen, habe man dort nie etwas von einem Mister Gold gehört gehabt, es gebe keinen Mister Gold, und −ja, und während du da warst, um Mister Gold aufzusuchen, waren die hier, um das Haus auszurauben, die hatten deine Schlüssel und deine, was ist denn... Sie war mit einer heftigen Drehung in Richtung Küche aufgestanden, zog dort die Schublade auf, kramte unter Servietten, Tisch-Sets, −fehlt was?

−Nein... sie schob sie zu −es ist, nichts nein.

−Haben das Schloß an der Tür zu meinem Zimmer rausgerissen, dabei war nicht mal abgeschlossen, ich habe es offengelassen, nicht wahr? Damit Madame Socrate den Müll rausholen kann?

−Ich habe abgeschlossen.

−Du, warum? Warum hast du abgeschlossen?

−Ich weiß nicht.

Er stand da und zog den Regenmantel aus, sah auf das Durcheinander in dem Zimmer, als wollte er es mit der Erinnerung vergleichen, und dann, −Elizabeth? ohne sich zu ihr umzudrehen, −ich bin, es ist sehr schwierig, etwas zu sagen, das, daß mir das, was geschehen ist, sehr leid tut, etwas zu sagen, das dir helfen würde... Sie sagte nichts dazu, bückte sich, um eine kneifende Strumpffalte dem Zugriff ihres Schuhs zu entziehen, Haar floß vom Weiß ihres Nackens, als sie sich aufrichtete, umhüllt plötzlich von seinem Arm, seinem nahen Atem, −daß ich mich sehr schlecht gefühlt habe...

–Mrs. Booth? Und sie entwand sich heftig seiner Hand, die ihre Brust gestreift hatte, –ich habe mich sehr schlecht gefühlt Mrs. Booth, geht das nicht so? Tut mir leid, daß ich Sie gestört habe Mrs. Booth? Warum hast du dann nicht wenigstens angerufen?

–Ich habe versucht, dich heute morgen anzurufen, als ich…

–Ich war nicht da! Ich hab' dir doch gerade gesagt, ich war nicht da, ich hab' dir gerade gesagt, daß ich in New York war, wenn du glaubst, ich, wenn du geglaubt hast, ich würde hier bloß die ganze schreckliche Woche lang herumsitzen und auf deinen Anruf warten?

–Ich wollte nicht…

–Ich werde mal Tee machen. Möchtest du Tee?

–Ich, nein… Er schob das Knäuel des Regenmantels von dem Stuhl, auf den er es gelegt hatte, und setzte sich, kramte das satinierte Tabakpäckchen hervor und besah sich die Form ihres ihm zugewandten Rückens, während sie geschäftig den Teekessel füllte. –Ist sie hiergewesen? Madame Socrate?

–Also sie, eigentlich nicht.

–Eigentlich nicht?

–Ich meine sie ist nicht sehr zuverlässig, sie, ich sollte die Polizei anrufen nicht wahr? Um Anzeige zu erstatten.

–Ich würde bloß, vielleicht später… er verstreute Tabak, als seine Daumen das Papier zusammenrollten, –möchte mich lieber zuerst mal in meinem Zimmer da umsehen, da könnte vielleicht…

–Ich meine es sind vielleicht nur diese Jungen gewesen, diese, schrecklichen Jungen… sie verstummte wegen des Telefons, wartete gespannt auf das zweite Klingeln, und dann, beim dritten, –nein nimm nicht ab!

–Aber ich dachte, du…

–Weil sie immer wieder anrufen, diese Zeitungen meine ich, wie sie überhaupt an diese Nummer gekommen sind, sie sind sogar hier vorbeigekommen, an die Haustür, die Hintertür, haben durch die Fenster reingeschaut, ich meine ich mußte mich stundenlang in dem kleinen Badezimmer unter der Treppe verstecken, sie glauben, sie hätten das, sie glauben, die Leute hätten das Recht, alles über einen zu erfahren, daß sie…

–Nein nein nein, sie haben nur das Recht, unterhalten zu werden, darum geht's doch… Er langte hinüber, um den Hörer abzunehmen und das Klingeln zu unterbrechen, legte wieder auf, –darum gehen sie doch auch ins Kino oder? Darum lesen die Leute Romane? Verschaff dir Einblick, erkunde die dunklen Leidenschaften, die im menschlichen Herzen verborgen liegen, und je tiefer man in die Privatsphäre eindringt, desto besser, so gewinnt man Preise. Dieses Bild auf der ersten Seite von deinem Reverend Ude, wie er mit Senator Teakell zusammenhockt? Ihm die zehntausend Dollar Schmiergeld für die Fernsehlizenz rüberschiebt? Mit sowas gewinnt man den Pulitzer-Preis, da geht's nicht um Kunst, da geht's nicht um Literatur, um irgendwas Bleibendes, sondern um den reinen Journaillegeist, um das, was heute los ist und wo du morgen Fisch drin einwickelst, es geht nur…

–Das war es nicht.

–Was war was, die…

–Ich hab' gesagt, das war es nicht! Und er ist nicht mein Reverend Ude nein, ich hab's gesehen, ich hab' das alberne Bild schon gesehen, das war es nicht.

–Hab' noch nie zwei Gesichter dermaßen in ein Komplott vertieft gesehen.

–Das kommt daher, daß sie gerade beteten… Die Tasse klapperte auf der Untertasse, als sie sie vom Regal nahm, –das ist nicht komisch! Worüber lachst du denn, das ist nicht komisch, es ist, es war genau so wie damals, als er auf der Treppe zum Gerichtsgebäude auf dich zugekommen ist, als du sagtest, er hätte vor dem Gericht in diesem, in Slopover deinen Arm ergriffen, als du mit ihm niederknietest, um zu bereuen, es war in einem Krankenhaus, Senator Teakells Tochter war in dem Krankenhaus, man kann sogar die schrecklichen Blumen hinter ihnen sehen, genau da, sieh doch mal. Dieser Stapel mit

Zeitungen, es ist da drunter bei dem anderen Müll, diese ganzen Bilder von, sie machen ein Bild, und dann erfinden sie eine Geschichte, die dazu paßt. Paul sagt, das kommt alles von Victor Sweet, diese Leute hinter Victor Sweet, daß die diese Bestechungsstory bloß erfunden haben, um ihm was anzuhängen, Sena...

–Wo haben sie das Bild her?

–Ich weiß nicht, ich weiß nicht, wer ihnen das Bild gegeben hat, ich weiß...

–Woher weißt du dann, was der...?

–Weil ich weiß, wer in dem Bett liegt! Weil es Cettie ist in dem Krankenhausbett, man kann die Bettkante sehen hinter diesem schrecklichen, diesem, diesem Kreuz mit diesen ganzen schrecklichen Blumen, weil ich Cettie kenne! Weil Cettie, Edie und ich gute Freundinnen waren, Edie Grimes, ihr Vater war ein enger Freund von Senator Teakell, und Edie hat schon für ihn gesammelt, ich meine für Victor Sweet, sie findet ihn charmant, dann ging ihr das Geld aus, ich meine es war zum Großteil ihr eigenes Geld, das sie gespendet hat, sie dachte, ihr Vater würde fuchsteufelswild werden. Er nennt Victor Sweet einen Negerkuß, sie dachte, er würde fuchsteufelswild werden, aber statt dessen hat er ihr einfach mehr Geld direkt aus ihrem Erbteil gegeben und, weil das...

–Weil sie Victor Sweet was angehängt haben, und diese Geschichte, daß er ein Knastbruder ist, ich will dir mal erzählen, wo die herkommt. Er war blöd genug, seinen Wagen in irgendeinem Provinznest in Texas zu parken, und ein paar nette Jungs haben ihn angezündet, er meldete das der Polizei, und die buchtete ihn wegen Müllablagerung auf der Straße ein. Sie haben ihm was angehängt.

–Also das ist doch genau das, wovon ich rede! Daß Edie ihm Geld angehängt hat, damit er gegen Cetties Vater im Senat antreten konnte und...

–Nein nein nein. Grimes und dieser ganze Parteiflügel hier auf der heutigen Titelseite schreien Zeter und Mordio, sie hatten von Anfang an vor, ihrem pazifistischen Negerkuß nach der Nominierung was anzuhängen und dann mit ihm den Fußboden aufzuwischen, plötzlich läuft das ganze Ding schneller als erwartet. Sie ziehen 'nen Schlußstrich, lassen Flugzeugträgergeschwader vor Mombasa kreuzen und ein paar Zerstörer die Straße von Mosambik runterfahren, schicken den RDF los und versetzen das Strategische Luftkommando in Alarmbereitschaft. Sie haben erreicht, was sie wollen... Schließlich zündete er die fertig gedrehte Zigarette an, strich sich mit dem Handrücken einen Tabakkrümel von der Zunge. –Wie zum Teufel konnte er nur in das gleiche Flugzeug geraten wie Teakell...

–Ich dachte, du wüßtest es, sagte sie und goß heißes Wasser in die Tasse.

–Also, ja natürlich, es gibt nicht so viele Flüge aus so einem Ort raus, zwei pro Woche vielleicht. Wenn dann so ein Typ aufkreuzt und Beziehungen hat, wenn er einen Namen hat, mit dem er hausieren gehen kann, dann wird das gewöhnlich...

–Das sagen doch bloß die Zeitungen, die Geschichte, die man in die Zeitung gesetzt hat nein, ich meine eine dieser schönen Phrasen, die du, das heißt doch gar nichts. Die unerschütterliche Pünktlichkeit des Zufalls, eine in der Art.

Er zog an der Zigarette, paffte sie in einer Rauchwolke weg.
–Gibt's vielleicht was zu trinken?

–Du kannst ja nachsehen.

–Wo wäre denn...

–Ich weiß nicht wo! Da drüben, auf der Anrichte hinter diesen ganzen Zeitungen, wenn überhaupt noch was da ist. Paul hat immer wieder was besorgt, und dann schien trotzdem nie was dazusein, hinter der Tüte mit den Zwiebeln... Heftig auffahrend –bitte! entwand sie sich dem überraschenden Zugriff seiner Hand an ihrer Taille hinter ihr –da, jetzt habe ich den Tee verschüttet... und deren Verzeihung erheischendem hastigen Rückzug über die Wölbung ihres Schenkels abwärts, –ehrlich!

–Nein tut mir leid Elizabeth, hör...

—Und hör auf, mich so zu nennen! Das ist, was tut dir leid
nein, das hat mein Vater immer gemacht, sagte, es täte ihm leid,
und dann tätschelte er mich und versuchte mir einen Kuß zu
geben nein, es ist immer was anderes, zu sagen, es tut mir leid,
es geschieht immer wegen der falschen Sache, deshalb sagt man
es so dahin. Es tut mir leid, daß ich Sie gestört habe Mrs. Booth,
ihm all diese Bücher aufzuladen und wegzufahren, ihn vollzu-
labern mit, mit ich weiß nicht was, die ganze Show, die du da
drinnen für ihn abgezogen hast vom Moment an, wo er, vom
Moment an, wo du rausgefunden hattest, wie er heißt, daß er
Vorakers heißt. Fossilien und Schwefel, und Reverend Ude das
Missing link nennen, damit er sich über Paul lustig machen
konnte warum, warum? Nur um es zwischen ihm und Paul
noch schlimmer zu machen? Ja, und ich?

—Du bist das einzige, was sie verbunden hat.

—Ich? Willst du, als du sagtest, wenn man sich wie ein Nagel
fühlt, kommt einem alles wie ein Hammer vor, wenn es das ist,
was ich, wenn du denkst, das hat sie zusammengehalten, hat er
dir das erzählt? Gehst mit ihm essen, gehst mit ihm einen trinken in New York, stellst ihm alle möglichen Fragen über meinen Vater und die Firma und Paul und all das, weil er nämlich
hier war. Er kam hier vorbei an dem Abend, bevor er wegfuhr,
und er war nicht mehr er selbst, er war nicht mehr Billy, er hatte
sich dein nein nein nein angewöhnt und deine Hände abhak-
kenden Belgier und deine Comic-Hefte über die Bibel und
Reverend Ude, daß die Kirche auf dem Blut ihrer Märtyrer er-
baut sei, das hast doch du gesagt oder?

—Also ich, eigentlich ist es eine freie Übersetzung von Tertul-
lians Das Blut der Märtyrer ist die Saat der …

—Nein du hast es gesagt, ich hab's gehört, und wenn Reverend Ude die Sache richtig machen wolle, würde er losgehen
und sich erschießen lassen? Daß die Kreuzzüge nichts als Ab-
schlachterei gewesen seien und daß seiner bald auch nichts
anderes sein würde? Er mache aus seiner Seelenernte einen
Kreuzzug gegen das Reich des Bösen, wie Lincoln den Krieg

zum Erhalt der Union nach der Schlacht von Antietam zu einem Kreuzzug zur Befreiung der Sklaven gemacht habe, ich meine wo hat er das denn alles her? Billy hat noch nie was von Antietam gehört nein, das war alles nur, um Streit mit Paul anzufangen wegen Pauls Südstaaten ... von der Blüte der Südstaatenjugend, was wußte Billy schon von der und davon, daß es Lee gewesen sei, der die Blüte der Südstaatenjugend ausradiert habe, indem er den Krieg fortsetzte, obwohl er wußte, daß er ihn verloren hatte, und daß der Süden immer noch so sei? Eine paranoide sentimentale Fiktion? Ein Haufen Verlierer, wo die deklassierte Oberschicht rumliefe mit ihrem Südstaatengetratsche, das klinge, als wären sie alle die armen Cousins, die den reichen Familienzweig oben im Norden beschuldigten, ihnen das Erst-geburtsrecht gestohlen zu haben? Hielten die Erinnerung frisch, bis ihnen jemand einen Krieg besorge, den sie gewinnen können, daß das der Grund sei, warum so viele von ihnen in so hohen Rängen in der Armee seien? Ein Krieg, um das Ansehen der Nation wiederherzustellen, weil sie die ihre vor hundert Jahren verloren hätten und niemand ihnen die Möglichkeit gegeben habe, es wiederzubekommen, und daß der Krieg, in dem Paul war, dazu gut war, daß man sie ihn nicht gewinnen ließ meine ich, was hat Billy denn schon gewußt vom Bürgerkrieg und all dem, daß er sich das alles ganz allein ausgedacht hat, um damit Paul zu verarschen? Daß der Süden die Wiege der Dummheit sei, wo man Patriotismus und Jesus miteinander vermenge, weil das die Religion von Verlierern sei, die ihren Lohn einst woanders bekämen, also seien sie, die immer noch da unten auf dieser sentimentalen Müllkippe der Vergangenheit lebten, wo man Stärke in der Dummheit finde und so eine großmäulige Vulgari-tät à la Reverend Ude, die einzigen wirklich guten christlichen Amerikaner, zieht ihn mit Reverend Ude auf, aber das warst du oder? Das warst eigentlich die ganze Zeit über du.

Er drückte die Zigarette in einer Untertasse aus, keine Glut, kein Faden Rauch blieb zurück, er drückte sie aus, bis sie zwi-schen seinem gelben Finger und dem Daumen zerkrümelte.

—Dein Tee da wird kalt, sagte er schließlich, und dann, —weißt du, nicht ich bin mit ihm einen trinken gegangen, er ist mit mir einen trinken gegangen. Nicht ich hab' mich mit ihm zusammengesetzt und ihn ausgefragt, das war gar nicht nötig, ich bin fast nicht zu Wort gekommen, er...

—Daß Paul gar kein Südstaatler sei? Daß ich, daß jemand ihm gerade erzählt habe, Paul sei adoptiert und in Wirklichkeit wahrscheinlich Jude, und er wisse das nicht mal? Paul der Drahtzieher? Daß Paul diese ganzen Schmiergeldzahlungen für Papa durchgeführt habe und die ganze...

—Nein nein nein, hör zu, es stand alles in der Zeitung oder? Ich mußte ihn gar nicht fragen, du hast doch die Zeitungen gesehen oder nicht?

—Das hab' ich dir doch gerade gesagt! Da sind sie doch, dieser Stapel da, ich hab' es dir gerade gesagt, mit diesen alten Bildern von Papa und Longview und dem, und dem Bild von Billy aus dem Schuljahrbuch, sogar das haben sie gefunden. Sogar das haben sie gefunden.

—Ich bin sicher, sie hatten es schon... Er hatte begonnen, sich eine neue Zigarette zu drehen, fegte die verstreuten Tabakkrümel vom Tisch, von seinem Schoß, —im Leichenschauhaus, muß in ihrem Leichenschauhaus gewesen sein.

—Aber welches Leichenschauhaus, wo, nein, nein... sie erbleichte, ihre Hände wurden weiß wie das Spülbecken, an das sie sich klammerten, —es gab da kein Bild im Leichenschauhaus, man...

—Die Zeitungen meine ich, die Zeitungen, so nennen die im Spaß ihr Archiv, diese Geschichte über Paul, der große Held der Lightning Division bei einem...

—Weil sie das Bild hatten, das meine ich doch, also konnten sie es über die ganze Titelseite drucken und sich eine Geschichte dazu ausdenken, bloß weil sie dieses Bild hatten...

—Das war aber auch ein Bild!

—Und machen ihn zum Killer? Einen Killer ohne einen Krieg, in den er ziehen kann, wer hat ihnen das erzählt?

—Also du meine Güte, er hat ihn umgebracht oder?

—Aber er wollte es nicht.

—Wollte es nicht? Ein magerer Neunzehnjähriger versucht ihn zu überfallen, und er konnte ihn nicht einfach niederschlagen? Aber sie hatte sich abgewandt und sah hinaus auf das verblassende Durcheinander auf der Terrasse, auf die umgekippten Stühle und die Blätter und drei oder vier wahllos pikkende Tauben, gefleckt wie die Blätter in der Sonne, die da draußen immer noch Wärme oder einen Anschein von Wärme verbreitete, aber, ganz wie ihre Stimme, als sie sich ausgesprochen hatte, langsam ermattete.

—Sag mal... er hatte die Zigarette angezündet, und jetzt hustete er. —Warum hast du mir erzählt, dein Vater sei von einem Zug gestoßen worden?

—Ist das denn nicht egal... Sie hatte sich nicht gerührt, wandte ihm, unbeweglich wie der Tisch zwischen ihnen, den Rücken zu, —er ist tot, oder nicht?

—Als er über eine Brücke fuhr? Vom Dach des Zuges gestoßen? Ich kann mich nämlich erinnern, ich kann mich an diese Szene erinnern. Ich habe den Film auch gesehen.

—Das war nicht nett, nicht... und ihre Schultern sackten ein wenig herab, —weil, wenn man lügt...

—Nein ich wollte nicht, ich habe nicht gesagt, daß du...

—Ich werd' dir sagen warum ja, weil, wenn man lügt, dann, weil, wenn man nicht mehr lügt, dann weiß man, daß man sich keine Gedanken mehr macht.

—Warte... aber sie hatte sich plötzlich zur Tür hin bewegt, zog sie auf und war durch und draußen auf der Terrasse, wo sie sich, noch bevor er folgen konnte, allein auf der Kante eines umgekippten Stuhls niedergelassen hatte, und er hielt inne, sah zu ihr hinaus, besah sich ihr Haar, das rot in der Sonne glomm, und das Gelbgrün von etwas, das sie trug, eines Pullovers? und das er genauso wenig bemerkt hatte wie die blasse Wölbung ihres Gesichts, die gegen das Graubraun der verwelkten Blätter um sie herum aufbegehrte, und er hustete wieder, räusperte sich, als wollte er zu sprechen beginnen oder ein Zittern bändigen, wandte sich ab und lief in der Küche hin und her, sah jedesmal, wenn er vorbeikam, hinaus und ging schließlich zum Telefon, wählte, sprach in undeutlichen Lauten, –en désordre, la maison oui... demain? Tôt le matin, oui? Certainement... bevor er auflegte und in die fahle Wärme der Sonne hinaustrat.

Sie hatte aufgeblickt, nicht zu ihm, sondern genau an ihm vorbei zum Haus, zum Dach hinauf, das in äußerlicher Symmetrie über einem Paar Fenster gipfelte, die dort oben so dicht beieinander lagen, daß sie sich von einem Zimmer aus öffnen lassen mußten, in Wahrheit allerdings von den nebeneinanderliegenden Ecken zweier Zimmer hinaussahen, von denen keins richtig möbliert war, ein leerer Bücherschrank und ein durchhängendes Schlafsofa im einen und im anderen eine wanstige, in französischer Gespreiztheit gewundene Chaiselongue, die goldenen Samt in den Staub hängen ließ, der auf dem Fußboden nicht mehr aufgestöbert worden war, seitdem sie, drei- oder viermal vielleicht, seit sie in dem Haus lebte, dort gestanden und hinabgesehen hatte auf die Grüntöne des unteren Rasens und die Blätter, bevor letztere ihre Farben hinausgeschrien, getrennte Identitäten angenommen hatten, hier in scharlachroter Kurzlebigkeit verwelkt wie alte Wunden, da bittersüß zu Gelb verblassend und bis hinauf in verkümmerte Höhen in dieser letzten, geisterhaften Verzückung orange aufglühend, um dann zurückzufallen in die Unterschiedslosigkeit der gefleckten, leblosen Monotonie zu ihren Füßen, wo eine Taube zwischen letzten Lebenszeichen schimpfte, die von irgendwo außer Reich- und Sichtweite oben auf dem sich als Berg ausgebenden Hügel herabgeweht worden waren, Blätter der Steineiche hier und da in einem schwarzgewordenen Rot wie von längst geronnenem und getrocknetem Blut. –Hier... er bückte sich, um einen umgekippten Stuhl aufzurichten, –setz dich hierhin... er wischte das Laub ab, –ich, ich habe über deine Worte nachgedacht und, ich hoffe, du glaubst nicht, daß ich...

Sie hatte sich nicht gerührt. –Ich habe es mir nie richtig angesehen.

–Was…? Er sah dorthin, wo auch sie hinsah.

–Das Haus. Von außen meine ich.

–Oh das Haus ja, das Haus. Es ist so gebaut worden ja, es ist nur auf äußerliche Effekte hin gebaut worden, es war, so war eben der Stil, er kam näher, plötzlich erlöst von der Unsicherheit, die in ihm aufgestiegen war, –ja, sie hatten Stilbücher, diese ländlichen Architekten und Zimmerleute, es war alles nachgemacht nicht wahr? Diese großen viktorianischen Villen mit ihren Zimmern über Zimmern und Türmchen und Kuppeln und der wundervoll verschlungenen Eisenverzierung. All das, was die mittelalterliche Gotik so belebt hat, aber diese armen Kerle hatten sowas nicht, weder die Steinmetzkunst noch das Schmiedeeisen. Sie hatten bloß die einfachen, verläßlichen Materialien, das Holz und ihre Hämmer und Sägen und ihre eigene unbeholfene Geschicklichkeit, dank deren sie diese grandiosen, von den Meistern hinterlassenen Visionen mit ihren eigenen kleinen Erfindungen auf ein menschliches Maß reduzierten, diese senkrechten Speere, die von den Dachtraufen herabkommen? Und diese Reihe Bullaugen darunter? Er war aufgestanden, trat Blätter zur Seite, gestikulierte, hob beide Hände, als umarmte er –ein Flickwerk aus Selbstüberschätzung, Anleihen, Spiegelfechtereien, das Innere ist ein Mischmasch aus guten Absichten, wie eine letzte lächerliche Anstrengung, selbst noch in diesem engen Rahmen etwas Sinnvolles zu tun, weil es hier stand oder? Blödsinnige Erfindungen, und so steht es hier schon neunzig Jahre… er verstummte, starrte wie auf ein Echo wartend dort hinauf, wohin auch ihr Blick zurückgeflohen war, zu diesen Türmchen und Kuppeln: Es ist wie in deinem Kopf McCandless, wenn es denn das war, was ihn dazu brachte, hinzuzufügen, –wenn jemand bei einem einbricht, das ist, als würde man selbst angegriffen, das ist…

–Hör mal! Das Telefon drinnen hatte geläutet, und beim zweiten Klingeln fuhr sie hoch, um beim dritten wieder zurückzusinken. –Ich meinte ja nur, es ist kein gutes Haus, um sich darin zu verstecken... Sie hob den Blick wieder zu den nebeneinanderliegenden Fenstern, –wenn man es sich von außen ansieht, wenn ich da raufsehe und mich selbst sehe, wie ich hinaussah, als alles noch grün war, da sah alles soviel größer aus. Wie in Bedford. Als meine Mutter zum letztenmal nach Bedford rausfuhr, saß sie bloß zwei Stunden lang mit dem Chauffeur im Auto. Sie saß zwei Stunden lang da, und als wir wieder abfuhren, sgte sie nichts als Ich habe noch nie bemerkt, daß es so viele Grüntöne gibt.

–Was war Bedford?

–Ein großes Landhaus, das wir hatten. Es ist abgebrannt.

–Als du noch ein Kind warst? War das...

–Letzte Woche... Sie schob einen Fuß in die Blätter, worauf die Taube, die am nächsten war, schimpfend auf und nieder flatterte. –Das waren ihre letzten Worte, die noch irgendeinen Sinn ergaben... sie sah von der Terrasse hinab, –und jetzt ist es, sieh es dir an, es ist nur ein scheußlicher kleiner Hinterhof.

–Also es ist, ja natürlich, so geht's eben oder? sagte er, als wäre er erneut dazu aufgerufen, Erklärungen abzugeben, und fuhr fort zu reden, wie er über das Haus geredet hatte, wappnete sich mit Tatsachen gegen schöne Phrasen, indem –all diese herrlichen Farben, die die Blätter annehmen, wenn das Chlorophyll sich im Herbst zersetzt, wenn die an die Chlorophyll-Moleküle gebundenen Proteine zu Aminosäuren werden, die in Stengel und Wurzeln absinken. Genau das geschieht wohl auch mit Menschen, wenn sie alt werden, diese Proteine zersetzen sich schneller, als sie ersetzt werden können, und dann, ja also und dann natürlich, da Proteine das wesentliche Element in allen lebenden Zellen sind, beginnt das ganze System auseinanderzufa...

–Warum hast du mich das gefragt?

–Hab' ich, was denn, ich weiß nicht...

–Über meinen Vater?

–Ich weiß nicht, ich... Er hatte sich auf den schlichten Quer-

leisten des Stuhls niedergelassen, rieb mit dem Daumen über
seinen Handrücken, als wollte er die Flecken dort wegreiben,
–ich weiß nicht.

–Warum hast du es dann getan? Weil du die ganze Geschichte ohnehin schon kanntest, du wußtest, was wirklich geschehen ist, Billy hat es dir schon in allen Einzelheiten...

–Kannst du nicht, bitte. Hör mir doch bitte mal zu. Ich
brauchte es doch gar nicht von ihm zu hören. Ich brauchte es gar
nicht in der verdammten Zeitung zu lesen, ich war da, als es
geschah, meine Güte. Da kennt man den Namen Vorakers, wie
man den Namen De Beers kennt, man kennt Vorakers Consoli-
dated Reserve wie den Namen eines Landes, und es ist größer als
die meisten, kaufen und verkaufen halbe Länder bar aus ihrer
Hosentasche, und das ist alles, was er tat, das hat dein Vater
getan, es war ja kein Geheimnis, es war nicht mal ein Skandal,
bis diese großen Bestechungsfälle wie Lockheed ruchbar wurden und die Politiker und die Zeitungen hier bei uns auch einen
daraus machten, und was geschah dann, ich brauche doch nicht
Billy, um draufzukommen, was dann geschah oder? Die halbe
Nacht lang mit ihm trinken gehen nein, nein ich sagte dir doch,
er ist mit mir einen trinken gegangen, ich bin kaum zu Wort
gekommen, glaubst du etwa, man muß die Jungen erst die Wut
lehren? Nicht nur auf Paul nein, nicht nur auf deinen Vater, er
war wütend auf alles und jeden, der ihm unterkam, glaubst du
etwa, er hätte mich ausgelassen? Er hätte so eine romantische
Vorstellung wie die, wie du sie hattest? Da draußen Gold finden, als ich so alt war wie er, weißt du, was er dazu gesagt hat?
Auch nur so eines von diesen beschissenen tausend Meter tiefen Löchern im Boden, die sie mit Dunkelhäutigen vollstopfen,
damit die es für sie ausbuddeln, die Geschichte hat den läng-
sten Bart, den man sich vorstellen kann, die neue Generation
macht die alte für das Chaos verantwortlich, das sie erbt, und
sie werfen uns alle in einen Topf, weil sie nur sehen, was aus uns
geworden ist, lauern dir da draußen auf, ein Fehltritt und sie
schlagen zu, greif nach dem Strohhalm des Sachzwangs, und

sie fallen über dich her, du würdest dich selbst und sie betrügen, du würdest dich verkaufen wie diejenigen, die schlechte Bücher schreiben und schlechte was auch immer, dabei geben sie nur ihr Bestes? Und wir dachten, wir könnten auf die Zivilisation zählen? Seit zweihundert Jahren bauen wir diese große Bastion auf dem Wertsystem der Mittelklasse, Fairness, Bleib nichts schuldig, Anständige Arbeit, anständiger Lohn, zweihundert Jahre, soviel sind's ungefähr, Fortschritt, überall Verbesserungen, Tue gut, was sich zu tun lohnt, und dann finden sie raus, daß dies das Gefährlichste überhaupt ist, all unsere großartigen Lösungen verwandeln sich in ihre Alpträume. Atomenergie soll überall billigen Strom liefern, und sie hören bloß Strahlungsgefahr und wohin zum Teufel mit dem Müll. Nahrung für Millionen, und sie landen wieder bei organischen Keimen und steingemahlenem Mehl, weil alles andere giftige Zusatzstoffe enthält, Pestizide vergiften den Boden die Flüsse die Meere, und bei der Eroberung des Weltalls kommen Militärsatelliten und Hochtechnologie raus, und das einzige Sinnbild, das wir ihnen gegeben haben, ist die Neutronenbombe, und die einzige Neuigkeit ist die Titelseite der Zeitung von heute ... Er war aufgesprungen und trat Pfade durch die Blätter, bis einer davon ihn an den Rand der Terrasse führte, wo er stehenblieb und auf den Fluß hinabsah. –Hast du hier je den Sonnenaufgang gesehen? Und sie hatte nicht geantwortet, so als hätte sie geantwortet, als hätte sie auf alles geantwortet, –besonders im Winter. Im Winter wirst du ihn sehen, sie geht dann weiter südlich auf, wo der Fluß am breitesten ist, und sie steigt so schnell, es ist, als wollte sie bloß beweisen, daß es Tag ist, als läutete sie ihn ein, damit sie den Rest des Tages verbummeln kann, im Eifer, es mit allem aufzunehmen und alles zu richten, verbringt man die erste Hälfte des verdammten Lebens damit, die Dinge komplizierter zu machen, und die zweite damit, das Chaos aufzuräumen, das man in der ersten produziert hat, das ist es, was sie nicht kapieren wollen. Schließlich wird einem klar, daß man die Dinge nicht besser hinterlassen kann, als man sie vorgefunden hat, das Beste, was man machen kann, ist zu versuchen, sie nicht noch schlechter zu hinterlassen, aber sie verzeihen dir nicht, man erreicht den Lebensabend wie die Sonne, die in Key West untergeht, falls du das je gesehen hast? Sie sitzen alle da unten wegen dem Sonnenuntergang, sehen zu, wie sie untergeht wie ein Eimer voll Blut, und klatschen und jubeln in dem Augenblick, wenn sie verschwindet, beklatschen deinen Abgang und sind verdammt froh, dich nicht mehr sehen zu müssen.

Aber die Sonne, nach der sie Ausschau hielt, war schon fort, keine Spur mehr am glanzlosen Himmel, und mit ihr der unbeendete Tag, der nur ein Frösteln hinterließ, unter dem ihr ganzer Körper erzitterte. –Er wäre nie gegangen, sagte sie. –Dein ganzes Gerede, mit dem du versuchst, was immer du aus ihm zu machen versucht hast, eine Art von, wie ein Schüler, jemand, der nein, nein er wäre nie in diesem Flugzeug gewesen.

–Ich weiß nicht, was meinst denn du? Ich wußte es doch nicht mal, ich wußte nicht, daß es das war, was er...

–Hör mal! Drinnen läutete es wieder, und dann, in der darauf folgenden Stille, stand sie auf und war durch die Tür, stand davor, wartete, eine Hand darauf, gestand dem erneuten Klingeln nur einen Moment zu, bis –Paul ja, ja ich bin so froh, daß du... Ja was ist geschehen... sie lehnte sich gegen die Tischkante und sah hinaus, sah ihn dort draußen einen Pfad von ihr fort freitrampeln. –Wer hat das getan? Aber er, wie konnte er das tun! Aber sie können doch nicht... Sie würden doch nicht hierherkommen? Um dich zu verhaften? Sie können doch nicht... Nein aber wer würde ihm glauben, wer wird ihm glauben Paul, es gibt keine Möglichkeit, das zu beweisen, und außerdem, selbst wenn, wenn es nur du und er sind, deine Aussage gegen seine, und wer könnte... und er hat es doch bereits abgestritten oder nicht? Als das Bild in der Zeitung erschien und er am Tag seiner Abreise dieses vehemente Dementi veröffentlicht hat? Sie können doch nicht... aber er ist tot oder? Sie beobachtete ihn dort draußen, wie sich seine Hände hinter dem Rücken erhoben und eine sich in der anderen wand, als wollte sie sich befreien, –Paul das macht doch nichts! Das ist doch jetzt egal, alles ist egal, wenn wir nur, wenn du sie nur alle dazu bringen könntest, aus unserem Leben zu verschwinden, diesen ekligen kleinen Reverend Ude und Edies Vater einfach alle, du hast getan, was er wollte nicht wahr? Ausgesagt, wie er es wollte, und damit alles gerettet... na gut, dann werde ich Edie anrufen, ich werde Edie anrufen, wenn ich bloß Edie anrufen könnte, wenn ich bloß wüßte, wo sie ist, sie kann ihm das sagen, sie kann... sie starrte hinaus, wo die eine Hand sich aus der anderen befreite, um sie gleich wieder zu ergreifen und den Kampf fortzusetzen, –das macht doch nichts! Es macht nichts Paul, das ist jetzt doch alles egal, so wie du warst, bevor du an diesem Abend weggegangen bist mit, ich, ich kann nicht nein, ich kann dich nicht noch einmal so ertragen, ich kann nicht, wenn wir bloß... Und da draußen waren plötzlich beide Hände außer Sicht, waren vor ihm bei etwas angelangt, was von hinten eindeutig ihre Kooperation zu erfordern schien, er stand an der Ecke der Terrasse und pißte in die durchnäßten Blätter darunter. –Paul? Paul bitte hör zu, ich... nein ich bin da heute morgen hingefahren, ich habe die eidesstattliche Erklärung unterschrieben ja, daß ich, daß ich nicht in der Lage gewesen bin, meine ehelichen Pflichten zu erfüllen oder wie sie das in dieser Juristensprache ausdrücken, aber ich meine ich weiß, ich habe manches nicht richtig gemacht, all das, was ich, die Dinge, um die du dich bemüht hast, und wie hart du gearbeitet hast für diese ganzen Hoffnungen, die du, die wir hatten, und jetzt, wenn wir einen neuen Anfang machen könnten Paul, wenn wir von hier wegziehen könnten, wenn... wovon? Siebenhund... nein du hast sie nicht verloren nein, erinnerst du dich nicht? Kurz bevor du gegangen bist, hast du mir siebenhundert Dollar für die Miete gegeben? Um die Miete zu bezahlen? Und sie ist... ja ich habe sie bezahlt und... Nein, nein ich habe nicht mehr abgenommen, wie du es mir gesagt hast, da war nur noch einer, es war... nein es war, es war Chick es war, Chick es war bloß Chick, er hat gestern abend angerufen und ich, das ist alles, er hat bloß, er hat bloß angerufen Paul? Wann kommst du morgen? Weil alles, wenn wir nur weggehen könnten? Weil alles... nein das mach' ich Paul, mach' ich...

Er war hinter ihr eingetreten, als sie da unten am Tisch stand, eine zerknüllte Serviette in der Hand, die auf dem toten Telefon lag, und er hob die seinen, um sie fest um den Kamm ihrer Schultern zu schließen, bewegte sie nur so weit, daß die Spitzen seiner Daumen sich über dem Anstieg ihres Nackens treffen konnten, und wieder —wenn wir doch bloß weggehen könnten... glitten seine Finger der Länge nach über ihre Schlüsselbeine und dann, nach der Wärme ihrer Brüste verlangend, abwärts.

—Ich hab' darüber nachgedacht, sagte er.

—Über was.

—Die Sachen hier aufräumen und abhauen, ein paar Sachen zusammenpacken, und weg sind wir. Du brauchtest nicht viel mitzunehmen.

—Aber ich meinte... ihre Augen fixierten diese Hände, die ihre Brüste verbargen, als wollten sie deren Auf und Ab zügeln, und die diesen Betrug geschickt und mühelos ausführten wie eine Kunst, Ader und Sehne gelblich hervortretend, altersfleckig, so wie sie sie in ihrer verkrampften Handschrift auf dem linierten Papier verlassen hatte, in Sicherheit unter Blusen, Schals, und ihre Brüste hoben sich mit einem tiefen Atemzug, —ich...

—Leichte Sachen, Sommersachen, ein Pullover oder zwei und ein Regenmantel, den wirst du brauchen... seine Finger griffen fester zu, als wollten sie beruhigen, was sie dort erregt hatten, —diese heißen Gegenden, mehr würdest du nicht brauchen.

—Aber wir, ein paar Tage, sogar eine Woche, ich...

—Eine Woche? Seine Hände waren von verstohlenem zu besitzergreifendem Zugriff übergegangen, —zu was ist eine Woche gut, nein. Für immer.

—Weg, für immer? Sie fuhr so heftig herum, daß seine Hände die Herrschaft verloren. —Kommt überhaupt nicht, nein...

—Warum nicht? Er war enteignet zurückgetreten, die Hände in ihrer ganzen Leere ausgestreckt, —die ganze verdammte Sache fliegt in Stücke, von hier kommt der Wahnsinn und von da die Dummheit? Hier einfach sitzenbleiben und zwischen beiden zerquetscht werden? Es gibt keinen...

—Sie werden ihn verhaften.

—Wen, wer wird...

—Paul. Das war Paul.

—Er hat angerufen? Ich dachte, du wolltest nicht abheben, weshalb denn, ihn verhaften wegen was?

—Wegen Bestechung.

—Er ist ja wohl nicht überrascht oder? Grimes hat ihn schließlich wie 'ne heiße Kartoffel fallengelassen?

—Das ist nicht Mister Grimes nein, es ist...

—Natürlich ist es Grimes. Wegen dem, zu was sie ihn da unten heute haben aussagen lassen oder? Diese kleine Notiz in der gestrigen Zeitung hinten im Wirtschaftsteil versteckt? Wenn er ihnen erzählen würde, daß diese Bestechungen alltägliche Praxis waren und der ganze Aufsichtsrat davon wußte, träfe dieser Prozeß VCR mitten ins Herz und Grimes dazu, würde den Schaden verdreifachen und alles, natürlich war es Grimes. Ich hab' dir doch gesagt, Billy ist mit mir einen trinken gegangen, ich kam kaum zu Wort, genau davon hat er geredet, er konnte gar nicht aufhören, davon zu reden, daß Grimes und Teakell Paul in der Hand hätten und daß der da hingehen und bezeugen würde, daß das alles dein Vater gewesen sei, daß dein Vater diese Bestechungen arrangiert habe und der einzige gewesen sei, der davon wußte, und daß er sich deshalb erschossen habe, als alles rauskam, sonst hätten die Aktionäre auf dem Absatz kehrtgemacht und sein Vermögen zu nichts zerrinnen lassen, und Paul würde mit weißer Weste rauskommen, weil Teakell ihn mit seiner Zeugenaussage entlasten und ihm einen Freispruch verschaffen würde. Jetzt wo Teakell außer Gefecht ist, läßt Grimes ihn wie eine heiße Kartoffel fallen, und er ist dran wegen Bestechung.

–Aber damit hat das nichts...

–Warum nicht, er steckt bis zum Hals in diesem Chaos in Afrika oder? Samt all denjenigen, die jetzt da unten nach Krieg schreien? Dieses Missionsgelände, auf dem sie den Schlußstrich für das Reich des Bösen ziehen wollen, er hat diesen Idioten Ude doch von Anfang an für sie aufgebaut oder? Hat das ganze Gelände abstecken lassen, damit Ude darauf Schürfrechte erwerben konnte, hat sich dann zum anonymen Treuhänder machen lassen, um es dem Meistbietenden zuzuspielen, damit er das Geld in seinen verdammten Kreuzzug stecken konnte? Und wer ist wohl der Meistbietende? VCR hat Schächte bis an die Grenze des Missionsgeländes vorgetrieben, als Grimes die Sache in die Hand nahm und mit diesem belgischen Konsortium gemeinsame Sache machte, ein Strohmann erscheint mit der Kunde von einem großen Goldvorkommen auf dem Missionsgelände, man holt Cruikshank ran mit seinem Szenario, und das Rift wird von einem Ende zu anderen zum Inferno. Kennt Paul ihn? Cruikshank?

–Ich weiß nicht, wen Paul kennt! Und ich meine darum dreht es sich sowieso nicht, wenn du glaubst, Paul wünscht sich einen Krieg, wer immer sich diese Geschichten ausgedacht hat, du hast nicht mal...

–Erinnerst du dich an Lester? Kam hier mal vorbei, suchte nach mir, und du wolltest ihn nicht reinlassen?

–Also das mein' ich doch, diese Sorte von Freunden, die du hast, wenn du dem traust, wenn du irgendwas von dem glaubst, was der...

–Ich hab' dir doch gesagt, daß das nicht alles Freunde sind oder? Ich hab' Lester nie auch nur einen Zentimeter über den Weg getraut, schwarzer Anzug schwarzer Schlips schwarze Bibel, er tauchte da drüben auf, arbeitete auf eigene Rechnung, man schickt die nicht raus, wie's die Katholiken tun, ein Blick auf ihn, und die Eingeborenen hielten ihn für so eine Art Geheimagenten, und das taten auch die Baganda, versucht ihnen da draußen die Auferstehung zu verkaufen, und als nächstes sitzt er in der Bar des New Stanley, trinkt Orangensaft und keine Bibel weit und breit. Sie hatten ihn rekrutiert. Cruikshank, das war der Agentenführer, entdeckte die kalte Glut in diesen harten kleinen Augen, setzte einen Somali auf ihn an, dem sie zehn Jahre wegen Diebstahls von Lastwagenreifen verpaßt hatten, und als Lester aufwachte, wußte er, daß er erledigt war, Homosexualität ist da drüben das Letzte vom Letzten, wenn jeder ihn für einen Agenten hielt, konnte er genausogut auch einer werden. Die ganze Disziplin, Gehorsam, all der missionarische Eifer, drück eine Waffe oder eine Bibel in solche Hände, und beide sind tödlich. Sie haben ihn auf die Arbeit an einem Kontingenzplan angesetzt, sowas machen sie die ganze Zeit, bloß um Papierstöße und Telexe zu produzieren, um Langley zu demonstrieren, daß sie was tun, indem sie diese kleinen Szenarios schreiben, Konfrontationen anheizen, bis jemand einen Schlußstrich zieht. Es war alles Routine, aber schließlich war Cruikshank so verdammt bekannt, zur Tarnung lief er als Händler für einheimisches Kunsthandwerk rum, aber man sah ihn immer allein am Ende der Bar, niemand redete mit ihm, da schickten sie ihn nach Angola, und als das Chaos, das sie da angerichtet hatten, vorbei war, schickten sie ihn nach Hause und gaben ihm einen Orden, den er nirgends tragen kann. Eins dieser kindischen Geheimrituale, die sie da unten in Langley veranstalten, schicken ihn aufs Altenteil, und er läßt sich als Berater nieder wie all diese trost- und gesichtslosen Hurensöhne, das einzige was sie wissen ist, wie man überlebt. Hunderttausend Dollar unterschlagen, das einzige was sie gelernt haben ist, wohin das Geld geht und wer es hat, und das einzige was sie interessiert ist, wie sie rankommen, nennen sich selbst Risikoberater, und je größer das Chaos, das sie anrichten, desto höher das Honorar. Iran Chile das Phönix-Programm Angola Kambodscha, alles eine monströse Fehlkalkulation, anschließend werden ein paar tausend Leichen gezählt, und sie sind immer dabei, halten ihre Nasen in Le Cirque oder Acapulco hoch, willfährige Interviews in der *Times* und diskrete

Dinner-Parties, wo sie ihre kleinen schwarzen Bücher mit dem anderen Gesindel im schwarzen Schlips vergleichen, sogar ein bis zwei Ex-Präsidenten oder ihre bescheuerten Witwen, dazu ein paar zur Dekoration, Haute Couture, alles was verdammt nochmal der Wirklichkeit hohnspricht, während er die Sache selbst ganz nebenbei und gut getarnt von so einer Giftspritze wie Lester verhökern läßt. Dieser ganze runtergekommene missionarische Eifer, würde niemals lügen, stehlen oder töten, es sei denn im Namen einer übergeordneten Instanz, raucht nicht oder trinkt oder läuft den Frauen nach, die ganzen Früchte der Jugend vertrocknet wie das, wie das, was von dieser alten Wildkirsche da am Ende des Rasens abfällt. Wie der Zen-Meister, der auf den Wald zeigt und den Adepten fragt, was er sieht. Holzfäller. Und was noch? All die geraden hohen jungen Bäume werden gefällt. Und was noch? Eigentlich nichts, aber, nein einer ist verkrümmt, verfault, ein krummer alter Baum, den sie in Frieden lassen, und das ist Cruikshank, das ist der erfolgreiche Überlebende. Grimes holt ihn als Berater ran, er bringt Lester mit, und Paul holt diesen Idioten Ude dazu, der auf den Schauplatz der Geschichte stolpert mit seinen Bataillonen der Ignoranz, wild entschlossen, den Mächten des Bösen mit dem Kreuz Christi entgegenzu…

—Und genau hier ist es eben umgekehrt! Ich meine wenn du glaubst, Paul weiß, was der, wenn du glaubst, Paul und Mister Grimes, daß er Paul mag? Wenn du glaubst, Paul und Lester, daß sie, daß Mister Grimes Paul nie leiden konnte nein, nein er hat ihm nie getraut, er dachte immer, Paul wäre nur hinter dem her, was er kriegen konnte, und er, daß er nicht mal…

—Niemand kann Paul leiden nein, nein das ist nicht der Punkt. Wenn du sie nicht gekauft hast, kannst du ihnen nicht trauen, das ist doch Grimes oder? Er hatte Teakell gekauft oder nicht? Wenn man sich mit diesen ehrgeizigen Agenten auf unterster Ebene abgibt, dann ist es besser, wenn sie einander nicht leiden können, weil die ganze verdammte Sache auf Mißtrauen basiert, es ist besser, wenn sie sich nicht einmal kennen, Leute wie Paul und Lester, die sind nur Teile eines Puzzles, die plötzlich auf dumme Ideen kommen und sich selbständig machen. Wenn es klappt, werden sie belohnt, und sie wissen verdammt genau, daß sie gedeckt werden, wenn es schiefgeht. Paul glaubt, daß er Ude benutzt hat, aber Ude hat ihn benutzt und Lester sie beide, weil er das Szenario geschrieben hat, steck das Gelände ab, laß ein paar Missionare umlegen, und dann wird dieses Flugzeug abgeschossen, Cruikshank holt das Szenario aus der Tasche, staubt es ab, und schon sind wir alle wieder im sechzehnten Jahrhundert, Kupfer Gold hygienische Sklavenhaltung in dem, was sie da Homelands nennen, und das Kreuz Christi geht voran. Diese Rede von Teakell im Senat, als er auf seine sogenannte Sondierungsreise ging, diese ernste Bedrohung der Rohstoffreserven der gesamten freien Welt? Dieser staubige kleine Landstrich, der hätte überall sein können, wir müssen uns endlich dieser Verschwörung entgegenstellen, die den Schatten des Bösen über das Angesicht der Menschheit wirft, das Ansehen der Nation bewahren, uns unerschütterlich dazu verpflichten, die vitalen Interessen der Vereinigten Staaten zu verteidigen, wo immer sie bedroht sind, damit meint er seine Futtermittelfabrik, die Futtermittelfabrik seiner Familie, das ist sein großartiges Brot-für-Afrika-Programm. Am Hungertuch nagende Länder kriegen US-Hilfskredite, um US-Produkte zu kaufen, und die Futtermittelfabrik der Familie Teakell hat die Patente auf Zuchtmais, also kaufen sie die, und das macht dann ihre landwirtschaftlichen Entwicklungspläne zu Makulatur, selbst heute noch, dieses selbst heute noch gefällt mir. Selbst heute noch werden zwei junge Männer Gottes einfach hinterrücks ermordet, die sich von dieser Missions-Station aus auf die Suche nach Wasser gemacht haben, Wasser, das wir wie selbstverständlich erwarten, wenn wir den Wasserhahn aufdrehen du meine Güte, daß diese Mission die Botschaft christlicher Nächstenliebe verbreitet, das war das Szenario, lassen ein paar Missionare umbringen und ziehen einen Schlußstrich. Du fragst dich, woran zum Teufel er dachte, als er da mit einem Drink in der Hand in zweitausend Meter Höhe saß und die Rakete kommen sah und mit ihr das Ende der Welt in Rauch und Feuer, wo wir doch gerade davon reden, zum Herrn in den Wolken hingerückt zu werden ha, ha... Er drehte sich um und sah sie erstarren. –Ich wollte, ich wollte dich nicht... seine Hände umklammerten das Nichts, –ich wollte dich nicht, tut mir leid, das war nicht gut nein, du hast recht, aber mir tut das so verdammt, verdammt leid! Und er stand da und ballte die Hände zu Fäusten. –Ich hab' nicht nachgedacht. Ich hab' nicht nachgedacht, weil er, warum er in dem Flugzeug war, warum Billy in dem Flugzeug war!

–Er war aber drin.

–Nein aber das ist, nur ein Flug, um von irgendwo wegzukommen, da nimmt man, was man kriegen kann, jeder wußte doch, daß Teakell auf seiner fingierten Sondierungsreise da durchkommen mußte, deshalb. Jeder wußte, daß sich die Dinge geändert hatten, als der Präsident ihn holte und als seinen persönlichen Repräsentanten zur Beerdigung des Präsidenten von Südafrika runterschickte, man greift sich irgendeinen Buschflieger, und Billy sitzt drin, man weiß nicht mal, wer ihn abgeschossen hat. Sieh doch in die Zeitung, da steht Neue Informationen deuten darauf hin, daß die Maschine von einer dieser schwarzen Widerstandsbewegungen angegriffen wurde, auf Grund von Senator Teakells entschlossenem Auftreten gegen die aggressiven Instinkte im Reich des Bösen und diesem ganzen verdammten, ohne Gewähr, neue Informationen aus Geheimdienstquellen ohne Gewähr, man weiß natürlich verdammt genau, wer das ist, Cruikshank verdient sich da seinen Anteil, und Grimes' Konsortium blättert nur zu gern das Geld hin, diese Maschine gerät in den falschen Luftraum, jeder hätte sie abschießen können. Die ganze Strecke gesäumt von südafrikanischen Raketenbasen, die schießen auf alles, was sich bewegt, und sie treffen es. Sie treffen es, und sie haben auch diesmal getroffen und ziehen uns mit rein, dieses Flugzeugträgergeschwader vor Mombasa und die Zerstörer in der

Straße von Mosambik, sie haben uns richtig mit reingezogen. Stellen das Ansehen der Nation mit einem Krieg wieder her, den sie gewinnen können und der ihnen die Chance gibt, ein paar Stufen aufzusteigen, Friedenszeitarmee, die sitzen da zwanzig Jahre lang rum, ohne es zum Oberst zu bringen, aber der Kampfeinsatz bringt den Generalsstern so nah, daß sie ihn riechen können. Dollarmilliarden in das Feinste vom Feinen an Waffen gesteckt, endlich kriegen sie eine Chance, zu testen, ob die auch funktionieren, werfen dabei das Great Rift Valley von Maputo bis zum Horn in die Zeiten des Höllenfeuers zurück, Und es begab sich aber, daß der Herr durch das Jordan-Tal bis zum Toten Meer Schwefel und Feuer auf die Städte der Ebene regnen ließ, und siehe, der Rauch aus dem Land stieg auf wie Rauch einer Opferstelle, die können's gar nicht abwarten, hör zu Elizabeth, hör zu. Im Ernst. Pack zusammen und laß uns verschwinden, hier ist jetzt nichts mehr, was dich noch hält, was du noch tun könntest, es ist alles getan. Spielen auf diesem kleinen Stück Land ihr Szenario durch, und all die Nieten im Kongreß leisten Teakell ihren Achtungsbeweis, stehen auf und verteidigen die Rohstoffreserven der freien Welt, wo da doch nichts ist außer Dornbüschen. Ein Ort so gut wie jeder andere, hat Lester gesagt. Ich hab' dir doch gesagt, der Wahnsinn kommt von hier, die Dummheit von da, ich laß das Haus hier zum Verkauf ausschreiben, hab' schon die Maklerin angerufen, laß uns packen und abhauen.

–Ich habe nicht dich gemeint, sagte sie schließlich. –Ich meinte Paul.

–Paul was, du willst wegen Paul hierbleiben? Hat denn, du meine Güte, hat Paul denn nicht schon genug angerichtet? Ude rangeholt, damit er dieses Missionsgelände absteckt, mit dem das ganze verdammte Szenario erst gerechtfertigt wird? Die Zeitungen spielen die Bedrohung dieser essentiellen Rohstoffreserven hoch, wo da doch nichts als Busch ist?

–Als Busch? Was...

–Busch, ein paar Dornbäume. Nichts.

–Aber wenn sie das wußten, warum haben sie dann...

–Niemand wußte es. Klinger wußte es, und der war weg, glaubst du etwa, dieses belgische Konsortium würde einen Krieg um ein paar tausend Hektar Dreck unterstützen, ein bißchen Quarz, nicht mal so viel Kupfer, daß es sich lohnen würde, deswegen 'ne Schaufel in die Hand zu nehmen. Das Vorkommen ist erschöpft. Das ist die letzte Erkundung, die ich da drüben gemacht hab', die Karten Aufzeichnungen alles, Klinger hat daraus einen großen Goldfund gemacht, den Lester dann für sein Szenario verwendete, und ich bin ausgestiegen, die Sache ging daneben, und ich bin ausgestiegen.

–Aber warum hast du ihnen denn nichts gesagt...? Der Protest in ihrer Stimme galt weniger seinem unternehmerischen Scheitern als vielmehr ihrem scheiternden Versuch, zu begreifen, während sie, ganz wie ihr Blick auf der Maserung des Tischs oder ihrem Handrücken, die kleinsten Details nach ihrer Bedeutung absuchte, feststellte, daß Holzmaserung und Hautfollikel gleich aussahen, und aufsah, –wenn du es die ganze Zeit gewußt hast?

–Es ihnen sagen, wem denn? Nein nein nein, das kenn' ich schon, zeig' ihnen die Fossilfunde, und sie greifen nach der Genesis, zeig' ihnen, daß ihnen ein Krieg aufs Auge gedrückt wird, und sie lesen dir aus der Offenbarung vor, deshalb haben sie Ude mit seinen Missionen und seinem Kreuzzug doch überhaupt nur vorgeschoben oder? Eins haben Cruikshank und seinesgleichen aus dieser Kette von Katastrophen gelernt, die sie ausgelöst haben, daß du nämlich ohne Rückhalt in Smackover keinen vernünftigen Krieg anfangen kannst, und deshalb hat Paul Ude ins Spiel gebracht, um die Sache am Köcheln zu halten. Der gottlose Marxismus stellt sich seiner heiligen Mission selbst noch im finstersten Afrika entgegen, bade sie alle im Blut Christi, verpaß ihnen eine gründliche Abreibung und bete für Amerika und jedes dieser elenden kleinen Holzhäuser, wo sie einen goldenen Stern ins Fenster hängen, wenn alles vorbei ist? Die Autoscheinwerfer? Die lila Bänder? Betet für den klei-

nen Willie Fickert, diesmal hat er einen Krieg, den er gewinnen
kann, der große Held der Lightning Division, er kommt schon
raus aus dieser Bestechungsaffäre, keine Bange, die kriegen ihn
da raus, hat Reverend Ude in der Tasche und...
–Das siehst du falsch, nicht wahr?
–Was denn? Das mit Paul? Er ist...
–Ich glaube du, vielleicht siehst du alles falsch.
–Daß er kein Drahtzieher ist? Daß er kein Killer ist? Daß er
kein...
–Daß er Reverend Ude in der Tasche hat nein, weil es nämlich Reverend Ude ist. Darum geht es bei dieser Bestechung, es
ist Reverend Ude, der hat ihnen nämlich erzählt, es sei Paul
gewesen, daß Paul gesagt habe, er müsse Schmiergeld für seine
Fernsehlizenz zahlen, also gab er Paul zehntausend Dollar, da-
mit er Senator Teakell schmiert, deshalb hat er eben angerufen,
daß sie ihn verhaften werden wegen der Überbringung von
Schmiergeldern in der Absicht, einen Amtsträger zu bestechen.
–Na also. Schön. Glaubst du denn, er hat es nicht getan? Du
glaubst, er...
–Weil er kein Killer ist! Weil er, all das, was du nicht weißt,
wie du auch das nicht wußtest, wie du überhaupt nichts weißt!
Daß er dieser große Held der Lightning Division ist auf der
Suche nach einem Krieg, den er gewinnen kann, du hast nie
diese Narbe gesehen, diese schreckliche Narbe, du hast sie nie
gesehen, du kennst nicht die, all deine hehren Worte über die
Wahrheit und das, was wirklich geschehen ist, das heißt doch
überhaupt nichts, weil es nämlich einer seiner eigenen Leute
war, das ist die Wahrheit, das ist wirklich geschehen. Man hat
ihn hochgehen lassen. Weißt du, was das bedeutet? Man hat
ihn hochgehen lassen? Sein Kompaniechef, den er wegen He-
roin gemeldet hatte, hat eine Handgranate unter sein Bett gerollt, und diese ganze Geschichte haben sie erfunden, daß der
Feind in ihr Offiziersquartier eingedrungen sei und sie mit Gra-
natwerfern zusammengeschossen habe, und Chick zog ihn
raus, weil es nämlich Chick war, Chick hat mir das erzählt, und

er sagte immer nur, sagte immer nur oh Scheiße, Mrs. Booth, ich dachte, Sie wüßten das. Ich dachte, Sie wüßten das...

Er stand dort einen Augenblick lang, bevor er sagte, –dann ist es Wahnsinn oder, einfach Wahnsinn... er ging zur Anrichte zurück, schob die dort gestapelten Zeitungen zur Seite, –der Wahnsinn von hier und...

–Dies Bild, ist es das, was du suchst? Gut, schau's dir an! Such es ja, schau's dir an, wenn du willst, mit dem Überfall ja, weil deshalb dachte Chick doch, ich wüßte, wie es geschehen ist, dieser neunzehnjährige Bursche, als Paul ihn kommen sah, war es das, was er, sein Kompaniechef war neunzehn, und sie haben die Sache unter den Teppich gekehrt, er brachte einfach den Spruch in Umlauf, daß er den Alten habe hochgehen lassen, und sie haben die Sache unter den Teppich gekehrt, den Alten! Er war zweiundzwanzig! Such es doch, schau's dir an, wenn du...

–Nein, nein ich wollte nur, Tüte mit Zwiebeln da hinten, du sagtest, ich wollte nur...

–Was willst du denn mit einer Tüte Zwiebeln?

–Nein einen Drink, ich, du sagtest... Aber sie stand auf, kam auf ihn zu, streckte den Arm aus, hielt sich plötzlich am Griff der Kühlschranktür fest, und er faßte nach ihrem Ellbogen, –was ist los, was ist...

–Ich weiß nicht! Sie befreite ihren Arm, –manchmal bin ich, vielleicht hab' ich zu hohen Blutdruck, gehst die Straße runter, wozu soll das gut sein, stehst vor den Geschworenen, die haben alle hohen Blutdruck, wozu soll das gut sein... Sie hatte an ihm vorbei in die Ecke gegriffen, um die Flasche herauszuholen, –weil du nicht weißt, was geschehen ist, du warst ja nicht hier, die einzige Art, auf die du hier warst, war dein Nein nein nein und dein Die Dummheit besiegt die Unwissenheit, an dem Abend, als Billy hier vorbeikam, bevor er wegfuhr, dein Reverend Ude mit dem Herrn in den Wolken und deine Portugiesen, die Hände abhacken, den Niger aufwärtsdampfen, um einen Streit mit ihm vom Zaun zu brechen?

—Also das war es nicht, es war in Wirklichkeit der Sambesi, die Königreiche entlang des Sambesi... Er sah zu, wie sie ein, zwei Schlucke einschenkte, —das reicht, ich, kein Eis, nur ein bißchen Wasser drauf... seine Hände ausgestreckt, geöffnet.

—Ein Killer ohne einen Krieg, in den er ziehen könne? Daß dieser Clausnitz falsch liege, es stimme nicht, daß der Krieg die Fortsetzung der Politik mit anderen Mitteln sei, er sei die Fortsetzung der familiären Konflikte mit anderen Mitteln? Er suche nur nach einem Krieg, den er gewinnen könne?

—Also ich glaube, ich glaube... seine Hand fiel leer herab, und er sah zu, wie sie das Glas hob und einen kräftigen Schluck trank, —es war von Clausewitz, und er hat gesagt...

—Das meine ich doch! Wo hätte er denn was über Clausnitz hören sollen, und daß es das sei, worum sich in unserer Familie alles drehe, Paul der Drahtzieher, Paul der Jude, der es nicht mal wisse, Paul der Killer, nur ein neunzehnjähriger Bursche, und du konntest ihn nicht einfach zusammenschlagen? Und Paul sagte, er flüsterte fast, er sagte Billy, verstehst du denn nicht? Sie haben uns nie zu kämpfen gelehrt, sie haben uns nur das Töten beigebracht, sie haben uns nur das Töten beigebracht! Und er, er konnte nicht, seine Hände zitterten... wie ihre eigenen, die wieder das Glas hoben, das Weiße an ihrer Kehle kräuselte sich, bis sie es wieder absetzte, —und als Billy ihn weiter löcherte, daß er selber gehen wolle, daß er nach Afrika gehen werde, er kriege Adolph schon dazu, ihn nach Afrika zu schicken, während Paul und Mister Grimes und alle anderen herumhockten und da einen Krieg vom Zaun brächen, er quasselte auf ihn ein, quasselte ihm die Hucke voll, bis Paul ihn packte und, und ihn festhielt, er stand einfach da, hielt ihn mit den Armen fest wie ein kleines Kind und schrie Gottverdammte Scheiße Billy, hör zu! *Das sind die gleichen Hurensöhne, die mich nach Vietnam geschickt haben!*

—Nein warte mal, ich hab' nicht...

—Nein ich warte nicht, nein... doch sie tat es, holte Atem, in ihren Augenwinkeln standen Tränen von dem Whisky, —weil das, was Paul ihm erzählt hat, das ist wirklich geschehen nicht wahr? Nicht viel von deinem, was immer du aus ihm machen wolltest, so eine Art Schüler, du mußt ihn nicht die Wut lehren nein, weil du sie nämlich benutzt, um ihm irgendeine dumpfe Art von Kraft zu geben, die er gar nicht hat, und damit versuchst du, Paul zu zerstören. Damit er plötzlich am nächsten Tag nach Afrika geht, nur um zu beweisen, daß er, er wäre nie gegangen...

–Ja aber, es ging doch... und er fand die vorhin gedrehte Zigarette auf dem Tisch beim Telefon, wo er sie liegengelassen hatte, als er sie draußen auf der Terrasse im Treiben der verwelkten Blätter und im letzten Licht der Sonne aufblickend und allein auf dem umgekippten Stuhl hatte sitzen sehen, und jetzt ging er an ihr vorbei, als wäre das wegen all dem, was seither geschehen zu sein schien, vor langer Zeit geschehen, ging an ihr vorbei, um die Herdflamme zu entzünden und sich so lange über den Brenner zu beugen, wie er brauchte, um sich zu sammeln, –wenn du das glauben willst, sich einen Schüler heranziehen, je gründlicher man sowas macht... er streckte sich und würgte eine Rauchwolke hervor, –desto gründlicher schafft man sich einen Abtrünnigen, das kann ich dir sagen, je...

–Nein du hast es mir schon gesagt, du hast es mir schon gesagt, als du da draußen warst, bereit zum Zuschlagen, während du die zweite Hälfte deines Lebens hier damit verbringst, das Chaos der ersten aufzuräumen? Während du davon redest, Ist es nicht schrecklich, wie wir den Kindern wegen all dieser hehren Ideen von Fortschritt und Zivilisation eine versaute Welt hinterlassen, und du wußtest es die ganze Zeit? Daß man die Dinge wenigstens nicht schlechter hinterlassen solle, wenn man sie schon nicht besser hinterlassen könne, daß du der einzige seist, der immer noch diese hehren Ideen habe, und du stehst hier rauchend und hustend und redend herum und läßt sie alle hingehen und sich gegenseitig umbringen wegen etwas, das gar nicht existiert?

–Ach du meine Güte! Die machen das seit zweitausend Jahren oder? Und du glaubst, daß ich, hast du die Zeitung gelesen, die Zeitung von heute morgen? Und du glaubst, ich könnte das aufhalten? Nach Smackover gehen, an die Türen dieser kleinen Holzhäuser klopfen und ihnen sagen, daß leider ein großes Versehen geschehen ist? Runter in dieses Christliche Survival-camp, wo Udes Gospelsänger die Bundespolizei mit 'ner M16 in Schach hält, hast du die Fotos gesehen? Das Südstaaten-banner weht darüber, und der ganze Platz ist vollgepackt mit Kisten voller Splittergranaten, Granatwerfer, M2-Mörsergra-naten, zeig ihm den Beweis, daß gar nichts da ist, und schon haben wir einen neuen Spielplan? Er hat doch Udes kleines Überlebens-Handbuch gelesen oder? Das sagt ihm, er solle strenge Sicherheitsvorkehrungen gegen von Dämonen besse-sene Kreaturen treffen, die durch die Welt streifen, um zu fol-tern und zu morden? Er weiß verdammt genau, daß jeder Marshal und FBIler, der sich ihm nähert, zu den Verschwörern gehört, daß sie den Antichrist anbeten und dessen Zeichen auf der Stirn tragen, Und sie werden den Wein von Gottes Zorn trinken, steht da doch wörtlich oder? Sein Oberbefehlshaber sagt ihm, daß auf der Welt Sünde und Böses existierten, daß wir durch die Heilige Schrift und Christus den Herrn verpflichtet seien, uns dem mit aller Kraft entgegenzustellen, und er emp-fängt seine Befehle heute genau so wie damals in der 11. Kaval-lerie von Tiger Howell. Der Herr ist ein Kriegsmann, steht im Exodus oder? Die Stimme vom Himmel sagt ihm, Gesegnet sind die Toten, die im Herrn sterben, steht wörtlich da oder? Zu ihm hingerückt werden in den Wolken? Nein nein nein, wenn du von Schülern redest, da hast du dein Paradebeispiel, das hätte ich aus deinem Bruder zu machen versucht, sagst du doch? Aus ihm einen, setzt es sich in den Kopf, nach Afrika abzuhauen, und das wegen mir? Weil ich gesagt habe, daß sie höllisch fixiert sind auf eine Selffulfilling prophecy, und jeder dumme, unwissende...

—Weil du derjenige bist, der das will, sagte sie plötzlich mit so fester Stimme, daß er innehielt, einfach nur sie, das Glas, das

sie in ihrer Hand emporführte, und ihren in Erwartung der
darin verbliebenen Neige zurückgeworfenen Kopf mit der vollen Schwellung ihrer Kehle ansah, die sich hart wie bleiches
Gebein vom gehöhlten Bogen ihres Kieferknochens abhob, so
wie er es bislang nur einmal gesehen hatte. –Und deshalb hast
du nichts unternommen... sie stellte das Glas ab, –um sie alle
aufsteigen zu sehen wie Rauch im Verbrennungsofen, alle
Dummen, Unwissenden hingerückt in den Wolken, und dann
ist keiner mehr da, es gibt keine Verzückung mehr, kein gar
nichts, nur um sie endgültig ausgelöscht zu sehen, so bist du
wirklich nicht wahr? Du bist nämlich derjenige, der die Apokalypse, das Armageddon will, die Sonne für immer erloschen
und das Meer zu Blut geworden, du kannst es nicht abwarten
nein, du bist derjenige, der es nicht abwarten kann! Den
Schwefel und das Feuer und dein Rift wie am Tag, wenn es
wirklich geschieht, weil sie, weil du sie verachtest, nicht ihre
Dummheit nein, ihre Hoffnung, weil du nämlich keine mehr
hast, weil dir keine geblieben ist. Weil ich nämlich an dem Morgen, nachdem ich dich geliebt hatte, aufwachte, und ich wußte,
daß du im Haus warst, ich hörte dich unten husten, und ich
wußte, du warst hier, und das war das erste Mal, daß ich, als
ich an dem Abend im Dunkeln den Hügel hinaufkam, und
Licht brannte, und du hast da vor dem Kamin gesessen, hast
vor dem Kamin gesessen und gelesen, weil es nämlich nie mir
gehört hat, es war nie ein Nachhausekommen. Weil wir nie eins
hatten. Weil Paul, es war nur ein Platz zum Essen und, zum
Essen und Schlafen und Ficken und das Telefon abnehmen,
weil er nie eins hatte, er hatte nie ein Zuhause, und als ich an
diesem Morgen herunterkam, und ich wußte, daß du hier
warst, und ich dachte, ich fühlte mich geborgen. Diese eine
Nacht und dann der Morgen und all diese Babies, die darauf
warten, geboren zu werden da draußen irgendwo auf einem
Stern, und mit einem Teleskop beobachten, was schon vorbei
war? Weil es das doch war nicht wahr? Es war schon vorbei,
sehen Sie sich das an Billy, das ist das Missing link, wo wir

296

gerade vom dunklen Kontinent reden, sie glauben, Gott habe sie hierhergesetzt in ihren schlechten Anzügen und billigen Schlipsen, nein nein nein, setzen Sie sich, ich will Ihnen mal was sagen, es ist alles bloß Angst, hast du gesagt, jede Phantasie, um die Nacht zu überstehen, wenn man an all die Leute denkt, die tot sind? Man ist ein Gefangener der Hoffnungen eines anderen, aber das war, aber das heißt nicht, daß man ein Gefangener der Verzweiflung eines anderen ist! Weil es alles dein Ich bin kein Schriftsteller Mrs. Booth nein, weil es alles deine Verzweiflung war, eingeschlossen in diesem Raum mit dem Rauch und den Spinnweben, während du dir einen Drink einschenktest mit diesem Dieser alte Mann und sein Kehrblech, der vorgibt, es gebe einen Grund dafür, morgens aufzustehen? Und sie ausgeschlossen von ihren Hoffnungen, die hier ausgebreitet lagen? Die Seidenblumen und die Lampen und die Goldbordüren, all ihre Hoffnungen hatten sich hier breitgemacht, als würde sie am nächsten Morgen zurückkommen, bis sie dann mir gehörten, als ich da oben in ihrem Bett die Beine breitmachte?

Er hatte einen Schrank geöffnet, suchte nach einem sauberen Glas, wo er damals vielleicht welche stehen gehabt hatte, holte indessen eine Tasse heraus, hielt die Flasche hoch, um an den kaum mehr oder weniger als einen halben Fingerbreit zu kommen, der noch darin war, kaum mehr als genug, um sich den Mund zu wärmen, nicht einmal mehr ein Schluck. –Ich, zufällig habe ich Madame Socrate angerufen, sie wird morgen gleich vorbeikommen, um, um aufzuräumen...

–All deine sanften, deine Hände auf meinen Brüsten auf meinem Hals überall, wie du ganz in mir warst, bis nichts anderes mehr da war, bis ich, bis ich nicht mehr war, ich existierte nicht mehr, und doch war ich alles, was existierte, nur, erhaben und verzückt ja, verzückt ja, das war die Verzückung und das süße sanfte, und deine Hände, deine klugen Hände, hingerückt werden zum Herrn in den Wolken, all diese traurigen dummen, diese armen traurigen dummen Leute, wenn das das Beste ist, was sie zustande bringen? Ihre dumpfe sentimentale Hoff-

nung, die du verachtest wie ihre Bücher und ihre Musik, was
halten sie denn wohl von der Verzückung, wenn sie das Beste
ist, was sie zustande bringen? Hängen sich so einen goldenen
Stern ins Fenster, wenn, um zu beteuern, daß er nicht umsonst
gestorben ist? Weil ich, weil ich nie wieder Bibbs genannt werden werde... Er stand da und hielt die leere Tasse, als suchte er
nach einem Platz, um sie abzustellen, nach einer Zuflucht:
denn sie fixierte ihn, und dann sagte sie –ich glaube, ich habe
dich geliebt, als ich wußte, daß ich dich nie wiedersehen würde,
und sah ihn an.

–Aber das war nicht...

–Und du gehst.

–Ja, ich... er stellte die Tasse auf der Anrichte ab, –ja ich
hab's dir schon gesagt.

–Sommergarderobe, heiße Gegenden, ein Schirm, das ist alles, was du mir gesagt hast.

–Dahin, wo es Arbeit gibt... Er begann, eine weitere Zigarette zu drehen, ließ Tabak vom Papier krümeln, –Neuguinea
Papua, da gibt es ein großes Vorkommen in den Bergen, ton-
nenweise Gold, sobald die ihre Schmelzöfen aufgebaut haben,
'ne halbe Million Tonnen Kupfer, von Kiunga den Fly-River
hoch... er drehte das Papier, und es zerriß, –oder die Salomon-
Inseln, diese heißen Gegenden sind alle gleich, den einzigen Unterschied machen die Krankheiten, die man sich holt, und sogar die... Papier und Tabak zusammenknüllend, –hör zu, es
war mir ernst ich, ich hab' etwas Bargeld, hab' ungefähr sechzehntausend Dollar flüssig und einen Freiflug irgendwohin,
wir können... er streckte sich, um das Telefon beim ersten
Klingeln zu unterbrechen, –wir können...

–Was machst du da?

–Aber ich dachte... er legte auf, –ich dachte, du nimmst
nicht ab, ich...

–Laß es, laß es bitte in Ruhe!

–Aber...

–Weil es wieder Paul hätte sein können, wenn es zweimal

klingelt und dann aufhört und dann wieder klingelt nein, einen Freiflug irgendwohin? In eine heiße Gegend, wo die einzige Möglichkeit, zu erfahren, wo wir sind, die Krankheit ist, die wir uns holen? Einfach packen und abhauen, wenn du doch der einzige bist, der dem Einhalt gebieten könnte? Der allen sagen könnte, daß es da nichts gibt als ein bißchen Buschwerk? Daß es dir sogar egal ist, ob sie...

–Verstehst du denn nicht, du meine Güte. Und du glaubst wirklich, daß ich einen Krieg aufhalten kann? Ich hab' dir doch gesagt, versuch denen irgendwas zu beweisen, und je klarer der Beweis, desto härter kämpfen sie dagegen, sie...

–Du könntest es versuchen!

–Das ist nicht, es ist spät... aber sie sah ihn nicht einmal an, –ich, ich werde tun, was ich kann. Er griff nach einem Ärmel des Regenmantels, schlüpfte hinein, –ich werde nicht vor Einbruch der Dunkelheit in der Stadt sein. Ich ruf' dich an.

–Nein warte, warte nur...

–Ich sag' doch, ich werde tun, was ich kann! Und ich ruf' dich an, ich ruf' dich heute abend an, laß es auch zweimal klingeln, zweimal klingeln und leg' wieder auf, wirst du packen? Besorg' ein paar Sachen, wenn ich kann...

–Halt mich einfach fest, sagte sie, und schon umklammerte sie sein Handgelenk.

–Wenn ich anrufe... und er hielt sie fest, –und wenn irgendwas schiefgeht...

–Nein, halt mich einfach fest.

Sie stand da so unbeweglich wie ihr auf die leeren Stühle draußen auf der Terrasse gehefteter Blick, bis das Zuschnappen der Haustür sie veranlaßte, sich mit einem erstickten Laut umzudrehen, der kaum aus ihrer Kehle drang und sie in der Stille der Küche zurückließ, die sie kampfeslustig durchsuchte, als läge dort irgendeine Herausforderung auf der Lauer, verstreut auf der Anrichte und doch versteckt hinter den Absichten der Schmierblätter mit ihren Schlagzeilen, SENATOR KOMMT BEI FLUGZEUGABSCHUSS DURCH

ROTE UMS LEBEN VIETNAM-VETERAN TÖTET RÄU-
BER TRAGÖDIE GEHT WEITER, alle ungeheuer wichtig in
ihrem ungeheuerlichen Anspruch, noch einmal um dessentwil-
len gelesen zu werden, was sie in ihrer Verwirrung bereits ver-
wechselt hatten, ein Senator mit steifem Kragen winkte aus
dem Fenster eines leuchtendroten Flugzeugs, oder war es Doktor Wie-hieß-er-noch-gleich? Könnte noch leben, denn er war
ganz jung, dieser Veterinär, der in Longview die Jack-Russell-
Terrier entwurmt und ihnen Diät verschrieben hatte, und nun
stand sie da und knüllte die schwarzen Schlagzeilen zu einem
Klumpen Zeitungspapier zusammen, als wollte sie deren Ty-
rannenherrschaft ein für allemal zerschmettern, ging am Küchentisch vorbei, den Packen eng an sich gedrückt, damit nicht
eine Seite, nicht ein Absatz, nicht ein einziges klischeegelähm-
tes oder durch die anfängliche Begeisterung eines Gedanken-
strichs in schlechte Gesellschaft oder gar, wie sie es selbst bemerkt hatte, in die Knechtschaft einer Bildunterschrift, die das
Foto ja erst zur tagesaktuellen Nachricht machte, geratenes
Wort zu Boden fiele, ging weiter, um den Packen durch die
offene Tür hinauszuschleppen und mit ihm ihren Glauben an
das gedruckte Wort.

Am oberen Ende der Treppe hielt sie an, griff nach dem Geländer, bevor sie hineinging, um im Waschbecken ein Tuch zu
befeuchten und es sich gegen die Stirn zu halten, kam so den
Flur entlang ins Schlafzimmer und rief aus –oh nein! als wäre
da jemand, der zuhörte: Schals, Pullover, Unterwäsche, Papier,
sogar die Schubladen der Kommode lagen herausgerissen auf
Bett und Fußboden, die Schranktür stand weit offen, und sogar
ein Rollo war gegen Einsicht von unten zugezogen worden. Sie
trat ein, hob langsam Sachen auf und ließ sie wieder fallen, mit
einem Gefühl, als fehlte etwas, doch anscheinend nichts von
dem, was hätte fehlen können, ließ sich schließlich nieder, um
die Seiten einzusammeln, als wäre, nun da sie sie in den Ordner
sortierte, wenigstens hier in ihrer eigenen Handschrift ein wenig Hoffnung auf Ordnung bewahrt, wenn auch nur auf die

einer Vergangenheit, die selbst zerfasert, revidiert, verbessert, ja von Anfang an so zusammengeflickt war, daß all das Unwahrscheinliche in ihrem Verlauf einer Ordnung gehorchte, wie alles hätte werden können, hätten ihr Vater und ihre Mutter sich nie kennengelernt, hätte er statt dessen eine Tänzerin geheiratet oder sie einen Mann getroffen, der schon Lebenserfahrung gesammelt hatte, zerfurchtes Gesicht, stumpf und verlebt wie das des Schuldeneintreibers, weiter durch das Gestrichene, die peniblen Einschübe, dann schwankende Zeilen, die ihr Finger auf der Suche noch abstoßend hinabfuhr, vorbei an ablegen, abnabeln und weiter zum Absturz, wie der, der erst vor ein paar Tagen geschehen war, sie suchte nach der Schreibweise dieser Jack-Russell-Terrier, überflog Rabatt, Raum, um über rammeln zu stolpern (gew. vulgär); überflog aus irgendeinem Grund die Bedeutung, die hier unvollständig lediglich mit decken (bes. von Hasen und Kaninchen) und falsch geschriebenem Verfassernamen angegeben war, sie verwechselte Ritze mit Spalte und geriet unversehens in den Hinterhalt der menschlichen Arsch~, an anderer Stelle stand bleich, sie blätterte hin und her, überschlug aschfarben und blaß, blätterte auf Perversion zu, der Begriff, den sie suchte und von einem sensiblen Romancier als rötlich (errötende ~ neben einem Strauß Gladiolen unter Leuchtbuchstaben) beschrieben fand: und all das für diese bleiche Erektion, die erst zur Farbe des Zorns anlief, als ihre Hand sich fest um ihre Beute schloß, und plötzlich blickte sie auf, sah direkt vor sich: das Fernsehgerät war verschwunden. Es war schlichtweg nicht mehr da, doch ebenso schlichtweg beharrte ihr starrer Blick auf der Stelle, an der es gestanden hatte, darauf, daß das Gedächtnis überlegen eingerichtet ist, obwohl, wenn der Fernseher so plötzlich inexistent war, als wäre er nie dagewesen, dann wäre weder der Mann auf der Eisenbahnbrücke vom Zug geschleudert worden noch hätte alles im Schatten gelegen, während der Wind auf dem Lorbeerpfad heulte, nahebei und mächtig der Donner rollte und wild und unentwegt der Blitz zuckte, der

dann in die große Roßkastanie am Ende des Gartens fuhr und
sie in zwei Hälften spaltete.

Das Gellen einer Autohupe veranlaßte sie, das Rollo hoch-
schnappen zu lassen. Im verbliebenen Licht draußen saßen
zwei hüftgroße Jungen unter dem kahlen Baum an der Ecke
und teilten sich eine Zigarette, und ein zerbeulter Kombi hielt
mit einem Ruck, worauf einer der beiden auf die Füße kam,
und dann sah sie beide auf die Haustür zeigen, ihre Haustür,
und stotternd rollte der Wagen über die zerbröckelnden Ziegel
und hielt. Sie war noch nicht ganz die Treppe hinunter, als bereits jemand klopfte, hereinspähte, und als sie öffnete, –ja, ich
suche Mister McCandless.

–Oh. Also er ist nicht da, er ist eben weggefahren, er …

–Ich bin nur vorbeigekommen, sagte die Frau, und dann, in
der weit aufgehaltenen Tür, –nein nein nein, nein ich möchte
eigentlich nicht hereinkommen… aber sie tat es doch und
stand eben drinnen, als das Licht unter der Stickerei anging
und das ausgelaugte Blond ihres Haars streifte, ihre ganze aus-
gezehrte und zerbrechliche Gestalt wandte sich mit einem Blick
durchs Zimmer um, und ihr –ich bin Mrs. McCandless…
klang beinahe wie eine nachträgliche Entschuldigung.

–Oh ich wußte nicht, kommen Sie rein ja, ich fürchte, es ist
hier alles ein bißchen unordentlich, wenn Sie, ich meine geht es
um die Möbel?

–Um welche Möbel?

–Nein ich meine nur, um die ganzen Möbel, wenn Sie gekommen sind um, oh oh die Blumen ja… sie sah dorthin, wo
auch die Frau hinsah, –tut mir leid, sie sind heruntergefallen,
ich hatte nur gerade keine Zeit, aufzuräumen, aber sie sind heil
glaube ich, ich glaube nur die Vase ist zerbrochen, wir werden
sie ersetzen, aber ich meine, wollen Sie sie mitnehmen?

–Mitnehmen? Die Frau betrachtete die welke Seide, das über
den Fußboden verstreute Porzellan. –Wohin mitnehmen?

–Nein ich meine nur, zu sich, also wenn Sie vielleicht Platz
nehmen wollen? Wenn Sie vielleicht einen Tee mögen?

–Danke. Gern, ja, ich bin wirklich sehr müde... aber sie folgte ihr in die Küche. –Ich bin wirklich nur vorbeigekommen, um mich zu erkundigen, ob er was von Jack gehört hat.

–Oh. Ich weiß nicht. Ich meine ich kenne keinen Jack, wer ist Jack?

–Jack? Jack ist sein Sohn.

–Sein... sie drehte sich halb um, während sie den Teekessel füllte, –aber ich dachte, er hat gesagt, er hätte keine Kinder.

–Kinder, nein. So würde er es ausdrücken, klar, er hat keine Kinder... Die Frau war ins Eßzimmer gegangen, um sich umzusehen, besah sich die Blumen dort in den Fenstern, –jedenfalls keine anderen weißen, von denen ich wüßte... und sie schlenderte zurück in die Küche, vorbei am Tisch, blieb dann im Türrahmen stehen und sah in das Zimmer. –Ganz schön unordentlich.

–Ja er, er hat gerade aufgeräumt, er war drin und hat aufgeräumt.

–Das ist wirklich alles, was er je tut, nicht wahr...? und, einen Schritt in das Zimmer tretend, –und immer zum allerletzten Mal nicht wahr? Ein für allemal alles aufräumen... und außer Sicht jetzt, nur eine Stimme aus dem fast vollständigen Dunkel dort drinnen, –seine ganzen Bücher, was macht er bloß mit seinen ganzen Büchern, die könnten genausogut mit rausfliegen, ein für allemal. Er hat wahrscheinlich in kein einziges mehr reingeschaut, seit er aufgehört hat zu unterrichten, nicht wahr?

–Ich weiß nicht, unterrichten? Ich wußte nicht...

–Und das schmeißt er auch weg? Dieses alte Zebrafell?

–Also er, ich glaube nicht, also er hat es aus Afrika mitgebracht, ich glaube nicht, daß er...

–Hat er Ihnen das erzählt?

–Also ja, also ich glaube schon, ich...

–Nein nein nein, er hat es einem jungen Nigerianer abgekauft, der im Krankenhaus die Nachttöpfe leerte, er war hier rübergekommen, um Medizin zu studieren, und brachte einen ganzen Stapel mit, um die medizinische Fakultät bezahlen zu können. Hundert Dollar, er hat dem Jungen hundert Dollar dafür gegeben, und ich war ziemlich sauer, hundert Dollar waren damals 'ne ganze Menge für uns. Er war gerade aus dem Krankenhaus entlassen worden, und da lagen noch die ganzen Rechnungen rum.

Die leere Tasse klapperte auf der Untertasse, als ihre zitternde Hand sie auf dem Tisch abstellte und nach dem Lichtschalter griff. –War das, was für ein Krankenhaus...? Sie stellte die andere Tasse ab. Ein Dampfstrahl kam aus dem Teekessel, und sie streckte vorsichtig die Hand danach aus, –ich meine es war doch nicht ein...

–Er hat Ihnen wahrscheinlich diese ganzen Geschichten erzählt, nicht wahr? Sie kam durch den dunklen Türrahmen, –daß er Gold gefunden habe, als er so alt war wie Jack, und daß keiner ihm geglaubt habe? Am Oberlauf des Limpopo? Es war immer am Oberlauf des Limpopo... und ein Geräusch, als wäre sie da drinnen über etwas gestolpert. –Oder dieser Junge, dem er beigebracht hat, wie man eine Schaufel benutzt?

–Brauchen Sie Licht da drinnen? Es ist...

–Nein nein nein, nur mal umsehen... Sie tat einen Schritt über die Zeitungen hinweg, die dort auf dem Fußboden lagen, –er hebt einfach alles auf, nicht wahr...? und kam wieder heraus ins Licht, –man weiß genau, daß er da drin war, nicht wahr? Der Rauch, der hängt da ewig. Und wenn Sie diesen Husten kennen... Sie setzte sich und drehte den Henkel der Tasse zu sich her.

–Er wird nicht gerade gern alt, nicht wahr?

–Ich hatte wirklich nicht...

–Diese Arthritis in seinen Händen, die hat er, seit er dreißig ist. Wie sein Vater... sie nippte an der dampfenden Tasse. –Wenn Sie gesehen hätten, wie er sich aufgeführt hat, als er diese Zähne vorne verlor, lieber Gott, es war, als hätte man ihm die Eier wegoperiert, dieses ganze freudianische Zeug, wissen

Sie, aber es war ein Schock, an den er sich gewöhnt hat. Er ist ja nicht gerade ein großer Lächler nicht wahr? Aber wenn man sich an dieses verhaltene düstere protestantische Lächeln gewöhnt hat, und auf einmal ist da diese Reihe prächtiger ebenmäßiger weißer Zähne? Das war kurz bevor er Sie kennengelernt hat, das gleiche freudianische Zeug vermute ich... sie hob die Tasse, –weil Sie jung sind. Nur um zu beweisen, daß er sie noch hat.

–Aber ich habe nicht...

–Ich meine nicht seine Zähne.

–Ich verstehe nicht recht, ich meine ich wußte nicht, daß Sie alt genug sein würden, um einen fünfundzwanzigjährigen Sohn zu haben meine ich.

–Und ich wußte nicht, daß Sie rote Haare haben, sagte die Frau und taxierte sie so, wie sie beim Hereinkommen das Wohnzimmer taxiert hatte, als wäre sie nur deswegen gekommen, und sie stellte die Tasse ab. –Könnte ich einen Drink bekommen?

–Nein, nein tut mir leid, es ist nichts da nein... sie folgte dem Blick der Frau zu der Flasche, die leer auf der Anrichte stand, –ich meine es war was da, aber...

–Nein nein nein, ich versteh' schon, du meine Güte, ich versteh' das schon! Sie stand wieder, –ist egal, wirklich...

–Warten Sie, da ist eine Spinnwebe, warten Sie, hinten an Ihrem Rock, die sind einfach überall da drinnen, in diesem Zimmer... sie bückte sich, um sie abzustreifen, und sah sich mit einem ausgestreckten Knie, mit dem schief hochgerutschten Rock und einem unauslöschlichen Einblick auf schlaffes Fleisch an der Innenseite der Schenkel konfrontiert, die auch sie oben im Bett dargeboten hatte, als sie sich ihm, solange es dauerte, entgegengestemmt hatte, bis er sich, selbst nach Atem ringend, hinabbeugte, und sie wich schwankend zurück und richtete sich am Spülbecken auf, –ich, ich gehe etwas holen...

–Ist schon gut nein, sie sind widerlich, nicht wahr...? Das

haarige Knäuel hing schwarz von ihren Fingern, –warum sind sie bloß so klebrig, das macht der Rauch, nicht wahr? Der hängt ewig an allem... sie ließ es in ihre Teetasse fallen, strich mit dem Handrücken ihren Rock, ihre Schulter, ihren Ärmel glatt, als striche sie die Frage –er unterrichtet nicht zur Zeit, nicht wahr? aus ihrem Gedächtnis.

–Also er, nein, nein ich meine, ich weiß wirklich nicht, was er...

–Ich glaube, das weiß niemand... sie ging auf die Haustür zu, –alles was ihm unterkam, sogar antikes Drama, was ja wohl naheliegt, aber er hat nicht einmal richtig Geschichte unterrichtet nein, nein er wollte wechseln oder ganz damit aufhören, man wußte nie so recht... und sie öffnete die Tür, –ein für allemal aufräumen, wie dieses Zimmer da drinnen. Es wird dunkel... sie war hinausgetreten, blieb aber dort stehen. –Falls er von Jack hört, aber wird er wohl nicht, nicht wahr? Am Ende haben sie beide einfach das Gefühl gehabt, einander im Stich gelassen, zuviel voneinander erwartet zu haben, und dann war nichts mehr zu machen, aber er weiß, wie er mich erreichen kann. Tut mir leid, daß ich Sie gestört habe, ich fahre nicht gern im Dunkeln, ich hab' gerade neunundsechzig Dollar ausgegeben, um eine neue Benzinpumpe in diesen alten Wagen einbauen zu lassen, und noch immer bleibt er stehen, wenn man nicht damit rechnet... und sie streckte plötzlich die Hand aus. –Sie sehen blaß aus, sagte sie, und dann, ins Zimmer zurückblickend, –Sie haben einen reizenden Geschmack... drückte sie die Hand, die sich am Türrahmen festhielt, bevor sie sich abwandte.

Die Straßenlaterne an der Ecke war angegangen. Die Tür des Wagens schlug zu, und dann fuhr er unbeleuchtet geräuschlos auf die Straße zu, geriet ins Stottern, beschleunigte, und dann war er verschwunden, als wäre er nie da gewesen.

Als das Telefon klingelte, hatte sie, wieder in der Küche, gerade nach ihrer Tasse gegriffen und sah über die dunkle Terrasse dorthin hinab, wo der gewundene Leib dieser nackten

Vogelscheuche von Baum zitternd seine zerfetzten Arme ausstreckte, als wollte er in plötzlicher Qual vergehen, aber sie hatte sie zu voll gegossen, und als sie schon beim ersten Klingeln, noch bevor sie sich zügeln konnte, die Hand ausstreckte, schwappte sie über, und dann hielt sie schwankend den Hörer fest wie eine Last, lauschte, und dann –oh! griff sie nach der Tischkante –Edie! Oh ich bin so froh, daß du... nein aber du bist so gut wie hier! Miete dir doch einen Wagen, es ist knapp eine Stunde, du könntest hier in weniger als... nein ich, mir geht's gut Edie, ich, ich weiß nicht, alles, alles wunderbar, ich, ich kann dir nicht alles sagen, schön ja... ja morgen dann, früh? Ich kann's gar nicht abwarten... und sie legte auf, umklammerte mit beiden Händen den Tisch, kam langsam hoch, als erkämpfte sie sich jeden Augenblick, kämpfte eine Hand frei, um das Licht auszuschalten, und dann stand sie da, tief und tiefer atmend, bevor sie ins Wohnzimmer umkehrte, der Treppe und, während Farbblitze sich im Glas der Stickerei fingen, dem Treppenpfosten zustrebte.

Die Haustür hatte sich nicht geschlossen, und durch ihre Glaseinsätze fielen die kahlen Schatten von Ästen, deren Auf und Ab in einem Luftzug vor der Lampe über der schwarzen Straße dort draußen so sanft war wie das schwache Auf und Ab des Atems im Schlaf der Erschöpfung. Sie hielt sich einen Augenblick länger am Pfosten fest, als wäre sie dort sicher vor der sanften, farbigen Bewegung des Lichts, das hier direkt ins Zimmer fiel, und dann kehrte sie plötzlich um in die Küche, hastete ins Dunkel dort, als hätte sie etwas vergessen, und jäh fuhr ihre Hand hoch an ihre Brust, wie um einen Fremdkörper daraus zu entfernen, griff dann nach der Ecke des Tisches und streifte ihre Schläfe, als sie zu Boden ging.

Einige Zeit später, und ein gutes Stück jenseits von dort, wo sie mit auf die Schulter gefallenem Kopf lag, klingelte das Telefon, und ein ersticktes Gegurre entrang sich in einem großen Seufzer ihrer Kehle, während ihre Knie heftig hochzuckten, worauf sie, einen Arm ausgestreckt und die Daumen noch in den Handflächen verkrampft, auf die Seite rollte, das unregelmäßige Zittern ihrer Lippen kam abrupt zur Ruhe, als ihre Zungenspitze hervortrat, und es klingelte wieder und schwieg, und dann klingelte es wieder, und es klingelte weiter, bis es aufhörte.

Das rote Gleißen in den Erkerfenstern breitete sich im kalten Wohnzimmer aus, ließ die Wände im Rot des Sonnenaufgangs über dem Fluß aufflammen, funkelte in der geleerten Flasche und dem Glas neben dem Ohrensessel, wo die Hand hochzuckte und beim jähen Geschmetter des Star Spangled Banner aus der Küche, das einen neuen Radiotag verkündete, nach der Lehne griff. Er öffnete die Augen und schloß sie sofort wieder, und das Flammenrot im Zimmer verfiel zu Blaßrot, zu Rosa, bis es ganz einfach Tageslicht war, als das Läuten des Telefons ihn hochtaumeln ließ und er sich das Schienbein am Kaffeetisch aufschlug.

–Hallo? Er saß da, rieb sich das Schienbein, starrte auf die unterbrochene Spur der mit Kreide gezogenen Linie auf dem Fußboden, –was soll mit der Telefonrechnung sein, ich... nein hier ist nicht Mr. McCandless, ich weiß nicht, wo zum Teufel Mr. McCandless ist, hören Sie, ich kenne ihn überhaupt nicht, ich bin nur... hören Sie, ich hab' Ihnen doch gerade gesagt, ich kenne ihn gar nicht, wie soll ich Ihnen sagen, ob er die verdammte Telefonrechnung überwiesen hat, ich weiß nicht mal... gut, ich sag' es ihm, wenn ich ihn sehe, sag' ich ihm, wenn die Rechnung heute nachmittag um fünf noch nicht bezahlt ist, stellen Sie das Telefon ab, das ist der... nein Wiederhören, da ist jemand an der Tür...

Jemand beugte sich vor, spähte hinein, ließ eine Brieftasche mit einem Ausweis aufschnappen, in dem ein hinsichtlich aller

verwechselbarer Kennzeichen dem Mann ähnliches Foto
steckte, der dort stand, als die Tür aufging. –Verdammt früh
nicht? Er stopfte einen Zipfel seines Hemdes in die Hose und
machte sie zu, –hab' Ihnen doch schon alles, was ich weiß,
gestern am Telefon gesagt, das gleiche, was ich bei der Polizei
zu Protokoll gegeben habe? Steht alles schon hier in der verdammten Zeitung oder? Er hatte ihn in die Küche geführt, wo
er von dem Stapel auf dem Tisch eine Zeitung mit der Schlagzeile **ERBIN IN NOBELVORORT ERSCHLAGEN** –Haus ge-
plündert? nahm. –Nachdem sie in ihrem vornehmen Anwesen
am Hudson offensichtlich Einbrecher auf frischer Tat ertappt
hatte, wurde die Tochter des verstorbenen Industriemagnaten
F. R. Vorakers heute morgen von einer Jugendfreundin tot auf-
gefunden, liest das FBI denn die verdammten Zeitungen nicht?
Mrs. Jheejheeboy, woher haben sie das wohl, muß immer noch
seinen Namen tragen, dieser Inder in seinen dreckigen Windeln, sehen Sie, da steht doch die verdammte Story! Die Polizei
erklärte, das Opfer, eine attraktive Rothaarige aus der vornehmen Gesellschaft in der Gegend um Grosse Pointe in Michigan,
habe einen einzigen Schlag mit einem stumpfen, nicht drauftre-
ten! Er hatte den Arm des Mannes so heftig gepackt und sich
mit ihm in einen so unverhohlen gewaltsamen Clinch begeben,
daß sein ganzer Arm zitterte, als seine Hand abließ.
  –Machen Sie das ja nicht nochmal.
  –Ich, verdammt nochmal, ich... und die Hand, die sein
Handgelenk festgehalten hatte, glitt fort zu seinem Ellbogen,
als sie von der Kreidelinie auf dem Fußboden zurückgetreten
waren, –Sie glauben, ich bin verrückt oder? Haben Sie wahrscheinlich auch in der Zeitung gelesen. Sehen Sie, Sie sagten Sie
wollten nur mal reinkommen und sich umsehen, was denn, ich
hab' doch der Polizei die ganze Geschichte zu Protokoll gegeben oder? Ihr redet wohl nicht mit der Polizei? Als ich heute
morgen hierherkam, war das ganze verdammte Haus ein einziger Medienzirkus, Edie, also ihre Freundin Edie tauchte hier
heute früh auf, die Haustür stand sperrangelweit offen, ich

hab' ihr immer gesagt, sie soll die verdammten Türen abschließen, und da lag sie genau hier auf dem Fußboden, Schubladen
rausgerissen, Servietten Tisch-Sets Löffel überall verstreut,
und so 'ne Scheißalte da draußen hielt mir ein Mikrofon vor die
Nase. Können Sie uns Ihre Gefühle beschreiben, als Sie nach
Hause kamen und die Leiche Ihrer Frau entdeckten, kann von
Glück sagen, daß es nicht sie war. Sagen Sie mir mal, warum
das FBI plötzlich so verdammt interessiert ist! Glauben Sie ich,
hören Sie, ich kann beweisen, daß ich im Mittagsflug aus Washington saß, Flughafen-Limousine nennen sie das, dabei ist es
nichts als ein blöder Bus, als ich hier ankam, war das Ganze
ein, muß ans Telefon... Er sank in den Sessel, –wer? Hör mal,
ich kann nicht... also Sheila, wovon zum Teufel redest du eigentlich! Es wird verdammt nochmal keine buddhistische Zeremonie für ihn geben nein, und kein... hör mal, ich sag' dir
Sheila, schick einen von euren verdammten glatzköpfigen
Rimpoches los mit seinem kleinen roten Mantra, der Glöckchen läutet und Om-Om singt, und ich servier' euch 'n leckeres
Mönch-Barbecue, das ist... Verdammt nochmal Sheila, hör zu,
niemanden interessiert es einen Scheißdreck, ob sein Karma
ihn aus dem Lebenskreislauf befreit, ob seine nächste Inkarna-
tion ein guck mal, guck mal, hier ist gerade 'ne Fliege auf dem
Tisch gelandet, glaubst du, das ist er? Jetzt ist er wieder zur
Decke hoch, weiß zum Teufel nicht, wo er hin soll, glaubst du,
das ist er? Verrückt wie der war, kommt hier rein und pißt auf
den Fußboden, er hat mich mal fast umgebracht verdammt,
weißt du das eigentlich? Lieg' unter dem Auto da draußen, war
nur auf einem Holzkeil aufgebockt, er tritt dagegen, und das
verdammte Ding kommt runter, ich hätte, hätte, ich, ich... das
Telefon zitterte in seiner Hand, als er es weit und weiter von
sich weghielt, dann auflegte und seine Hand anstarrte, bis sie
hochkam und den Schweiß von seinem Gesicht wischte. –Was?
Plötzlich stand er wieder, –sagten, Sie wollten reinkommen
und sich umsehen, was zum Teufel glauben Sie finden Sie da
drin, bin nie da drin gewesen, es war abgeschlossen, seit wir

eingezogen sind, suchen Sie nach Indizien? Dafür werden Sie ja
schließlich bezahlt oder? Nach Indizien suchen? Indizien für
was… Er trat zur Seite –fragen Sie mich nicht, ja? was zum
Teufel da drin ist, fragen Sie mich nicht… und ging hinter ihm
her bis zur Haustür, wo der Mann stehenblieb, das Zimmer
musterte, ihn musterte.

–Sie sollten sich mal rasieren.

–Hab' ihr immer gesagt, schließ die verdammten Türen ab,
ich hätte ja jemand beauftragen können, das für mich zu erledigen, ist es das, was Sie denken? In den verdammten Zeitungen
gelesen, wieviel Geld sie hatte, ist es das, was Sie denken? Und
er stand hochaufragend in der Tür, bis der unauffällige graue
Wagen den Hügel hinunterfuhr, stieß einen Besen um, der dort
an der Treppe lehnte, und hob ihn wieder auf, stand da und sah
die Treppe hoch und ließ den Besen schließlich wieder zu Boden fallen und ging hinauf, den Flur entlang und dorthin, wo
Schals, Pullover, Papiere, selbst die Schubladen immer noch
herausgerissen auf dem Bett, auf dem Fußboden lagen, wie er
sie vorgefunden hatte, und in dem Manila-Ordner auf dem
Bett, wo er ihn gefunden hatte, waren mit einer vertrauten
Handschrift beschriebene Seiten aufgeschlagen, auf denen er
wenig mehr entziffern konnte als Brot, Zwiebeln, Milch,
Huhn? dann ganze Absätze ausgestrichen und ausgeixt, Randbemerkungen, penible Einschübe, ihre Zunge folgte der zarten
blutgefüllten Vene an der sich versteifenden Erhebung entlang
aufwärts bis zu der unter dem Druck ihrer Hand bläulich angelaufenen Spitze, zog die Tröpfchen in einem feinen Faden ab,
bevor sie ihn einführte, drängte sich ihm, solange es dauerte,
entgegen, und er stand benommen da und legte sie dann sorgfältig in den Ordner zurück, und schließlich bückte er sich, um
seine Schuhe aufzuheben, und eilte aus dem Zimmer, den Flur
entlang, wo derselbe benommene Ausdruck ihm nun im Spiegel über dem Waschbecken begegnete, die weißen Strähnen,
die er dort gefunden hatte, hingen in seiner Hand herab, als
wüßte er nicht, was er mit ihnen tun sollte, bis er das Wasser

andrehte und seinen Kopf unter den Hahn hielt, um schließlich rasiert, vernarbt und ohne Hemd wieder aufzutauchen, als eine Bewegung, kaum heftiger als ein Flügelschlag, sein Augenmerk auf das Glas am Fuß der Treppe lenkte, jemand auf Zehenspitzen spähte hinein, und er ging hinunter.

–Ein was? Sie reichte ihm kaum bis an die Hüfte, stand dort ganz verschüchtert in der Tür, und er beugte sich hinunter, –schau mal Kleine, ich weiß nicht, wo er hin ist, siehst du den alten Mann mit dem Besen da drüben? Das ist der, der auf schwarze Hündchen mit roten Krallen aufpaßt, hat sonst nichts zu tun, geh mal rüber und frag ihn... und er sah sie zögernd auf die Straße hinaustreten, rief ihr nach, –das gilt auch für seine Katze... bevor er die Tür schloß und murmelte –Verdammt kalt hier... Er drehte am Thermostat, ging zu seinem Koffer, der offen auf dem Eßzimmertisch lag, zog genau da ein Hemd heraus, wo er in der vergangenen Nacht oder in der Nacht davor, vielleicht war es ja auch in der Abenddämmerung gewesen, schwankend gestanden, und sich, ihren Namen schreiend, an einem Stuhl im Gleichgewicht zu halten versucht hatte, und stand jetzt schweratmend da, als hinge dieser Wutschrei noch in der Luft, zog das Hemd an, kniete jetzt auf dem Küchenfußboden und schrubbte mit einem nassen Lappen wieder an der amorphen Form dieser Kreidelinie herum, die Stelle auslassend, die ein zur Spüle ausgestreckter Arm gewesen sein mochte, als das Telefon läutete.

–Adolph? Bist du's? Hab' versucht, dich zu erreichen, wo zum Teufel bist du gewesen... Gut, hör mal. Das verdammte State Department hat ihn zusammen mit Teakell hierher übergeführt, sie wollen dreitausendnochwas Dollar Transportkosten, bevor sie die Leiche freigeben, schnapp sie dir und sag ihnen, wenn sie nicht zu diesem Begräbnis am Freitag in Michigan da ist, wird Grimes ihnen den Arsch aufreißen. Und diese Trusturkunde, hast du deine Kopie schon gefunden? Was... paß auf, ich hab' eine, ich hab' hier eine Kopie direkt vor mir, und ich hab' auch eine Kopie des Testaments, einzige Frage ist, wann seine Hälfte in ihren Besitz übergeht bei dieser verspäteten Zustellung, du... Er ist zuerst draufgegangen oder? Was wirst du... paß auf verdammt nochmal Adolph, ein für allemal, du arbeitest jetzt für mich, ich scheiß' darauf, was du denkst, wenn du das nicht fertigbringst, rede ich mit Slotko, das ist... was zum Teufel meinst du mit dem Anteil ihrer Mutter, sitzt da unten mit Onkel William in diesem Altersheim, das pro Tag 'nen Tausender kostet, euer verdammtes Ärzte-Syndikat, Orsini Kissinger und all die anderen sitzen in Longview, die alte Dame hat 'nen Hackenschuß, was willst du... nein was denn noch, lies mal vor... Er wedelte mit der Hand, um die Fliege loszuwerden, die sich auf einem Knöchel niedergelassen, dann zur Spüle hin abgedreht hatte und auf seinem Knie gelandet war, wo er nach ihr geschlagen hatte, –warte, was? Was meinst du mit ein Dollar... Die Fliege blieb kurz auf der Tischkante sitzen, kam in einer schnellen Wende hoch und setzte dann zu einem Zickzack-Marsch quer über 10 KILO-BOMBE ALS WARNUNG VOR AFRIKANISCHER KÜSTE Kriegsnachrichten, Fotos S. 2 an, –was zum Teufel meinst du, für Anwaltskosten draufgegangen, Versicherung hat einem Vergleich über vier Millionen zugestimmt, sie und alle anderen in diesem Flugzeug kriegen 'nen Dollar, und der Rest ist für Anwaltskosten draufgegangen? Seine freie Hand schlich über PRÄS.: ENDLICH DEM REICH DES BÖSEN EINHALT GEBIETEN, und er schnippte sie weg, –hör mal, Grimes sitzt doch im Aufsichtsrat dieser verdammten Versicherung oder? Geh hin und sag ihm, er soll dagegen... Partner von was, welchem Anwaltsbüro... Also verdammt nochmal! Das nennst du Berufsethos? Diese Arsch... und was ist mit meiner, meiner Nebenklage wegen... auf welcher Grundlage, abgeschmettert auf welcher Grundlage verdammt nochmal, sie hat eine eidesstattliche Erklärung abgegeben oder? Angegeben, daß sie ihre ehelichen... In Ordnung, klemm dich dahinter und sieh zu. Noch was, was zum Teufel war das in der Zeitung über das Haus in Bedford, das die Feuerwehr bei einer Übung niedergebrannt haben soll, irgend-

ein verdammter Grund, warum der Trust sich da nicht hinter-
klemmt und sie verklagt wegen... Na dann nur zu! Hör zu,
gleich wird ein Wagen dasein, mich abholen, weil ich nach Michigan fliege heute nachmittag, wenn du aufgelegt hast, ruf
diesen Typ im State Department an und mach ihm Feuer un-
term Hintern, ich ruf' dich an, wenn's vorbei ist... und er legte
auf, –Liz? Hast du das gehört? Das verdammte Gericht hat
meine Nebenklage abgeschmettert auf Grund von, auf Grund
von Liz! Und seine Hände fuhren hoch vor sein Gesicht und
bearbeiteten es, als wollten sie es wegwischen, sanken dann
herunter, und er zitterte, starrte auf den Lauf der Fliege über
SCHIESSEREI IN SURVIVALCAMP: VETERAN VERHAF-
TET und griff danach, schlug sie auf, wählte eine Nummer,
–hallo? Hören Sie, diese Anzeige, die Sie in der Zeitung haben,
Bild von diesen beiden Intarsien-Schränken für achtunddrei-
ßigtausend das Paar? Woher haben... nein ich will sie nicht
kaufen, ich will wissen, wo zum Teufel Sie die herhaben. Wessen... was meinen Sie mit einer Nachlaßversteigerung, wessen
Nachlaß, was... hören Sie, was war da sonst noch dabei, waren da... Weil ich wissen will, ob da Steine dabei waren, Kisten
mit Steinen, die... ich sagte Steine ja, was ist denn so verdammt
komisch daran... Also warum zum Teufel können Sie mir
nicht diese Infor... Werden sehen, ob Sie das noch so verdammt komisch finden, wenn Sie von meinem Anwalt hören!
Und er legte auf, atmete tief durch und nahm dann die Zeitung,
rollte sie verstohlen zusammen, hob sie über die einen neuen
Vorstoß auf IN BESTECHUNGSAFFÄRE VERWICKELTER
PREDIGER NIEDERGESCHOSSEN wagende Fliege und
schlug fest zu, dann war er hoch, patschte sie gegen den Kühlschrank, die Anrichte, den Tisch, bis er endlich da stand, sich
mit der Hand über's Gesicht wischte, sich wieder auf den Stuhl
fallen ließ und den Stapel Briefumschläge durchwühlte, verlo-
gene Grüße, Rechnungen, er starrte auf die oberste, Medizinische Beratung, zu verrechnende Leistungen... 4000,– $, und
war wieder am Telefon. –Hey, Pimmelkopp? Hab' dir gesagt,

ich würde dir ein paar gute Namen besorgen oder? Er drehte das Rechteck der Rechnung vor sich im Kreise, –Kissinger, er ist... ja genau, er wird bald ins Ausland fahren, die Zeitung meint, er geht rüber, um beim Papst abzusahnen, schnippelt ihm was raus, setzt ihm 'ne neue... geb' ich dir gleich, hier ist noch einer, Orsini, Jack Orsini... er sprach weiter, knöpfte sein zerknittertes Hemd zu, Namen, Nummern, stopfte es in die Hose, – verdammter Alptraum, ich sage dir eins, eins, nur eins, was wirklich geschehen ist in diesem Offiziersquartier, bin verdammt froh, daß sie nichts davon erfahren hat, sie, sie hätte niemals... davon wußte sie auch nichts nein, 'n Brief aus irgendeinem Flüchtlingslager in Thailand kam schließlich hier bei mir an, aber kein Mensch hat's gewußt. Kein Mensch wußte was, bis diese verdammten Bilder in der Zeitung waren, irgendein schmieriger Wohlfahrtsverein hat mich im Fernsehen erkannt, die meldeten sich einfach hier und fragten an, ob ich für ihre Überfahrt aufkommen, ihr und dem Jungen die Einreise in die Staaten ermöglichen würde, es war ein Junge, versuchen dich mit dem Rest deines verdammten Lebens für jeden Fehler bezahlen zu lassen, den diese Ärsche dir da drüben angehängt haben? Scheiß-Veteranenbehörde sieht das Bild in der Zeitung, streicht mir meine Invalidenrente? Hast du die Zeitung von gestern gesehen? Schon wieder der gleiche Mist, die gleichen Ärsche, die alles versauen, diesmal sind's Schwarze statt Schlitzaugen, verwüsten ihre Hütten verbrennen ihr Korn schicken ihre Mädchen auf den Strich pusten dir die Eingeweide weg, ich ruf' dich wieder an Pimmelkopp, sieh zu, daß du klarkommst, wir telefonieren wieder... und er hatte kaum aufgelegt, als es wieder läutete.

–Hallo...? Hey Bobbie Joe, was ist... hey jetzt mal langsam Bobbie Joe, mal ganz langsam jetzt, warum sollte ich wohl sowas tun hör mal. Also dieser alte Senator, der hat es doch dementiert oder? Bevor er abstürzte? Das hast du doch in der Zeitung gelesen oder, Bobbie Joe? Und wenn ich's nun einfach für meinen Hausgebrauch behalten hab'? Also warum sollte ich wohl losgehen und deinen Papi umlegen lassen wegen so einer Sache, warum ist er... Also an deiner Stelle würde ich solche Anschuldigungen nicht in der Öffentlichkeit machen Bobbie Joe, gut möglich, daß die Katholiken dahinterstecken, weil er dort aufgetaucht ist und ihre Schafe um sich scharen wollte, das könnte dir schnell einen Prozeß an den Hals bringen, wo du... nein ich weiß alles über eure Geschworenen da unten, aber das ist nicht der... Nein nun hör mir mal gut zu Bobbie Joe, du hörst jetzt mal gut zu. Deinem Papi geht's doch wieder gut oder? Hat einen in die Schulter gekriegt, ich hab' Leute, die schlimmer dran waren, sofort wieder in den Kampf geschickt. Dieser schwarze Bursche, den sie ins Spiel gebracht haben, damit er sagt, er habe es getan? Die ganze Geschichte haben sie erfunden, irgendwer hat ihm hundert Dollar gegeben und gesagt, sie seien alte Freunde von deinem Papi, und dein Alter, der wolle 'nen richtigen Märtyrer abgeben wegen des Blutes Christi und so? Also dein Papi wird folgendes tun Bobbie Joe, und das richtest du ihm aus, hörst du? Dieser kleine Kerl, der wird seine zwanzig Jahre kriegen, wenn man bedenkt, wo das geschehen ist, und weißt du, was dein Papi tun wird, er wird ihm vergeben, genau wie damals, als Earl Fickert mit der Axt auf ihn losging? Aber er wird auch nicht um Gnade für ihn bitten, er wird diese Anschuldigungen in vollem Umfang aufrechterhalten, nur um der liberalen Presse zu zeigen, daß er wegen der Hautfarbe eines Menschen keine Ausnahme macht. Wenn er nicht klagt, sieht's so aus, als würde er denken, alle Schwarzen könnten sowas machen, während ein Weißer ins Kittchen geht, wenn er auf einen anderen schießt, und er will doch bloß, daß dieser Bursche genau so fair behandelt wird wie alle anderen, seine zwanzig Jahre absitzt, und dein Papi wird für ihn beten? Jetzt noch 'ne Sache, weißt du, daß Billye mich hier angerufen hat? Billye Fickert? Die dachte schon, ich wäre nach Haiti runtergezogen, weil irgendein Scheck, den sie mir ausgestellt hatte, in irgendeiner Bank in Haiti eingelöst wurde, und meine Unterschrift hinten drauf sah

wirklich komisch aus? Du mußt ihr jetzt sagen, das stimmt, ich
sei nach Haiti runtergezogen, und ich würde sie eine Weile
nicht sehen können, weil... also ich werd' das einfach machen
Bobbie Joe, mal sehen, wie viele von denen da unten schon
bekehrt sind, ich werd' das einfach machen, und du richtest das
deinem Papi aus, jetzt muß ich aber auflegen, grad' mein Wagen draußen vorgefahren, ich muß los, jemand an der Tür...

   Draußen stand jemand und sah den schwarzen Strom der
Straße hinunter, sah dorthin, wo keine Farbreflexe, keine Rot-
und hellen Gelbtöne mehr das gedämpfte Licht über dem Fluß
da unten filterten, und er ging ins Eßzimmer, um sein Jackett
von der Stuhllehne zu ziehen, den Koffer zuzuklappen und –du
hättest nicht auszusteigen brauchen Edie... vor die Haustür zu
treten, er zog sie hinter sich zu, bis das Schloß einschnappte,
nahm dort beim Briefkasten in dem jähen kühlen Hauch ihren
Arm, hielt die Tür der schwarzen Limousine auf, bis sie drin
war, und nahm neben ihr Platz, während der Wagen sich fast
lautlos die Straße hinunter bewegte und die Jungen zu beiden
Seiten auf die Bankette aus verwelkten Blättern scheuchte, und
sein Arm ruhte auf dem Sitzpolster hinter ihr, die sich von ihm
abgewandt hatte und aus der getönten Scheibe sah, als er sagte,
–wir haben 'ne Menge Zeit... und dann, –weißt du? und näher
rückend, –dein Nacken hat's mir schon immer angetan